GOD'S✝KNIGHT

ORIGIN

가즈 나이트 2
ORIGIN

이경영 지음

네오픽션

차례

용어 해설

등장인물

리오 스나이퍼
타오르는 듯한 붉은 장발, 보기만 해도 믿음을 주는 미소, 상냥하면서도 인간적인 성품을 지닌 가즈 나이트(이하 GK). 외모는 스무 살 청년으로 보이지만 실제로는 7백 년을 넘게 살아왔다. 공격력은 같은 GK 중에서도 최고로 손꼽힌다.

바이칼 레비턴스
군청색(블루블랙) 머리칼, 여성보다 더 아름다운 얼굴의 청년. 사실은 서룡족의 제왕 드래곤 로드(Dragon Load)다. 어린아이 같은 성격의 소유자이나 냉소적인 면도 있다. 남성에 가까운 중성이다.

지크 스나이퍼
리오의 의형제 중 한 명. 금발에 장난기, 빨간 재킷은 그의 트레이드마크다. 다루는 무기는 무명도(无冥刀). 현재는 전편의 일을 마치고 다시 자신의 세계로 돌아왔지만 다른 일을 위해 또다시 자신의 세계를 떠나게 된다. 이후 무슨 일이 생길지 전혀 알지 못한 채……

슈리메이어 반 스나이퍼
리오와 지크의 의형제 중 한 명. 동료들은 그의 긴 이름을 줄여 슈렌이라고 부른다. 푸른 장발, 남성적인 아름다움, 그리고 차분하면서도 침착한 면은 전 GK 중에서 손꼽힐 정도다. 다루는 무기는 염창(炎槍) '그룬가르드'다.

루이체 스나이퍼
스나이퍼 가의 막내이자 유일한 여성. 실은 주신계 천사로 백 살(인간 나이로 열 살) 때 입양됐다. 지크에게 무술을 배운 전적이 있다.

린스 레프리컨트
아주 어릴 적 왕가에 입양되어 왕녀로 생활한 소녀. 성격이 상당히 까다롭다.

요우시크
마(魔) 검객이며, 암흑의 생물이다. 고신 '부르크레서'에게서 힘과 마검 로제바인을 받은 인물. 1백 년 전 고신전쟁 때 리오와 싸운 일이 있다. 피를 보는 것을 상당히 좋아하는 잔혹한 성격을 지녔다.

루브레시아
마룡공 루브레시아로 잘 알려져 있다. 본래 서룡족으로, 마룡족에게 정보를 팔아넘긴 죄로 전대 용제에게 처형당하기 직전 도망친 후, 용병대를 창설해 전 차원을 돌아다니며 악명을 떨치고 있다.

슈타인메츠
루브레시아가 이끄는 마룡족 용병대의 젊은 마룡. 끓어오르는 혈기를 참지 못해 일을 그르칠 때가 종종 있다.

바이론 필브라이드
어둠의 가즈 나이트. 상상을 초월하는 지구력과 힘은 그의 광기와 더불어 공포 그 자체다. 휀 라디언트, 리오와 더불어 신계 최강으로, 레프리컨트의 여왕과 생명의 계약을 하게 된다.

덴콜 보스튼
현 가이라스 왕국 왕비의 친동생이다. 원래는 하급 기사였지만 왕비를 등에 업고 마스터 템플러의 자리를 차지한다. 성격이 추악해서 템플러들은 애써 그를 외면한다.

휀 라디언트
'빛'이라는 뜻을 가진 가즈 나이트. 광황, 즉 빛의 황제라는 별명을 지녔다. 엄청난 카리스마를 지녔으며 성격 또한 잔혹할 정도로 냉정하다. 임무를 위해서라면 여자든 어린아이든 가리지 않고 처리하지만 간혹 따뜻한 면을 보이기도 한다.

크리스 프라이드
로하가스 제국의 장군. 인공병사 생산 계획에 의해 기계 속에서 배양되고 훈련된 비운의 인물. 그러나 리오를 만난 후 새롭게 느낀 이상한 감정에 따라 제국을 탈출, 이후 휀을 만나게 된다.

사이키
환수여신. 어수룩하며 정신연령이 상당히 낮은 소녀다. 수백 년 전 자기 자신을 얼음 속에 봉인했지만 무슨 이유 때문인지 다시 봉인을 풀고 세상 밖으로 나온다.

부르크레서
1백 년 전 현 세계에 부활했다가 리오에게 육체를 다시 소멸당했던 고신. 현재 로하가스 황제의 탈을 쓰고 부활을 꾀하고 있다. 육체의 부활을 위해 수단과 방법을 가리지 않는 그에게서 더 이상 옛 신의 모습을 찾아보긴 힘들다.

장로
서룡족의 장로 실버 드래곤이다. 원래는 일선에서 물러나 있어야 하지만 용제 바이칼의 외도(?)가 심해 서룡족의 모든 일을 도맡아 처리하고 있다. 현재 나이는 드래곤의 나이로 계산해도 9746세다.

케톤 프라밍

레프리컨트 왕국의 전설적인 검사 하룻 프라밍의 손자이자 역사상 최연소 근위대장. 검술에 뛰어나며 불의를 보면 참지 못하는 성격이다.

마티 키드렉

어릴 때 고아가 된 후 선천적으로 빠른 발을 이용해 좀도둑 생활을 하게 된다. 그러나 그녀의 스승에게 발견된 후 암살자로서 길을 걷게 된다.

노엘 메이브랜드

아탄티스 최고의 발명가이자 학자. 게다가 마법까지 뛰어나다. 어떤 이유로 인해 린스의 선생 일을 그만두고 학문에 몰두한다.

금련희/금가희

한 육체에 두 개의 영혼을 가진 동방의 소녀. 유학을 이유로 아탄티스 대륙에 왔다가 리오 일행의 일에 휘말린다. 가희의 무술과 련희의 정신술 수준은 케톤과 노엘을 뛰어넘는다.

라기아

1천 년 전 활동했던 서큐버스. 타운젠드 21세에 의해 봉인에서 깨어난다. 고대 마물을 다스리는 능력을 가지고 있다.

테크 퍼밀리온

원래는 용병이었지만 소속되어 있던 용병대 전원이 사망한 이후 바운티 헌터로 전업한다. 성격이 비열한 면도 있지만 좋게 말하자면 이기고자 하는 열망이 너무 크다.

로드 덕

레프리컨트 왕국의 대현자. 마법과 고고학에선 그를 따를 사람이 없다. 노엘의 스승이기도 하다. 여신 전설과 관련된 흑색 오벨리스크가 떠오르자 세계에 닥쳐올 위험을 막기 위해 인재를 모은다.

타운젠드 21세

벨로크 왕국의 젊은 국왕. 원래 어질고 평화로운 성격의 국왕이었지만 왕비가 실종된 후 성격이 변한다. 결국 건드리지 말아야 할 여신의 봉인을 풀게 되는데…….

조커 나이트

타운젠드 21세가 가장 처음 깨운 고대 마족이지만 사실은 악마 귀족 린라우의 오른팔이다. 현재는 어떤 목적을 위해 타운젠드 21세를 돕고 있다.

사바신 커텔

땅의 가즈 나이트. 전 가즈 나이트 중 물리적 힘이 가장 강하다. 반면 너무나 단순한 면도 가지고 있다.

4장
악몽의 재현 II

4

결전

가이라스 해방전선의 총 인원은 약 1만 8천 명, 가이라스 수도방위군의 인원은 4만 2천 명. 해방전선의 불리함을 한눈에 알 수 있는 수치였다.

해방전선 선발대는 기마대였다. 수도 외곽 성벽과 가이라스 왕실 문장이 그려진 깃발, 그리고 수도로 들어서는 문을 막아선 정부군 정예부대 템플러들을 지켜보는 기마대 병사들의 눈은 긴장감에 휩싸여 있었다.

7급 이하 마법에는 끄떡없는 특수 갑옷과 준마, 드워프들이 제작한 무기, 그리고 같은 편도 두려워하는 기량과 마법력, 이 모든 것을 갖춘 템플러. 가이라스 왕국이 건립된 이후 2백여 년간 무패 전설을 세워 온 그들의 존재는 해방군 기마대 병사들에게 무언의 압박을 주었다.

'과연 이길 수 있을까. 저들을 이기고 수도 안으로 진입할 수 있

을까. 피해는 어느 정도일까. 누가 제일 먼저 죽을까.'

그들과 맞선 해방군 기마대 병사들은 공통된 생각을 했다.

"가 볼까?"

임시로 기마대 대장을 맡은 슈렌은 병사들과는 달리 덤덤하기만 했다. 그가 그룬가르드를 치켜들자, 기마대 병사들은 불안감을 떨쳐 버리려는 듯 크게 소리치며 고삐를 당겼다.

템플러들은 아무런 말도 하지 않았다. 두꺼운 투구 속으로 보이는 그들 눈에서 전의란 찾아볼 수 없었다. 그들의 정신적 지주였던 전 마스터 템플러가 어떻게 사라졌는지 그들은 알고 있었다. 가이라스 왕의 명령으로 출전하긴 했지만 그들은 자유를 얻기 위해 달려오는 동포들을 해치긴 싫었다.

"뭘 하는 건가! 설마 가이라스의 템플러들이 저런 오합지졸에게 겁먹은 건 아니겠지!"

화려한 갑옷 차림의 남자가 고래고래 소리 질렀다. 조나단이 실종된 후 마스터 템플러의 지위에 오른 덴콜 보스튼이었다.

"네 누나 걱정이나 해라."

맨 뒤에 있던 템플러가 작게 중얼거렸다.

덴콜은 현 가이라스 왕비의 친동생이었다. 실력은 그럭저럭한 하급 기사였으나 현재의 왕비가 후궁에서 국모 자리로 올라서자마자 템플러에 배속된 이후, 같은 템플러들과 전 마스터 템플러에게 눈총을 받는 존재가 되었다.

방탕한 행동으로 템플러의 명예를 떨어뜨리는 것은 예사였고, 궁인들에게까지 함부로 손을 대, 그에 대한 여론은 나쁘기 그지없었다. 특히 그가 마스터 템플러 자리에 올랐을 때 템플러들은 통한의 눈물을 흘리기까지 했다.

"자, 전진! 우리 누나…… 아니, 가이라스 왕실을 우습게 본, 저 천한 것들을 없애 버려라!"

'명령에 살고 명령에 죽는다.'

이 말은 템플러 교본에 쓰여 있는 첫 문장이었다.

템플러들은 입술을 깨물며 말을 몰아갔다.

한참 말을 달리던 슈렌이 두 번 팔을 저었다. 그 신호에 기마대의 움직임이 느려졌다. 이제 앞으로 나아가는 사람은 슈렌 혼자였다.

야룬다 요새를 떠나기 직전, 슈렌은 한 엘프에게 반가운 소식을 들었다. 수도 공략 작전 때 조나단이 온다는 것이었다. 슈렌은 조나단이 올 때까지 혼자 시간을 벌어 보려는 것이었다.

"저 녀석은 뭐지?"

푸른 장발의 남자가 홀로 말을 몰고 오는 것을 본 덴콜은 의아한 표정을 지었다. 다른 템플러들도 마찬가지였다. 그러나 이상하게도 모든 템플러를 혼자 상대하러 달려오는 그의 모습에서 무모함은 느껴지지 않았다.

이윽고 템플러들과 가까워진 슈렌은 즉시 말을 멈췄다. 템플러들 역시 멈춰 섰다.

"이 녀석! 살기를 포기한 거냐! 설마 우리가 누구인지 모르는 건 아니겠지!"

덴콜의 말에 슈렌의 눈이 약간 치켜 올라갔다.

슈렌은 손짓으로 덴콜을 불렀다. 그러나 덴콜은 그 뜻을 이해하지 못했다.

"저, 저게 무슨 뜻이지?"

"저 남자는 마스터와의 일대일 대결을 원하고 있습니다."

옆에 있는 템플러가 설명해 주었다. 덴콜의 얼굴에 당혹감이 서렸다.

"일대일 대결? 꼭 해야 하나?"

"템플러의 법칙입니다. 마스터 템플러는 적의 일대일 요구를 거부할 권리가 없습니다. 무조건 받아들여야 합니다. 만약 거부한다면 마스터의 지위를 다른 사람에게 넘겨줘야 합니다. 제가 보기엔 덴콜 님이 저 남자보다 훨씬 강해 보입니다."

그 말에 다른 템플러들은 움찔했다. 그런 템플러의 법칙도 없을뿐더러 덴콜보다 푸른 장발의 남자가 훨씬 강해 보였기 때문이다. 그러나 덴콜은 그 말을 곧이곧대로 믿었다.

"쳇, 내가 저 녀석에게 질 것 같으냐! 잘 지켜봐라, 템플러들이여! 이 마스터가 승리하는 모습을!"

용기를 얻은 덴콜은 다른 템플러의 창을 빼앗아 앞으로 나아갔다. 템플러들은 슬쩍 미소를 지었다.

"난 가이라스 왕국의 위대한 마스터 템플러, 덴콜이다! 왕비의 동생인 나에게 도전한 것을 후회하게 만들어 주마!"

"음."

슈렌은 짧은 대답과 함께 마상전 자세를 취했다. 너무도 깔끔한 그의 자세에 템플러들은 마음속으로 감탄을 금치 못했다.

"간다!"

덴콜의 말이 땅을 박찼다. 하지만 그의 공격은 너무나 둔했다. 슈렌은 그의 공격을 가볍게 받아 내며 시간을 끌기 시작했다.

망원경으로 전황을 살피던 테라트는 고개를 갸웃거렸다.

벌써 반 시간 이상 슈렌과 덴콜이 대결하고 있었다. 병사들의 긴장감은 점점 지루함으로 바뀌었다. 수도에서의 첫 전투치고는 너무 긴박감이 없었다.

"오늘 슈렌의 몸이 좀 안 좋은 모양이오. 저런 형편없는 상대에게 몸을 사리다니……."

"에이, 설마요."

옆에 앉아 빵을 먹던 지크가 툭 한마디 던졌다.

"무슨 말이오?"

"저런 상대쯤은 박치기 한 방이면 끝장이라고요. 슈렌은 머리가 좋은 녀석이니, 무슨 다른 생각이 있을 거예요. 전투 끝나면 깨워 줘요, 왕자님."

"알았소. 아, 잠깐! 무슨 말이오! 감히 전장에서 잠을 자다니!"

"솔직히 지루하잖아요. 안 그래요?"

테라트는 이마를 짚었다. 지크라는 남자의 여유를 반만이라도 닮고 싶은 심정이었다.

"사령관님! 말을 탄 누군가가 부대 옆을 달리고 있습니다!"

"뭐라고?"

테라트의 망원경이 빠르게 움직였다. 확대된 작은 원 안에 흑색 갑옷의 남자가 말을 모는 모습이 들어왔다.

"저자는!"

테라트는 기억할 수 있었다. 수년 전 자신이 가이라스 왕국을 방문했을 때 봤던, 왕국 최고의 무관이자, 마스터 템플러란 이름이 가장 잘 어울리던 남자.

"조나단! 마스터 템플러, 조나단 블레이크!"

휘날리는 붉은색 망토, 금색 프레임으로 장식된 흑청색의 풀 플레이트 메일, 그리고 화염을 내뿜는 마검 노바로드. 그 모습에 해방군들 가운데 가이라스 무관을 지냈던 사람들은 무기를 치켜들며 환호성을 질렀다. 이유를 알 리 없는 병사들은 서로 얼굴만 쳐다보았다.

"조나단! 조나단 님이 오셨다!"

전 마스터 템플러는 해방전선 본진을 달려 슈렌이 지휘하는 기마대를 지나쳐 덴콜과 지루한 싸움이 한창인 슈렌 쪽으로 나아갔다.

슈렌은 조나단의 접근을 느낀 듯 뒤를 돌아보았다.

"조나단 님."

비 오듯 땀을 흘리던 덴콜이 눈을 번뜩였다. 하지만 상대의 빈틈을 놓칠 정도로 힘이 떨어진 것은 아니었다.

"멍청한 놈, 죽어라!"

덴콜의 창이 공기를 갈랐다. 그러나 슈렌은 상처 하나 입지 않았다.

"헉?"

덴콜의 등판으로 그룬가르드의 후미가 튀어나왔다. 가슴을 관통당한 것이었다. 슈렌은 입에서 피를 뿜는 덴콜을 흘끔 바라보았다.

"잘 놀았어."

창이 덴콜의 몸에서 빠져나가자 그는 가볍게 공중으로 떠올랐다. 그룬가르드의 창끝에서 거대한 화염의 날이 솟구쳤다. 화염에 휩싸인 덴콜의 몸은 그대로 두 동강이 나 바닥에 뒹굴었다.

"늦어서 미안하네, 슈렌."

조나단이 다가왔다. 슈렌은 옅은 미소를 띤 채 고개를 끄덕였다.

"템플러들이 기다리고 있습니다. 어서 가시지요."

"음."

조나단은 말 머리를 돌려 템플러들에게 다가갔다. 템플러들은 약속이나 한 듯 투구를 벗고 돌아온 마스터 템플러를 바라보았다. 조나단 역시 투구를 벗었다. 지크 일행이 다녀간 후 자극을 받아

다리의 철판을 떼어 낸 조나단은 이제 굳은 의지로 다시 일어서 있었다. 삶을 다 포기한 듯 보였던 그의 눈은 다시 예전처럼 투지와 자신감으로 빛났다.

"옳은 일을 위해 싸우고 싶나!"

그 물음에 템플러들은 고개를 끄덕였다. 조나단은 씩 웃으며 다시 투구를 썼다. 그리고 노바로드를 들었다.

"가이라스 왕국을 위해, 백성을 위해, 그리고 레호아스 신의 의지와 템플러의 정의를 위해! 일어나라, 템플러여!"

노바로드에서 뿜어져 나오는 화염이 크게 흔들렸다. 템플러들 역시 각자 무기를 들며 마스터 템플러의 뜻을 받들었다.

같은 시각, 또 하나의 반전이 시작됐다. 조나단이 돌아온 것을 신호로, 수도 내의 기사단 전원이 외곽 수비대를 친 것이다.

레드 나이트, 브론즈 나이트, 블루 나이트 등 기사단 전원은 소속을 떠나 무인으로서 조나단을 존경했다. 그들은 기사로서 왕비의 폭정에 시달리는 백성들을 도저히 지켜보고만 있을 수는 없었다.

그런 그들이 지금 안고 있는 최대 문제점은 지휘할 누군가가 없다는 점, 그리고 왕과 왕비의 명을 거역할 확실한 명분이 없다는 점이었다. 그러나 지금, 두 가지 문제 중 하나가 사라졌다.

외곽 성벽 군데군데에서 검은 연기가 솟았다. 어디선가 나타난 적색 갑옷의 남자들이 가이라스 왕국의 깃발을 성벽 위에서 흔들었다. 성벽 수비대를 친 레드 나이트였다. 지상에 있던 템플러들은 지금까지의 침묵을 깨고 큰 환호성을 질렀다.

"이건 기적이야!"

망원경을 통해 그 모습을 지켜보던 테라트는 주먹을 불끈 쥐었다. 소식을 듣고 달려온 이자록스가 다급히 그에게 물었다.

"테라트 왕자님, 어찌 된 일입니까!"

"당신의…… 아니, 가이라스 왕국의 기사들이 일어섰습니다! 마스터 템플러, 조나단이 돌아왔습니다!"

순간 이자록스는 넋이 나간 표정을 지었다.

"조나단……? 조나단 블레이크 말입니까?"

"예! 이제 공주님이 나설 차례입니다! 어서 저들이 있는 곳으로 가십시오. 해방전선 부사령관이 아닌, 가이라스 왕국 공주로서 그들에게 명을 내리셔야 합니다!"

"아…… 예."

갑작스러운 상황에 이자록스는 정신을 차리지 못했다. 급박한 심정의 테라트는 안타까운 얼굴로 그녀를 바라보았다. 혹시라도 수도 내의 부대가 지금 반란을 일으키고 있는 템플러를 비롯한 기사단을 칠지도 모른다는 우려에서였다.

안타깝게도 테라트 역시 그들을 이끌 만한 명령을 제대로 내리지 못하고 있었다. 그에게 있어서도 지금 상황은 갑작스러운 반전이었기에 당황하는 것은 당연했다.

"공주님, 할 수 있으시죠?"

누군가 뒤에서 이자록스의 동그란 머리를 매만졌다. 그녀의 어깨가 움찔했다.

"예? 하, 하지만 전 벌써 2년 동안이나 왕궁을 떠나 있었는데 어떻게……."

리오는 웃으며 이자록스의 어깨를 토닥였다.

"저기 서 있는 기사들은 2년 동안이나 공주님을 기다렸습니다. 계속 자신 없는 표정으로 우물쭈물하면 저들은 실망할지도 모릅니다. 한 시간 전처럼 자신감을 가지세요. 그리고 당당히 외치는 겁니다. 가이라스 왕국을 위해, 백성을 위해, 그리고 마음속으로 당신을 애타게 기다릴 가이라스 왕, 당신의 아버지를 위해서 말입니다."

"아, 아바마마를……."

"무슨 일이 있더라도 제가 당신을 지켜 드리겠습니다. 그 누구도 공주님을 해할 수는 없을 것입니다."

리오가 고개를 끄덕였다. 이자록스의 표정이 점점 밝아졌다. 곧 그녀는 주먹을 불끈 쥐며 자신의 백마 쪽으로 달려갔다.

"고마워요, 리오 스나이퍼! 반드시 보답하겠어요!"

리오는 살짝 윙크로 답례했다.

어느새 잠에서 깨어나 그 광경을 지켜보던 지크는 옆에 선 바이칼을 툭 치며 말했다.

"요즘 너, 리오 녀석 앞에서 애교를 안 떨었구나. 녀석이 애정에 굶주린 나머지 니가 있는데도 다른 여자에게 처절한 사탕발림을 하잖아. 잘못하다간 저 녀석을 다른 여자한테 뺏길 테니 분발……."

"닥쳐."

바이칼은 이를 갈며 지크의 말문을 막았다. 그러나 그의 매서운 눈은 붉은 재킷의 건달이 아닌 리오에게 쏠려 있었다.

지크는 사실 바이칼의 그런 반응이 재미있어 자주 이런 농담을 하는데 언제부터인지는 몰라도 그 미청년의 반응은 점점 심각하게 변해 갔다.

'이 녀석, 설마…… 아, 아냐. 아닐 거야.'

지크는 머리를 흔들며 자신의 상상을 부정했다.

그날 저녁, 해방전선의 본진은 수도 외곽에서 안쪽으로 위치를 완전히 옮겼다. 시가전이 벌어질 게 뻔했기 때문에 해방전선은 수도 주민들을 멀리 대피시켰다.

대피하는 수도 주민들의 얼굴은 피폐할 대로 피폐해져 있었다. 다시는 수도에 돌아오지 않겠다고 말하는 주민도 있었다. 그만큼 수도는 다른 지역에 비해, 왕비 일파의 폭정에 심하게 시달렸다.

한편 그들과는 반대로 상봉의 기쁨을 나누는 사람들이 있었다. 바로 2년 전 헤어졌던 블레이크 가의 사람들이 있다.

따로 준비된 막사 안에서, 조나단은 다시 돌아온 딸 키세레의 긴 머리를 어루만지며 눈을 지그시 감았다. 2년 전 딸은 책상 위에 쪽지를 남겨 놓고 집을 나갔다. 편지 내용은 확실히 기억할 수 있을 정도로 간결했다.

저는 아버지가 싫어요.

하지만 그의 딸이 돌아왔다. 한쪽엔 아들을, 한쪽엔 딸을 안은 조나단은 살며시 눈을 뜨며 말했다.

"그동안 머리가 많이 자랐구나. 지금의 널 보니 젊었을 적 네 엄마가 생각난다. 네 엄마가 널 지금까지 지켜 준 것 같구나. 어쨌든 무사히 돌아와 줘서 정말 고맙다. 얘야."

키세레는 고개를 끄덕였다. 집에 있을 땐 아버지의 체온이 이렇게 따뜻한 줄 몰랐다.

그녀는 아버지의 눈을 바라보며 말했다.

"저를 지켜 준 사람이 한 명 더 있어요, 아버지."

순간 조나단은 얼굴을 살짝 찡그렸다. 딸이 무엇 때문에 나갔는지 잘 아는 그였다. 그는 설마 하는 심정으로 물었다.

"물론…… 남자겠지?"

키세레는 자리에 앉으며 고개를 끄덕였다.

"아버지도 맘에 들어 하실 분입니다. 테라트 님을 찾기 위해 말스 왕국에서 오신 기사죠."

"아, 그 붉은 장발의 검객 말이구나. 하긴 보통 젊은이라고 생각되진 않았다만……."

조나단은 해방전선 본진을 찾아왔을 때 본 붉은 장발의 남자를 떠올렸다.

자신의 딸을 꼬드겨 함께 가출한 옆집 건달과는 차원이 달랐다. 타오르는 듯한 머리카락만큼이나 강렬한 카리스마, 멀리서도 느껴지는 힘, 멋진 외모는 조나단을 감격시키기에 충분했다.

"하지만 신분이 불확실하지 않으냐? 난 아직 그 청년의 이름조차 모르는데."

"아버지, 설마 또 가문을 따지시는 건 아니겠죠?"

"아, 아니다. 그럴 리가 있겠느냐."

딸을 다시 잃고 싶지 않은 조급함이 조나단의 억지스러운 미소에 묻어났다. 그 미소는 어린 티퍼가 보기에도 어색했다.

"조나단 님, 총사령관님께서 찾으십니다."

한 청년이 막사 안으로 들어왔다. 바로 그 붉은 머리칼의 청년이었다. 마침 화제로 삼고 있던 리오가 들어오자 키세레는 활짝 웃으며 그를 맞았다.

"아, 리오 님, 이서 오세요."

"예? 아, 예……."

난데없는 환영에 리오는 약간 어리둥절했다. 가만히 리오를 바라보던 조나단이 말했다.

"자네, 아까 날 봤을 때 소개를 안 한 것 같은데……."

리오는 아차 하며 자신을 소개했다.

"아, 죄송합니다. 말스 왕국에서 온 리오 스나이퍼입니다. 그저 떠돌이 기사입니다."

떠돌이라는 말에 조나단의 눈썹이 꿈틀댔다. 뒤에 기사가 붙긴 했지만 별 소득원 없이 떠돌아다니는 건달이나 마찬가지기에 그의 가슴은 찢어지는 듯했다.

조나단의 실망한 눈에서 뭔가를 읽은 리오는 빙긋 웃으며 말을 덧붙였다.

"말스 전하와는 아주 각별한 사이지요."

그 말에 조나단이 벌떡 몸을 일으켰다. 그는 자신보다 훨씬 큰 리오의 어깨를 툭툭 두드렸다.

"정말 고맙네, 내 딸을 지켜 줘서. 앞으로도 잘 부탁하네."

"아, 아버지……."

조나단의 마지막 말은 의미심장했다. 그 말에 키세레의 얼굴이 발그레해졌다.

"예? 무슨 말씀을……."

리오는 내심 당황했다. 조금 전까지 자신의 신분에 대해 탐탁지 않은 표정을 짓던 조나단에게서 자기 딸을 잘 부탁한다는 말이 나오리라곤 전혀 예상치 못했기 때문이다.

"어, 어서 가시죠. 테라트 님께서 기다리시겠습니다."

"음."

조나단은 노바로드를 허리에 차며 막사를 나섰다.

리오는 실소를 터뜨리며 자리에 앉았다.

"아니, 키세레 양. 도대체 뭐라고 말씀드렸기에 조나단 님께서 그런 말씀을······."

"어머? 아버지의 뜻을 이해 못하셨나요, 리오 님?"

리오는 점점 불안했다.

"그, 글쎄요?"

더욱 당황해하는 그의 옆에 키세레가 다가앉았다. 동생이 쳐다보고 있는 것도 잊은 듯, 그녀는 리오의 팔을 안으며 미소 지었다.

"아버지께서 교제를 허락하셨······."

"어이, 리오! 여기서 뭘 하는 거야!"

지크가 급히 막사 안으로 들어왔다. 막 무슨 말을 하려던 키세레의 얼굴이 금세 굳어졌다.

"미안해요, 아가씨. 잠깐 리오 좀 빌려 갈게요. 야, 어서 나와, 인마."

지크가 거칠게 리오의 망토를 잡아당겼다. 리오는 내심 고마워하며 이유를 물었다.

"무슨 일이야? 급한 일이라도 생긴 거야?"

"붉은 옷을 입은 정부군 측 여자 마법사가 널 찾아. 섹시하게 생겼던데?"

"붉은 옷? 설마!"

"옆에 다른 여자도 하나 있는데, 그 여자를 본 리카와 클루토 얼굴이 굳어지더라고. 너하고 깊이 관계된 일인 것 같아서 이 몸이 직접 널 찾아온 거지. 자, 빨리 움직여!"

"뒤를 부탁해."

리오는 키세레에게 인사도 하지 않고 급히 막사를 나섰다. 키세레는 그런 그의 모습에서 불안감을 느꼈다.

"지크 님, 도대체 무슨 일이죠?"

지크는 머리를 세게 긁적였다.

"몰라요. 저 녀석은 여자관계가 하도 복잡해서, 찾아온 여자가 누구인지 모르겠어요. 하여튼 내 이럴 줄 알았다니까, 저 바람둥이 녀석."

"네?"

키세레는 지크의 말을 얼른 이해하지 못했다.

"레, 레나 공주님…… 도대체 어떻게 된 일이지?"

클루토의 입술이 떨렸다. 리카는 겁에 질려 움직이지도 못했다. 연푸른색 잔광이 몸 주위에 감도는 레나의 차가운 모습은 그녀가 입은 흑색 드레스만큼이나 공포감을 안겨 주었다.

"레나야, 이걸 어쩌지? 그 붉은 장발의 청년이 이젠 널 보기조차 싫은 모양이구나. 오호홋."

붉은 옷의 마녀, 타르자는 요기 서린 미소를 띤 채 레나를 뒤에서 안았다. 레나는 인형처럼 미동도 하지 않았다.

"타르자!"

이윽고 리오가 달려왔다. 타르자에게 정신이 팔린 그는 옆에 있는 레나를 미처 보지 못했다. 그러나 알아채기까지 그리 오래 걸리지 않았다.

"아니, 또다시 이런 일이……."

그 짧은 말속엔 수만 개의 단어가 숨겨져 있었다. 악몽과도 같은 기억이 그의 머릿속을 스쳤다.

"이게 무슨 짓인가, 타르자! 이게 네가 말한 그 파티인가!"

리오의 목에 퍼런 핏줄이 솟았다.

"그렇게 나를 없애고 싶으면 직접 덤벼! 더 이상 죄 없는 사람을 괴롭히지 말란 말이다! 어서 레나를 정상으로 돌려놔!"

타르자는 재미있다는 듯 눈썹을 움직였다.

"후후훗. 그때의 기억이 다시 떠오르지 않나요, 리오 스나이퍼? 어떤가요. 그때의 그녀와 복장도, 액세서리도 모두 같답니다. 마력 역시…… 오호호호홋!"

"닥쳐라!"

리오가 보라색 검을 뽑었다. 순간 강한 충격파가 그가 있는 곳으로부터 수백 걸음 떨어진 지점까지 일직선을 그리며 뻗어 나갔다.

옆으로 가볍게 몸을 피한 타르자는 실소를 터뜨렸다.

"호홋, 레나야, 흥분은 몸에 좋지 않다는 것을 가르쳐 주렴."

"예."

레나가 가녀린 팔을 리오 쪽으로 뻗었다. 분노에 몸을 떨던 리오가 손을 저으며 외쳤다.

"그만해! 정신 차려, 레나! 나는……."

"닥쳐."

레나의 팔 전체에 마법진이 그려졌다. 리오는 망토로 황급히 자신의 몸을 감쌌다.

"프로스티!"

"크윽!"

3급 냉동계 주문 프로스티의 빛이 리오를 덮쳤다. 리오의 몸은 막사 두 개를 밀치고 식량 수송용 마차에 처박혔다. 리오가 밀려간 길과 마차는 마법의 위력으로 순식간에 얼어붙었다. 마차 뒤에 있다가 냉동된 병사 서넛은 유리처럼 깨져 바닥에 흩어졌다.

"리, 리오!"

리카가 리오 쪽으로 달려가려 했다. 그때 뒤늦게 달려온 키세레가 그녀를 붙잡았다.

"안 돼, 리카! 지금 가면 얼음덩이가 되고 말아!"

"이거 놔요! 리오가 저기 있단 말이에요. 어서 구해야 돼요!"

흥분한 리카를 멈추게 한 것은, 클루토도 키세레도 아니었다. 리오가 처박힌 마차에서 솟은 거대한 화염이었다.

"리오!"

리카의 얼굴은 순간 놀라움으로 변했다. 토시와 망토에서 뿜어져 나오는 화염에 휩싸인 리오의 모습은 연옥에서 나온 사자와도 같았다. 붉게 변한 눈과 리오의 싸늘한 미소는 근처 사람들을 놀라게 하고도 남았다.

"파티 예고편이 너무 재미있군. 후훗. 내일까지 참기 힘들 정도인데? 1백 년 전 일의 재생이라…… 너무 기대돼서 미칠 지경이야!"

온몸을 휘감은 화염이 왼팔을 타고 한 번에 뻗어 나갔다.

타르자는 가볍게 웃으며 그 화염탄을 옆으로 밀쳤다. 화염탄은 살짝 방향이 꺾이면서 옆의 건물에 맞았다. 폭발하는 건물 앞에서 타르자는 살짝 눈웃음을 지었다.

"참으면 참을수록 내일의 파티가 훨씬 더 즐거워질 겁니다. 이제 24시간도 안 남았으니 걱정 마세요, 리오 스나이퍼. 당신이 고통스러워하는 모습을 저도 기대하고 있습니다. 호호호호홋!"

"볼일은 끝났나?"

순간 낮은 음성과 함께 타르자의 풍만한 가슴을 뚫고 커다란 창살이 튀어나왔다. 돌발 상황에 타르자는 입에서 피를 뿜으며 뒤를 돌아보았다.

"커헉! 누구냐!"

푸른 장발이 흩날렸다. 슈렌은 덤덤한 표정으로 타르자의 등에 꽂힌 그룬가르드를 뽑으며 답했다.

"대답하기 싫군."

"큭, 네가 바로 요우시크가 말한 리오의 한패로구나! 좋아, 이만 가 주지. 너도 내일을 기대하는 게 좋을 거다! 가자, 레나!"

"예."

공간이 일그러짐과 동시에 둘의 모습이 사라졌다.

슈렌은 창에 묻은 타르자의 피를 보며 고개를 저었다.

"흠."

키세레를 비롯한 리오의 동료들은 걱정스러운 얼굴로 그를 바라보았다. 실의에 빠진 듯, 리오는 고개를 푹 숙인 채 서 있었다.

"리오 님."

키세레가 앞으로 나섰다. 그때 누군가 그녀의 어깨를 잡았다. 지크였다.

"놔두는 게 좋아요. 누가 무슨 말을 해도 지금 녀석에겐 먹히지 않을 테니까. 설령 신이라 해도……."

진지한 얼굴로 고개를 젓는 그의 모습에 키세레는 눈을 질끈 감았다. 아무 도움도 되지 못하는 자신을 책망하듯…….

"빌어먹을!"

리오의 말은 그걸로 끝이었다. 하늘에 뜬 두 개의 달은 서서히 서쪽으로 기울었다.

"크크큭, 불쌍한 녀석……."

음침한 성적만 흐르고 있는 성벽 위에, 누군가의 하얀 치아가 드러났다. 달빛을 받은 눈은 끝을 알 수 없는 광기를 뿜어 댔다. 얼마 지나지 않아 그 모습도 어둠 속에 묻혀 버렸다.

다음 날 아침, 리오는 토시를 고정하는 가죽끈을 단단히 조이며 마음을 가라앉혔다.

1백 년 전 당했던 일을 다시 떠올리고 싶지 않았다. 물론 다시 당하고 싶은 마음도 없었다.

"다시 또……. 아냐, 방법이 있을 거야."

그러나 1백 년 전에도 그렇게 말했다. 그는 그 기억을 떠올리며 곤혹스러운 표정을 지었다.

토시를 다시 묶은 그는 장갑을 꼈다. 두껍지도, 얇지도 않은 편한 장갑이었다.

"음?"

리오는 눈을 깜빡거렸다. 검은색 장갑 표면에 갑자기 피가 보였다. 착시였다. 1백 년 전의 기억이 다시 떠오른 듯했다.

리오는 묵묵히 거울 앞으로 다가갔다. 산발을 한 자기 모습이 이상할 정도로 우스웠다.

그는 굵고 긴 손으로 머리 끈을 집었다. 편히 잘 때와 머리를 감을 때 외에 머리카락을 고정해 주는 고마운 끈이었다.

또한 그가 가진 물건 중 가장 무거운 물건이기도 했다.

머리를 묶은 리오는 길게 심호흡을 했다. 막사의 가죽 냄새가 밀려왔다.

"좋아. 마지막에 웃는 사람이 진짜 이기는 거다, 타르자."

리오는 씩 웃으며 막사를 나섰다. 아침 햇살이 그 어느 때보다 따스했다.

"일어나셨군요."

리오의 막사 밖에 기대서 있던 키세레가 다가왔다. 리오는 고개를 끄덕였다.

"예. 저를 기다리셨나요?"

그녀 역시 고개를 끄덕였다.

"……."

잠시 동안 그녀가 말이 없자 리오가 입을 열었다.

"무슨 말씀이라도 해 보세요. 괜히 기분이 이상해지는군요."

"아, 죄송합니다. 저, 이런 말 물어봐도 될는지 모르겠는데, 어제 왔던 그 여자분…… 에메랄드 빛 머리카락의 여자분 말입니다. 혹시 잘 아는 사이인가 궁금해서요."

분명 키세레 자신이 원한 질문은 아니었다. 리오를 의식해 뒷말을 바꾸었지만, 그는 그녀의 의도를 알아챘다.

"예전에 뉴파사에서 레나라는 여성의 무덤을 본 일이 있으실 겁니다. 그녀는 1백 년 전 가즈 나이트에게 죽음을 당하고 그 무덤에 묻혔죠."

"네?"

키세레는 또 한 번 속으로 투덜댔다.

'이 남자는 검술로 사람을 놀라게 하는 재주보다 말로 놀라게 하는 재주가 더 비상하다니까.'

리오는 쓸쓸한 눈으로 말을 이었다.

"그 가즈 나이트는, 타르자라는 마녀에게 정신을 지배당한 레나를 되찾기 위해 자신이 아는 모든 방법을 동원했답니다. 하지만…… 그녀의 정신은 돌아오지 않았죠. 결국 자포자기한 가즈 나이트는 그녀의 목을 베었답니다."

"……."

키세레는 손으로 입을 가린 채 리오의 얘기를 계속 들었다.

"그 가즈 나이트는 보았답니다. 자신의 검에 의해 떨어져 나간 레나의 얼굴이 변해 가는 것을요."

리오는 침을 꿀꺽 삼켰다.

"입을 움직이진 못했지만 광채를 잃은 눈으로 가즈 나이트에게 말했습니다. 미안하다고, 그리고 고맙다고 말입니다."

키세레는 눈을 감았다. 눈을 뜨면 눈물을 보일 것만 같아, 도저히 눈을 뜰 수 없었다. 리오는 계속 말했다.

"그 가즈 나이트는 마치 업보를 진 사람처럼 자신의 머리카락을 항상 묶고 다닌답니다. 그의 머리카락을 처음으로 묶어 준 사람이 바로 레나였기 때문이죠. 그런데…… 슬픈 일이 다시 벌어지고 말았답니다. 1백 년 전의 레나와 이름도, 얼굴도, 목소리도, 그리고 에메랄드 빛 머리카락도 빼닮은 여자가 그 가즈 나이트 앞에 나타난 것입니다. 가즈 나이트는 결심했답니다. '다시는 레나라는 여성을 슬프게 만들지 말자. 이번엔 반드시 지켜 주자.' 그런데 바보같이 지키지 못했답니다. 타르자라는 마녀에게 다시 그녀를 빼앗기고 말았죠."

잠시 침묵이 흘렀다. 리오는 피식 웃었다.

"결국 그 가즈 나이트 앞에 레나가 다시 나타났습니다. 1백 년 전과 마찬가지로 타르자에게 정신을 빼앗긴 채 말이죠. 가즈 나이트는 분노했답니다. 그 분노만큼 울고 싶었지만, 더 이상 그의 눈에선 눈물이 나오지 않았습니다. 1백 년이란 시간 동안 눈물을 전부 흘려 버린 탓이죠. 후훗."

"리오 님……."

키세레는 조용히 리오의 등을 안았다. 그녀의 눈물이 리오의 망토를 적셨다. 지금까지 자신이 이 남자에게 했던 행동, 알지 말아야 할 것을 알려고 했던 것, 그리고 지금 눈물을 흘리고 있다는 것 자체가 너무나 미안했다.

"가즈 나이트는 마지막으로 결심했습니다. 반드시 레나를 되찾겠다고 말이죠. 그는 마음이 약했거든요. 그녀를 잃는다는 것이 두려웠나 봅니다. 수만의 목숨을 빼앗아도 눈 하나 깜짝 않던 그가 왜 그녀 앞에선 작아지는지…… 저도 잘 모르겠군요."

리오의 마지막 말은 긴 여운을 남겼다. 키세레는 깊이 얼굴을 묻으며 말했다.

"질투가 나요. 태어나서 처음으로…… 그 레나라는 여자에게 질투가 나요."

"……."

"이대로 당신을 빼앗기기 싫어요. 만약 레나 양을 되찾는다 해도, 제발 저를 떠나지 마세요."

리오는 아무 말 없이 미소 지었다.

만약 레나를 찾는다 해도 그는 떠나야 한다. 레나든, 키세레든 그 누구도 선택할 수 없다. 자의에 의해서든, 타의에 의해서든…….

정오가 되었다. 햇빛이 점점 강하게 내리쬐었다.

수도의 거리는 적막감이 감돌았다. 주민은 모두 대피한 상태였다. 간혹 쥐와 집벌레들만이 남은 음식을 찾아 배회할 뿐이었다.

갑자기 어디선가 소리가 들려왔다. 수천에 달하는 오크와 브롤의 연합군이 해방군 본진을 향해 진격해 왔다. 그들의 뒤집힌 눈엔 아무것도 보이지 않았다. 오직 인간을 없애겠다는 생각뿐이었다.

"온다!"

바리케이드를 치고 대기하던 병사 중 하나가 나지막이 중얼댔다. 가이라스 왕국 최후의 결전은 그렇게 본편으로 치달았다.

작전상 오크와 브롤의 연합군을 처음 맞이할 부대는 어제 합류한 기사단이었다. 절반 이상이 민병대로 이루어진 해방군 보병대보다는 전문가인 그들이 훨씬 효율적으로 적을 상대할 것은 당연했다.

그러나 그런 작전이나 법칙을 매번 무시하는 남자가 있었다.

"좋아! 지금까지 꾹 눌러 왔던 투혼을 무제한으로 보여 주마! 하하하핫!"

그 생기발랄한 목소리에 반응하듯 야만족들이 괴성을 지르며 그를 향해 달려들었다.

땅을 뒤흔드는 발소리를 들으며, 지크는 허리에 찬 자신의 무명도를 천천히 뽑아 들었다. 오랜만에 공기에 닿은 칼날이 푸른빛을 발했다.

지크의 온몸에 스파크가 일었다. 주먹이나 발끝에 잠깐 흐르던 것과는 차원이 달랐다. 근처의 쇳덩이들까지 그 엄청난 뇌력에 불꽃을 튀겼다.

"간다!"

화살이 날아가듯, 지크의 몸이 지면을 박자고 튀어 나갔다. 수백 걸음 앞까지 접근한 적의 군단과 인간 화살이 충돌한 순간, 마치 분수처럼 피와 살점, 뼛조각이 공중으로 튀어 올랐다.

"죽어 버려!"

오크의 망치도, 트롤의 곤봉도, 브롤의 검도 지크가 펼치는 무명도의 화려한 검술 앞에서 가루로 변했다. 지크는 인간 병기 그 자체였다.

5분이 흘렀지만 적들은 지크라는 방어선 하나 뚫지 못했다. 잠시 후 호른 소리와 함께 적들이 움직임을 멈췄다.

"휴식 시간인가? 너무 이른데, 친구들?"

지크는 씩 웃으며 자세를 가다듬었다.

그 모습에서 공포감을 느낀 쪽은 오히려 해방군 병사들이었다. 대기하던 기사단도 마찬가지였다. 5분 동안 쉴 새 없이 적을 물리친 지크가 숨 한 번 헐떡이지 않고 자세를 잡는 모습은 공포 그 자체였다.

"저 괴물이 어제 아침까지는 우리 적이었다…… 이건가?"

레드 나이트의 대장은 고소를 금치 못했다. '과연 이길 수 있었을까'라는 말보다 '과연 몇 분이나 버텼을까'라고 생각하는 쪽이 현실적이었다.

"뭐야, 덤비지 않으면 내가 간다!"

지크가 지루함을 견디지 못하고 무명도로 수차례 지면을 쳤다. 리오의 것보다는 범위와 파괴력이 덜했지만 수와 날카롭기에선 압도적인 진공파들이 땅으로 뻗어 나갔다.

"쿠워억!"

적들이 외마디 비명을 지르며 사방으로 나가떨어졌다.

또다시 호른 소리가 들려왔다. 후퇴 신호였다. 대열을 정비하기도 전에 다시 타격을 입었으니 당연했다.

"벌써 가는 거야? 뭐, 좋아! 아저씨들, 가죠!"

지크는 아쉬움을 달래며 뒤로 물러섰다.

"좋아, 구경이나 하게! 가자, 얘들아!"

대장의 지휘에 따라 레드 나이트들은 고유의 무기 해머를 휘두르며 적들을 뒤쫓았다. 적들은 다시 대열을 갖추려 했지만 이미 때는 늦었다. 시가전이라 대열을 다시 맞추기도 어려웠고, 반격을 시도하려 해도 레드 나이트의 해머가 너무나 빨랐다.

"한 놈도 남기지 말고 모조리 머리를 깨라! 비위 약한 녀석들은 머리 대신 등골을 쳐라! 하하핫!"

성격이 거칠기로 유명한 레드 나이트의 대장은 공포스러울 정도로 호탕한 웃음을 터뜨리며 해머를 휘둘렀다.

무기 자체가 거친 탓일까. 야만족의 시체 중에서 머리가 온전한 시체는 하나도 없었다.

다른 곳에서도 해방군의 진격은 시작됐다. 어떤 골목에선 밀고 밀리는 싸움이 이어졌지만, 대부분의 지역에서 해방군의 일방적인 우세로 끝났다.

특히 템플러들의 활약은 그 명성 이상이었다. 각 기사단의 대장만은 못했지만 그들과 맞먹을 정도의 뛰어난 무술 실력은 팀워크와 맞물려 최대의 살상 능력을 이끌어 냈다.

"좋아! 다음 공격을 준비하라! 신호를 보내!"

조나단의 명령에 따라, 후열에 위치한 템플러가 대형 호른을 불었다. 아침에 신호에 대한 설명을 들었던 해방군들은 착실히 진형을 정리하고 다음 공격을 준비했다.

"우워! 우워!"

인간의 언어와는 다른 트롤의 언어가 알현실을 흔들었다. 앉은 자세로 공중에 떠 있던 타르자는 빙긋 웃으며 트롤을 내보냈다.

알현실 중앙엔 거대한 유리구슬이 놓여 있었다. 그 구슬 속에서 벌어지는 해방군과 야만족의 전투를 지켜보던 타르자는 고개를 저으며 말했다.

"역시 머리 나쁜 녀석들로는 힘들군. 하긴, 급조했으니 그럴 수밖에. 그럼 루브레시아 공작, 제 부탁 좀 들어주시겠습니까?"

자신의 부하 10여 명과 함께 구슬 속의 상황을 지켜보던 루브레시아는 씩 웃으며 코트의 단추를 풀었다.

"기다리고 있었소. 우리 애들이 싸우고 싶어서 몸을 떠는데, 보기가 얼마나 민망한지. 후후훗. 자, 가거라, 슈타인메츠. 저 하등한 인간들을 말끔히 쓸어 버려라."

"예. 염려 마십시오, 공작님."

슈타인메츠를 비롯한 마룡족 전사들이 잔상을 남기며 사라졌다. 그러나 루브레시아는 남았다.

"뭘 하시오…… 루브레시아…… 공작……?"

숨 가쁜 목소리의 주인공 요우시크가 물었다. 루브레시아는 씩 웃으며 답했다.

"뭘 하다니, 무슨 말이오? 당신들은 날 움직일 정도의 황금을 준 일이 없소. 그리고 설령 황금을 준다 해도 전 차원계 최고 가문의 용병이 고작 황금 정도로 움직일 것 같소? 하하하핫."

타르자의 눈썹이 꿈틀댔다. 루브레시아는 말끔히 넘긴 머리를 매만지며 말을 이었다.

"당신들에게 상황을 들어 보니, 우리가 싸구려 소모품이라는 생각이 드는 게 아니겠소? 지금까지 확인된 바로는, 적의 주요 전력은 가즈 나이트 셋과 용제 하나요. 여기서 그들을 상대할 수 있는 사람은 타르자, 요우시크 당신들과 저기 있는 에메랄드 빛 머리카락 아가씨뿐이지. 객관적으로 봐도 이쪽이 훨씬 밀리지 않소?"

"그래서 뭘 원하는 거죠?"

티르자가 곱지 않은 눈길로 루브레시아를 바라보았다. 중년의 마룡은 어깨를 으쓱거렸다.

"아아, 이래 봬도 난 목숨을 담보로 장사하는 장사꾼이오. 꼭 필요한 시점에서 가격을 올리는 건 장사의 기본이지. 내가 움직일 수 있을 정도의 대가를 주시오. 내가 안 움직이면 우리 애들만 다치겠지. 나야 뭐, 상관없지만. 후후후훗."

루브레시아의 말에 요우시크의 숨이 더욱 거칠어졌다. 요우시크는 불끈 쥔 주먹을 풀며 입을 열었다.

"조건을…… 거시오……."

"카오스 에메랄드. 그것도 대형으로 두 개."

"뭐라고!"

요우시크의 검 로제바인이 붉은 섬광을 그렸다. 그러나 그 검은 루브레시아의 손가락 사이에 가볍게 잡히고 말았다.

"난 왜 우리 마룡족이 시답잖은 보통 드래곤들을 괴롭히고 있어야 하나 고민했소. 물론 그만큼의 대가는 지불받았으니 별 생각 안 했지만, 저번에 요우시크 당신이 말한 그 '각본'이라는 얘길 들은 후부터 그 얘기가 상당히 맘에 걸리더군. 그래서 조사해 봤더니, 당신들 아주 어마어마한 고가품을 키우고 있더군. 생물의 슬픔과 분노, 절망을 먹고 자라는 악마의 보석 카오스 에메랄드…… 정체를 아는 사람이라면 누구나 그 보석에 군침을 흘리지. 자, 긴말 필요 없소. 어쩔 거요?"

루브레시아는 천천히 손을 비볐다. 여유가 넘치는 그의 표정에 타르자가 실소를 터뜨렸다.

"후훗, 당신을 너무 우습게 봤군요. 앞만 본 탓에 미처 뒤를 살피지 못한 것 같군요. 좋아요, 드리죠. 단, 가즈 나이트 한 명 이상은 처리해야 합니다."

루브레시아가 미소를 짓자 그의 송곳니가 살짝 드러났다.

"걱정 마시오. 난 신용 말고는 남은 게 없으니까. 후후후훗."

"총사령관님! 큰일 났습니다!"

한 병사가 급히 테라트에게 다가왔다. 지도를 펴고 상황을 분석하던 총사령관은 병사를 바라보았다.

"무슨 일인가?"

"블루 나이트가 전멸당했습니다! 대장 윌슨 프로페서 이하 전원이…… 전멸당했다고 합니다!"

"뭐라고! 똑바로 말해 보게!"

병사의 말인즉, 하늘에서 날아온 괴인들이 블루 나이트들을 유린하며 그들을 전멸시켰다는 것이었다.

"마룡족인가…… 후훗."

리오가 씁쓸히 웃으며 일어섰다. 그의 눈빛을 읽은 테라트가 걱정스럽게 물었다.

"괜찮겠나? 어제저녁의 일을 나도 들었네만……."

"걱정 마십시오. 이제 저희가 나갈 차례입니다. 이제부터는 정말로 위험하니 부대원들을 모두 후퇴시켜 주십시오."

"알았네. 그럼 믿겠네."

막사 밖으로 나온 리오는 천천히 몸을 풀며 시야를 확대했다. 가즈 나이트의 눈은 인간의 눈과는 많이 달랐다. 적외선 시각과 시야 확대, 축소 능력 등, 그들의 눈은 전투 병기로서 갖춰야 할 최선의 시야를 갖추고 있었다.

"리오!"

리카와 클루토가 그에게 달려왔다. 리오는 자신의 시각을 정상으로 돌리고 아이들을 바라보았다.

"지금 나가시려고요?"

클루토가 물었다. 리오는 고개를 끄덕였다.

"음, 마룡족들이 나타났다는구나. 이제부터는 정말 위험하니 본진 사람들과 함께 후퇴하렴."

"괜찮겠어, 리오?"

리카가 걱정스러운 표정을 지었다.

"후훗, 설마 죽기야 하겠니. 좀 지루할지 모르지만 참고 기다려 보겠니? 이번 일이 무사히 끝나면 아마 성대한 파티가 열릴 거야. 이자록스 공주님은 그것부터 생각하고 계시더구나."

"알았어. 그럼, 다녀와, 리오! 기다릴게!"

"저도 응원할게요, 리오! 믿어요!"

아이들이 엄지손가락을 치켜세웠다. 리오 역시 엄지손가락을 내밀었다.

리오의 몸이 천천히 떠올랐다. 기에 의해 가속화된 기류가 그의 망토와 붉은 장발을 뒤흔들었다. 그 어느 때보다 진지한 리오의 눈이 빛났다.

"시작해 볼까?"

리오가 전장을 향해 날았다. 급가속에 의한 충격으로 리카와 클루토가 비틀거렸다. 그러나 그들의 눈은 감격에 차 있었다.

"리카, 리오 같은 사람을 만나다니 우린 정말 운이 좋은 것 같지 않니?"

말이 끝나기가 무섭게 클루토의 머리에 불똥이 튀겼다. 리카가 주먹을 불끈 쥔 채 말했다.

"세상에서 가장 운이 좋은 사람이야!"

"아, 알았어, 리카."

두 아이는 서로를 보며 웃었다. 껴지 말았어야 할 일에 휘말려, 멀고 먼 가이라스 왕국의 한쪽 낯선 이곳까지 왔지만 아이들에게

서 불만의 빛이란 찾아볼 수 없었다. 하루하루 모든 일이 그 아이들에겐 멋진 모험이었다.

병사들은 일순간 자신들 머리 위로 날아가는 한 존재를 보았다. 붉은 장발에 회색 망토. 그들은 자신도 모르게 입을 떡하니 벌리고 말았다. 1백 년 전 그들의 할아버지와 할머니 들이 그랬던 것처럼…….

자신들을 향해 날아오는 거대한 존재에 마룡족들은 동작을 멈췄다. 마룡족들 사이엔 화장을 짙게 한 슈타인메츠도 있었다.

"가즈 나이트!"

그들 앞에 리오가 멈춰 섰다. 지면에 발을 붙인 리오는 미소와 함께 디바이너와 파라그레이드를 뽑아 들었다.

"잘 있었나, 슈타인메츠? 개인적인 일로 만나지 않아 상당히 기쁘군. 후훗."

"흥, 맘대로 지껄여라, 리오 스나이퍼. 미안하지만 네 상대는 우리가 아냐. 우린 너에게 볼일이 없다!"

슈타인메츠의 입에서 황색 섬광이 번뜩였다. 리오는 팔로 그 공격을 막았다. 그사이 마룡족들은 후퇴하는 해방군들을 없애기 위해 공중을 날았다.

"예의가 없구나, 꼬마 도마뱀!"

"헛?"

날아가던 마룡족 한 명의 머리 위로 누군가 나타났다. 하나로 모은 주먹을 뒤로 쭉 뺀 채 가격할 준비를 마친 금발의 남자 지크는 악동 특유의 미소를 지은 채 목표가 된 마룡을 내리쩍었다.

"떨어져!"

후두부를 정통으로 맞은 마룡족 청년의 머리가 새총을 맞은 과

일처럼 터졌다. 마룡족의 움직임은 그 자리에서 멈췄다.

마룡족 시체와 함께 착지한 지크는 킥킥 웃으며 엄지손가락을 밑으로 내렸다.

"예의를 가르쳐 주마, 도마뱀들. 자, 빨리 내려오시지? 이 지크 님은 하늘을 날지 못한다고."

"……."

마룡족들은 단 한 명도 지상에 내려오지 않았다. 멀리서 그 모습을 지켜보던 리오가 뒷머리를 긁적였다.

"약점을 말하다니, 바보 녀석."

"이, 이 자식들 안 내려와! 진짜 혼내 준다!"

그러나 그럴수록 마룡족들은 더욱 고도를 높였다. 하지만 함부로 움직이진 못했다. 리오의 추격권 안이기 때문이었다.

진퇴양난에 빠진 마룡족은 할 수 없다는 듯 각자의 무기를 거머 쥐었다.

"싸우자, 친구들!"

"음!"

모든 마룡족이 지상으로 내려왔다. 길길이 날뛰던 지크도 그제 야 진정했다.

"헤헷, 진작 그럴 것이지, 자식들! 자, 리오! 네가 3분의 1을 맡아! 나머진 내가 맡지!"

"음, 인심 한번 후하군. 후훗."

천천히 검을 돌리며 다가오는 리오, 주먹 관절을 풀며 자세를 잡 는 지크. 둘 다 마룡족들에겐 버거운 상대였다.

젊은 마룡들의 실질적인 리더 슈타인메츠가 잔뜩 긴장해 있는 발렌타인의 등을 두드렸다.

"음? 무슨 일이야, 슈타인메츠?"

"넌, 가."

"뭐?"

"너뿐만 아냐. 다른 여자 마룡들 모두 본거지로 돌아가도록 해. 우리 마룡족은 여자가 귀하다는 걸 너희가 더 잘 알잖아."

"무, 무슨 소리야! 우리도 싸울 수 있어!"

"닥쳐! 루브레시아 공작님 명령이다! 가즈 나이트와 싸우게 되면 여자들은 돌려보내라고 하셨다!"

발렌타인을 비롯한 마룡족 여성들은 고개를 푹 숙였다.

"흠, 싸울 기분이 안 나는군."

리오의 한쪽 눈썹이 씰룩였다. 그는 마룡족 상황을 잘 알고 있었다. 일정한 공간 없이 모든 차원을 떠돌며 용병 생활을 하는 마룡족에게 여성이란 존재는 무엇보다도 소중했다. 후세를 남기지 못하고 죽는 마룡도 많았다.

마룡족 여성들이 하늘로 떠올랐다. 눈시울이 붉어진 발렌타인이 슈타인메츠를 향해 외쳤다.

"슈타인메츠! 나중에 내가 아이를 낳으면, 꼭 가즈 나이트보다 강한 아이로 만들어서 복수해 줄 테니 걱정하지 마! 편히…… 눈 감아!"

"그래."

발렌타인의 눈물에, 웃음이 없을 것만 같던 슈타인메츠도 쓸쓸히 웃었다. 그들의 모습을 묵묵히 바라보던 리오는 곧 피식 웃으며 남은 마룡족 청년들에게 다가갔다

"꿈 많은 소녀군, 저 아가씨."

"뭐라고?"

슈타인메츠의 얼굴이 일그러졌다.

"돌연변이가 태어난다 해도 가즈 나이트를 능가할 수는 없지. 자, 이제 말은 필요 없다. 그 이유를 몸으로 느껴 보도록."

"흥!"

슈타인메츠는 자신의 대검을 단단히 부여잡았다. 여기서 가즈 나이트를 쓰러뜨리면 발렌타인을 다시 만날 수 있을 거란 생각이 들었다.

그는 지면을 달렸다. 상대가 신계 최고의 전사라 해도 두렵지 않았다. 목숨을 걸고 싸운다면 이길 것만 같았다. 반월형의 대검을 휘두르자 흰색 잔광이 나타났다 사라졌다. 상대는 반응조차 하지 않았다. 이긴 것인가?

"아직 일러."

슈타인메츠와 리오의 눈이 마주쳤다. 젊은 마룡족의 눈앞에서 유리처럼 잘린 검의 파편이 흩날렸다.

"크으윽!"

역시 이길 수 없었다. 슈타인메츠는 눈을 감았다. 그는 곧바로 닥쳐 올 고통을 기다렸다.

"멈춰!"

낯익은 외침이 들려왔다. 슈타인메츠는 다시 눈을 떴다. 방금 전 떠났던 발렌타인이 그의 앞을 가로막고 있었다.

"안 돼! 발렌타인!"

순간 거대한 압력이 둘의 몸을 밀어냈다. 한 몸이 되어 바닥을 구른 두 마룡족은 이제 끝이구나 생각했다.

시간이 흘렀다. 얼마나 지났을까. 머리에 통증이 느껴졌다.

"아! 발렌타인!"

"슈, 슈타인메츠?"

슈타인메츠는 급히 앞을 바라보았다. 붉은 장발의 가즈 나이트는 가이라스 왕궁 쪽으로 시선을 돌린 채 서 있었다. 젊은 마룡의 얼굴은 다시 일그러졌다.

"이, 이게 무슨 짓인가! 자비를 받느니 차라리 죽음을 택하겠다! 그렇게 나에게 치욕을 안기고 싶은가!"

리오는 여전히 등을 돌린 채 말했다.

"아, 그럼 내가 졌다고 치지."

"뭐?"

"내가 졌다니까. 여긴 위험하니 어서 다른 곳으로 가. 여파에 맞아 죽어도 난 몰라."

리오는 여전히 그들을 등진 채 말했다. 다른 마룡들이 다가와 슈타인메츠의 어깨를 두드렸다.

"너, 너희?"

"잘했어, 슈타인메츠. 이제 뒤는 공작님께 부탁하자."

"그래. 넌 최선을 다했어, 슈타인메츠."

슈타인메츠는 멍하니 동료들을 바라보았다.

"이상하게 김이 샌단 말이야. 빌어먹을!"

지크는 머리를 긁적이며 리오 옆에 섰다. 리오 역시 어깨를 으쓱거렸다.

"훗, 세상이란 그렇지, 뭐…… 음?"

그때였다. 작고 하얀 광채 하나가 리오와 지크의 머리를 스쳐 지나갔다. 그 광채는 서로 부둥켜안은 마룡족들 사이에 떨어졌다.

"이런! 엎드려, 지크! 너희도 피해!"

슈타인메츠가 움찔했다.

"뭐?"

리오와 지크는 급히 바닥에 엎드렸다. 그러나 마룡족들은 얼어붙은 듯 미동도 하지 못했다.

거대한 폭발이 일었다. 1급 마법 스타 티어즈였다. 그 폭발의 여파로 리오와 지크는 장난감처럼 날아갔고 폭발 중앙에 있던 마룡족들 몸은 순식간에 소멸됐다.

"으윽! 이런 빌어먹을!"

폐허 속에 처박힌 리오가 분노를 터뜨리며 밖으로 나왔다. 지크 역시 근처 폐허에서 튀어나와 고래고래 소리쳤다.

"어떤 녀석이야! 젠장!"

"홋, 가즈 나이트가 인정을 베풀다니, 어울리지 않는군."

리오와 지크 사이에 누군가가 나타났다. 흑색 코트를 입은 마룡공 루브레시아였다. 리오는 끓어오르는 분노를 도저히 억누를 수 없었다.

"어째서 그 애들을 죽인 거냐, 어째서! 네 녀석의 부하였지 않은가!"

루브레시아는 차갑게 답했다.

"후훗, 물론 그렇다. 하지만 녀석들은 용병…… 정이란 것은 어울리지 않는 자들이다. 돈에 죽고, 돈에 사는 용병이란 말이다, 리오 스나이퍼. 정을 알게 된 용병은 촉이 사라진 화살이나 마찬가지…… 차라리 버리는 게 나아."

"네 녀석!"

리오가 검을 휘둘렀다. 그러나 루브레시아는 가볍게 그 공격을 피했다.

"하하하핫. 안타깝나, 리오 스나이퍼? 화가 나나? 그럼 어서 덤벼라. 난 시간이 많지 않으니까."

"……."

리오는 눈썹만 꿈틀거릴 뿐 꼼짝도 하지 않았다. 지크는 무언가에 놀란 듯 황급히 몸을 피했다. 그런 이상한 분위기에, 여유만만하던 루브레시아의 얼굴에서도 미소가 사라졌다.

"무슨 꿍꿍이인가, 리오 스나이퍼. 설마 내가 두려운 것은 아니겠지?"

리오의 굳은 표정이 거짓말처럼 풀어졌다.

"아, 나도 널 상대할 시간이 없거든. 대신 내 친구가 싸워 줄 테니 이해해."

"뭐라고?"

순간 루브레시아의 몸에 시퍼런 빛이 내리꽂혔다.

"으, 으아아악!"

빛은 지면과 루브레시아를 일직선으로 훑었다. 루브레시아를 삼킨 빛은 곧 가이라스 왕궁을 둘러싼 방어막까지 훑고 지나갔다.

"으아아아악!"

루브레시아의 굵고 긴 비명과 함께 빛이 지나간 자리에서 폭발이 일어났다. 왕궁 방어막도 상당한 피해를 입은 듯 불꽃이 일었다.

"컥! 이, 이것은 기가 피니셔!"

치명상을 겨우 면한 루브레시아가 이마로 흘러내린 머리를 쓸어올리며 연기 너머로 보이는 거대한 그림자를 쏘아봤다.

「뭘 보나?」

그림자의 거대한 날개가 움직이자 그림자를 가린 스모그가 말끔히 걷혔다. 그림자의 정체는 군청색 갑옷 비늘을 지닌 당당한 체구의 거대 드래곤이었다. 루브레시아는 한눈에 그 정체를 알아봤다.

"후, 잊고 있었군. 우리 바이칼 용제 마마를 말이야. 하하핫!"

루브레시아의 눈에서 붉은빛이 뿜어져 나왔다. 곧 빛으로 변한 그의 몸은 바이칼에게 전혀 뒤지지 않을 정도로 커졌다.

마룡 중 유일하게 드래곤 듀크 급의 힘을 지닌 존재 루브레시아. 그의 힘은 우위를 따질 수 없는 서룡족과 동룡족, 양측의 우두머리와 비슷했다.

그도 원래는 서룡족이었다. 바이칼의 부친, 즉 선대 용제 밑에서 오랫동안 일을 한 그였지만 마룡족에게 정보를 판 것이 드러나 결국 선대 용제와 일대일의 대결을 펼치게 되었다. 그 와중에 그는 큰 부상을 입고 어디론가 사라져 버렸다. 바이칼이 용제로 등극한 이후, 그는 마룡족 용병대장으로서 다시 표면에 떠올랐다.

「용제여! 과연 네가 아버지만큼 강할지 의문이로구나!」

「흥, 장로는 내가 더 강하다고 말했다. 장로가 너보다는 오래 살았으니 정확하겠지.」

갑자기 하늘에 나타난 거대 드래곤 두 마리의 모습에 테라트를 비롯한 해방군 병사들은 넋을 잃었다. 하늘을 뒤덮은 거대한 날개에 태양마저도 가려졌다.

「여긴 너무 좁군. 다른 곳으로 가자, 루브레시아.」

「원한다면, 용제! 하하하핫!」

두 드래곤은 곧 남쪽으로 사라졌다. 그 모습을 걱정스레 바라보던 지크가 머리를 긁적이며 물었다.

"리오, 바이칼 녀석 다치기라도 하면 어떡해?"

그러나 리오는 별로 걱정하지 않는 듯했다.

"괜찮아. 이번 싸움은 바이칼이 반드시 이길 거야. 녀석은 일대일 대결 공포증에 걸려 있거든. 어릴 때 대결했다가 패배한 이후 그런 이상한 병에 걸렸지."

지크는 리오의 말을 얼른 이해할 수 없었다.

"공포증 걸린 애가 반드시 이긴다는 건 또 뭐야? 머리에 괜히 쥐 나게 하지 말고 확실히 얘기해."

"후, 나중에 직접 물어 봐. 자, 어쨌든 이번 전투도 이제 클라이맥스다. 지크, 왕궁으로 가자."

"아, 잠깐."

리오는 지크 쪽을 돌아보았다. 지크는 루브레시아의 마법에 죽은 마룡족의 넋을 위로하듯, 스타 티어즈의 폭발 현장 앞에서 엄숙히 합장을 했다.

"다음에 드래곤으로 다시 태어나면 서룡족으로 태어나라, 친구들. 드래고니스에서 파는 빵이 맛있거든. 다시 태어난 너희를 알아보면 빵 많이 사줄게."

"……."

리오는 슈타인메츠와 발렌타인의 모습을 떠올렸다. 지기 싫어하는 성격의 젊은 마룡족 용병들…… 수백 년 전 자신이 처음 가즈나이트가 되었을 때도 그들과 비슷했을 거라는 생각이 들었다. 감정을 억제한 채 싸우기만 하는 것은 그들이나 자신이나 마찬가지였다. 리오가 마지막에 슈타인메츠를 날리기만 한 건 그들의 기질을 이해하기 때문이었는지도 몰랐다.

"뭘 그렇게 멍하니 생각해? 끝났으면 어서 가자."

"아, 그래."

"그런데 슈렌 녀석은 어딜 간 거야? 아침부터 코빼기도 안 보이던데?"

"글쎄. 자, 그럼 잘해 보자, 지크."

"헤헷, 좋아."

둘은 서로의 주먹을 살짝 부딪쳤다.

리오의 말대로 전투는 서서히 종점으로 치달았다. 결과는 아무도 알지 못했다. 왕궁의 정문을 지나 알현실로 가는 리오도, 지크도, 그리고 루브레시아와 함께 결전의 장소로 가는 바이칼도…….

5

지는 해

알현실의 문이 서서히 열렸다.

지크는 뭔가 이상한 느낌이 들었다. 허전할 정도로 자신들을 막아서는 존재가 아무도 없었다.

"우리가 여기 올 걸 녀석들도 뻔히 알 거야. 막아도 소용없다는 걸 알고 있으니 이상할 건 없지."

"하긴."

그들이 들어서자마자 알현실 전체에 웅장한 음악이 흘렀다. 궁중 관현악단이 연주하는 걸까 하고 얼핏 생각했지만 그건 타르자의 마법이 만들어 낸 선율이라는 걸 곧 깨달았다. 알현실에는 가이라스 왕, 벨로폰 왕비, 요우시크, 레나, 네 사람과 함께 타르자가 예의 그 기묘한 미소를 띤 채 기다리고 있었다.

"자, 다음 행사는 뭔가, 타르자. 상품 추첨식?"

"홋, 농담이 늘었군요, 리오 스나이퍼. 좋습니다. 여기까지 오셨으니 결말을 짓는 게 좋겠죠. 자, 레나, 저분을 모시려무나, 지옥으로!"

"예."

대답과 동시에, 레나는 엄청난 속도로 리오에게 돌진했다. 마법 배리어를 이용한 육탄 공격이었다.

"이런!"

리오와 레나는 그대로 왕궁 밖까지 튕겨 나갔다. 그 바람에 뚫린 커다란 구멍에서 불어오는 바람이 지크의 금발을 흔들었다.

"음, 저 아가씨, 리오가 다른 여자 사귀는 걸 알아챈 모양이군. 아, 거기 있는 누님! 난 뭘 하면 되지?"

지크가 양팔을 살짝 벌리며 물었다. 그 말을 기다렸다는 듯, 요우시크가 천천히 지크를 향해 걸어왔다.

"구면이군…… 그렇지…… 않나……?"

요우시크의 거친 숨소리에, 지크는 장난기가 발동한 듯 자신의 귀를 후볐다.

"싸움 끝나면 가래약이라도 사 줄게, 친구. 자, 덤벼!"

"건방진…… 것……!"

로제바인을 꺼내 든 요우시크는 곧바로 지크를 향해 돌진했다. 갑옷의 무게 때문인지 그의 동작이 지크에겐 그리 빠른 게 아니었다. 지크는 피식 웃으며 옆으로 살짝 비켜섰다.

"너무 느려…… 으악!"

로제바인은 분명 허공을 갈랐다. 그러나 지크는 보이지 않는 힘의 파도에 밀려 리오와 레나가 튕겨 나간 구멍 쪽으로 날아갔다.

"이런 젠장!"

가까스로 석상을 잡고 떨어지는 것을 면한 지크는 까마득한 지상을 내려다보며 소리쳤다. 그때 요기가 그의 위쪽으로 접근해 왔다.

"오호…… 날 줄…… 모르는 모양이구나…… 꼬마!"

"닥쳐, 인마!"

지크의 몸이 일순간 솟구쳐 올랐다. 순전히 팔의 힘과 허리의 탄력으로 몸을 날린 것이다.

"날 우습게 보면 큰일 나!"

지크는 큰 소리로 호통치며 무명도의 날을 요우시크의 갑옷 속으로 깊숙이 꽂았다. 그러나 얼굴이 창백하게 변한 쪽은 지크였다.

"뭐야, 이 녀석? 빈 깡통이잖아?"

지크가 무명도를 통해 느낀 것은 강철이 잘리는 감촉뿐, 살이나 뼈가 잘리는 감촉은 전혀 느껴지지 않았다.

"키키킥…… 육탄전으로는…… 날…… 절대 이길 수…… 없다!"

요우시크의 장갑이 지크의 머리를 감쌌다. 장난감처럼 가볍게 들린 그의 몸은 이내 건물 벽에 내동댕이쳐졌다.

"크윽!"

"죽어라!"

요우시크가 다시 검을 휘둘렀다. 간발의 차이로 공격을 막아 낸 지크는 이전의 충격으로 약해진 벽 속으로 맥없이 밀려 들어갔다.

"어떠냐! 예전의…… 푸른 장발…… 녀석이라면…… 날…… 상대할 수…… 있겠지만…… 육탄전만 하는…… 넌…… 날 이길 수…… 없다!"

"젠장, 닥쳐!"

지크가 무너진 벽의 잔해를 밀고 일어섰다. 흙먼지가 많이 묻긴 했지만 지친 얼굴은 아니었다. 오히려 생기가 넘쳤다.

"좋아, 간만에 상대를 만났는데? 헤헷…… 지금까지 엄청 심심했다고. 도대체 상대가 되는 녀석이 있어야 말이지. 어쨌건 지금까지 널 우습게 본 거 사과할게."

요우시크의 하얀 눈동자가 꿈틀거렸다. 장갑을 죄는 지크의 몸에 스파크가 흐르기 시작했다.

"자, 2라운드다, 깡통."

"건방진 것!"

자세를 취한 지크의 몸에 대량의 스파크가 일었다. 요우시크의 갑옷 사이에서 뿜어져 나오는 요기도 더욱 강해졌다.

리오와 레나는 공중에 뜬 채 서로를 바라보았다. 인형처럼 무표정한 얼굴로 자신을 바라보는 레나에게 리오는 무슨 말을 먼저 던져야 할지 망설였다.

지금 그녀는 무슨 생각을 하고 있을까. 자신을 어떻게 생각하고 있을까. 옛날 기억이 조금이라도 남아 있을까. 그러나 그런 생각은 곧 리오의 머릿속에서 사라졌다.

"사라져, 리오 스나이퍼."

"아, 잠깐, 레나!"

그의 외침은 레나 몸에서 뻗어 나온 거대한 마력 속에 묻혀 버렸다. 만약 땅 위였다면 자신만 밀려난 게 아니라 근처 가옥들까지 모조리 밀려났을 것이다. 리오는 '적어도' 그렇게 생각했다.

'상대하기 싫을 정도군. 타르자보다 강하면 강했지, 약하진 않아. 정신을 차리게 하는 건 둘째겠는데?'

리오는 디바이너와 파라그레이드를 서서히 뽑아 들었다. 일단은 그녀의 힘을 빼놔야 정상적인 대화가 될 것이란 판단에서였다.

마법사와 전사의 싸움은 물과 불의 대결이라 할 수 있다. 마법사의 경우 무기인 주문이 발동되는 데 상당한 시간이 걸리는 대신 엄청난 위력을 갖게 된다. 반면 전사의 경우는 마법력은 없지만 주문이 필요 없기 때문에 실력만 있다면 빠른 공격으로 마법사를 제압할 수 있다. 한마디로 속전속결일 경우에는 불의 성질을 가진 전사가, 시간을 끌면 끌수록 물의 성질을 가진 마법사가 유리했다.

그러나 타르자에 의해 잠재된 마력이 되살아난 레나와 리오의 상황은 달랐다.

리오의 검술은 웬만한 고급 주문 이상의 파괴력을 가진 데다 마법검과 마법의 복합 공격이 가능했다. 레나는 가공할 만한 마력이 뒷받침된 탄탄한 마법 방어와 일반적인 주문 시간을 무시한 신속 주문이 가능했다.

이런 둘의 대결을 물과 불의 충돌 정도로 간단히 서술하기는 어려웠다.

"시작해요."

레나의 마법 방어막 주위에 빛이 모여들었다. 광속성 고급 주문 라이트 스플래시였다. 밀리지 않겠다는 듯, 리오의 몸에 흐르던 파란색 아지랑이가 폭풍처럼 솟구쳤다.

이윽고 수십 개의 광탄이 리오를 노리고 날아들었다. 리오 역시 빠르게 몸을 움직였다.

"하아앗!"

리오의 주위에 흰색과 보라색 호선이 그려졌다. 그의 몸은 몰려온 광탄의 폭발에 묻혔다.

"헤븐즈 크로스!"

순간 폭발을 뚫고 거대한 회색 십자가가 모습을 드러냈다. 고속으로 자신에게 다가오는 십자형 충격파에 무표정하던 레나의 얼굴이 꿈틀댔다.

리오의 기술, 헤븐즈 크로스와 정면으로 충돌한 레나의 마법 방어막은 보통 사람의 눈에도 보일 정도로 흔들렸다. 리오의 쌍검이 다시 움직였다. 리오는 방어막에 두 검을 찔러 넣은 채 외쳤다.

"레나 공주님! 아니, 레나! 정신 차려! 파르하도 제정신을 차렸단 말이야! 당신도 할 수 있어!"

그러나 레나의 차디찬 눈빛은 흔들리지 않았다.

"소울 버스트."

레나의 벌려진 양손에서 파란 불꽃이 번뜩였다. 강력한 2급 영파 공격 마법. 가까스로 공격을 피한 리오는 어쩔 수 없이 레나와의 거리를 벌렸다.

더 이상 올라갈 것 같지 않던 그녀의 마력이 비교할 수 없을 만큼 증가하기 시작했다. 리오는 마른침을 삼키며 정신을 집중했다.

레나의 몸 위로 파란색 구체 여덟 개가 떠올랐다. 그 구체는 곧바로 리오의 몸 주위를 날았고, 육면체 모양으로 그를 포위했다.

"이번엔…… 뭐지?"

한편 지상에서 그 광경을 올려다보던 클루토의 얼굴은 파랗게 질렸다. 1급 마법책까지 읽은 그였다.

"저건…… 천공계 1급 마법, 소닉 바이브레이션!"

"뭐라고?"

같이 있던 키세레와 리카의 얼굴까지 굳어졌다. 키세레는 급히 클루토에게 물었다.

"어, 어느 정도로 강한 마법이니?"

"파란 구체들 보이시죠? 구체들이 만든 결계 내부에 갇힌 물질은 구체가 일으키는 초진동에 의해 모두 파괴돼요! 심지어 액체까지도요! 리오가 위험해요!"

결계에 갇힌 리오는 디바이너로 결계 표면을 쳐봤지만 허사였다. 결계를 깰 수 없는 건 아니었지만 그런 대기술을 함부로 사용했다간 자신도 위험할 수 있기 때문에 그는 어쩔 수 없이 검을 거두었다.

"좋아, 그렇다면!"

그의 양손에 마법진이 떠올랐다. 그것을 본 레나의 눈에서 붉은 광채가 번뜩였다.

"바이브레이션, 스타트!"

결계 모서리에 위치한 구체들이 더욱 파랗게 빛났다. 결계 밖까지 들려오는 엄청난 진동음은 수백 걸음 떨어진 곳에 있는 병사들에게까지 여파가 미쳤다.

"리오!"

클루토의 외침 소리는 처절했다. 진동이 끝난 결계 내부엔 회색 기류만이 보일 뿐이었다.

그러나 레나의 얼굴은 험악할 정도로 일그러져 있었다. 이윽고 회색의 기류가 사라졌다.

"영악하군요, 리오 스나이퍼!"

기류가 사라진 자리에 리오는 여전히 남아 있었다. 그는 크게 숨을 헐떡이면서도 씩 미소 지었다.

"배컴 배리어! 제아무리 초진동 공격이라 해도 이중 진공 결계는 통과 못하지. 후훗."

리오의 무사함을 확인한 모두는 안도의 한숨을 내쉬었다. 하지만 본격적인 공격은 이제부터 시작이었다.

"저 레나라는 여자…… 지금까지 1, 2급 마법을 계속 썼잖아? 그런데 왜 멀쩡하지?"

키세레가 물었다. 클루토 역시 그 점이 궁금했다.

1급 마법의 경우 수준 높은 마법사라 해도 한 번 사용하면 수십 분 이상 휴식을 취해야만 한다. 그렇지 않고 연속으로 사용하게 되면 정신력 소모로 뇌가 파괴된다.

그러나 레나는 1, 2급의 최고 수준의 마법을 연속으로 사용했는데도 계속 강력한 마력을 뿜어 댔다.

"리오의 경우를 생각하면 이상할 것도 없어요. 분명한 것은…… 리오나 레나 공주님이나 우리의 상상을 초월하는 존재란 사실이에요."

그렇게 말하고 클루토는 다시 잔뜩 긴장한 채 리오를 바라보았다. 키세레는 침이 목으로 넘어가지 않았다.

"리오 님, 제발…… 무사하세요."

리오의 눈이 꿈틀댔다. 레나의 양손에 진홍색 마법진이 각각 펼쳐진 것이다.

"더블 스펠! 플레어로!"

더블 스펠. 그것은 두 개의 주문을 동시에 사용하는 궁극의 기술이다. 보통 마법사의 경우 저급 마법 두 개를 사용하는 게 고작이다. 더블 스펠 사용 시 두 개의 주문을 동시에 외워야 하기 때문에 6급 이상의 주문을 더블 스펠에 적용하는 것은 거의 불가능했다.

하지만 레나는 예외였다. 그녀의 몸에 흐르는 피는 타르자에게 전수받은 마법과 기술을 모두 받아들이고도 남았다.

"이것으로 끝이에요, 리오 스나이퍼!"

"과연 그럴까!"

순간 리오의 몸이 레나의 코앞까지 다가왔다. 그녀는 흠칫 놀라 주문을 멈췄다.

"이, 이게 무슨 짓입니까!"

리오는 곧바로 그녀의 팔을 잡았다. 레나는 급히 마력을 방출해 그를 떨어뜨리려 했으나 그는 쉽사리 떨어지지 않았다.

"후, 이대로 더블 플레어가 폭발하면 과연 어떻게 될까? 난 죽는다 해도 3개월 후에 부활해. 하지만 넌 그렇지 않지. 자, 한번 써봐! 내가 그토록 증오스러우면 날려 보라고!"

"큭!"

레나는 어쩔 수 없이 주문을 중화시켰다. 리오는 뒤로 물러서며 물었다.

"내가 왜 증오의 대상이 되어야 하지? 공격받는 이유를 확실히 알아야 반격할 것 아닌가."

그녀는 질끈 눈을 감았다. 리오는 굳은 얼굴로 그녀의 대답을 기다렸다.

이윽고 그녀가 눈을 떴다. 하지만 예전과 같은 상냥한 눈은 여전히 찾을 수 없었다.

"타르자 님께 다 들었어요, 리오. 당신과 1백 년 전의 레나란 여성의 관계를……."

리오의 얼굴이 단숨에 굳어졌다.

"무슨 소리지?"

"저와 그 레나는 놀랍도록 닮았다더군요. 그 말이 맞나요?"

"……."

리오는 대답 대신 고개를 끄덕였다. 레나의 얼굴에 차디찬 미소가 떠올랐다.

"역시 그랬군요. 전 당신에게 있어서 대리만족을 시켜 주는 인형일 뿐이었어요. 그녀와 닮았다는 이유로 당신은 제게 잘해 주셨죠.

아무것도 몰랐던 저는 그저 당신을 고맙게 여겼어요."

레나의 눈에서 눈물이 흘러내렸다. 그러나 그녀의 눈은 여전히 차가웠다.

"제가 왜 군말 없이 말스 왕국의 공주가 되겠다고 했을까요? 당신 때문이에요. 당신의 그 가식적인 배려를 조금이나마 보답하기 위해서요. 말스 왕국의 존망 따위는 상관하지 않았단 말이에요! 그런데 당신은 저를 생각지도 않았어요! 저에게 했던 것처럼, 달콤한 말로 다른 여자들을 유혹했죠!"

강렬한 마력이 사방으로 뿜어졌다. 몸을 움츠려 그 마력의 폭풍을 견뎌 내던 리오는 잠시 후 미소를 지었다.

"아, 좋아. 그럼 한 가지 물어봐도 되나?"

레나 볼에 흐르던 눈물이 증발되었다. 그녀가 고개를 끄덕였다.

"타르자에게 납치된 레나는 어디 있지?"

기습적인 질문에 그녀의 몸이 움찔댔다.

"무, 무슨 소린가요! 나는 여기…… 여기에……."

레나의 동공이 크게 열렸다. 심한 착란 증세가 오는 듯했다. 리오의 미소는 더욱 당당해졌다.

"훗, 거짓말하지 마. 타르자 정도의 마녀라면 레나와 똑같은 복제 인간을 수천 명도 만들 수 있어. 가짜를 보고 괜히 떨었군."

리오의 자세에서 강렬한 살기가 뿜어져 나왔다. 레나는 당황한 듯 고개를 저었다.

"아, 아니에요! 제가 레나…… 제가…… 레나……."

"닥쳐! 내가 목숨을 걸고 보호하겠다고 맹세한 여자를 내가 그렇게 모를 줄 아나! 레나라면, 내가 알던 레나라면 적어도 그 따위 말투는 사용하지 않아!"

레나 주위를 감싼 마법 방어막이 물결처럼 흔들렸다. 마력 역시 격감되기 시작했다. 리오는 계속 말로써 그녀를 밀어붙였다.

"내가 레나를 보호하겠다고 생각한 이유가 뭔지 아나! 1백 년 전 죽은 레나 때문에? 그래, 맞을지도 모르지. 그러나 대리만족 같은 건 생각해 본 적도 없어! 그저 레나라는 이름의 여자를 1백 년 전처럼 잃고 싶지 않아서야! 그런 게 대리만족이라고 하면 나도 할 말 없겠지!"

디바이너와 파라그레이드, 두 개의 검이 교차했다. 그 사이로 보이는 리오의 눈은 그 어떤 존재라도 부술 듯했다. 반면 레나는 진짜 인형처럼 아무런 미동도 하지 못했다. 불규칙적으로 몸을 꿈틀댈 뿐이었다.

"인형에게 말하긴 그렇지만, 난 여기까지 오면서 맹세했다. 두번 다시 레나를 같은 방법으로 잃지 않겠다고! 여기서 널 없애고 그녀를 구해 낼 것이다!"

리오의 몸이 섬광으로 변했다. 그와 동시에 레나의 눈도 정상으로 돌아왔다.

살기를 띤 채 자신에게 날아오는 리오의 모습이 보였다. 그녀 자신의 몸이 아래로 떨어지는 것이 느껴졌다.

"미안해요."

레나는 웃으려고 애썼다. 그렇게라도 해야 그에게 사과할 수 있을 것만 같았다. 자신도 모르게 눈이 감겼다.

"뭐가 미안하죠?"

레나의 눈이 번쩍 떠졌다. 그녀의 몸은 어느새 리오의 팔에 안겨 있었다. 레나의 눈망울이 흔들리기 시작했다.

"리, 리오 님, 저는……!"

"우는 모습을 보는 건 한 번으로 족해요. 더 이상 말하지 말아요."

레나는 가는 팔로 리오의 단단한 몸을 안았다. 리오는 그녀의 하얀 목에 가볍게 키스했다.

"……돌아와 줘서 고마워요, 레나. 더 일찍 구해 주지 못해서 미안해요. 하지만 최선을 다했다는 것만은 믿어 주세요. 소중한 것을 지킨다는 건 이토록 힘들답니다."

"너무해요……. 울지 말라고 하시면서 저를 더 울리시다니……."

둘은 오랫동안 서로의 체온을 나눴다. 리오는 망토로 둘의 몸을 포근히 감쌌다.

지상에서 그 모습을 지켜보던 리카와 클루토는 마치 흉내라도 내듯 서로를 안은 채 하염없이 눈물을 흘렸다. 그들을 처음 만났을 때가 생각났다. 그 이후부터 지금까지의 일이 마치 그림책처럼 그들의 눈앞을 스쳐 갔다.

"우리가 서로 안은 거, 집에 가서 말하면 알아서 해. 으흑……!"

"미, 미안해, 리카……."

둘은 계속 울었다.

동생과 함께 리오의 모습을 지켜보던 키세레는 지그시 눈을 감았다.

"1백 년 전 공연됐던 비극…… 운명의 신도 자신의 작품이 맘에 안 들었나 보다, 티퍼. 저렇게 행복하게 끝났으니까."

"무슨 소리야, 누나?"

키세레는 묵묵히 고개를 저었다. 그녀는 안타까움이 섞인 눈으로 리오의 모습을 다시 바라보았다. 그에게 안겨 있는 여성이 얄밉기까지 했다.

"이럴 줄 알았으면 저 남자에게 더 잘해 줄걸. 후훗."

"……누나, 오늘 이상해."

티퍼는 여전히 자신의 누나가 한 말을 이해하지 못했다.

"크악!"

지크의 몸이 다시금 내동댕이쳐졌다. 그러기를 벌써 수십 차례. 그의 몸은 엉망이 되어 있었다.

요우시크도 상황은 마찬가지였다. 암흑 생물인 그의 형체를 유지해 주던 갑옷은 형체를 알아볼 수 없게 되었다.

"끈질긴…… 녀석……. 하지만…… 이제…… 끝이다……."

로제바인이 팔 모양의 검은 연기를 따라 움직였다.

"젠장, 빌어먹을!"

지크로선 어찌할 도리가 없었다. 아무리 발로 차고 무명도로 베어도 상대는 충격 하나 입지 않았다. 연기를 주먹으로 때리는 것이나 마찬가지였다.

"크크큭…… 상당히 재미없게 싸우는군."

그때 소름 돋을 정도로 낮은 음성이 지크와 요우시크의 귀에 들려왔다.

"누구냐……!"

요우시크의 시선이 멈춘 곳은 구석의 그늘진 곳이었다.

"글쎄? 내가 누굴까……? 크큭."

그 작은 그늘에서 거한의 모습이 나타났다. 회색의 탄탄한 근육질, 광기 어린 눈과 미소, 그리고 손에 들린 거대 곡도…….

"바, 바이론?"

지크는 자신의 눈을 믿고 싶지 않았다. 리오와의 대결 끝에 의식을 잃었다가 사라진 어둠의 가즈 나이트 바이론이 자신의 눈앞에 나타난 것이다.

물론 그가 나타난 것 하나로 지크가 놀란 것은 아니었다. 그가 알고 싶은 것은 바이론이 나타난 이유였다.

"크큭, 몰골이 멋지군, 꼬마. 너무 맘에 들어서 죽이고 싶을 정도야. 크크큭."

"다, 다음부터는 잘할게. 회색분자 너무 그러지 말라고."

지크는 이상하게도 자신의 몸이 무언가에 눌리는 듯했다. 바이론이 뿜는 어둠의 광기 때문일까, 아니면 또 다른 무엇일까.

힘겹게 일어선 지크에게 바이론이 말했다.

"넌 알현실로 가라. 거기 있는 마녀가 다른 행동을 하지 못하게 시간을 끄는 거다. 크큭…… 물론 이길 수 있다면 목을 베는 것도 좋겠지. 크크크큭."

"음, 생각해 보지…… 아, 알았다니까!"

지크는 곧바로 어딘가를 향해 뛰었다. 요우시크는 반쪽이 난 투구 속에서 미소 지었다.

"저 얼간이가…… 타르자를…… 이길 수 있다…… 생각하나……? 지금의…… 타르자는…… 나보다 더…… 윽!"

순간 다크 팔시온의 거대한 날이 요우시크의 눈과 눈 사이에 박혔다. 바이론은 미친 듯이 웃어댔다.

"크크큭…… 네 몸이나 걱정해라. 너와 저 얼간이와는 약간 다를 테니까…… 크크큭…… 크하하핫!"

다크 팔시온의 표면에 검은빛이 흘렀다. 그와 동시에 요우시크의 몸에 달라붙어 있던 갑옷이 바닥에 떨어졌다.

"뭐, 뭐냐! 이건 어둠의……."

"크하하핫! 죽는 거다!"

대낮에 촛불이 보이지 않듯, 어둠도 그보다 더 강대한 어둠 속에서는 보이지 않는다. 바이론이 가진 어둠의 힘과 암흑 생물 요우시크가 가진 어둠의 힘은 그 수준이 달랐다. 그런 이유로 요우시크의 몸은 다크 팔시온이 한 번 닿을 때마다 바람에 흩어지는 연기처럼 점차 약해져 갔다.

"아, 안 돼!"

위기감을 느낀 요우시크는 급히 검으로 바이론의 원시적인 공격을 막아 보려 했다. 그러나 로제바인은 주인을 지켜 줄 힘이 없었다.

"소용없다!"

다크 팔시온의 거대한 날 앞에 로제바인은 간단히 두 동강이 나고 말았다.

"크하하핫! 죽음의 공포를 느껴라! 강대한 어둠의 힘을 몸으로 느껴라!"

"아, 아아!"

바이론은 광기를 뿜으며 검을 높이 들었다. 로제바인마저 잃어버린 요우시크는 공포에 질려 아무 행동도 취하지 못했다.

"음!"

구슬을 보고 있던 타르자의 눈썹이 또 한 번 꿈틀댔다. 그녀는 아랫입술을 깨물며 독기를 뿜었다.

"요우시크가 당했군. 설마, 그 건달 녀석이 요우시크를?"

"그 건달, 지금 대령했소이다!"

누군가 알현실 문을 부수고 안으로 들어왔다. 지크였다.

"헤헷, 의외의 구원군이 있었지. 그런데…… 어라?"

지크의 얼굴이 붉어졌다. 타르자가 만든 입체 마법진 속에 떠 있는 나신의 벨로폰 왕비를 본 직후였다.

"아, 아니, 기분 나쁘면 여자 벗기는 게 취미야, 당신? 저건 같은 여자라 해도 성추행이라고."

지크는 가급적 그쪽을 보지 않으려고 애썼다. 타르자의 얼굴에 미소가 떠올랐다.

"후, 자세히 보시지. 난 이게 여자 나체로 보이지 않는걸?"

"뭐라고? 웃기지 마! 생각했던 것보다 몸매가 안 좋긴 하지만 저건 분명히…… 여자……."

지크가 말끝을 흐렸다.

벨로폰 왕비의 피부 위로 무언가 솟구치기 시작했다. 육체도 상상할 수 없을 만큼 거대해졌다. 지크의 얼굴은 이내 엉망이 되었다.

"그, 그렇다고 화낼 것까진 없잖아!"

"후훗…… 그럼 나중에 다시 보자. 가즈 나이트 리오에게 안부나 전해 주길……."

타르자가 워프서클 속으로 사라졌다. 그사이 왕비의 육체, 아니 세포질은 더욱 크기를 더해 갔다. 의자에 인형처럼 앉아 있던 가이라스 왕도 그 세포질 속에 밀려 들어갔다. 카펫도, 의자도, 심지어 벽도 그 세포질 속에 흡수되는 것 같았다. 흡수 속도는 점점 더 빨라졌다.

"오, 젠장! 오늘 재수 옴 붙은 날이잖아!"

지크는 자신이 튕겨 나갔던 구멍을 통해 성 밖으로 뛰어내렸다.

"어머니!"

날지 못하는 지크로선 도박에 가까운 행동이었다. 다행히 그는 의외의 변수에게 다시금 구원을 받았다.

"크큭, 무서운가, 꼬마."

누군가의 두꺼운 손이 지크의 재킷을 잡아챘다. 바이론이었다. 지크는 그를 보며 활짝 미소 지었다.

"이야, 지금 자세히 보니 남자의 매력이 철철 넘치는데, 회색분자! 하하핫!"

지크의 말이 통했는지, 어땠는지는 모르지만 바이론은 무사히 그를 바닥에 내려 주었다.

이윽고 성 밖에까지 세포질이 비어져 나왔다. 아니, 성 전체가 세포질 속에 흡수됐다는 표현이 적절할 것이다. 비릿한 냄새와 함께 세포질의 모양이 갖춰졌다.

고통에 찬 수천의 사람들이 겹쳐 이루어진 거인의 모습이었다. 거인의 피부에 묻힌 인간의 비명이 흘러나왔다. 그들의 입에서 뿜어진 빛이 지상을 갈랐다. 거인이 한 발 움직이자 사람들이 벌레처럼 떨어졌다. 떨어진 사람들은 다시 세포질로 변해 흡수됐다.

"후식치곤 지저분하군, 타르자."

멀리서 그 끔찍한 광경을 지켜보던 리오의 눈이 한층 가늘어졌다.

수도에서 벌어지는 격전을 모르고 있는 것일까. 수도에서 멀리 떨어진 곳에서 슈렌은 말과 함께 조용히 시간을 보내고 있었다.

대전투가 벌어지는 것을 모르는지 나비도 꽃 주위에서 춤을 췄다. 그 모습을 가만히 지켜보던 슈렌이 뭔가 느낀 듯 시선을 돌렸다.

"……흠."

거대 드래곤 두 마리의 모습이 보였다. 군청색과 흑색, 두 드래곤은 서로에서 공격을 가하며 계속 남쪽으로 이동했다. 이윽고 한 지점에서 멈춘 두 드래곤은 서로에게 필살의 브레스를 뿜으며 본격적인 대결에 들어섰다.

"아무리 생각해도 비겁하군."

슈렌은 미리 준비해 둔 대궁을 바닥에 꽂았다. 사람보다 훨씬 큰, 두 사람이 힘을 합쳐야 겨우 쏠 수 있는 성 공격용 대형 활이었다. 그는 화살 대신 그룬가르드를 시위에 갖다 댔다.

활과 그룬가르드는 곧 화염에 휩싸였다. 화염의 기세는 무서울 정도였지만 놀랍게도 활은 멀쩡했다. 슈렌은 천천히 시위를 당겨 그 끝을 흑색 드래곤에게 맞췄다.

"미안."

슈렌이 시위를 놓은 순간 폭음이 사방을 뒤흔들었다. 그 소리에 놀라 말도 잠시 날뛰었다.

그룬가르드가 화염의 잔광을 남기며 날아간 것과는 반대로 활은 재가 되어 바닥에 흩어졌다.

"아깝군."

슈렌은 아쉬운 듯 고개를 저으며 흥분한 말을 진정시켰다.

루브레시아의 브레스가 바이칼의 결계를 스쳤다. 스친 것뿐인데도 용제의 탄탄한 몸에 적잖은 충격이 전해졌다. 하지만 바이칼은 이상하다 싶을 정도로 시시하게 반격할 따름이었다.

「왜 그리 힘을 못 쓰나 용제! 아직 어려서 그런가!」

「상관 마라.」

「아버지의 친구에게 너무 버릇없구나! 예의를 가르쳐 주…… 컥!」

순간 루브레시아의 날개와 두꺼운 몸이 어디선가 날아온 붉은빛에 관통됐다. 상처는 작았지만 거기서 터지는 화염은 작지 않았다. 거대 마룡은 브레스 대신 피를 토하며 바이칼을 쏘아봤다.

「비, 비겁한! 서룡족의 제왕이 저격 같은 비겁한 짓을 하다니……!」

바이칼은 코웃음을 쳤다.

「난 너랑 일대일로 붙겠다고 말한 적 없다. 그리고 난 너랑 싸우기도 귀찮아.」

「뭐라고?」

그때였다. 구름 속에 숨어 있던 드래곤 수백 마리가 바이칼과 루브레시아 주위에 모습을 드러냈다. 마룡공을 바라보는 드래곤들의 눈은 전혀 곱지 않았다.

이젠 자신이 나설 필요가 없다는 듯 바이칼은 가볍게 인간의 모습으로 변했다.

"나중에 볼일이 있으면 드래고니스로 오도록. 난 바빠서, 이만."

「기, 기다려라, 용제! 네가 그러고도 서룡족의 제왕인가!」

「닥쳐라, 마룡공! 가족의 복수를 받아라!」

「우리 아이를 살려 내! 내 부인을 살려 내란 말이다!」

분노가 섞인 드래곤들의 브레스가 루브레시아의 전신을 감쌌다. 그룬가르드의 저격으로 치명상에 가까운 타격을 입은 그는 꼼짝없이 몸을 유린당했다.

「컥! 요, 용제 녀석!」

처절한 비명에도 불구하고 브레스의 비는 전혀 그칠 줄 몰랐다. 비겁하다 부르짖으며 무너지는 루브레시아였지만 그와 그의 부하들이 2년 가까이 가이라스의 드래곤들에게 저지른 만행은 그 외침을 무시하기에 충분했다.

전설의 마룡공의 모습은 브레스 폭발 속에 천천히 묻혀 갔다.

지크와 함께 자신이 있는 곳으로 뛰어오는 사람은 다름 아닌 바이론이었다. 리오는 그 광경에 상당히 의아해했다.

"오호, 혈색이 좋아 보이는군, 바이론?"

69

"닥치고 준비나 해라, 꼬마."

바이론은 인사를 무시한 채 몸의 암흑 투기를 끌어올리기 시작했다. 그런 모습에 리오는 또 한 번 놀라지 않을 수 없었다.

"무, 무슨 소리지?"

"마법이 통하지 않는다. 플레어까지 갈겨 봤지만 그 폭발마저 흡수됐지. 생각보다 무시무시한 피떡이다. 크크큭…… 데이브레이크를 써야 한다. 내가 지상에서 녀석을 막을 테니 넌 빨리 올라가라. 안 그러면 저 녀석 대신 내가 다른 사람들을 죽이겠다."

"그래, 그래. 나도 데이브레이크라는 걸 실제로 보고 싶었으니까 한번 멋지게 해봐, 바람둥이."

어느새 바이론 편이 됐는지, 지크는 어서 위로 올라가라는 손짓을 했다. 리오는 씁쓸히 웃었다.

"좋아. 폭발의 여파가 여기까지 미칠 테니 지크 넌 레나를 데리고 본진 쪽으로 가. 레나, 아무 걱정 말아요. 조금 있으면 끝날 테니까요."

"예. 그럼, 조심하세요, 리오 님."

리오는 그녀를 돌아보지 않았다. 대신 자신감이 섞인 엄지손가락을 슬쩍 세워 보였다.

"자, 급해요!"

"아, 잠깐만요!"

저지하는 레나를 반 강제로 안아 올린 지크는 곧 질풍처럼 본진 쪽을 향해 뛰었다. 그것으로 상황 정리는 끝이었다.

그사이 타르자가 남겨 둔 괴물 거인은 서서히 다가왔다. 주위에 있는 모든 물질과 가옥이 거인 속으로 빨려 들어갔다. 유기물이든 무기물이든 모든 물질이 거인을 이루는 세포질과 융화됐다.

리오는 두려울 정도의 암흑 투기를 뿜고 있는 바이론의 뒷모습을 바라보았다. 자신이 무슨 힘으로 저 사나이와 정면 대결을 펼쳤는지 이해가 가지 않았다.

"잘 부탁한다, 바이론."

"우습군. 며칠 전만 해도 죽이니 살리니 하면서 덤볐던 녀석이 이제 와서 어린애처럼 부탁을 하다니…… 크크큭."

리오는 고개를 저으며 중천에 뜬 태양을 향해 날아올랐다. 그와 동시에 바이론의 몸에서 뿜어 나오던 암흑 투기도 극한에 다다랐다.

"크오옷!"

그의 몸에서 뿜어 나오는 흑색의 투기는 이내 거대한 탑에도 뒤지지 않을 높이까지 치솟아 올랐다. 높이뿐만 아니라 규모도 만만치 않았다. 더욱 놀라운 것은 그 투기 덩어리가 어떤 모양을 갖추기 시작한 것이다.

쿠오오오!

꿈틀대던 투기들은 공기를 찢는 듯한 소리를 내며 여러 개의 머리를 지닌 괴물 히드라의 모습으로 갖춰져 갔다. 그 중심에 위치한 바이론의 눈에선 붉은빛이 번뜩였다.

"크크큭…… 받아라, 암흑의 힘을!"

완전한 모양새를 갖춘 머리들은 거인을 향해 흑청색 브레스를 난사하기 시작했다. 거인의 발걸음도 주춤했다.

브레스를 맞은 거인에 붙어 있던 사람의 형상들은 끔찍하다 싶을 정도의 비명을 지르며 아래로 떨어졌다. 떨어진 사람은 다시 세포질로 변해 본체에 달라붙었다. 히드라의 공격이 거세질수록 그 과정의 반복 속도도 빨라졌다.

거인의 한쪽 다리가 부서졌다. 그러자 허리 쪽에서 다른 다리가 나왔다. 거인은 필사적으로 해방군을 향해 움직였다.

구름 위까지 상승한 리오의 몸에 햇빛이 집중됐다. 보통 사람도 느낄 정도로 주위 역시 어두워졌다. 상당량의 태양광선을 축적한 리오의 몸은 이윽고 회색 구체에 휩싸였다.

"······이 정도면!"

리오의 몸을 핵으로 한 회색 구체가 구름을 뚫고 급강하하기 시작했다. 그 모습은 바이론의 눈에도 띄었다.

"저것밖에 모으지 못했군. 하긴 1분만 더 모았다면 이 대륙이 날아갔겠지. 너무 아쉬운걸? 크크큭."

그는 공격을 멈춘 뒤 다른 곳으로 물러났다. 모든 해방군은 영문도 모른 채 그 광경을 지켜봤다.

"간다! 데이브레이크!"

리오는 급히 몸을 멈췄다. 그의 몸을 둘러싸고 있던 회색 구체는 관성 때문에 계속 아래로 떨어졌다. 다시 전진하기 시작한 거인은 자신에게 떨어지는 구체를 보고 입을 크게 벌렸다. 그가 원하는 에너지 덩어리였다. 하지만 거인은 수초 후 일어날 상황에 대해 전혀 예측하지 못하는 듯했다.

거인의 입속으로 들어간 구체는 무섭게 몸을 파고 내려갔다. 작긴 했지만 그 에너지량은 가공할 정도였다. 흡수하지 못할 에너지란 사실을 깨달은 거인은 고통으로 몸부림쳤다.

"우오오!"

구체는 결국 거인의 몸을 뚫고 바닥에 떨어졌다. 그의 비명은 밑에서 올라오기 시작한 대폭발에 휘말려 그 누구의 귀에도 들리지 않았다.

그 위력은 상상을 초월했다. 어떤 것에도 부서지지 않을 것처럼 보이던 거인의 몸을 증발시킨 건 둘째였다. 에너지 폭풍은 왕궁이 있던 자리까지 집어삼켰다. 그 속에 있던 모든 물질들이 기화되어 사라졌다. 이후 발생한 폭풍은 말할 것도 없었다.

"이건 사기야! 으아아!"

다른 사람들을 챙기느라 미처 엎드리지 못한 지크의 몸이 종이처럼 날아갔다. 전투가 끝난 후 집계된 부상자의 수가 기하급수적으로 늘어난 것도 이때부터였다.

이것이 20초 동안 축적된 데이브레이크의 위력이었다. 태양에너지를 모은 시간과 그 위력은 제곱에 비례했다. 바이론의 말대로 1분 동안 모았다면 해방군의 전원 사망은 물론 가이라스 대륙의 일부가 지도에서 사라지는 참극이 발생했을지도 몰랐다.

가이라스 왕국의 전투는 그것으로 끝났다. 비록 수도가 쑥대밭이 됐어도 승리를 자축하는 해방군의 얼굴은 밝기만 했다.

지크에게 가이라스 왕의 최후를 들은 이자록스 공주, 아니 여왕은 울지도 웃지도 않았다. 왕궁을 나갈 때부터 자신의 아버지가 혼이 나간 인형으로 변했다는 사실을 잘 알고 있었기 때문이다. 아버지의 시신을 건지지 못한 게 그저 아쉬울 뿐이었다.

리오는 급히 제국을 향해 떠나려 했다. 그러나 바이론에게 얘기를 전해 들은 직후 그의 출발은 자축연 뒤로 미루어졌다.

"제국? 크큭…… 천천히 가도 된다, 꼬마. 최고의 해결사 녀석이 그쪽에 갔으니까."

"최고의 해결사?"

바이론은 더 이상 대답하지 않았다.

다른 사람들의 축제 분위기와는 반대로 바이칼의 얼굴은 내내 구겨져 있었다. 루브레시아가 기적적으로 탈출했다는 소식을 드래곤들에게 들었기 때문이다. 남겨진 건 루브레시아의 한쪽 팔과 다리, 그리고 한쪽 눈이었다.

5일 후, 왕궁이 있던 자리는 축제의 거리로 바뀌었다. 전국 각지에서 몰려든 해방전선 지역 사령부와 소문을 전해 들은 백성들이 새로운 여왕의 등극과 해방군의 승리를 축하하기 위해 몰려들었기 때문이다.

그 자리에서 이자록스는 말스 왕국으로 돌아가는 테라트에게 군대 지원을 약속했다. 테라트는 사양하려 했으나 2년 동안 그와 생사고락을 같이한 해방군들의 마음은 그렇지 않았다. 그가 가지 않아도 자신들은 가겠다는 분위기였다. 결국 테라트는 축제 이후 지원부대와 함께 말스 왕국으로 돌아갈 결심을 굳혔다.

축제가 절정에 달한 밤, 사상 유례없던 야외 무도회가 시작됐다. 엘프들의 아름다운 음색이 분위기를 고조시켰다.

여성들에게 춤 제의를 가장 많이 받은 사람은 역시 리오였다. 수백 년간 살아오면서 몸에 익힌 리오의 춤 솜씨는 단연 압권이었다.

"잘해 봐."

하지만 바이칼이 던진 그 한마디에 리오는 뒤끝이 개운치 못했다.

차가운 북풍이 불어왔다. 무도회가 끝난 다음 날, 리오는 일찍 일어나 짐을 정리하고 있었다. 그의 산발이 바람에 넘실댔다.

"이제 제국인가."

자신에게 다가온 매서운 바람. 리오는 그 바람이 제국의 움직임처럼 느껴졌다.

아직 타르자는 살아 있다. 자신이 싸우는 동안 부르크레서가 벌써 부활했는지도 모른다. 그러나 그런 걱정은 얼마 가지 않았다. 제국이 있는 북서쪽 하늘도 시간이 갈수록 서서히 밝아졌다.

리오는 머리를 묶으며 미소 지었다.

"부딪혀 보면 알겠지. 1백 년 전처럼……."

"문이나 닫고 말해, 인마! 추워!"

잠에서 덜 깬 지크의 목소리가 막사 안에서 들려왔다. 리오는 어깨를 으쓱하며 막사 문을 닫았다.

종장
종결 그리고 시작

1

종결일 전야

"그, 그만하세요, 휀! 정말로 사이키를 죽일 생각이십니까?"

"그래."

"마, 말도 안 돼요! 두 달이 넘도록 생사고락을 같이한 동료를 어떻게 그리 간단히……."

"같이 죽고 싶다면 계속 떠벌려라."

남자의 눈은 차디찼다.

버넬은 생각했다. 자신이 무엇에 홀려 이런 비정한 남자를 믿었던가.

백색 코트의 미남은 슬며시 자신의 금발을 쓸어 올렸다.

"얼굴이나 한 번 더 보도록. 이젠 볼 수 없을 테니까."

"ㄱ, 그럴 순 없어요! 정히 그러시겠다면 저도 같이 죽이세요!"

버넬은 붉은 섬광을 뿜으며 폭주하고 있는 파란 머리카락의 소녀에게 다가갔다. 그는 밀려오는 기운을 무시한 채 그녀의 몸을 감썄다.

"윽!"

신이란 존재의 힘 때문일까. 버넬의 팔 관절에서 이상한 소리가 들렸다. 그러나 그는 팔을 풀지 않았다. 이렇게라도 해야 금발 남자의 마음을 돌릴 수 있을 것 같았기 때문이다.

하지만 금발의 남자는 눈 하나 깜짝하지 않았다.

"소원이라면."

"훼, 훼!"

버넬의 희생은 무참히 짓밟혔다. 그는 모든 것을 포기한 듯 자신이 감싸 안고 있던 소녀의 등에 얼굴을 묻었다.

"미안해, 사이키. 지켜 주지…… 못해서."

"버…… 넬……."

파란 머리칼의 소녀가 눈을 떴다. 그 순간 놀라운 일이 벌어졌다…….

극지방에서 가장 가까운 지점에 위치한 로하가스 제국. 늘 추운 날씨로 인해 인근 연안이 자주 얼어붙기 때문에 제국에는 항구가 많지 않았다.

그중 하나, 보르이크는 1년 내내 얼지 않는 부동항으로서 가장 규모가 큰 항구였다.

그 보르이크의 주점 중 하나, '흑해'는 증류주가 맛있기로 유명했다. 그리고 노예 거래가 가장 많이 이루어지는 주점으로도 악명이 높았다. 노예 거래 시간은 자정 이후, 그 전에는 보통의 주점일 뿐이었다.

자정이 가까워질수록 노예 상인들이 점차 모여들었다. 미리 와 있던 노예 상인 한 무리가 자신들 얼굴만큼이나 험악한 대화를 나누고 있었다.

"아, 요즘 장사가 안 된단 말이야. 말스 왕국하고 가이라스 왕국 모두 싸움만 하고 있으니, 원…….."

"쳇, 그러게나 말일세. 항구도시나 연안 도시 애들만 계속 잡아서 이제 그쪽엔 잡을 만한 여자가 없어. 이러다 우리 굶어 죽는 거 아닌지 모르겠네."

"우리 나라 여자를 노예로 팔면 어떨까?"

"예끼! 자국 여자를 노예로 팔면 사형이야, 사형! 자네 알고 그런 말 하나! 굶어 죽으면 죽었지, 사형은 당하고 싶지 않아. 저번에 코프스키 일당이 단체로 사형당한 거 몰라?"

"이 사람, 농담도 못 하나?"

의견을 낸 남자는 거칠게 잔을 비웠다.

분위기가 한창 무르익을 무렵 누군가 주점 안으로 들어왔다.

흑색과 적색 무늬가 있는 멋진 백색 코트, 어깨까지 내려오는 금발, 그리고 유리처럼 매끈한 얼굴. 항구에선 흔히 볼 수 없는 귀공자 타입의 남자였다. 하지만 남자의 눈빛은 로하가스 제국의 날씨만큼이나 차가웠다.

사람들 시선을 받으며 들어온 그는 조용히 카운터에 앉아 주문을 했다.

"최고급 술이 뭔가?"

한창 잔을 닦던 주인이 고개를 들었다.

"32년산 포냑이오만……?"

"그걸로 스트레이트 한 잔."

그의 주문은 짧고 간결했다. 술집 주인은 별난 사람도 다 있다는 듯 고개를 갸웃거리며 술병을 꺼내 들었다.

잠시 후, 그의 앞에 붉은색 술이 놓였다. 상당한 애주가인 듯, 남자는 술을 여유롭게 즐겼다. 그의 손엔 어느덧 담배도 들려 있었다. 몸에 나쁜 것은 전부 즐기는 타입인 듯했다.

남자가 담배 한 대를 다 피웠을 무렵, 또 한 명의 손님이 주점 안으로 들어왔다. 여자였다. 그녀는 여자치곤 상당히 지저분했다. 입고 있는 옷은 거의 다 떨어졌고 긴 금발도 며칠을 감지 않았는지 기름기가 잔뜩 흘렀다.

비틀거리며 남자 옆에 다가선 그녀는 거칠게 카운터를 내리치며 외쳤다.

"키스키 한 병."

"하, 한 병요?"

주인의 얼굴이 일그러졌다. 40도가 넘는 술을 과연 여자가 병째 마시고 무사할 수 있을까 하는 생각 때문이었다.

주인은 오늘따라 이상한 손님만 온다는 생각을 하며 술병을 그녀에게 내주었다. 그녀는 입으로 마개를 뜯더니 음료수처럼 술을 거칠게 들이켰다.

손님들의 시선이 모두 폭음 중인 여성에게 쏠렸지만 정작 옆에 앉은 백색 코트의 귀공자는 전혀 신경 쓰지 않고 조용히 두 번째 담배를 물었다.

담배 연기가 공중에 이리저리 선을 그리며 퍼져 나갔다.

"나도 한 대 주시오."

여성의 목소리였지만 말투는 전혀 여성스럽지 않았다. 구경하던 사람들 몇몇은 고개를 설레설레 흔들었지만 남자는 여전히 무표정한 얼굴로 담배 한 대를 건네주었다.

"이것도 인연인데 통성명이나 합시다. 내 이름은 크리스 프라이드요. 그쪽은?"

크리스가 담배 연기를 길게 내뿜었다. 남자의 입이 움직였다.

"나는 휀 라디언트."

무언가 허무감이 섞인 목소리였다. 크리스는 다시 술을 들이켰다. 병을 떼자마자 거친 숨소리가 터져 나왔다.

"크! 역시 키스키 맛은 강해. 후후훗."

그녀가 뭐라고 하든 옆에 앉은 휀은 아무 반응도 보이지 않았다.

조용한 분위기가 지속됐다. 거기에 반하듯 둘에게 시선을 보내던 주점이 다시 시끄러워졌다.

한참 병나발을 불던 크리스가 카운터 위에 쓰러졌다. 휀은 역시나 아무 반응이 없었다. 갑자기 술기운에 기절한 줄 알았던 그녀가 휀을 바라보며 입을 열었다.

"이봐, 휀. 우리 위대하신 로하가스 제국 황제께서 무얼 바라시는지 아나?"

"……."

"이 세계를 정복하고 싶다 하시더군. 후훗…… 자넨 어떻게 생각하나?"

크리스는 허무감이 섞인 웃음을 터뜨리며 말했다.

"내 알 바 아니지."

엄청난 말을 듣고서도 휀의 안색은 변함이 없었다.

"쿠쿡, 하하하핫!"

크리스는 엎드린 채 계속해서 웃음을 터뜨렸다. 그녀는 거나하게 취한 얼굴로 휀의 어깨를 쳤다.

"좋아, 자네 맘에 들었어. 그러니 부탁인데…… 오늘 밤, 어때?"

주인이 그녀를 흘끔 바라보았다. 휀은 남은 술을 비우며 물었다.

"원하는 것은?"

"……내가 마신 술값."

잠시 그녀를 바라보던 휀은 짧은 한숨을 지으며 주인에게 물었다.

"전부 얼마인가?"

계산을 치른 휀은 크리스와 함께 주점을 나섰다. 공교롭게도 그들이 주점을 나서자마자 보게 된 광경은, 머리채를 잡힌 채 개처럼 주점 안으로 끌려 들어가는 한 여자의 모습이었다.

술에 취한 탓일까. 크리스는 휀이 묻지 않았는데도 피식 웃으며 그 상황을 설명했다.

"풋, 노예 거래가 시작되나 보군. 뭐, 그리 놀랄 건 없어. 제국에선 노예 거래가 합법적이니까. 하지만 제국 여자를 노예로 쓰면 사형이지. 후후…… 배타적인 국수주의지. 다른 나라 사람은 동물 취급을 하니까."

크리스의 몸이 크게 비틀거렸다. 휀은 부축은커녕 코트 주머니에 손을 넣은 채 그녀를 따라 여관으로 향했다.

여관 안으로 들어온 휀은 코트를 벗고 의자에 앉았다. 그뿐이었다. 그 외 행동은 취하지 않았다. 아니, 취할 생각조차 없는 듯했다.

"오호, 여자가 벗는 모습을 보는 걸 즐기는 모양이군. 좋아, 소원이라면 먼저 벗어 주지."

크리스는 당당히 옷을 벗어 던졌다. 실오라기 하나 걸치지 않은 그녀의 몸은 남자 이상의 근육질로 이루어져 있었다. 그녀는 요염한 자세로 머리를 말아 올리며 싱긋 웃었다.

"어때? 운동을 많이 한 탓에 울퉁불퉁하긴 하지만 의외로 남자들은 날 좋아하더군."

휀은 그녀의 말을 듣는 둥 마는 둥 코트 주머니에서 담배를 꺼내 물었다. 그의 표정은 여전히 변함없었다.

"난 의자에서 자겠다. 침대는 맘 놓고 사용해."

"뭐?"

크리스의 눈가가 씰룩거렸다. 휀의 차디찬 시선이 그녀에게로 향했다.

"경험이 없는 여자는 재미가 없지. 샤워나 해."

어떻게 안 것일까. 크리스의 눈이 놀라움으로 동그래졌다. 휀은 창밖으로 시선을 돌렸다.

"후, 잘도 아는군."

졌다는 듯, 크리스는 별다른 대꾸 없이 욕실로 들어갔다. 그녀가 욕실로 들어가자마자 휀은 밖으로 나갔다. 여러 가지 준비할 것도 있었고, 아까부터 그의 신경을 건드렸던 존재들을 처리할 겸 해서 였다.

얼마 후 욕실에서 나온 그녀를 반긴 건 휀이 어느새 준비한 새 옷이었다. 그녀의 눈이 다시금 꿈틀댔다.

"이건 또 뭐지? 난 옷까지 사달라는 말은 안 했는데?"

휀은 아무 말도 하지 않았다. 크리스는 어깨를 으쓱하며 나체 그 대로 침대 속으로 들어갔다.

"후훗, 알고 보니 내가 자선사업가를 꼬셨군. 새 옷에다 잠자리 까지 공짜라……. 오늘은 운이 좋아. 후후훗."

휀이 담배를 피며 말했다.

"제국 장군 서열 5위, 크리스 프라이드. 태아 때부터 인공 배양기 에서 자란 초인 병사 중 하나. 맞나?"

"큭!"

순간 크리스가 베개를 휀에게 던졌다. 깃털 베개는 목표를 맞히지 못하고 빗나가 놀랍게도 벽 깊숙이 박혔다.

고개를 젖혀 공격을 피한 휀은 눈을 감으며 말했다.

"밖에 있던 쓰레기들에게서 알아냈을 뿐이다. 자라."

"……쓰레기? 혹시 붉은 복장을 하고 있지 않았나?"

뭔가 찔리는 듯, 크리스는 고개를 갸웃거리며 물었다. 그러나 먼저 말을 꺼낸 휀은 대답 없이 그대로 잠을 청했다.

"쳇, 예의가 없군. 입이 얼었어? 왜 대답을 안 해. 얼마나 잘났다고……."

베개가 없는 허전함을 달래려는지, 크리스는 팔베개를 하며 다시 자리에 누웠다. 하지만 방금 전에 들었던 휀의 말은 그녀를 내내 괴롭혔다.

"황제 직속 처형부대가 설마 여기까지? 아냐, 그럴 리 없어. 직속 처형부대 녀석들이 쉽게 정보를 흘릴 리 없잖아!"

그 고민은 다시 밀려온 술기운에 묻혀 버리고 말았다.

다음 날 아침, 정오가 다 돼서야 눈을 뜬 크리스는 여자답지 않게 큰 하품을 하며 일어났다. 멍하니 주위를 둘러보던 그녀는 휀을 발견하자마자 물었다.

"재미난 구경거리라도 있나?"

금발의 귀공자는 묵묵히 창밖을 바라보고 있었다. 휀은 담배를 피워 물며 답했다.

"시체 처리 작업."

"뭐?"

크리스는 옷 입는 것도 잊은 채 창가로 다가섰다.

붉은 복장의 남자 서넛의 시체가 막 옮겨지고 있었다. 사지가 잘리고 머리가 으깨져 누구인지 확실히 알아볼 순 없었지만, 시체의 붉은 복장은 크리스의 정신이 바짝 들게 하기에 충분했다.

"……녀석들은! 그런데 어째서 저러고 있지?"

"눈 때문에 처리 작업이 늦어진 걸 거다."

휀은 동문서답을 남기고는 천천히 코트를 챙겨 입었다. 한편 크리스는 도저히 믿을 수 없다는 얼굴로 금발의 귀공자를 바라보았다.

"설마, 어제 자네가 말했던 쓰레기가 바로……?"

"옷이나 입도록."

대답하기 싫었는지, 휀은 시선도 돌리지 않은 채 말했다. 크리스는 투덜대며 휀이 마련해 준 새 옷을 주섬주섬 입었다. 하지만 입는 도중 상당히 곤란한 문제가 발생했다.

"이, 이런. 치마였어?"

크리스는 치마를 입어 본 적이 단 한 번도 없었다. 그런 사정을 아는지 모르는지, 휀은 그녀의 엉거주춤한 모습에 한마디 던졌다.

"우습군."

"쳇, 남의 취향을 미리 물어봤어야지!"

그녀가 얼굴을 살짝 찡그렸다.

여관을 나선 휀은 산책하듯 천천히 길을 걸었다. 크리스는 치마 주머니에 양손을 찌른 채 그의 뒤를 따랐다. 둘 다 타인의 눈길을 끌기에 충분했지만 이유는 달랐다.

"꼭 남자 같잖아?"

"앞에 있는 남자가 아깝다, 얘."

둘을 스쳐 가는 여자들이 크리스를 보며 그렇게 내뱉었다. 하지만 당사자는 그리 개의치 않고 머리만 긁적였다.

"왜 따라오지?"

휀이 물었다. 크리스는 당연하다는 듯 그의 어깨에 팔을 올렸다.

"오호, 처녀의 몸을 다 봐놓고 그냥 가시겠다? 그런 소리 말게. 남자가 책임감이 있어야지. 안 그런가?"

"그럼 좋을 대로."

목숨까지 책임지진 않겠다는 뜻이 함축된 말이었다. 그러나 크리스는 허락했다는 것 하나만으로 만족했다.

"하핫, 좋아. 그런데…… 어제 그 황제 직속 처형부대를 없앤 게 자네인가?"

"그렇다면."

그의 직설적인 말투는 타인을 상당히 곤란하게 만들었다.

"그, 그냥 생각보다 잘 싸운다고. 그 녀석들도 나와 같은 인공 배양체들이야. 복제품들인데…… 유식하게 말하면 양산품이지. 상당히 싸우기 번거로운 녀석들인데, 넷이나 없애다니, 자네 정말 대단한데."

"정확히 다섯. 하나는 시체 자체가 증발됐다."

"……."

그녀는 직설적인 그의 말투에서 느껴지는 왠지 모를 거부감 때문에 할 말을 잃었다. 그녀는 머리를 긁적대며 다른 것을 물었다.

"그런데 자네는 어디로 가나? 키예프 지방? 아니면 스토코프 지방?"

"제국 수도."

"뭐?"

크리스는 자신이 잘못 들었길 빌며 되물었다. 하지만 휀의 표정은 역시나 바뀌지 않았다.

"제국 수도로 간다."

크리스의 안색이 대번에 바뀌었다. 제국 수도 우르즈 로하가스가 어떤 곳인지 누구보다 잘 아는 그녀였다.

"미쳤나! 우르즈 로하가스는 생지옥이야! 말 한마디 잘못했다간 즉결심판으로 처형되며, 간부급의 경우도 황제 심경에 약간의 변화가 생기면 즉각 처분되는 무서운 곳이라고! 보통 시민은 살지도 못하는, 한마디로 요새 그 자체야!"

"내가 알 바 아니지."

말문이 막혔다. 도대체 뭘 믿고 이런 미친 소리를 서슴없이 내뱉는단 말인가. 그녀는 결국 반대쪽으로 돌아섰다.

"젠장, 제대로 알지도 못하는 녀석을 따라가겠다고 한 내가 바보지! 각자 가자고! 옷값과 식비, 여관비는 나중에 만나면 배로 갚아주지!"

"좋을 대로. 어차피 얼마 못 가겠지만……."

휀은 돌아보지도 않았다. 크리스는 툴툴대며 왔던 길을 되돌아갔다.

"망할 녀석! 수도에서 탈출한 게 어제 같은데 다시 수도로 가자고? 재수 더럽게 없군, 정말!"

"그럼 지옥으로 가시죠."

머리 위에서 들린 기분 나쁜 목소리. 고양이 털이 곤두서듯 크리스의 신경이 일제히 곤두섰다.

"이런 젠장!"

마치 적을 앞둔 키라버스 암컷처럼 크리스는 공중으로 몸을 날렸다. 그녀가 서 있던 자리에, 보이지 않는 채찍 일격이 가해졌다.

"잘도 따라왔구나, 츠바이 녀석들!"

지년에 착지하자마자 처세술의 사세를 취한 크리스의 주위를 붉은 잔상이 에워쌌다. 그녀가 그토록 두려워한 존재인 황제 직속 처형부대 츠바이였다.

"그럼 처형을 집행하겠습니다, 크리스 장군님."

츠바이들의 몸이 가볍게 떠올랐다. 그들 손에 들린 요철검이 기묘한 소리를 내며 공기를 갈랐다.

"쉽게 당할 것 같나!"

크리스가 다리로 빠르게 바닥을 긁고 지나가자 바닥에 쌓인 눈이 파도처럼 츠바이들을 덮쳤다.

"큭!"

부드러운 눈에 맞긴 했지만 상당한 힘이 실린 공격이었다. 눈을 맞은 츠바이들은 중심을 잃고 흔들렸다. 그사이 크리스는 벌써 저만치 가 있는 휀을 향해 달려갔다.

"이봐, 휀! 숙녀가 당하는 것을 보고 그냥 가는 경우가 어딨나!"

휀은 흘끔 그녀를 돌아보았다.

"숙녀?"

"쳇, 닥치고 저 녀석들이나 처리해 줘! 자네 실력이나 봄세!"

크리스는 몸을 숨기듯 휀 뒤에 섰다. 물론 츠바이들도 가만히 있진 않았다. 그들도 휀과 그녀를 향해 몸을 날렸다.

"방해하면 죽습니다!"

"귀찮군."

그 말을 무시하듯 휀은 다가오는 츠바이들을 향해 오른손을 폈다. 그는 짧게 읊조렸다.

"광황포!"

크리스의 시야가 밝아졌다. 정확히 말하면 휀의 손에서 거대한 빛이 뿜어진 것이다.

"으, 으아악!"

다가오던 츠바이들의 육체는 그 빛 속에서 찢겨졌다. 그들뿐만 아니라 정면에 위치한 건물도 깨끗이 날아가 버렸다.

휀의 간판 기술이라 불리는 광황포. 그 절대적인 빛의 위력 앞에 거리는 일직선으로 휩쓸린 채 폐허가 되었다. 크리스는 자신의 앞에 펼쳐진 광경에 입을 다물지 못했다.

"세, 세상에! 이게 무슨 짓인가! 저 안에 함께 휩쓸린 사람들의 목숨은 책임질 건가!"

휀은 묵묵히 주머니 속에 손을 밀어넣으며 대답했다.

"추가로 죽은 생물은 개 한 마리와 쥐 다수뿐……. 하지만 사람이 죽었다 해도 내가 상관할 바 아니지."

"뭐라고?"

크리스는 어처구니가 없었다. 그가 말했다.

"계속 나를 따라올 건가. 따라온다면 숙녀로 위장하는 법을 가르쳐 주지."

여전히 무표정한 얼굴로 휀은 담배를 물었다. 남자에 대해서는 평생 단 한 번밖에 생각해 본 적이 없는 크리스였지만 그 모습에 이상한 감정을 느꼈다. 담배가 오로지 이 남자를 위해 만들어진 것이 아닐까 하는 생각까지 들었다.

"뭐, 좋아. 어차피 자네 옆에 있으면 죽지는 않을 것 같으니, 숙녀 위장 수업인가 뭔가 받을 겸 가는 것도 괜찮겠군."

"그렇게 죽기 싫은가."

크리스는 멋쩍은 듯 머리를 긁적였다.

"다시 만나고 싶은 사람이 있거든. 죽을 필요가 있냐고 나에게 물은 유일한 남자야. 아직은 가이라스 왕국에 있겠지만…… 다시 한 번 만나고 싶어. 리오 스나이퍼라는 남자인데, 혹시 아나?"

휀의 입에서 길게 연기가 뿜어졌다.

"조금."

"그래? 오호, 그렇다면 따라갈 이유가 하나 더 생겼군. 잘 부탁하네. 하하핫."

그녀는 호탕하게 웃으며 그의 어깨를 두드렸다.

"그럼 우선 갈 곳이 있다."

휀은 발길을 돌렸다.

그가 크리스를 데리고 간 곳은 다름 아닌 미용실이었다. 크리스는 싫다며 들어가길 꺼렸지만 휀에겐 통하지 않았다.

"어머머, 아가씨 머리가 이게 뭐예요? 남자도 아가씨보단 머리를 잘 가꾸겠어요. 그래도 머릿결은 좋네요?"

미용실 종업원은 거의 산발인 크리스의 머리를 매만지며 인상을 찡그렸다.

"후, 훈련에 몰두하다 보니 그렇게 됐소. 미안하오."

"훈련요?"

예상치 않은 대답과 말투에 종업원은 아연실색했다. 하지만 의자에 앉은 휀이 금화를 매만지는 모습에 그녀는 거짓말처럼 안색을 바꿨다.

"아아, 뭐 그러실 수도 있죠, 호호홋. 그럼 어떻게 해 드릴까요? 원하시는 스타일을 말씀해 보세요."

"스타일요? 음…… 짧게…… 스포츠 머리로."

"네?"

곰곰이 생각한 끝에 내놓은 말은 다시금 종업원을 놀라게 했다.

"잠깐."

그때 휀이 손가락을 튕겼다. 종업원은 즉시 그에게 다가갔다. 그와 귓속말을 주고받은 종업원은 씩 웃으며 말했다.

"그랬군요. 걱정 마세요, 손님. 동생분 머리는 제가 책임지고 잘해 드리죠!"

"동생?"

크리스의 눈이 크게 벌어졌다. 그러나 휀은 침묵으로 일관했다.

한 시간 후, 크리스의 머리는 놀랄 만큼 단정해졌다. 크리스 역시 거울에 비친 자신의 모습이 신기하게만 느껴졌다.

"우아, 너무 예쁘네요, 아가씨! 아, 이건 서비스니까 사양하지 마세요."

"아, 자, 잠깐만! 난 이런 거……!"

"가만히 계세요, 손님. 립스틱이 번지잖아요."

종업원이 얼굴에 화장까지 해준 바람에, 크리스는 미용실에 들어오기 전과 너무도 다른 모습이 됐다. 다른 손님과 종업원들까지 그녀에게 시선을 돌릴 정도였다.

미용실을 나선 후에도 마찬가지였다. 지나가는 사람들 모두 한 번씩 크리스에게 시선을 돌렸다.

"이, 이런. 사람들이 모두 나를 쳐다보는데? 역시 화장을 하지 않는 게……."

"남자들이 모르는 여성에게 시선을 돌리는 이유는 두 가지다. 너무 아름다울 때와 너무 추할 때지. 넌 자신의 모습이 추하다고 생각하나?"

크리스는 유리에 비친 자신의 모습을 바라보았다. 절대 추하다는 생각은 들지 않았다. 하지만 아름답다는 말 역시 자신에게 어울리신 않는 것 같았다.

"아름답다면 내 겉모습을 말하는 건가, 아니면 내 마음을 말하는 건가?"

상당히 로맨틱한 질문이었다. 그러나 휀의 마음을 움직이기엔 부족했다.

"내가 알 바는 아니지. 달리 필요한 것은 없나?"

"아, 그러고 보니 무기가 필요해. 맨손으로는 츠바이 녀석들을 이길 수 없거든."

"무기는 숙녀 위장 수업이 끝난 후 주겠다. 숙녀에게 무기는 어울리지 않아."

"하지만 녀석들이 습격해 오면······!"

"신경 쓰지 마."

크리스는 말문을 닫았다. 마치 지상 최고의 강자라도 되는 듯 말하는 그 남자의 분위기에 압도당했기 때문이다. 하지만 이상했다. 휀의 그런 건방진 태도에 아무런 반발심이 일지 않았다.

그녀는 실소를 터뜨렸다.

"자기가 세계에서 가장 강한 사람이라고 생각하나 보지?"

"내가 그 정도밖에 안 되는 남자로 보이나."

그렇게 대답한 휀의 얼굴에서 농담의 빛은 찾을 수 없었다. 크리스는 어깨를 으쓱했다.

"푸홋, 내가 졌네. 자, 이제 어디로 갈 건가?"

"수도."

"그건 알지만 수도까지 단숨에 갈 수는 없지 않나. 중간에 들를 곳이라도 말해 주게."

"드골 산맥."

"드골 산맥? 거긴 뭐하러?"

"알 필요 없다."

크리스는 따라가 보면 알겠지 하며 뒤틀리는 속을 달랬다.

그때 거대한 물체 10여 기가 공중에서 떨어졌다. 정돈하고 나온 지 얼마 안 된 크리스의 금발이 마구 흩날렸다.

"도망자 주제에 아주 여유 있으시군!"

"이런, 어절트 슈츠!"

크리스는 바싹 긴장하며 주위를 둘러보았다. 반면 휀은 흐트러 진 머리를 가볍게 쓸어 올릴 뿐이었다.

"츠바이들을 어떻게 해치웠는지는 몰라도 우리한테 빠져나갈 수는 없다! 어절트 슈츠 44연대, 보이크가 너희를 저승으로 보내 주마!"

44연대 보이크. 그들은 강화병으로 이루어진 어절트 슈츠 특수부 대 중 하나로 전 대원이 흑색 어절트 슈츠를 탄다는 점이 특징이다.

어절트 슈츠들의 포위망이 점점 좁혀졌다. 그러나 잔뜩 긴장하 는 크리스와는 달리 휀의 표정엔 아무 변화가 없었다.

"들어가."

근처 상점 문을 열어젖힌 휀은 크리스를 그 안으로 밀어 넣었다. 그녀는 깜짝 놀라며 외쳤다.

"혼자 상대할 생각인가?"

휀은 말없이 문을 닫았다. 그러고는 허리에 찬 자신의 검 플렉시 온을 뽑으며 나지막이 말했다.

"와라."

"건방진 녀석! 어디서 굴러 온 말 뼉다귀인지는 몰라도, 넌 여기 서 끝장……."

확성기에서 들려오던 말이 중간에 끊겼다. 휀의 몸이 솟구침과 동시에 대장이 탄 것으로 보이는 어절트 슈츠를 제외한 모든 어절트 슈츠들이 폭발해 버렸다.

"뭐, 뭐야. 이 녀석! 어서 녀석을 공격해!"

당황한 보이크 대장이 외쳤다. 곧이어 건물 사이사이에 잠복하고 있던 어절트 슈츠 수십 기들이 동시에 건물 위로 올라섰다.

옥상 위에 올라선 휀은 변함없이 차가운 눈으로 플렉시온을 천천히 움직였다. 그사이 어절트 슈츠들은 날쌘 짐승처럼 건물 사이를 뛰어넘어 그에게 돌진했다. 두꺼운 팔에 내장된 나이프들이 속속 튀어나왔다.

시퍼런 나이프들이 코앞까지 다가온 순간 비로소 휀이 한마디했다.

"간다."

순간 휀의 몸이 사라졌다. 화면을 통해 그를 주시하던 보이크 대장의 눈이 크게 벌어졌다.

"뭐, 뭐야?"

어절트 슈츠를 감싼 백색의 섬광…… 마치 침묵의 시간에서 벗어난 순백색 고리핀처럼 휀의 몸이 사방을 휘저었다. 그러나 현란하진 않았다. 불필요한 동작도 없었다. 오직 흑색의 어절트 슈츠만을 가를 뿐이었다.

일을 마치고 자세를 바로잡은 휀이 중얼댔다.

"마그나 소드, 광염 소나타!"

대장이 탄 기체 위에 휀이 가볍게 내려선 순간, 공중에 뜬 어절트 슈츠 수십 기가 일시에 폭발하며 떨어졌다.

"마, 말도 안 돼! 이럴 수가!"

보이크 대장이 허망하게 외쳤다.

휀은 기체의 출입구를 검으로 깊숙이 찔렀다. 인체가 뚫리는 듯

한 느낌이 검끝에 전해졌다.

플렉시온에 묻은 피를 턴 그는 동작이 멈춰 버린 어절트 슈츠에서 내려왔다. 그는 다시 담배를 물었다.

"대단하군. 가장 강한 남자라고 자랑할 만한데?"

어느새 상점에서 나온 크리스가 씁쓸한 웃음을 던졌다. 하지만 칭찬에도 불구하고 휀은 여전히 무표정했다.

"사실이니까."

그렇게 대답하고는 그는 도시 바깥쪽을 향해 걸음을 옮겼다. 크리스는 머리를 긁적거렸다.

"어련하시겠습니까, 우주 황태자님."

떠나가는 둘의 뒤로, 부서진 어절트 슈츠에서 뿜어져 나오는 연기가 피어올랐다.

가이라스 왕국에 파견된 중급 공중요새 미그바 레이크가 파괴된 지 한 달. 로하가스 제국 장성들의 얼굴은 하얗다 못해 파랗게 질려 있었다.

한 달 사이, 제국 각지에 흩어져 있던 공중요새와 요새 보급기지 일곱 개가 지도에서 사라졌다. 물론 그 요새에서 살아남은 사람들도 있었지만, 요새를 맡은 중역 장군들 중에 살아서 돌아온 사람은 없었다.

수수께끼의 적이 노리는 것은 요새와 기지, 그리고 장군이었다. 이제 남은 요새와 기지는 수도 겸 초대형 공중요새인 우르즈 로하가스를 포함해 다섯 개뿐. 장군들의 마음은 날이 갈수록 초조해졌다.

"도대체 어떤 괴물이지? 단 한 달 만에 요새와 보급기지 일곱 개를 날려 버리다니 말이야. 가이라스 왕국이나 말스 왕국에 요새를 부술 정도의 고급 마법사가 있다는 소문은 듣지 못했는데……."

"더 걱정되는 건 그 녀석들이 이쪽을 향해 오고 있다는 점이야. 오는 도중 요새나 군사기지가 보이면 무조건 때려부수고 있지."

"생존자들의 목격담은 들어 봤나? 그건 더 기가 막히네. 그 괴물들은 단 세 명이야. 붉은 장발의 검객과 빨간 재킷의 청년, 그리고 회색 피부의 거한이라더군. 그것도 새파랗게 젊은…… 그런 녀석 셋에게 우리가 당하고 있는 걸세."

"그랜드 크로스 나이트일까? 수백 년 전 이 세계를 환수전쟁에 빠뜨린 환수여신을 봉인한 신의 기사 말일세."

"하핫, 자네 여신교 교인인가? 설마 얼음 속 미라를 칭송하는 사람들의 말을 믿는 건 아니겠지?"

대화의 화제가 여신교 쪽으로 가자 장군들의 분위기는 다시 밝아졌다.

그 모습을 화면을 통해 지켜보던 황제 로하가스 2세는 알 수 없는 미소를 지었다. 옆에 선 붉은 옷의 마녀 타르자 역시 웃으며 고개를 저었다.

"역시 쓸모없는 존재들이군요. 만들 때 유전자 조작을 잘못한 탓일까요?"

"그럴지도. 어쨌든 얼마 안 가서 녀석을 만날 수 있겠군. 후후훗…… 요우시크를 잃은 게 안타깝지만, 그래도 카오스 에메랄드를 풍족히 모은 걸로 만족해야지. 적어도 녀석들은 아직 그 사실을 모르고 있을 테니까."

"충분한 양의 카오스 에메랄드를 확보하긴 했지만, 신계로 갈 수 있을 정도의 카오스 에너지는 모으지 못했습니다. 녀석들의 도착 예정일은 앞으로 보름…… 그때까지 카오스 에너지를 모을 수 있을지 저도 의문이군요."

그때 황제의 눈이 붉게 빛났다. 공명이 섞인 웃음소리가 방 안에 울려 퍼졌다.

"하하핫! 타르자, 넌 아직 모르고 있구나. 난 리오 녀석이나 다른 가즈 나이트들이 온다는 것을 염두에 두고 있었다. 너나 요우시크, 둘 중에 하나가 죽을 것 역시 예상했지. 타르자, 내 부활에 대한 정보를 신계에 퍼뜨린 자가 누군지 아느냐?"

타르자의 안색이 대번에 바뀌었다.

"예? 그렇다면 설마……!"

"그렇다. 바로 나다."

타르자는 상전의 뜻을 헤아리기 힘들었다. 로하가스 2세가 설명했다.

"타르자, 넌 기억하고 있을 것이다. 레나라는 인간을 잃었을 때 리오 스나이퍼가 내뿜은 그 무시무시한 사념을! 정신력이 높은 만큼 녀석이 만드는 사념의 양도 보통 인간의 수만 배에 달했다. 후후훗…… 아직도 내 뜻을 모르겠느냐, 타르자? 으하하핫!"

"호호홋, 이제야 당신의 깊은 뜻을 알겠습니다. 이 어리석은 몸을 부디 용서해 주시길. 오호홋."

적의의 마녀는 그제야 미소를 띠었다.

드골 산맥 아래 위치한 마을 톨스키. 어느 주점에서 휀과 크리스는 언 몸을 녹이고 있었다.

2주일간의 유랑 중 휀에게 '숙녀 위장 수업'을 받은 크리스에게서 수업의 성과가 나타나기 시작했다. 다리를 모으고 앉은 모습이 그녀의 변신을 확실히 말해 주었다.

"흠, 술이 아주 좋은 동네군. 따뜻한데?"

하지만 그녀의 말투는 변함이 없었다.

술을 마시는 동안, 퀜은 크리스를 유심히 바라보았다. 뒤늦게 시선을 느낀 그녀의 표정이 멋쩍게 변했다.

"왜 자꾸 그렇게 쳐다보나? 오랜만에 술을 마시니 눈이 멋대로 돌아가나?"

"물어볼 것이 있어서."

퀜은 여전히 차가운 말투였다.

"그래? 오랜만에 하는 질문이 무엇일지 궁금하군. 한번 말해 보게."

그렇게 말하고 그녀는 웃었다. 하지만 그 웃음 속에 아쉬움도 섞여 있었다.

퀜이 물었다.

"너와 같은 방식으로 태어난 사람들 모두 너처럼 중성적인가."

"……중성적이라니?"

그녀는 질문을 이해하지 못한 듯했다. 퀜은 다시 물었다.

"자신이 여자인지 남자인지 분간하지 못하느냐는 말이다."

크리스는 술의 끝맛을 즐기는 사람처럼 진한 미소를 지으며 대답했다.

"그 얘기군……. 아주 많아. 그리고 그들 모두 나와 같을 거야. 열일곱 살까지 함께 목욕했으니까."

다음 말이 길다는 것을 예고하듯, 그녀는 상당량의 술을 들이켰다.

"서로의 몸에 대한 차이를 생각할 겨를조차 없었지. 육체 훈련이 끝나면 곧바로 정신 훈련에 들어갔지. 하지만 피곤하지는 않았어. 마법사들이 만든 주사를 맞으면 피로라는 게 없어지거든. 잠도 없어지지……. 남녀의 차이를 느낄 여유 따위 없어. 죽음이란 것을 처음 접한 때가 언제였는지 아나?"

휀은 아무 대답 없이 술잔을 입에 댔다.

크리스의 말은 계속됐다.

"……여섯 살 때였네. 완전히 포박당한 사형수를 죽이는 과제가 우리에게 떨어졌지. 물론 개인마다 주어진 방법은 달랐어. 한 친구는 단검, 한 친구는 망치, 또 한 친구는 철사, 나에게 주어진 것은 손으로 목을 비틀어 죽이는 것이었지……. 난 한 시간가량 고생해서 겨우 그 사형수의 목을 비틀었네. 아직도 기억에 남아. 그 사형수의 목이 돌아가던 소리가 말일세. 후후훗."

그녀가 웃는 동안, 휀은 그녀의 빈 잔을 다시 채워 주었다. 그의 배려에 감사하듯 크리스는 술잔을 잡으며 말을 이었다.

"자네와 나, 5일 전부터 다른 방을 쓰기로 했지? 후훗, 그 첫날, 참 이상하더군. 내가 무슨 생각으로 자네 앞에서 옷을 벗었는지, 속옷까지 갈아입을 수 있었는지 갑자기 이해가 안 되는 거야. 후훗, 우습지 않나?"

"별로."

어느새 휀은 다시 입에 담배를 물고 있었다.

그녀는 정리하지 않아 약간 부스스한 머리를 매만지며 계속 말했다.

"그리고…… 갑자기 떠오르더군. 내가 죽는다고 했을 때 걱정스러운 얼굴로 날 보던 그 리오란 남자의 얼굴 말이야. 가슴이 두근거리더군. 아무래도 타르자라는 마녀에게 속아서 맞은 그 주사 때문인지도 몰라. 난 그때부터 이상해졌으니까."

휀은 북북히 술잔을 내리고 그녀에게 시선을 돌렸다.

"여길 봐."

101

"음? 왜…… 읍!"

멋모르고 고개를 돌린 크리스의 입에 휀의 입이 겹쳐졌다. 그의 담배 냄새와 그녀의 술 냄새가 섞였다.

그런 상황에서도 휀의 차가운 얼굴 표정은 변함없었다. 억지로 입술을 뗀 크리스는 숨이 찬 듯 헉헉대며 말했다.

"가, 갑자기 무슨 짓인가. 지저분하게!"

"흠. 수업이 아직 부족하군."

크리스로서는 알 수 없는 말이었다. 그녀는 싱겁다는 듯 피식 웃어넘겼다.

그들이 나간 후, 옆자리에서 술을 들던 중년 부부가 민망스러운 듯 입을 모았다.

"남사스럽게…… 쯧쯧쯧."

"그러게 말이에요. 우리가 젊었을 땐 장소는 가려 가며 했잖수. 요즘 것들은 아무 데서나 쪽쪽거린다니까."

휀과 크리스가 남긴 술잔을 정리하던 주점 주인은 그 말에 피식 웃었다.

주점을 나선 휀과 크리스는 우연히 여신교 교인들이 모여 있는 걸 보았다. 무슨 일인지 그들의 얼굴은 하나같이 일그러져 있었다.

"도대체 어떤 녀석이 신체(神體)를 훔친 거냐! 아, 분명 여신께서 우리에게 벌을 내리실 텐데……!"

"이건 분명 황제가 꾸민 계략이야! 우리 교회를 탄압하기 위해 황제가 신전을 부수고 신체를 훔친 게 틀림없다고!"

군중들은 상당히 흥분해 있었다. 하지만 크리스는 귀찮은 듯 머리를 긁적였다.

"쳇, 망국의 광신도들 같으니……. 자, 이제 어디로 갈 건가…… 휀?"

그녀는 믿을 수 없었다. 언제나 얼음 같은 표정만을 유지해 얼굴 근육이 마비된 사람이 아닌가 싶었던 휀이 처음으로 다른 표정을 지은 것이다.

그의 금색 눈썹이 꿈틀거렸다.

"여신교의 신전으로 간다."

"뭐, 뭐라고! 미쳐도 단단히 미쳤군! 제국에서 우르즈 로하가스 다음으로 위험한 곳이 여신교의 신전이야! 설마 드골 산맥에 들르자고 했던 것도 그 신전 때문은 아니겠지?"

"맞아."

크리스는 기가 막혔다. 그의 정신 상태가 또 한 번 의심스러웠다.

"이봐, 자네가 도대체 뭘 바라는지 모르겠지만 왜 위험한 곳을 찾아다니는 거지? 혹시 괴로움을 느끼며 쾌감을 얻는 성격인가?"

"맘대로 생각해."

휀은 여느 때와 달랐다. 옆에서 사람이 죽든 말든 상관하지 않던 그가 여신교 신도들에게 다가가고 있었다.

"이, 이봐! 잠깐!"

그녀의 말은 더 이상 통하지 않았다.

사람들을 밀치고 안쪽으로 들어간 휀은 모임의 주도자로 보이는 남자의 멱살을 가볍게 잡아 추켜올렸다. 어이없는 상황에 여신교 신도들이 흥분한 건 당연했다.

"너, 넌 도대체 누구냐! 황제가 보낸 염탐꾼이냐!"

"어서, 전도사님을 놔줘!"

사람들이 구름처럼 달려들었다. 휀은 그들에게 차가운 시선을 던졌다. 낮은 음성이 그의 입에서 새어 나왔다.

"꺼져라."

"······!"

거짓말 같았다. 휀의 한마디에 압도당한 신도들이 얼어붙은 듯
그 자리에 멈춰 섰다.

"저, 저 녀석!"

죽음이란 것에 어렸을 때부터 익숙한 크리스는 사람들이 멈춘
이유를 잘 알았다.

본능마저 제압해 버리는 거대한 위압감. 사람들은 휀의 몸에서
풍기는 죽음의 카리스마에 압도된 것이리라.

군중들을 그렇게 물리친 휀은 한 손에 들린 전도사에게 시선을 돌
렸다. 가장 가까이 위압감을 느낀 그는 반쯤 정신이 나간 상태였다.

"여신이 사라진 때는?"

"으으, 3일 전입니다. 여신님이 사라진 걸 그때 알게 됐죠. 하지
만 여신님을 마지막으로 뵌 것은 일주일 전이었으니까······ 넉넉
잡고 일주일일 겁니다."

"얼음 속에 같이 있던 미라는?"

"예? 미, 미라는 아직 있습니다. 하지만 신벌이 두려워 아무도 미
라를 거두지 못하고 있죠."

"꺼져."

휀이 손을 놓았다. 바닥에 엉덩방아를 찧은 전도사는 허둥지둥
달아났다. 군중들 역시 뿔뿔이 흩어졌다.

"흠."

광장 중앙에 선 휀의 코에서 짧은 김이 뿜어졌다. 불안한 표정을
짓고 있던 크리스가 다가왔다.

"이봐, 자네 여신교 신도였나? 어떻게 그리 잘 알아?"

"……."

그는 아무 대답도 하지 않았다. 크리스는 그가 오늘따라 이상하게만 느껴졌다.

"이봐, 멈춰라! 여기가 어딘 줄 알고…… 아악!"

휀의 앞을 가로막은 여신교 신전 경비의 머리가 풍선처럼 터졌다. 그보다 더 잔인한 장면도 숱하게 봐온 크리스였지만 기의 압력만으로 상대의 머리를 터뜨리는 남자의 힘은 놀라움을 넘어 두려움 그 자체였다. 게다가 이유도 없이, 거리낌 없이 남을 살해한다는 사실이 두려움을 더했다.

"이, 이봐, 휀. 진정하는 게 어떤가? 평소 자네답지 않아."

"평소 내가 어떤데?"

크리스는 또다시 할 말을 잃었다.

땅 밖으로 나온 신전의 외부는 작고 아담했지만 지하는 그렇지 않았다. 아무리 내려가도 끝이 보이지 않았다. 게다가 상상을 초월하는 냉기가 크리스의 방한 코트를 뚫고 들어왔다.

"나, 난 나가겠네! 견딜 수 없어!"

약물과 마법으로 단련된 그녀의 몸이라 해도 입김마저 얼어 버리는 냉기는 견딜 수 없었다.

"이걸 입도록."

크리스의 눈에 휀의 백색 코트가 들어왔다.

"뭐? 자네는?"

"입어."

크리스는 그의 생각을 도저히 알 수 없었다. 게다가 그의 코트는 그녀가 입은 방한 코트에 비해 얇디얇았다. 결국 크리스는 울며 겨자 먹기로 자신의 코트를 벗고 그의 코트를 대신 입었다.

"……음?"

놀라웠다. 코트 내부는 덥지도 춥지도 않았다. 그야말로 쾌적한 온도였다.

"오호, 이 좋은 걸 혼자 입고 다녔단 말이야? 너무한데?"

휀은 흑색의 타이트한 상의만 입은 채 묵묵히 계단을 내려갔다. 크리스는 고개를 저으며 그를 따라갔다.

이윽고 그들 앞에 거대한 석실이 모습을 드러냈다. 석실을 지켰던 것으로 보이는 두꺼운 문이 산산조각 나 바닥에 나뒹굴고 있었다.

석실 벽은 정체를 알 수 없는 괴물들의 벽화로 가득했다. 크리스가 석실 내부를 둘러보는 동안 휀은 석실 중앙에 위치한 제단으로 시선을 돌렸다.

"……버넬."

제단 위엔 한 남자의 미라가 쓰러져 있었다. 크리스는 미라에게 다가가는 휀의 모습을 묵묵히 지켜봤다.

양지바른 곳에 미라를 묻은 휀은 묘지를 덮은 석판 위로 검을 휘둘렀다. 바람이 불자 석판에서 돌가루가 휘날렸다. 잠시 후 정십자가에 동그라미가 찍힌 문양이 모습을 드러냈다.

그것을 본 크리스의 눈동자가 번뜩였다.

"이것은…… 아, 아닐세."

휀의 장갑에 새겨진 것과 같은 문양이었다. 그러나 그녀는 더 이상 묻지 않았다. 그가 대답하지 않을 게 뻔하다는 생각에서였다.

"그랜드 크로스 나이트의 문장이다."

"뭐라고!"

생각지 못한 대답에 크리스의 얼굴이 하얗게 변했다.

수백 년 전, 대륙을 뒤덮은 환수전쟁에 대한 전설을 그녀는 어느 정도 알고 있었다. 게다가 그 전쟁의 원흉인 환수여신을 봉인한 그랜드 크로스 나이트에 대한 전설은 더욱 유명했다.

환수신을 제압하기 위해 신이 내려보낸 남자. 신의 위엄과 공포를 같이 가진 무한의 존재. 그의 손에서 뿜어지는 빛은 산을 뚫고 바다를 증발시킨다고 한다. 그랜드 크로스 나이트, 또는 광황이라 불리는 그 존재는 여신교를 통해 제국 곳곳에 널리 알려져 있었다.

"그랜드 크로스 나이트의 문장이 왜……?"

"사라졌다는 여신은 수백 년 전 이 세계를 혼란에 빠뜨린 환수여신. 그 여신이 돌아다닌다는 사실은 이 세계의 최대 위기를 뜻한다."

휀은 전혀 다른 대답으로 일관했다. 질문하려는 의지를 잃은 크리스는 팔짱을 낀 채 그의 말을 듣기로 했다.

"문제는 왜 환수여신이 스스로 봉인을 풀었느냐 하는 것이다. 부르크레서의 일도 처리해야 하는데 귀찮게 됐군."

그는 무거운 몸짓으로 금발을 쓸어 넘겼다.

독백에 가까운 그의 말에 크리스의 머릿속은 혼란에 빠졌다.

도대체 저 사람의 정체는 무엇일까. 수백 년 전 나타난 그랜드 크로스 나이트일까. 아니면 말끔한 모습으로 자신의 정체를 감춘 고위 마족이나 악마일까. 본능을 누르는 위압감과 힘, 그리고 어떤 상황에서도 흔들리지 않는 냉정함 등은 인간의 것이라고 생각되지 않을 때가 많았다.

"수도로 간다. 임무를 먼저 처리해야 할 것 같군."

휀은 자신이 만든 묘지를 미련 없이 뒤로했다.

"아, 잠깐 기다려."

크리스의 부름에 그는 발걸음을 멈췄다. 그녀는 씩 웃으며 입고 있던 그의 코트를 벗어 주었다.

"아무리 급해도 자기 것은 챙겨야지. 안 그런가?"

"······."

그는 묵묵히 코트를 받아 들었다. 흩날리는 눈송이가 둘의 머리 위로 내려앉았다.

멀리 보이는 북쪽 하늘은 유난히 검었다. 그러나 남자들 위에 펼쳐진 하늘은 맑디맑았다. 잠시의 휴식을 위해 캠프를 친 세 남자들 사이에 큼직한 새 구이가 기름을 줄줄 흘리며 먹음직스럽게 익어 가고 있었다.

"야, 독수리 고기도 생각보다 맛있는걸? 다리 하나만 먹어도 배가 빵빵해지는구먼!"

지크는 연신 웃으며 독수리 다리를 뜯었다. 리오는 웃으며 날개를 뜯었다.

"그래도 덜 익은 부분은 먹지 마. 맹금류는 기생충이 있으니까."

"그런 말은 바이칼한테나 하시지? 이 무적의 지크 님은 무쇠도 소화할 수 있으니까! 하하핫."

그는 웃으며 다른 쪽으로 시선을 돌렸다. 바이론이 쓸쓸한 표정으로 술을 마시고 있었다.

"어이, 회색분자. 생고기 안 남기고 모두 구웠다고 그렇게 화낼 건 없잖아. 구운 것도 맛있으니 같이 먹고."

"큭, 네놈 허벅지를 먹어 줄까?"

바이론의 광기 어린 눈빛이 번뜩였다. 지크는 입을 삐죽 내밀었다.

"쳇, 말을 못하게 하네. 그런데 리오, 적의 수도까지 이제 얼마나 남았어? 야외 회식을 2주 연속으로 하니 속이 썩는 것 같아."

"한 일주일 거리? 중간의 도시를 거치지 않으면 일주일 정도 걸 릴 거야. 빨리 처리하고 거창하게 먹자고. 후훗."

"근데 바이칼은 왜 갑자기 드래고니스로 돌아간다고 했을까? 그 녀석, 너랑 하루라도 떨어지면 몸이 다는 녀석이잖아."

리오는 피식 웃으며 형제의 어깨를 밀쳤다.

그때 숲을 헤치며 한 무리의 남자들이 나타났다.

"이봐, 우리에게도 고기 좀 나눠 주시지. 냄새 좋은데?"

운이 좋게도 그들은 바이론과 반대 방향에서 나타났다. 아마도 바이론과 마주쳤다면 이런 상황은 벌어지지 않았을지도 모른다.

지크는 가만히 불청객을 노려보았다. 리오는 씁쓸히 웃으며 시 선을 돌렸다.

"어라, 뭘 봐, 노랑 머리. 고기 달라는 말이 그렇게 떫어?"

수염을 텁수룩하게 기른 남자가 덤비듯 몸을 움직였다. 다른 불 청객들은 어깨를 들썩이며 웃었다.

"옛다."

지크의 손에서 하얀 물체들이 날아갔다. 자신이 먹고 버린 뼈다 귀였다. 불청객들 얼굴은 대번에 굳어졌다.

"발라 먹어. 난 꼼꼼하지 못한 성격이라 고기가 많이 남아 있을 거야. 힘들게 잡은 걸 주는 거니까 고맙게 생각해."

그는 기름이 흐르는 살덩이 하나를 죽 찢어 자기 입에 넣었다. 지크의 행동은 불청객들의 성질을 건드리기에 충분했다.

"이, 이 자식들, 겁대가리를 상실했구나! 이래도 먹겠나!"

털북숭이 남자가 바닥을 찼다. 흙덩이가 하늘을 날아오른 순간, 리오의 망토가 거대한 호선을 그렸다. 갑작스러운 풍압에 불청객들은 흙덩이와 함께 뒤로 밀려 나갔다.

"뭐, 뭐야!"

남자들의 어리둥절한 얼굴과는 반대로 리오는 말없이 고기를 뜯었다. 잠시 주춤하던 털북숭이 남자가 칼을 꺼내 들었다.

"녀석들! 봐주지 않겠다!"

"오호, 그런가? 크크큭……."

갑자기 들려온 걸걸한 웃음소리에 무기를 뽑던 남자들의 몸이 굳어졌다.

눈앞에 거대한 사람이 다가왔다. 붉은색 광기로 빛나는 눈, 숨소리와 함께 꿈틀대는 거대한 회색 근육질, 오른손에 들린 대형 팔시온. 회색 거한의 흰 치아가 드러났다.

"크크큭…… 내장에 이상이 없는지 확인하고 싶나? 크큭, 내가 공짜로 확인해 주지. 물론 밖으로 꺼내서…… 크크큭!"

"저, 저어……."

남자들 얼굴이 파랗게 질렸다. 그 정도면 그들은 담이 상당히 큰 편이었다. 보통 사람이라면 벌써 오줌을 지리고 기절했을 것이다.

"오, 사양할 건 없어. 눈만 감고 있으면 끝나. 크크크큭."

남자들은 뒤로 물러섰다. 바이론이 한 걸음 내디뎠다. 결국 그들은 있는 힘을 다해 반대편으로 뛰기 시작했다.

"도, 도망치자! 미친 녀석들이다!"

남자들은 그렇게 사라졌다. 그와 동시에 바이론의 웃음도 사라졌다. 다시 제자리에 앉는 그를 보며 지크는 어깨를 으쓱거렸다.

"같이 다니니 편리한 점이 많군. 시장에서 물건도 그냥 주고, 시비 거는 녀석들도 조용히 사라지고 말이야. 물론 가끔 시체를 치워야 할 때도 있지만……."

리오는 그저 웃을 뿐이었다.

"녀석들이 남긴 물건이나 처리해. 육질이 괜찮을 듯하던데……
크크큭."

다시 술병을 잡은 바이론이 말했다.

"물건? 녀석들 상인이었나?"

지크는 머리를 긁적이며 남자들이 나타났던 곳으로 갔다.

"육질이 괜찮다……. 그럼 소나 돼지…… 윽!"

지크가 비명을 질렀다. 리오가 움찔하며 그에게 달려왔다.

"무슨 일이야? 어, 저건?"

리오와 지크는 아연실색했다. 그 남자들은 다름 아닌 노예 상인
이었다. 그리고 그들이 두고 간 '물건'은 철창 안에 갇힌 여자였다.

"이런 개자식들……!"

지크는 이를 갈며 우리를 향해 뛰어갔다.

철창 안엔 평상복 차림을 한 파란 머리카락의 소녀가 있었다. 슈
렌의 머리카락보다 흐렸지만 지금 지크의 눈에는 머리 색이 들어
오지 않았다.

"어떻게 잡혔어? 다른 일은 안 당했니? 몸은 괜찮아? 젠장, 족쇄
까지! 잠깐 기다려. 꺼내 줄게!"

"네."

"……."

힘차게 철창을 흔들던 지크는 안에 든 여자가 노예로 팔려 가는
사람치곤 명랑한 목소리로 대답하자 잠시 동작을 멈췄다.

"지크, 꺼내 주지 않고 뭐 하는 거야?"

리오가 혀를 차며 철창을 뜯었다. 족쇄까지 뜯어낸 그는 안전하
게 그녀를 내려 주었다.

"괜찮습니까? 다친 곳은 없나요?"

"예, 사이키는 괜찮아요."

명랑한 대답이었다. 리오는 이상한 소녀라고 생각하며 실소를 터뜨렸다. 뭔가를 찾는 듯 주위를 돌아보던 소녀가 다시 활짝 웃으며 물었다.

"저, 아까 그 아저씨들은 어디로 가셨나요?"

철창을 잡은 채 고개를 숙이고 있던 지크가 물었다.

"너, 아까 그 아저씨들이랑 어떤 관계야?"

그녀가 웃으며 답했다.

"사이키한테, 돈 벌게 해 준다고 한 고마운 아저씨들이에요. 저한테 새 옷이랑 신발도 사줬는걸요. 그런데 아까 어디로 뛰어가시던데…… 어디로 가셨는지 아세요?"

"……아니. 그런데 아가씨 집은 어디야?"

지크가 다시 묻자, 그녀는 엄지손가락을 빨며 잠시 고민했다. 지크는 손가락으로 철창을 두드리며 대답을 기다렸다. 리오도 마찬가지였다.

이윽고 그녀가 배시시 웃으며 답했다.

"히히, 사이키는 집 없어요."

"으으윽!"

지크는 머리를 거세게 긁으며 자신을 진정시키려 애썼다.

리오는 정말로 특이한 소녀구나, 하고 생각하며 그녀의 어깨를 두드렸다.

"배고프지 않아요? 마침 식사 중이었는데 같이 먹을래요?"

"아, 그래요? 사이키도 배고팠어요."

리오는 그녀를 데리고 원래 있던 곳으로 되돌아갔다. 지크는 터벅터벅 그들을 따라갔다.

열일고여덟 살쯤으로 보이는 소녀의 이름은 사이키. 성은 없는
듯했다. 집도 없고, 가진 것이 아무것도 없는 수수께끼 소녀는 뭐
가 그리 좋은지 지크 옆에 찰싹 달라붙어 있었다. 리오가 아닌 자
신에게 호감을 보이다니 지크 자신에게도 너무 의외였다.

"이야, 리오. 너 늙었구나. 네 환상의 사탕발림에도 넘어가지 않
는 애가 있으니 말이야."

지크가 어깨를 으쓱하며 말했다.

"난 그런 사람이 아니라니까."

리오가 씁쓸히 웃었다.

지크 옆에 앉아 고기를 씹던 사이키의 시선이 바이론에게 향했다.

등을 돌린 채 자신의 검 다크 팔시온을 닦는 그의 모습이 그녀에
게 무섭기는커녕 신기하게 느껴진 모양이었다.

"지크, 저분은 누구예요?"

"식인종."

농담이었지만 사이키는 입을 동그랗게 모으며 놀랐다. 물론 바
이론이 이전에 한 말 때문에 그를 식인종이라고 농담했는데, 지크
는 그녀의 반응이 귀엽기 그지없었다.

"식인종요? 사람을 먹는단 말인가요? 우아, 신기해요!"

"그, 그러니까……."

의외의 반응에 지크의 입가가 씰룩거렸다. 사이키란 소녀는 지
크 이상으로 괴짜 기질을 가지고 있는 것이 틀림없었다.

그때 바이론이 지크를 흘끔 돌아보며 말했다.

"그 꼬마, 보내라."

리오와 지크의 얼굴이 대번에 굳어졌다.

"그, 그렇게 화낼 것까진 없잖아, 회색분자. 내가 대신 사과할 테니 화 풀고……."

"보내지 않으면, 넌 휀에게 죽는다."

"뭐?"

광기가 전혀 담겨 있지 않은 충고였다. 지크는 너무 당황한 나머지 말을 잊고 말았다.

"……흠."

한숨을 쉰 리오는 바이론이 뭔가 알고 있다는 걸 느낄 수 있었다. 그러나 그에게서 대답을 얻기란 쉬운 일이 아니라는 사실 또한 잘 아는 그였다. 리오는 바이론 대신 지크에게 물었다.

"지크, 넌 어떻게 하고 싶어?"

"그, 글쎄. 얘가 집이라도 있으면 나 혼자서라도 데려다 줄 텐데…… 그냥 보내긴 그렇잖아. 어이, 회색분자."

검을 닦던 바이론의 두꺼운 팔이 멈췄다. 지크는 조심스럽게 부탁했다.

"전투가 벌어지면 방해되지 않게 조치를 취할게. 휀인가 하는 녀석하고 만나면 내가 알아서 무마할 테니까……."

"크큭, 맘대로."

그는 다시 검을 닦는 데 열중했다. 지크는 그제야 가슴을 쓸어내렸다.

"휴, 십년감수했다. 이젠 저 아저씨에게 잘 보여야 해, 사이키. 알았지? 안 그러면 내가 칼을 맞을지도 몰라."

"히히, 알았어요."

사이키가 다시 밝게 대답했다.

지크는 다시 고기를 뜯느라 보지 못했다. 그의 시선이 다른 곳을 향했을 때, 바이론을 보는 그녀의 눈이 순수와는 거리가 멀었다는 사실을. 물론 리오도 마찬가지였다.

"자, 다시 출발하지, 바이론."

리오가 말했다. 바이론은 묵묵히 자신의 거대한 몸을 일으켰다.

예기치 못한 일행, 사이키와 함께한 지 하루가 지났다.

우르즈 로하가스와 가까운 곳에 위치한 대도시 바인코바. 그곳은 로하가스 이전의 나라인 가스트란 제국의 수도였다. 국민 대부분이 그곳을 수도로 생각하고 있을 만큼 도시의 규모는 우르즈 로하가스보다 훨씬 컸다.

리오 일행은 조심스럽게 그 도시로 들어섰다. 원래 바인코바를 거치지 않고 곧바로 우르즈 로하가스로 향하는 것이 그들의 계획이었지만 사이키 덕분에 그 계획은 수정이 불가피했다. 어린 소녀를 길바닥에서 재울 수 없다는 지크의 이유 있는 항의 때문이었다.

"휴, 오랜만에 사람이 만든 식사를 즐길 수 있겠군. 헤헷, 식당으로 가자!"

"그래요, 지크. 사이키, 배고파요."

도시에 들어선 지크와 사이키의 첫마디였다. 리오는 아이들 같은 둘을 보며 한숨을 내쉬었다.

"먹는 것도 좋지만 우선 이곳에 제국군이 얼마나 있는지 알아봐야 해. 괜히 포위돼서 일을 크게 만들 수 있으니까……. 뭐, 내가 하면 되니까, 바이론과 함께 식사하고 있어. 난 도시를 살펴보고 오지."

"그래, 그럼 수고해, 바람둥이."

사정을 모르는 지크는 즐겁게 손을 흔들었다.

리오는 가기 전 바이론을 바라보았다. 테가 넓은 모자와 검은색 코트로 자신의 회색 근육질을 최대한 가린 그는 사이키를 본 이후부터 말을 잊은 사람처럼 조용히 행동했다. 물론 시끄럽게 행동할 일도 없었지만 평소 분위기와는 분명 달랐다.

'……나름대로 이유가 있겠지.'

리오는 그렇게 생각하며 일행을 뒤로했다.

바인코바를 돌아보던 리오는 자신들에게 상당한 행운이 따랐다는 것을 알게 되었다. 셀 수 없을 정도로 수많은 어절트 슈츠들이 도시 외곽에 주둔하고 있었다.

그들이 왜 바인코바에 주둔하고 있는지 이유는 알 수 없었다. 하지만 확실한 것은 조금이라도 잘못 행동하면 분명 이 많은 어절트 슈츠들과 싸워야 한다는 사실이었다. 이곳저곳에 몸을 숨기며 그들을 관찰한 리오는 씁쓸히 고개를 저었다.

"귀찮게 됐군. 이곳을 그냥 지나칠걸 그랬나."

리오는 씁쓸히 내뱉었다.

대강 탐색을 마친 그는 들킬세라 재빨리 일행에게 돌아갔다.

"모든 어절트 슈츠 부대가 집결을 마쳤습니다, 타르자 님."

제복을 단정히 갖춰 입은 병사가 거수경례를 하며 보고했다. 차를 마시던 적의의 마녀 타르자는 특유의 요염한 미소를 지으며 고개를 끄덕였다.

"좋아요. 이제 공중요새들이 도착할 때까지 쉬도록 하세요."

"예, 알겠습니다."

병사는 다시 경례를 붙인 후 뒤로 돌아섰다.

"아, 잠깐. 특별한 일은 없나요?"

그녀의 늦은 질문에 병사는 다시 몸을 돌렸다.

"예. 바인코바 내에는 아무 일도 없습니다. 안심하십시오."

"안심이라……."

타르자는 표정을 바꾸고 말끝을 흐렸다. 뭔가 석연치 않은 느낌이 들었던 것이다.

"병사들을 동원해 바인코바 곳곳을 수색하게 하세요. 특별히 눈에 띄는 사람이 있다면 즉시 체포하거나 나에게 직접 보고를 하라고 하세요."

"예? 하지만 수상한 자가 있다면 정문 검색을 통과하지 못할……."

"하라면 하세요."

타르자의 눈이 꿈틀댔다. 병사는 말을 끊고 곧바로 경례를 붙였다.

"알겠습니다! 즉시 시행하겠습니다!"

병사가 뛰어나간 후, 타르자는 다시 찻잔을 입에 가져갔다. 그녀는 미소를 지은 채 알 수 없는 말을 흘렸다.

"넌 이럴 때만 나타나지, 리오 스나이퍼. 물론 내 육감이 틀리길 바라지만…… 호호홋."

지크와 사이키, 둘은 마치 며칠 굶주린 사람처럼 앞에 놓인 음식들을 무섭게 먹어 치웠다. 다른 손님들이 쳐다볼 정도로 거침없었다.

"이야, 맛있지, 사이키!"

"응, 정말 맛있어요, 지크! 아저씨, 한 접시 더요!"

바이론은 둘의 옆에서 묵묵히 술을 마셨다. 눌러쓴 모자와 코트는 그대로였다. 그에 대한 주위 사람들의 궁금증은 모자 사이로 언뜻 보이는 그의 회색 피부로 인해 조용히 가라앉았다.

"아, 잠산 실례할게요, 지크."

한참 식사를 하던 사이키가 일어섰다. 지크는 움찔하며 물었다.

"어? 어디 가게?"

사이키가 살짝 볼을 붉히며 답했다.

"어머, 숙녀가 화장실 가는 걸 물어보시면 어떡해요. 너무해요."

지크는 미안하다는 듯 머리를 긁적였다.

"쳇, 누가 알았남. 화장실은 밖에 있으니 빨리 갔다 와."

순간 그녀가 흠칫 놀라며 물었다.

"아, 아니 제가 화장실 가는 걸 어떻게 아셨어요?"

"응? 으, 응…… 직감이지, 뭐. 하하핫."

"그래요? 역시 지크는 대단하네요. 히힛, 그럼 빨리 갔다 올게요."

사이키는 지크의 어색한 웃음소리를 뒤로하고 식당을 빠져나갔다. 지크는 고개를 저으며 바이론에게 물었다.

"이봐, 회색분자. 저 애, 정말 귀엽지 않아? 이 세계에도 저런 애가 있는 줄은 정말 몰랐어. 정이 팍팍 드는 거 있지. 헤헤헷."

"저 애하고는 이 도시에서 헤어지는 게 좋아."

"뭐?"

바이론의 갑작스러운 말에 지크의 표정이 굳어졌다.

"무슨 소리야? 저 애는 아직 보호가 필요한……."

"너 따위가 보호하지 않아도 나라 하나는 멸망시킬 아이다. 잔말 말고 여기서 헤어지는 거다."

지크의 얼굴이 단숨에 일그러졌다. 그의 손에 들린 식기가 찰흙처럼 구겨졌다.

"젠장, 닥쳐! 그런 허무맹랑한 말이 나한테 통할 것 같아! 그녀를 돕고 싶지 않으면 차라리 그렇게 말하라고!"

모자 그늘에 가려진 바이론의 눈에서 광기 어린 빛이 번뜩였다.

"나로서는 최대의 배려인데?"

"빌어먹을!"

지크는 몸을 돌렸다. 도대체 무엇 때문에 헤어지라는 것인지, 왜 보호가 필요 없다는 것인지 도저히 알 수 없었다.

"꺅! 도와줘요, 지크!"

"젠장, 또 뭐야!"

불쑥 들려온 사이키의 비명에 지크는 자리를 박차고 일어나 식당 밖으로 뛰어나갔다.

"파티인가."

바이론은 식사비를 식탁에 놓고 자리에서 천천히 일어났다.

"지크! 지크!"

"이런, 사이키!"

식당에서 나온 지크는 어절트 슈츠에게 잡힌 채 멀리 끌려가고 있는 사이키를 보았다. 지크는 이를 악물고 그쪽을 향해 달려갔다.

"이 자식들, 이게 무슨 짓이야! 그 애를 어서 놓지 못해!"

"한패다! 녀석을 막아!"

제국군 병사가 다급히 외쳤다. 무슨 일을 당했는지 몰라도 그 병사 옷은 군데군데 그슬려 있었다. 하지만 지크에겐 상관할 바가 아니었다.

골목에 배치되어 있던 어절트 슈츠 두 대가 앞을 가로막았다.

"쳇, 해보겠다는 거냐! 꺼져!"

스파크를 머금은 지크의 주먹이 어절트 슈츠의 중앙에 꽂혔다. 타격을 받은 어절트 슈츠는 펑 소리를 내며 뒤로 날아갔지만 나머지 한 대가 지크의 몸을 누꺼운 팔로 감싸 안았다.

"어딜 만져!"

지크의 팔 근육이 불끈댔다. 짧게 흐르던 스파크가 온몸을 타고 사방으로 뿜어져 나왔다.

어절트 슈츠 안의 병사는 자기 눈을 의심했다. 기계 팔에 걸리는 무게감이 상상을 훨씬 초과하는 것이었다.

"뭐야? 으, 으악!"

계기판에서 불꽃이 튀었다. 그와 함께 지크를 감싸 안은 어절트 슈츠의 팔도 끊겨져 나갔다.

"거슬린단 말이야!"

팔이 날아간 어절트 슈츠를 발차기로 가볍게 밀어낸 지크는 사이키가 끌려간 방향으로 시선을 돌렸다. 그러나 그것으로 끝난 게 아니었다. 마치 냄새를 맡고 오는 개미 떼처럼 어절트 슈츠들이 꾸역꾸역 몰려왔다.

"……뭐야, 이 녀석들 우리가 온 걸 어떻게 알았지? 게다가 이 무지막지한 수는 또 뭐야! 윽!"

당황한 지크의 머리 위로 두꺼운 손이 덮쳐 왔다. 회색 손의 주인공 바이론은 광기 어린 특유의 웃음을 터뜨렸다.

"운이 없군. 아무래도 우리가 개미집에 설탕을 뿌린 모양이다, 꼬마. 어떻게 발각됐는지는 모르겠지만 일단 신나게 몸을 푸는 것이 어떨까. 크크크큭."

"좋아, 여기서 고철 파티 한번 해보자고! 정면 돌파로 사이키를 구해 내는 거야!"

무명도를 재빨리 뽑은 지크는 몰려오는 어절트 슈츠를 향해 용수철처럼 튀어 나갔다.

모자와 코트를 벗어 던진 바이론은 웃으며 고개를 숙였다. 자신의 뜻과 지크의 생각이 약간 맞지 않았기 때문이다.

"그래, 그렇다면 어쩔 수 없지. 사이키의 정체를 알고 나서 눈물이나 펑펑 흘려라, 꼬마. 크크크큭."

"무기를 버리고 투항해라! 너희는 완전히 포위됐다!"

기계음 섞인 목소리가 등 뒤에서 들려왔다. 그러나 바이론은 그 소리에 아랑곳없이 다크 팔시온을 뽑으며 뒤로 돌아섰다.

"크큭…… 쇳물 섞인 피맛은 어떨까……? 크하하하핫!"

먹이에 박히는 야수의 어금니처럼 다크 팔시온의 두꺼운 날이 후방의 어절트 슈츠에 박혔다. 두툼한 근육의 움직임에 따라 검도 비틀어졌다. 순간 장갑 균열에서 선혈이 솟아났다. 그 광경에 제국군 병사들은 입을 다물지 못했다.

"크큭…… 크크큭…… 크하하하핫! 죽는 거다!"

피의 분수를 온몸에 뒤집어쓴 바이론은 광기 어린 목소리를 높이며 어절트 슈츠들에게 돌진했다.

"이런, 뭐야!"

건물 옥상과 옥상 사이를 이동하던 리오는 도시 외곽에 주둔하고 있던 어절트 슈츠 중 상당수가 갑작스레 이동하자 자신도 모르게 소리쳤다. 제국군의 이동 방향은 그의 일행이 있는 쪽이었다. 설마 발각된 것인가. 리오는 미간을 찌푸리고 어절트 슈츠들을 따라나섰다.

"음?"

그의 눈이 크게 벌어졌다. 전혀 예상치 못한 곳에서 차원의 균열이 느껴진 것이다. 그는 더욱 빨리 몸을 움직였다.

이윽고 균열이 발생한 곳에 도착한 리오는 놀라운 광경을 또 한 번 보았다. 어디선가 나타난 괴수들과 어절트 슈츠들이 그의 눈앞에서 난전을 벌이고 있었다.

"이것은…… 설마, 환수? 하지만 환수들이 여긴 왜……!"

리오는 더욱 가까이 접근했다. 환수들과 제국군의 교전 장소 중심에서 강한 힘이 느껴졌다. 그 힘의 주인을 확인한 리오는 자신의 눈과 감각을 의심하지 않을 수 없었다.

"사이키? 설마 사이키가 이 환수들을 불러낸 것인가?"

어절트 슈츠에게 잡힌 사이키가 입을 벌렸다. 그녀의 입에서 나왔다고는 믿어지지 않을 정도의 날카로운 공명음이 사방으로 울려 퍼졌다. 소리에 반응한 환수들은 더더욱 날뛰기 시작했다. 환수들은 어절트 슈츠뿐만 아니라 주위의 건물들까지 무차별 공격을 퍼부었다.

두말할 것 없이 폭주 상태였다. 이대로 가다간 제국군뿐만 아니라 무고한 시민들까지 환수들에게 당할 것이 뻔했다.

"이런, 말려야 해!"

디바이너를 꺼내 든 리오는 급히 환수들을 향해 뛰어들었다. 기형체의 환수들은 자신들에게 접근하는 붉은 장발의 인간을 향해 공격을 퍼부었다.

"쿠오오!"

붉은색, 푸른색, 노란색 광선이 하늘을 어지럽혔다. 번개같이 몸을 움직여 공격을 피한 리오는 어쩔 수 없이 반격을 개시했다.

"헤븐즈 크로스!"

하늘에 그려진 거대한 십자가가 환수들을 향해 뻗어 나갔다. 강대한 십자형 충격파를 맞은 몇몇 환수들이 비명을 지르며 연기처럼 사라졌다. 살아남은 환수들도 그리 오래가지는 못했다. 살기를 띤 보라색 검광이 살아남은 환수들을 베어 버렸다.

"아, 안 돼, 얘들아!"

어절트 슈츠에게 잡힌 사이키가 울먹이며 외쳤다. 순식간에 환수들을 처리한 리오의 귀에도 그 외침이 들렸다.

'저 아이…… 정체가 뭐지?'

그러나 리오는 그 고민을 일단 접어 두기로 했다. 다시 지상에 내려온 그는 사이키를 잡은 어절트 슈츠의 팔을 간단히 자르고 그녀를 안아 올렸다.

"괜찮나요, 사이키? 다친 곳은 없죠?"

"……."

그녀는 인상을 쓴 채 아무 말도 하지 않았다. 하지만 리오에게는 더 이상 고민할 시간이 없었다.

"서라! 순순히 투항하라!"

어절트 슈츠의 외침이 들려왔다.

"미안하지만 너희를 상대할 시간이 없어!"

리오는 안고 있던 사이키를 공중으로 집어 던졌다. 그녀는 움찔했지만 그의 행동엔 이유가 있었다.

"간다, 마인 크래시!"

리오는 디바이너로 지면 한가운데를 강하게 내리찍었다. 순간 거대한 충격파가 사방으로 퍼져 나갔다.

"욱?"

주위에 있던 어절트 슈츠 대부분의 다리가 크게 흔들리며 일시적인 마비 상태에 빠졌다. 떨어지는 사이키를 다시 받은 리오는 그 틈을 노려 일행이 있는 쪽으로 달려가기 시작했다.

"환수들은 어디서 나타난 거죠? 상당히 위험해 보이던데……."

리오가 질문하자 사이키는 시치미를 뗐다.

"예? 사, 사이키, 잘 몰라요. 하여튼 구해 주셔서 감사합니다."

"아, 별말씀을."

의뭉스럽긴 했지만, 리오는 일단 별탈 없이 문제를 해결한 것에 안도의 한숨을 쉬었다.

"타르자 님! 이상한 능력을 지닌 괴소녀가 나타났습니다! 현재 이곳으로 데려오고 있습니다!"

병사의 보고였다. 하지만 타르자가 원했던 보고는 아니었다.

"소녀? 소녀 근처에 남자들은 없던가요?"

"예? 그것은 잘……."

"타르자 님! 어떤 괴한 두 명이 어절트 슈츠를 부수며 난동을 부리고 있습니다!"

또 다른 병사가 허겁지겁 방 안으로 들어왔다. 타르자는 그제야 웃음을 지었다.

"호호홋…… 역시 그렇군요. 그럼 내 지시대로 하세요. 현재 이 도시에 대기 중인 어절트 슈츠의 5분의 1을 그 괴한들에게 보내세요. 그리고 그 괴소녀를 데리고 있는 어절트 슈츠들도 지원하도록 하세요."

"예? 5분의 1이나 말입니까?"

두 병사의 눈이 휘둥그레졌다. 타르자는 고개를 끄덕였다.

"그만큼 보내지 않으면 나머지 5분의 4마저 잃게 돼요. 작전에 참가하지 않는 어절트 슈츠들은 북쪽 문을 통해 근처 평원으로 이동하도록 하세요. 이쪽으로 오는 공중요새들도 그 평원으로 좌표를 돌리라고 전하세요."

"예, 알겠습니다."

두 병사는 고개를 갸웃거리며 통신실로 향했다. 다시 혼자가 된 타르자는 크게 웃으며 중얼댔다.

"호호호홋! 적당히 놀고 있거라, 리오 스나이퍼. 수도에 오기 전에 몸을 확실히 풀어 두는 게 좋을 테니까. 호호홋!"

"이 자식들, 어디서 이렇게 꾸역꾸역 오는 거야! 비키지 못해!"

벌써 많은 수가 부서졌는데도 제국군은 끝없이 밀려왔다. 짜증이 난 지크는 한 번에 없애겠다는 생각에 기를 극한까지 끌어올렸다. 거기에 맞춰 그의 몸에서 뿜어 나오는 스파크도 더욱 강해졌다.

"꺼져 버려! 뇌도(雷道)!"

칼을 휘두름과 동시에 날에 응축된 지크의 기가 뇌력을 머금고 지면을 달렸다. 그 범위 내에 있던 어절트 슈츠들은 그 힘을 견디지 못하고 일직선으로 밀려 나갔다.

그러나 그것도 잠시, 어디선가 밀려온 새로운 어절트 슈츠들이 그 공백을 메웠다. 기가 막힐 노릇이었다.

"젠장, 사이키가 자기들한테 돈을 꾼 것도 아닌데, 녀석들 왜 이래!"

"크큭, 제국이 이 정도의 병력을 이렇게 짧은 시간 안에 동원한다는 것도 이상하군."

"……."

바이론의 말은 상당히 고려해 볼 만한 가치가 있었다. 도시가 크다고는 하지만 이런 정도의 병력이 주둔하긴 어려웠다. 아니, 요새라 해도 지금 몰려온 병력보다는 적을 것이었다.

"무슨 방법 없어, 회색분자? 이대로 가다간 사이키를 구할 수 없다고!"

지크가 다급히 물었다. 하지만 바이론은 여유를 부리며 대답했다.

"크크큭…… 그 여자아이는 상당히 운이 좋은 것 같군. 저길 봐라."

바이론은 자신의 두꺼운 턱으로 정면을 가리켰다. 지크는 급히 그쪽을 돌아보았다.

"뭐, 뭐야, 저건 또? 설마……?"

무언가 엄청난 스피드로 어절트 슈츠들을 돌파하며 지크와 바이론에게 다가오고 있었다. 그 앞을 가로막은 어절트 슈츠는 두 동강이 나거나 단숨에 고철로 변해 사라졌다. 보라색 검광 앞에 자비란 없었다.

"리오! 사이키!"

지크도 움찔할 정도로 돌파력을 보인 붉은 머리카락의 청년은 씩 웃으며 안고 있던 소녀를 내려놓았다.

"자, 여기를 탈출하자. 녀석들이 너무 많아."

"뭐? 얼마나 더 있는데?"

리오는 의형제의 머리카락을 손으로 헝클어뜨리며 대답했다.

"네 머리털 수만큼."

그렇게, 리오 일행은 바인코바를 빠져나갔다. 제국군은 그들이 나간 이후 추격을 멈췄다. 제국군의 역할은 침입자를 제거하는 것이 아니라 시간을 버는 것이었다.

한 시간 후, 공중요새 몇 척이 북쪽 상공에 나타났다. 하지만 리오 일행 중 그 공중요새를 본 사람은 아무도 없었다. 임무대로 어절트 슈츠들을 모두 탑재한 공중요새들은 북쪽으로 사라졌다.

아침 일로 리오 일행은 또다시 노숙을 해야만 했다. 지크는 사이키에게 미안하다며 최대한 편한 자리를 만들어 주기 위해 노력했다.

"쳇, 제국군 녀석들, 왜 애는 건드리고 난리야. 그래도 다친 데가 없으니 정말 다행이다, 사이키."

"응, 그래요."

둘의 정겨운 분위기와는 달리 리오와 바이론의 표정은 뭔가 석연치 않았다. 처음 사이키를 만났을 때 바이론이 그녀를 보내라고 한 이유를 리오는 어렴풋이 알 것만 같았다.

묵묵히 앉아 있던 바이론이 입을 열었다.

"꼬마, 장작을 더 구해 와라."

바이론이 지크에게 말했다.

"뭐? 젠장, 나만 시켜."

그 속뜻을 모르는 지크는 인상을 구기며 숲 속으로 들어갔다.

지크가 먼 곳까지 간 것을 확인한 리오는 옆에 앉은 거한에게 흘끔 눈길을 줬다. 바이론은 웃으며 사이키를 바라보았다.

"크큭…… 거기 꼬마, 아니…… 환수여신님, 우리랑 잠깐 대화 좀 나누는 게 어떤가."

"……"

사이키는 움찔하며 바이론을 쏘아봤다. 이전과는 다른 날카로운 눈빛이었기에 리오는 상당히 놀랐지만 내색하지 않았다.

바이론은 말을 이었다.

"어째서 세상에 다시 나왔지? 넌 휀과 약속하에 자기를 스스로 봉인하지 않나."

"나를, 그리고 휀을 어떻게 알죠?"

사이키의 파란 장발이 위로 치솟았다. 생각보다 무서운 힘이 사방으로 퍼졌다. 리오가 진정시키듯 말했다.

"그렇게 힘을 내뿜으면 지크 녀석이 이쪽으로 올 텐데? 침착하시지, 여신님."

"……."

그녀의 힘이 잦아들었다. 바이론은 자신의 두꺼운 팔을 만지며 말했다.

"우리는 훤과 같은 가즈 나이트다. 특별한 일이 있어 이쪽으로 파견됐지. 크큭…… 난 실수 때문에 여기 있긴 하지만……. 어쨌든 당신이 이 일에 개입되면 여러모로 귀찮아진다. 어서 사라져. 대신 훤을 만나면 아무 말도 하지 않겠다."

하얗게 빛나던 사이키의 눈이 일그러졌다.

"그럴 순 없어요. 전 지크랑 떨어지지 않을 거예요."

"어째서지?"

침묵으로 일관하던 리오가 입을 열었다. 그녀가 답했다.

"그건 말할 수 없지만 이것만은 확실해요. 지크도 당신들과 같은 가즈 나이트죠? 그래도 그는 달라요. 당신들처럼 임무만 아는 기계가 아니라고요! 그리고……."

"크큭, 겉모습만 꼬마인 줄 알았더니 속도 꼬마군. 대화할 가치가 없어……."

사이키의 말을 끊은 바이론은 조용히 자리에 누웠다. 그의 그런 행동에 불쾌함을 느낀 사이키 역시 바이론에게 등을 돌리고 누웠다.

"우리가 만난 지 얼마나 됐죠?"

리오가 물었다. 하지만 사이키는 아무런 대답도 하지 않았다.

"만난 지 일주일도 안 됐는데 우리는 기계고, 지크는 생물이라는 판단은 너무 섣부른 것 아닐까요? 사이키 님, 당신은 우리가 왜 싸우고 있는지 알고 계십니까?"

"알고 싶지 않아요."

마치 투정 부리는 어린아이 같았다. 리오는 결국 할 말을 잃고 말았다.

"……당신도 언젠가는 우리를 이해하실 겁니다. 당신이 어째서 가즈 나이트를 싫어하는지, 또 휀과 무슨 일이 있었는지는 모르겠지만 시간을 두고, 여유를 가지고 우리를 지켜봐 주십시오. 그럼 안녕히 주무시길……."

"……."

이윽고 지크가 등에 장작을 잔뜩 진 채 돌아왔다. 캠프의 분위기가 이상함을 느낀 그는 장작을 내려놓으며 리오에게 물었다.

"어, 어이, 분위기가 왜 이래? 회색분자도 뻗어 있고……."

리오가 웃으며 답했다.

"피곤하대."

"그래? 별일도 다 있네?"

지크는 고개를 갸웃거리며 장작 하나를 모닥불에 던졌다.

거대 요새 우르즈 로하가스는 같은 이름의 제국 수도 우르즈 로하가스 중심에 위치하고 있었다. 중심이라고는 했지만 마법공장 등의 시설이 거대 요새의 바깥을 두르고 있다는 편이 더 옳았다.

리오와 바이론의 몸이 빠르게 움직였다. 그들의 움직임을 추적할 만한 경비병은 외곽에 없었다.

리오와 바이론의 호흡은 앙숙답지 않게 척척 맞아떨어졌다. 서로를 누구보다도 의식하는 그들이었다. 그만큼 서로에 대해 잘 알고 있기에 호흡을 맞추기가 쉬운지도 몰랐다.

이윽고 둘 눈앞에 거대한 문이 나타났다. 사악하지도, 선하지도 않은, 그렇지만 강한 기운이 그 거대한 철문 틈에서 새어 나오는 듯했다.

"이제 저기로 들어가면 되는 건가?"

리오가 물었다. 바이론은 조소를 던졌다.

"들어가기만 해서 된다면 진작에 들어갔다. 어쨌든…… 온다."

"아, 느끼고는 있었지."

리오는 여유 넘치는 미소를 흘렸다. 그의 손에는 어느새 디바이너가 들려 있었다.

"후훗, 성공적으로 숨은 줄 알았는데 아니군요. 두 명이어서 역시 다른 건가요?"

소름 끼치는 여성의 목소리가 들려왔다. 철문 중앙에서 붉은색 점이 떠올랐다.

철문 밖으로 볼록 솟아난 점은 곧 한 여성의 모습을 갖췄다. 적의의 마녀 타르자였다.

"오랜만이군요, 리오 스나이퍼. 아아…… 그리고 보니 이 말도 이젠 지겹네요. 거기 계신 다른 가즈 나이트 분에겐 처음 뵙겠다는 말씀을 드려야 하나요?"

"두 번이겠지. 크큭."

"자, 이제 너도 물러설 곳이 없다, 타르자. 그건 네 스스로도 잘 알고 있겠지?"

"후훗, 물론이죠. 결판을 냅시다."

타르자의 마력이 급격히 높아졌다. 공기 중에도 그녀를 중심으로 거대한 파문이 일었다.

리오가 바이론을 향해 손을 번쩍 들어 올렸다. 자신이 맡겠다는 뜻이었다. 바이론은 웃으며 뒤로 물러섰다.

"다시 이 세상에 나타난 걸 후회하게 해주마, 타르자."

리오 몸에서 기의 폭풍이 일었다. 타르자의 검붉은 입술에 미소가 떠올랐다.

지크와 사이키는 수도가 보이는 언덕 위에 앉아 일이 끝나기만을 기다렸다. 지크가 남은 이유는 사이키를 보호한다는 것도 있었지만 사실 전력상 도움이 안 되기 때문이었다. 그는 자신이 날지 못하기 때문에 수모를 당하는 거라며 한탄했다.

"저, 지크, 저기 저 큰 곳엔 누가 살고 있어요?"

사이키가 물었다. 지크는 따분한 얼굴로 대답했다.

"부르크레서인가…… 하는 고대 신이 산다나 봐. 얼마나 강한 녀석인지는 모르겠어. 만나 본 사람이 우리 중에 리오밖에 없거든."

"부르크레서요?"

지크 앞에서 언제나 밝고 명랑하던 사이키의 목소리가 그 순간 무겁게 가라앉았다. 그는 몸을 돌려 사이키를 응시하며 의아한 듯 물었다.

"왜? 아는 이름이야?"

"조, 조금요. 아주 조금……."

이상한 반응이었다. 지크는 뒤로 벌렁 누우며 지나가듯 물었다.

"그래? 그럼 아는 대로 말해 줄래? 나도 여기 와서 처음 들은 이름이거든."

그녀는 이상할 정도로 망설였다. 하지만 곧 입을 열었다.

"부, 부르크레서는 지금 신들이 신계를 차지하기 전에 존재했던 신들, 일명 고신이라 불리는 신 중 한 명이에요. 원래는 인간의 정신을 주관하는 선량한 신이었는데, 그때의 주신 오딘이 지금의 주신께 항복하자는 것을 거부하고, 뜻을 같이하는 동료들과 고신 전쟁을 일으켰답니다. 그러나 이미 신의 자격을 박탈당한 그들이 현재의 신들을 이길 순 없었죠. 결국 부르크레서를 비롯해 반역을 일으킨 고신들은 각기 다른 차원으로 떨어졌답니다. 그들은 육체를 잃고, 영혼만이 남아 이승을 떠돌게 되었어요. 몇몇 고신이 육체를 얻어 반역을 다시 꾀했지만 번번이 실패했죠. 가즈 나이트들과 천사 그리고 악마들에 의해……."

"그래? 가즈 나이트라는 녀석들도 한몫했구나. 누군지 모르지만……."

지크는 사이키가 의외로 많이 안다는 생각이 들어 말을 다른 쪽으로 돌리려 했다. 하지만 그의 표정이 어색했는지 사이키가 낄낄거리며 웃었다.

"왜, 왜 웃어?"

"아니에요, 지크."

그녀는 슬며시 고개를 저으며 말했다.

"지크는 정말 좋은 사람 같아요."

"음? 헤헷, 당연하지. 선량한 인간의 교본 하면 지크란 말도 몰라?"

지크는 엄지손가락으로 자신의 두툼한 가슴을 찌르며 말했다. 사이키가 싱긋 웃었다.

"원래는 이런 성격이 아닌데, 주위 사람들이 지크의 놀라운 힘 때문에 불안해하거나 거부감을 느낄까 봐 성격을 바꿨죠? 지금처럼 아주 재미있게요."

"……."

순진하게만 보이던 여자아이가 자신의 숨겨진 내면을 간파하자 지크는 순간 긴장했다.

그것을 의식한 듯 사이키는 시선을 다른 곳으로 돌렸다.

"미안해요. 하지만 지크는…… 그와 너무 닮았어요. 지크만 보면 그가 생각나요."

"다, 닮다니? 그는 또 누구야?"

그녀는 아무 대답도 하지 않았다.

"버넬 스토코비치. 맞습니까, 사이키 님."

그때였다. 사이키의 몸이 튕기듯 공중으로 떠올랐다.

"퀜 라디언트!"

사이키의 눈이 매섭게 찢어졌다. 갑작스러운 상황에 지크는 당황한 나머지 일어서지도 못했다. 그의 눈에 백색 코트를 입은 한 남자가 들어왔다.

"이, 이건 또 뭐야? 어이, 넌 대체 누구야!"

남자가 지크를 돌아보았다. 그는 지크의 멱살을 잡고 가볍게 들어 올렸다.

"우욱, 이거 놔, 인마!"

"리오와 바이론은 어디 있나."

간결한 질문이었다. 지크는 남자에게서 뿜어 나오는 엄청난 위압감에 질린 듯 순순히 대답했다.

"…… 그, 그러니까…… 수도에…… ."

대답을 들은 남자는 곧장 지크를 던졌다. 바닥을 나뒹군 지크는 치욕을 당한 것에 화가 치밀어 눈을 부릅떴다.

"큭! 빌어먹을!"

하지만 그는 지금까지 하던 대로 주먹이나 발을 뻗지 못했다. 저 남자를 공격하면 죽는다, 전신의 세포가 그렇게 부르짖는 것만 같았다.

"오호, 오랜만이군, 건달. 근데 자네도 휀 앞에서는 별거 아니군. 하하핫."

남자 옆에 서 있던 키 큰 여성이 다가왔다. 하지만 지크는 그녀를 본 기억이 없었다.

"누, 누님은 누구세요?"

"음? ……아, 기억 못 하는 게 당연하지. 이러면 알겠나?"

그녀는 손으로 자신의 얼굴을 가렸다. 손 사이로 드러난 눈을 본 순간, 지크의 얼굴에 다시 화색이 돌았다.

"아아, 깡통 대가리! 엄청 예뻐졌는데그래!"

크리스는 멋쩍은 듯 머리를 긁적였다. 그녀의 도움을 받아 일어난 지크는 백색 코트의 남자를 가리키며 슬며시 물었다.

"저 녀석은 누구야? 엄청 강해 보이는데?"

"후훗, 엄청난 정도가 아냐. 하여튼 휀은 자네를 알고 있는 것 같던데? 역시 강자들끼리는 잘 알고 지내는 건가?"

"휀?"

지크는 눈을 껌벅거렸다.

리오와 슈렌, 그리고 바이론에게 수차례 들어 왔던 빛의 가즈 나이트 휀 라디언트. 주신에게 신을 소멸시킬 권한을 부여받은 유일한 존재이자 그 권한에 맞는 강력한 힘을 지닌 최강의 남자가 그의 앞에 있었다.

휀은 묵묵히 머리를 쓸어 올렸다. 사이키는 여전히 매서운 눈으로 그를 바라보았다.

그의 차가운 눈이 그녀에게 향했다.

"어째서 이곳에 계십니까, 환수신이시여? 당신과는 어울리지 않는 장소입니다. 다시 그곳으로 돌아가십시오."

"싫어요! 더 이상 얼음 속에서 잠자고 싶지 않단 말이에요! 버넬은 아니지만…… 그와 비슷한 남자를 만났어요! 전 지크와 함께 있을 거라고요!"

사이키가 외쳤다. 잠시 지크에게 시선을 둔 휀은 눈 하나 깜짝하지 않고 말했다.

"그때와 같은 상황을 다시 반복하실 생각입니까?"

꼬박꼬박 존댓말을 했지만 그 속에 숨겨진 뜻은 칼과도 같았다. 사이키의 표정이 점점 흐려졌다. 확실한 사정은 알 수 없었지만 지크는 그녀의 표정에서 안타까움을 느꼈다. 그는 용기를 내어 휀에게 다가갔다.

"이, 이봐, 휀. 무슨 일인지는 모르지만 사이키가 악의로 이러는 건 아니잖아. 갑자기 나타나서 이게 뭐야. 쟤 정체가 뭔지는 모르지만 어쨌든 애잖아."

"모르면 닥쳐라. 죽고 싶지 않다면 더더욱."

"뭐라고?"

지크의 짙은 눈썹이 꿈틀댔다. 크리스는 조심스레 지크를 말렸다.

"진정해, 건달. 휀은 한다면 하는 사람이야. 농담이란 없어. 시간을 두고 천천히 설득하는 게……."

"젠장, 시끄러워!"

지크는 이를 악물고 휀에게 성큼성큼 다가가, 손으로 휀의 코트 깃을 붙들었다.

"환수신인지 폐수신인지 잘 모르겠지만, 저렇게 싫어하는데 너무 냉정한 거 아냐?"

휀의 손이 멱살을 잡은 지크의 팔뚝에 다가갔다. 곧이어 엄청난 압력이 지크의 팔에 전해졌다.

"욱······."

지크의 손은 주인의 의지와는 상관없이 휀의 멱살을 풀어 주었다. 지크의 팔을 떼어 버린 휀은 옷자락을 정리하며 말했다.

"그 존재가 실수로 한 세계를 멸망시켰다면 넌 어떻게 할 건가. 그때도 받아들여 줄 것인가. 그 아이보다 더 무고한 아이들 수십만, 수백만, 수천만이 죽고 난 다음일 텐데."

"······뭐?"

지크는 슬며시 사이키를 바라보았다. 그녀는 고개를 떨궜다.

휀의 얘기는 계속됐다.

"사이키 님은 신으로서 판단력을 상실했기 때문에 처리됐어야 했지만 자기를 스스로 봉인한다는 조건 아래 그 처벌을 면했다. 그러나 지금, 그녀는 그 봉인을 풀고 사소한 일에 집착하고 있다. 그녀가 예전처럼 이성을 잃고 환수를 날뛰게 하지 않는다는 보장이 없다."

지크는 흠칫 놀라며 사이키를 바라보았다. 아무것도 모르는 순진한 소녀와도 같던 그녀가 그런 행동을 했다는 사실이 도저히 믿어지지 않았다.

"비켜라. 물론 같이 휘말리고 싶다면 말리진 않겠다."

휀은 천천히 검을 뽑았다. 순간 지크가 다시 그의 멱살을 잡았다.

"이 자식아! '예전처럼'이라면 지금은 아닐 수도 있다는 말이잖아! 한 번 기회를 줘! 넌 미래에 대해서 그렇게 부정적이야? 네가 생각하는 나쁜 방향으로만 미래가 간다는 보장은 없잖아!"

"좋은 방향으로 간다는 보장도 없다."

"난 머리가 나빠서 어두운 미래 따윈 생각해 본 적 없어! 현재가 중요할 뿐이야! 네가 얼마나 머리가 좋고 강한지 모르겠지만, 일단 사이키의 일보다는 지금 일이나 신경 쓰시지! 빛의 가즈 나이트라는 게 고작 옛일 뒷정리나 하고 다니다니!"

"⋯⋯."

휀의 표정은 변하지 않았다. 그는 아무 말도 하지 않고 조용히 검을 거두었다.

"⋯⋯확실히, 현재 일을 걱정할 때군."

그는 뒤를 보라는 듯 턱을 움직였다. 시선을 돌린 지크는 놀라지 않을 수 없었다.

"아, 아니!"

우르즈 로하가스 상공에는 어느새 떠오른 두 개의 빛이 격렬한 전투를 벌이고 있었다. 지크는 점점 더 나빠지는 상황에 이를 악물었다.

"젠장, 시작됐군!"

우르즈 로하가스는 어느새 결계에 둘러싸여 있었다. 바이론은 그 연녹색 결계를 보며 전 차원계에서 가장 강력한 결계를 지닌 서룡족의 성전 드래고니스를 떠올렸다.

"맞먹으면 맞먹었지 못하진 않군. 이것이 바로 부르크레서의 힘인가?"

결계 위에 큰 파문이 일었다. 수십의 마법탄이 그곳을 향해 쏟아졌다. 파문 중앙에서 거대한 빛줄기가 뿜어졌다. 붉은색과 푸른색 빛은 결판을 내려는 듯 무섭게 서로를 공격하고 있었다.

"생각보다 약하군, 타르자!"

리오의 검에서 두 개의 충격파가 날았다. 왼손에 모은 마법 배리어로 그 공격을 막은 타르자는 오른손으로 마법을 날리며 그를 조소했다.

"호호홋, 겨우 이 정도면서 뻔뻔스럽구나, 리오 스나이퍼!"

쉴 새 없이 뿜어 나오는 마법과 현란한 검술. 먹구름에 휩싸인 수도 상공은 폭음에 뒤흔들렸다.

"결판을 내자더니 너무 시시하군! 무슨 속셈이라도 있는 건가!"

디바이너가 타르자의 마법 배리어를 때렸다. 타르자는 자신과 대치한 붉은 장발의 남자를 보며 웃었다.

"후훗, 저렇게 큰 공중요새가 움직이려면 시간도 상당히 필요하거든. 당연한 이치 아닌가?"

"……뭐라고? 윽!"

타르자의 눈에서 섬광이 뿜어 나왔다. 검을 들어 가까스로 그 공격을 막은 리오는 뒤로 멀찌감치 밀려 나갔다.

"미안하지만, 이제 네 역할은 끝났다, 리오 스나이퍼! 검을 내리고 고개를 숙여라! 나의 신, 부르크레서께서 납신다! 오호호홋!"

"설마!"

자세를 바로잡은 리오의 얼굴이 일그러졌다.

그의 뒤로 거대한 그림자가 떠오르기 시작했다. 결계에 휩싸인 거대 요새 우르즈 로하가스였다.

리오의 시선이 그쪽으로 향했다. 우르즈 로하가스 최정상에서 빛이 치솟았다. 그 빛을 중심으로 수도를 뒤덮고 있던 먹구름이 소용돌이쳤다.

빛의 기둥 속에서 의자에 앉은 한 노인이 모습을 드러냈다. 제왕 로하가스 2세였다.

"후후훗, 예의가 없구나, 가즈 나이트! 하긴 넌 1백 년 전에도 그랬지. 달라지지 않은 모습을 보니 내심 기쁘구나. 하하하하핫……."

고막을 찢을 듯한 음성이 사방을 뒤흔들었다. 지상에서 거대 요새를 올려다보는 바이론과 멀리서 지켜보는 휀, 그리고 지크의 표정은 하나같이 굳어졌다.

"부르크레서! 하지만 이렇게 빨리!"

"설명은 생략하겠다. 어쨌든 네 연기는 잘 지켜봤다. 리오 스나이퍼, 지금까지 나를 즐겁게 해 준 것에 경의를 표한다."

믿을 수 없었다. 1백 년 전, 자신이 느꼈던 부르크레서의 힘과 지금의 힘은 하늘과 땅 차이였다. 하지만 리오의 정신을 혼란시키는 건 그 힘이 아니었다.

"어, 어떻게! 어떻게 이런 짧은 시간 동안 그런 에너지를……!"

"후후, 완전한 건 아니다. 아직 신계로 가는 문을 열 정도의 에너지는 확보하지 못했지. 그럼 즐거웠다, 리오 스나이퍼. 이 몸은 남은 에너지를 확보하기 위해 이만 실례하겠다. 가자, 타르자."

만면에 미소를 띤 타르자는 공손히 허리를 굽혔다.

"알겠습니다, 신이시여."

그녀의 모습이 사라졌다. 공중에 떠 있는 건 우르즈 로하가스와 덧없이 작은 리오의 모습뿐이었다.

"이, 이건 거짓말이야! 네가 누군진 모르겠지만, 여기서 없애 버리겠다!"

이성을 잃은 듯, 리오는 요새를 향해 맹렬히 날아갔다.

우르즈 로하가스 공중요새 의자에 앉아 묵묵히 그를 바라보던 로하가스 2세, 아니 부르크레서는 씩 웃으며 손가락을 뻗었다.

"후후훗…… 이걸로 머리나 식히도록. 말스 왕국에서 보자, 리오 스나이퍼."

그의 손가락에서 얇은 빛이 뿜어져 나왔다. 결계를 통과한 빛은 리오와 정면으로 충돌했다.

"크악!"

리오의 몸이 거대한 폭발에 휘말렸다. 순식간에 의식을 잃은 그는 지면을 향해 떨어졌다.

"하하하하하핫!"

부르크레서의 조소가 울려 퍼졌다. 그 웃음에 파묻히듯, 우르즈 로하가스의 모습은 뿌옇게 사라졌다. 공간 이동이었다.

"이런, 리오!"

지크는 급히 언덕을 내려갔다. 사이키는 갈까 말까 망설였다. 그녀는 휀의 눈이 감긴 것을 확인하고는 즉시 지크를 따라갔다.

휀은 천천히 눈을 떴다. 그는 담배를 물고 연기를 내뿜었다. 크리스의 귀에 낮은 음성이 들려왔다.

"……끝났군."

우르즈 로하가스가 사라졌는데도 상공의 먹구름은 걷히지 않았다.

휀이 다시 말했다.

"이것이 지크가 말했던 '중요한 현재'인가……. 멋지군."

치명타를 입은 리오를 사이키가 치료하는 동안 휀은 지크, 바이론과 함께 사태의 해결 방법을 모색했다. 그러나 상황은 너무도 좋지 않았다.

"안전주문 해제 불가라고?"

지크가 물었다. 휀은 고개를 끄덕였다.

"우르즈 로하가스라고 하는 요새가 떠오름과 동시에, 이 세계의 차원 파장이 비정상적으로 흔들렸다. 신계와의 교신은 부르크레서를 쓰러뜨리기 전까지는 불가능하다."

안전주문. 그것은 가즈 나이트의 힘을 제어하기 위해 만들어진 일종의 안전장치. 보통 상태의 가즈 나이트는 10퍼센트의 힘을 사용한다. 안전주문 1단계 해제 시 25퍼센트, 2단계 해제 시 50퍼센트, 3단계 75퍼센트, 마지막 4단계 해제 시 비로소 1백 퍼센트의 힘을 발휘한다.

4단계까지 해제되었을 때 휀의 힘은 악신계의 고위 악마왕 7인 개개인과 맞먹을 정도였다. 악마왕의 힘이 상위 투신급인 것을 고려할 때 가즈 나이트의 최대 힘은 가공할 만한 것이다. 물론 그들을 통제하는 주신의 상황 판단에 따라 안전주문이 제어되거나 해제되기 때문에 힘의 남용은 어려웠다.

그러나 지금은 소용없게 되었다. 그들의 안전주문은 해제 불가능 상황에 놓인 것이었다.

"그렇다면…… 리오 녀석 혼자 싸워야 한단 말이야? 녀석은 개인적으로 2단계까지 풀 수 있잖아?"

지크는 분위기를 희망적으로 돌리려고 애썼다. 하지만 휀의 입에서 나온 말은 절망적이었다.

"리오 녀석 혼자 죽지 않는다는 것이 정답이다. 현재 부르크레서의 힘은 내가 받은 자료 이상이다. 무언가 그 고신의 힘을 기준치 이상으로 증폭시키고 있다."

"기, 기준치 이상이라면……?"

"3대 신, 즉 주신, 선신, 악신 바로 아래의 상급 신과 맞먹을 정도다. 안전주문이 4단계까지 풀려야 겨우 싸울 수 있겠지. 리오 스스로 2단계까지 푼다 해도 상대를 이길 가능성은 0퍼센트. 수치상 1백과 50의 차이는 같은 두 배라 해도 1, 2의 차이와 절대적으로 나르니까."

"제기랄!"

휀의 입에서 쏟아지는 말은 낙천가 지크의 성질을 건드리기에 충분했다. 그러나 화를 풀 방법은 없었다. 그는 어린애와 같은 얼굴로 휀에게 안타까운 심정을 터뜨렸다.

"그럼 진짜 방법이 없는 거야? 그냥 앉아서 죽으란 말이야?"

그때 술을 마시던 바이론이 웃음을 지었다.

"크큭, 두려우면 숨어 있어도 좋다, 꼬마. 부르크레서가 신계로 가면 차원 파장은 정상으로 돌아올 테니까. 크크큭."

"뭐라고!"

결국 이성을 잃은 지크는 바이론을 향해 주먹을 뻗었다. 그러나 그 주먹이 바이론을 치기도 전에 바이론의 두꺼운 손이 먼저 그의 얼굴을 잡았다.

"잘 들어라, 꼬마. 우리는 이기기 힘들다는 말을 했을 뿐, 이길 수 없다고 하진 않았다. 방법도 듣기 전에 죽고 싶다면 맘대로 해라. 크크큭."

"뭐?"

지크의 눈이 반짝였다.

"나도 들을 수 있을까?"

리오가 몸을 일으켰다. 부르크레서에게 받은 치명상은 완쾌된 듯했다. 그가 일어난 것을 본 크리스는 애써 미소 지으며 입을 열었다.

"저……"

"잘 들어라."

리오가 깰 때까지 기다린 크리스에게 휀은 말할 기회를 주지 않았다. 심각한 사정을 이해한 그녀는 쓸쓸히 웃으며 시선을 수도 쪽으로 돌렸다.

"현재로서 방법은 단 한 가지, 흐트러진 차원 파장을 정상으로 돌리는 것이다. 그렇게 된다면 일은 간단해진다."

그 말에 리오는 아직도 얼얼한 머리를 만지며 실소를 터뜨렸다.

"당연한 방법이잖아. 차원 파장을 어떻게 정상으로 되돌리느냐 하는 게 문제지."

대답은 휀의 손이 대신했다. 그는 사이키의 어깨를 잡으며 말했다.

"환수신은 환수계로부터 환수를 불러내는 힘을 지니고 있다. 바꿔 말하자면 물질을 마음대로 차원 이동시킬 수 있다는 말이다. 사이키 님의 차원 조정 능력이라면 충분히 가능하다."

"그렇군! 그럼 이러고 있을 시간이 없어! 어서 말스 왕국으로 가야 해!"

리오는 주먹을 불끈 쥐며 일어섰다. 그러나 일이 아직 끝난 게 아니었다.

"시, 싫어요. 사이키는 안 할 거예요."

"뭐라고!"

리오의 목소리가 터져 나왔다. 휀의 눈도 한층 가늘어졌다.

"어째서?"

휀이 물었다. 사이키는 겁에 질린 얼굴로 대답했다.

"저, 전 가즈 나이트들이 싫어요. 휀, 당신은 특히! 저와 버넬을 억지로 떼어 놓으려 했어요. 제가 화가 나서 환수들을 불러내니까 당신은 그 귀여운 환수들을 모조리 죽였어요. 결국 버넬까지 당신 때문에 죽었어요. 전 당신들에게 협조할 수 없어요!"

"사, 사이키! 이러지 말고 나를 봐서라도……."

지크가 애원했다.

"싫다면 싫은 거예요! 지크, 당신도 다른 가즈 나이트들과 다를

바 없군요! 전 가즈 나이트라면 무조건 싫어요! 당신들은 임무에
만 집착하는 기계일 뿐이라고요! 아악!"

순간 휀이 사이키의 멱살을 잡아 올렸다. 그는 겁에 질린 사이키
를 차갑게 바라보며 말했다.

"좋을 대로. 대신 당신 결정 때문에 죽는 사람들의 모습을 지켜
보도록. 맘에 들지는 장담할 수 없지만 봐 두는 게 좋을 거야. 재미
있을 테니까."

휀은 지크에게 사이키를 던지듯 내주었다.

"잘 잡고 있도록. 만약 놔주면 내가 널 죽이겠다."

"……."

지크는 말없이 그녀의 작은 어깨를 잡았다. 그녀 역시 아무 말도
하지 않았다.

바이론이 만든 워프서클이 땅에 떠올랐다. 휀과 바이론이 차례
로 워프서클을 통해 사라졌다. 지크 역시 사이키와 함께 그 안으로
사라졌다.

"이, 이봐."

워프서클로 들어가기 전, 뻐근해진 몸을 풀던 리오의 등 뒤로 크
리스의 목소리가 들려왔다. 리오는 그녀를 돌아보며 활짝 웃었다.

"아, 크리스. 그러고 보니 미처 얘기할 틈도 없었군. 이거 몰라볼
정도로 예뻐졌는데?"

"응? 그, 그렇게 됐네."

그녀는 멋쩍은 표정을 지었다. 이상할 정도로 가슴이 두근거려
어찌할 바를 몰랐다.

"죽는다고 갔던 사람이 살아 있으니 이거 놀랍군. 어쨌든 다행이
야. 후훗."

그가 손을 내밀자, 그녀 역시 손을 내밀었다.

"다시 태어난 걸 축하합니다, 크리스."

리오는 그녀의 손등에 살며시 입을 댔다. 그녀의 맥박수는 급격히 증가했다. 하지만 그것으로 끝이었다. 더 이상의 얘기는 시간이 허락하지 않았다.

"두 번째 만남은 너무 짧군. 어쨌든 행복하게 살아. 후훗, 이렇게 말하니 좀 이상한데. 그럼 난 이만…… 음?"

그녀의 입술이 기습적으로 그의 입술을 덮쳤다. 그녀의 눈가에 맺힌 물기를 본 리오는 묵묵히 그녀의 머리를 매만졌다. 처음 만났을 때보다 머릿결이 훨씬 좋아졌다.

그는 그녀의 이마에 다시 키스를 하며 말했다.

"……하고 싶은 말이 많았겠군. 하지만…… 난 미안하다는 말밖엔 해 줄 수 없어."

"훗, 괜찮아. 덕분에 남녀가 왜 입을 맞추는지 알았으니까. 숙녀 수업은 자네…… 아니, 당신이라고 해야 하나? 어쨌든 당신이 마무리 지어 주는군. 고마워……."

그녀는 슬며시 뒤로 물러섰다. 리오는 아무 말 없이 워프서클 안으로 들어섰다.

그를 마지막으로, 워프서클에서 빛이 솟구쳤다. 그 빛은 먹구름을 뚫고 끝없이 솟아올랐다.

뚫린 부분에서 빛이 내려왔다. 크리스는 그 빛을 반기듯 양팔을 활짝 벌렸다. 그 빛줄기를 중심으로 하늘을 덮은 먹구름이 서서히 걷혔다.

2

종결일

그날은 말스 왕국이 건국된 이래 가장 큰 축제일이었다. 수도 주민들은 오랜만에 터지는 축포를 보며 기뻐했다. 이번 싸움의 공로자인 7호장들은 자신들에게 돌아온 왕세자 테라트를 축포 소리와 함께 반겼다. 반면 반역자 코른발트는 자신과 뜻을 같이한 사람들과 함께 성 밖에 내걸렸다. 마지막까지 적의의 마녀의 이름을 부르짖는 그의 얼굴은 참혹하기 그지없었다.

복권된 말스 3세는 아들과 딸의 손을 잡은 채 기쁨을 감추지 못했다. 이전보다 훨씬 야윈 그였지만 아들과 딸, 그리고 나라를 되찾았다는 사실이 그에게 힘을 주었다.

"고생 많았구나, 세자, 그리고 공주."

"아닙니다. 아바마마께 심려를 끼쳐 송구스러울 뿐입니다."

테라트는 겸양의 말을 하며 웃었다. 레나 역시 미소를 지었다.

한편 성 밖에서는 가이라스 왕국에서 온 지원부대가 한창 파티를 열고 있었다. 포르테, 란돌, 카이트를 비롯한 수많은 대장들과 병사들은 술과 고기로 지금까지의 피로를 풀었다.

이번 말스 왕국 탈환전의 최대 공로자 슈렌은 성 밖에서 자신의 말과 함께 고독을 즐겼다. 쉰다고 하는 편이 옳았다. 떠들썩한 분위기와 자신이 어울리지 않는다는 것을 그는 잘 알고 있었다.

축제가 한창 무르익고 있었다. 레나는 드레스 차림의 키세레와 얘기를 나눴다.

2주일이란 시간 동안 둘은 상당히 친해졌다. 리오라는 하나의 화제가 둘을 이어 준 것이지만, 지금 그녀들은 이전부터 알고 지낸 친구 이상으로 서로에게 친근감을 느꼈다.

"그런데 레나 공주님. 공주님은 리오 님과 키스해 보신 적 있으신가요?"

"예? 아, 아니요. 그런 일…… 없어요."

입술과 입술로 나눈 일은 없다는 말이었다. 하지만 그건 키세레도 마찬가지였다.

"그렇군요. 그런데 그분은 지금 뭘 하고 계실까요? 자신의 일을 마무리 짓는다 했지만……."

"걱정되시나요?"

레나의 물음에 키세레는 고개를 끄덕였다. 레나는 그녀의 손을 꼭 잡아 주었다.

"걱정 말아요. 우리까지 불안해하고 있으면 그분께 도움을 드릴 수 없어요. 우리, 자신감을 가져요. 그분을 믿어요."

"예."

테라트가 단상 위로 올라갔다. 사람들은 박수로 그를 맞았다. 그는 포도주가 든 술잔을 높이 들고 말스 왕국과 가이라스 왕국의 영원한 혈맹을 외쳤다.

"말스 왕국과 가이라스 왕국이 영원하길!"

"와!"

모든 사람들이 기뻐했다. 그 환성 속으로 양국의 국가가 하늘 높이 울려 퍼졌다. 악몽과도 같은 2년의 세월이 이제 모두 끝나는 듯싶었다.

하지만 그들의 평화와 행복은 더욱 큰 대가를 원했다.

"테라트 왕자! 끝난 게 아니오!"

그 한마디에 모든 것이 멈췄다. 사람들의 시선은 급히 달려온 슈렌 쪽으로 돌려졌다.

그때만큼은 슈렌도 원망의 대상이었다. 그의 등 뒤로 보이는 거대한 물체는 마치 그가 가져온 무거운 짐처럼 보였다.

축제는 끝났다. 병사들은 마지막 전투의 피로가 가시지 않은 몸을 이끌고 수도 밖으로 나갔다. 갑자기 나타난 공중요새 우르즈 로하가스와 요새에서 쏟아지는 어절트 슈츠들은 그 수를 헤아릴 수 없을 지경이었다. 수도에서 대피하는 주민들의 얼굴이 다시 흐려졌다.

선봉을 맡은 슈렌은 우리에서 벗어난 야수처럼 그룬가르드를 휘둘렀다. 적의 생사 여부는 그의 머리에서 떠난 지 오래였다. 앞에 나타난 거대 요새와 끝없이 밀려오는 제국군의 어절트 슈츠를 상대할 사람은 그뿐이었다. 그런 생각이 그를 잠시나마 변화시켰다.

"하아앗!"

한 줄기 화염이 어절트 슈츠들을 갈랐다. 수십의 어절트 슈츠들이 한꺼번에 터져 나갔다. 그러나 빈 자리는 순식간에 메워졌다.

그의 용맹에도 불구하고 어절트 슈츠 속의 제국군들은 꿈쩍도 하지 않았다. 적의의 마녀가 준 최후의 만찬은 그들의 공포심을 없 앴다. 오직 싸운다는 단어만이 그들의 머릿속을 지배했다.

어절트 슈츠들이 슈렌의 주위를 둘러쌌다. 말에 탄 슈렌은 빠져 나가기 힘든 상황이었다.

"이런!"

움직일 수 없게 된 그의 뒤로 제국군이 전진했다. 이제 훼방꾼은 없었다. 투귀(闘鬼)가 된 그들 앞에 말스 왕국과 가이라스 왕국의 연합군은 무참히 짓밟혔다.

아무리 기마대라 해도 상대가 되지 않았다. 보통 무기는 통하지 않는 두꺼운 장갑과 전신에서 뿜어 나오는 흉기는 주위의 모든 생 명을 빼앗았다. 어절트 슈츠 속의 제국군들은 튀어 오르는 피와 내 장들을 보며 광소를 터뜨렸다.

"크윽!"

그룬가르드에서 뿜어 나오는 화염이 푸른색을 띠었다. 슈렌을 포위한 어절트 슈츠들은 장난감처럼 부서졌다. 하지만 다른 어절 트 슈츠들이 재빠르게 다시 그를 둘러쌌다. 철저한 봉쇄 작전이었 다. 슈렌은 빠르게 움직였지만 그가 탄 말은 주인을 따라가지 못 했다. 슈렌은 몇 번이고 포위당했다. 함부로 움직였다간 그의 말이 목숨을 잃을 게 뻔했다.

"히이잉!"

그때였다. 슈렌의 말이 크게 몸부림을 쳤다. 상상외의 힘에 슈렌 은 중심을 잃고 위로 떠올랐다.

주인을 띠나보낸 말은 그내로 어설트 슈츠에 놀진했다.

"아, 안 돼!"

149

그의 눈앞에서 말의 육체는 갈가리 흩어져 버렸다. 어절트 슈츠들의 시선이 곧바로 그에게 향했다.

슈렌의 푸른 장발이 휘날렸다. 부릅뜬 그의 눈에서 붉은색 안광이 번뜩였다.

이 세계에서 사귄 최고의 친구를 잃은 그였다. 그룬가르드를 거머쥔 그의 손이 부르르 떨렸다.

"녀석들!"

분노에 찬 일갈과 함께 그를 중심으로 한 수백 보 전방이 거대한 화염에 휩싸였다. 슈렌은 불덩이 모양을 한 채 질풍처럼 전장을 달렸다.

후에 병사들은 슈렌의 그 모습을 이렇게 서술했다.

'말을 잃은 후 그는 악귀가 되어 전장을 누볐다. 그와 가까운 포르테 장군님조차 그 모습에 몸을 떨었다. 그는 혼자 제국군의 공세를 막아 냈다. 막아 낸 것뿐 아니라 3대1에 가까운 수적 열세를 1대1로 바꾸어 놓기까지 했다.'

마지막 부분, 열세를 단번에 뒤집은 일은 일순간에 이뤄졌다.

화염에 휩싸인 슈렌의 몸이 공중으로 치솟았다. 현재로서는 분노에 휩싸인 그를 막을 수 있는 것은 아무것도 없었다.

슈렌은 창을 거꾸로 잡고 그 끝을 비틀었다.

비틀린 끝에 균열이 생겼다. 그 균열에서 창 안에 갇혀 있던 화염이 거세게 분출되기 시작했다. 슈렌의 몸이 타지 않는 게 이상할 정도였다.

슈렌이 계속해서 창끝을 잡아 뽑았다. 마치 일자형으로 생긴 태도(太刀)를 뽑은 것과 같았다. 이윽고 왼손에 들린 그룬가르드의 몸체는 긴 칼집을, 오른손에 들린 그룬가르드의 끝은 거대한 태도를 이루었다.

"비살검, 수라도!"

그룬가르드 속에 숨겨진 또 다른 무기 수라도. 그 무기가 나왔을 때만큼은 리오도 슈렌에게 한 수 접곤 했다. 그만큼 무기 자체의 힘이 강했던 것이다. 게다가 수라도에는 사용자만이 아는 비밀이 있었다.

"아수라염파진!"

그룬가르드와 슈렌의 몸에 축적된 화염의 에너지를 일시에 방출하는 슈렌의 최종기 아수라염파진. 그의 앞쪽으로 여섯 개의 불길이 길게 뻗어 나갔다. 그 불길은 우르즈 로하가스의 결계까지 타고 올라갈 정도였다.

"아수라복멸!"

일갈과 함께 수라도의 잔광이 하늘을 뒤덮었다. 순간 거대한 폭음과 함께 여섯 개의 불길이 지옥의 분수로 변했다. 불길 내부의 모든 존재가 연옥 속에서 녹아내렸다. 우르즈 로하가스의 최상부까지 치솟은 폭염은 어떤 것도 통과시키지 않을 것 같던 결계마저 뒤흔들었다.

"우욱!"

우르즈 로하가스 사령실에서 편히 상황을 지켜보던 타르자가 바닥을 굴렀다. 의자에 앉아 위엄을 지키던 부르크레서는 아수라염파진의 위력에 감탄을 금하지 못했다.

"무서운 녀석이군. 물론 지하드나 데이브레이크에 비할 바는 아니지만 우르즈 로하가스의 결계를 절반 이상 날릴 줄은 상상도 못 했다. 그럼, 이곳을 부닥한다. 타르자."

"네? 하, 하지만 신이시여……!"

151

"후후, 받은 만큼 돌려주는 건 당연한 이치 아니겠나."

부르크레서가 사라졌다. 바닥에서 일어난 타르자는 갸름한 턱을 매만지며 화면에 비친 슈렌을 바라봤다.

"호호홋…… 안됐군, 가즈 나이트. 나머지 녀석들이 슬퍼하겠구나. 호호호호홋!"

그녀의 조소를 들은 것일까. 지칠 대로 지친 슈렌이 천천히 고개를 들었다. 멀리서 누군가 다가오고 있었다. 그는 흐릿한 눈을 비비며 상대의 모습을 확인하려고 애썼다.

"멋졌다. 가즈 나이트여. 멋진 광경을 보여 준 대가로 신의 축복을 내려주겠다."

"부르크레서!"

슈렌의 눈이 번쩍 떠졌다. 그러나 이미 때는 늦었다. 부르크레서의 손바닥은 그의 눈앞에 있었다.

"멜튼!"

시퍼런 화염이 슈렌의 몸을 감쌌다. 그가 입 밖으로 내뱉은 피는 순식간에 증발됐다. 고대의 상급 신술, 멜튼의 위력 앞에서는 아무리 슈렌이라도 견딜 수 없었다.

첫 번째 공격이 끝난 후, 넝마가 된 슈렌은 이를 악물며 수라도를 들어 올리려 했다. 그러나 그는 더 이상 몸을 움직일 수 없었다. 한편 부르크레서는 놀랍다는 듯 중얼거렸다.

"오호, 버텨 낸 건가? 생각보다 강하구나, 가즈 나이트여."

"……"

다음 공격이 터질 건 분명했다. 슈렌은 뭔가를 각오한 듯, 묵묵히 수도를 향해 시선을 돌렸다.

"……죄송합니다, 포르테 님."

그의 목소리를 들은 것일까. 멍하니 하늘을 보고 있던 포르테가 비명에 가까운 소리를 지르기 시작했다.

"자, 잠깐! 잠깐만요, 슈렌 님! 돌아와요!"

하지만 부르크레서는 더 이상의 시간을 주지 않았다. 그의 손에서 다시 멜튼의 불꽃이 뿜어졌다.

"저승에서 동료들을 기다리거라! 하하하하핫!"

"뒤를…… 부탁한다……."

멜튼의 푸른 화염 속에서 슈렌의 몸이 다시 타올랐다. 그가 가지고 있던 그룬가르드와 수라도는 힘없이 땅에 떨어졌다. 그 두 무기 역시 얼마 후 화염으로 변해 사라졌다.

"슈, 슈렌 님! 안 돼요!"

포르테의 절규가 터져 나왔다. 병사들은 안간힘을 쓰며 그녀를 말렸지만 그녀의 절규만은 말리지 못했다.

"이게 무슨 짓이야! 상처를 주는 건 한 번으로 족하잖아! 다시 살아나, 이 바보 자식아! 다시 날 차도 좋으니 살아나란 말이야!"

그녀를 말리면서도, 병사들은 참담함과 절망감을 감추지 못했다. 전력 대부분이 사라진 것과 마찬가지였다. 물론 가즈 나이트의 특성상 3개월 만에 그는 부활할 수 있다. 그러나 말스 왕국 수비병들의 힘으로 3개월을 버틴다는 건 불가능했다.

그들의 머릿속엔 절망이란 단어가 점차 자리잡고 있었다.

"리카! 리카! 큰일 났어!"

클루토가 급히 대피소 안으로 들어왔다. 미처 성을 빠져나가지 못한 리키와 그녀의 아비지 아르빈 영주는 클루도의 질박한 목소리에 마른침을 삼켰다.

"뭐야, 리오가 온 거야?"

"그, 그게 아냐! 슈렌…… 슈렌 형이 돌아가셨어!"

"뭐라고!"

아르반 영주는 고개를 떨궜다. 리카의 얼굴은 하얗게 변했다.

"어, 어떻게! 슈렌 오빠를 쓰러뜨릴 정도의 힘을 가진 사람이 있었단 말이야?"

클루토는 고개를 끄덕였다. 그는 떨리는 목소리로 말했다.

"……부르크레서야. 1백 년 전, 이 세계에 나타났다가 리오에게 쓰러진 그 고신 말이야."

그 말에 같이 있던 말스 3세의 표정이 어두워졌다.

"……이젠, 끝인가."

그러나 키세레만큼은 그렇지 않았다. 그녀는 항상 목에 걸고 있던 은십자가를 양손으로 포개 잡고 입술을 깨물었다.

"너무 늦잖아요, 리오 님! 당신은 이래서 맘에 안 들어요!"

그에 질세라, 레나 역시 양손을 모은 채 누군가에게 기도를 올렸다. 어떤 신인지 명확하진 않았지만 그녀는 마음속으로 빌었다. 누구라도 좋으니 리오를 어서 오게 해 달라고.

"후후훗…… 이제 끝인가? 어쨌든 가즈 나이트 녀석들…… 너무 늦는군. 지루한데 불꽃놀이나 구경해 보지. 하하하핫!"

부르크레서의 팔이 올라갔다. 그 신호에 맞춰 우르즈 로하가스의 포문이 모두 열렸다.

"말스 왕국의 수도를 없애라! 그 꼬마 녀석이 창건한 왕국 따위는 존재할 가치가 없다!"

그의 손짓을 따라 공중요새의 포문에서 형형색색의 광선이 일제히 날아올랐다. 수도 외곽 성벽에 의지해 있던 병사들은 모두 눈을 감았다.

우우웅.

그때 이상한 소리가 그들의 귀를 괴롭혔다. 병사들은 위를 쳐다보았다. 그들은 경악했다.

"뭐, 뭐야, 저건?"

수도 상공은 잔잔한 수면에 파문이 일어난 것처럼 크게 일그러지고 있었다.

"공간 왜곡? 뭐야, 이건!"

화면을 지켜보던 타르자의 눈이 크게 벌어졌다. 말스 왕국 수도 상공에 거대한 물체가 공간 이동을 개시한 것이다.

수도 상공에 일어난 거대한 공간 왜곡은 수도를 향해 날아오는 광선들을 사방으로 꺾어 버렸다. 그로 인해 왕궁의 첨탑이 부서졌다. 공간 왜곡 현상이 사라지자, 우르즈 로하가스보다 훨씬 큰 물체가 모습을 드러냈다. 지상에서 그 거대 물체를 올려다보는 사람들 얼굴은 한마디로 넋이 나갔다.

공간 이동이 완전히 끝난 후, 전함처럼 생긴 그 거대한 물체에서 무언가 나왔다. 그건 거대한 드래곤이었다. 물론 지상의 사람들은 한참 후에야 그 모습을 볼 수 있었다.

부르크레서 앞에 나타난 거대한 드래곤이 주위를 두리번거렸다. 드래곤은 차가운 눈빛으로 고신에게 물었다.

「슈렌은?」

"후훗, 편히 쉬게 해 주었다. 그러니 너무 걱정 마라, 봉제여."

드래곤 바이칼의 눈이 꿈틀댔다.

「너무 늦었나……!」

"그렇다. 용제여!"

부르크레서의 손에서 거대한 충격파가 뿜어 나왔다. 바이칼의 몸 주위에 서린 거대 결계는 문제없이 신의 힘을 막아 냈다. 바이칼은 날개를 펄럭이며 위로 솟구쳤다.

「장로! 주포 발사!」

거대한 물체, 용족의 성전이자 바이칼의 성인 드래고니스. 지금은 주거 지역을 뗀 전투 지역으로 전투 형태를 갖추고 있었다. 거대 전함의 모습을 한 드래고니스의 메인 브리지. 그 안에서 흰 수염을 발끝까지 기른 서룡족 장로의 노호가 울려 퍼졌다.

"오리하르콘 액셀러레이터 가동! 듀얼 하이드로 레이저 개방!"

"에너지 가속 완료! 개방 완료!"

"쏴라!"

나이를 잊은 장로의 외침과 동시에 드래고니스 선두에 뚫린 대구경 주포에서 거대한 광선이 뿜어져 나왔다. 대기를 찢으며 날아가는 두 줄기의 빛은 부르크레서를 단숨에 집어삼킬 듯했다.

"건방지다!"

부르크레서가 팔을 뻗었다. 일순간 일어난 충격에 두꺼운 빛줄기는 원래의 각도를 벗어나 양쪽으로 꺾어 나갔다.

「오, 이런!」

빗나간 광선이 강과 산을 쳤다. 하이드로 레이저의 막강한 위력에 자연물들은 처참히 부서졌다. 바이칼은 인상을 찡그렸다.

「망신이군!」

부르크레서는 회심의 미소를 지었다. 그의 손이 또 한 번 뻗어 나갔다.

"신에게 도전한 것을 후회하거라. 용제여!"

「천만에!」

바이칼의 거대한 몸이 거짓말처럼 사라졌다. 빗나간 충격파는 대신 상공의 구름을 뚫었다.

"하하핫, 제법이구나!"

부르크레서는 즐기는 듯했다. 급속으로 몸을 피한 바이칼은 한숨을 내쉬었다.

「응?」

갑자기 뭔가를 느낀 그의 눈이 커졌다. 부르크레서 역시 움찔했다.

바이칼의 이마 위로 작은 빛줄기가 떨어졌다. 그 빛은 곧 사람의 형체를 이루었다.

"우와와왓! 여기가 어디야!"

"이런, 목표 지점 바로 위에 떠 있으면 어떡해, 바이칼!"

친근한 목소리가 들려왔다. 바이칼은 이마에서 꿈틀대는 작은 존재들을 느끼며 긴 한숨을 쉬었다.

「버릇없는 것들. 감히 누구 머리 위에 워프를……」

한편 그들을 본 부르크레서는 회심의 미소를 지었다. 자신이 쓴 시나리오의 마지막이 장식되는 순간이었다.

"하하핫, 기다렸다, 가즈 나이트들이여! 환영한다!"

"후, 별로 반갑진 않군."

리오는 씁쓸히 웃을 뿐이었다.

지크는 가볍게 목을 풀었다. 휀은 하나 남은 담배를 태웠다. 바이론은 사신의 검 다크 팔시온을 바닥에 꽂은 채 근육을 긴장시켰다. 리오는 풀어 헤친 자신의 머리를 다시 묶었다. 모두가 약간은 긴장했다. 그렇지만 그들의 상대를 생각하면 상당히 여유를 부리는 것이었다.

마지막 전투라는 사실은 그 누구도 부정하지 않았다. 그들을 앞에 둔 부르크레서 역시 마찬가지였다.

"저기 있는 파란 머리카락 소녀는 누구인가? 하급 신으로 보이는데……."

그가 물었다. 휀은 담배를 바닥에 내던지며 답했다.

"관객이다."

그의 간단명료한 대답에 부르크레서가 웃음을 터트렸다.

"하하핫, 그런가? 그럼 시작하자, 가즈 나이트들이여. 누가 먼저인가?"

순간 황색 빛이 부르크레서의 몸을 가로질렀다. 어느새 그의 뒤에 선 휀은 자신의 검 플렉시온을 빙빙 돌리며 몸을 돌렸다.

"나다."

퍽, 소리와 함께 부르크레서의 왼쪽 팔이 터졌다. 그러나 고신의 미소는 여전했다.

"네가 광황이라 불리는 빛의 가즈 나이트 휀 라디언트구나. 후훗…… 짜릿했다."

시간이 초고속으로 흐르듯 고신의 상처는 순식간에 회복됐다. 냉정하기만 하던 휀의 눈이 꿈틀거렸다. 치명적이라고 생각하지는 않았지만 설마 재생 속도가 이 정도일 줄은 몰랐다.

"하지만 최강이라는 이름이 이렇게 시시할 줄은 몰랐다. 전부 덤벼라. 난 모험을 좋아하는 성격이거든. 후후훗."

순간 리오를 포함한 모두의 공격이 부르크레서에게 쏟아졌다. 얼굴, 몸 할 것 없이 모조리 공격당한 고신의 모습은 처참하기 그지 없었다. 그러나 이번에도 그의 몸은 눈 깜짝할 사이에 깨끗하게 회복되었다.

"하하핫! 뭘 하는 거냐, 가즈 나이트들이여! 슈렌이란 자는 자신의 최고 기술까지 나에게 보여 줬단 말이다. 너희는 그런 예의도 모르나?"

바이론의 근육이 꿈틀댔다. 하지만 그는 섣불리 움직이지 않았다. 사실 그들은 사이키가 어서 차원 파장을 정상으로 돌리기를 기다리고 있었다. 그러나 사이키는 고개를 돌린 채 아무런 행동도 취하지 않았다.

"저런 바보……!"

그녀를 안타깝게 바라보던 지크는 결국 고개를 떨궜다. 부르크레서가 그를 보았다.

"음? 무슨 불만이라도 있는 건가? 그럼 나에게 풀지그래. 난 언제든지 받아 줄 수 있으니까. 하하핫!"

"젠장, 닥쳐라!"

지크의 몸에서 거대한 스파크가 일었다. 부르크레서는 재미있다는 듯 턱을 쓰다듬었다.

"이 지크 님의 최종기를 받아라! 몸을 갈가리 찢어 주지!"

지크의 눈에서 푸른빛이 번뜩였다.

"최종기, 극뢰!"

그의 몸이 흔들리는 듯했다. 부르크레서는 심상치 않은 기분이 들었는지 자세를 바꿨다.

지크의 최종기 극뢰. 그것은 사용자의 움직임을 초속 단위로 증폭시키는 가즈 나이트 유일의 비공격식 최종기였다. 하지만 공격력이 없다고 해서 무시할 수는 없었다. 극뢰 상태에서 나가는 지크

의 기술은 그 엄청난 속도로 인해 사소한 것이라도 필살의 위력을
지니기 때문이었다.

"슈렌의 원한을 갚겠다! 뇌천살!"

지크의 모습이 일순간 사라졌다. 부르크레서의 탄탄한 근육질
위에 수백의 혈꽃이 그려졌다.

뇌천살은 극뢰의 응용기 중 결정판이었다. 순식간에 수천 번의
자르기를 상대에게 퍼붓는 지크 최고의 도검술은 극뢰 사용 시 수
백 배로 위력이 증가했다.

"원숭이 같은 녀석! 가소롭다!"

두꺼운 손이 지크의 머리를 잡았다. 그는 벗어나려 했지만 불가
능했다. 고신이 주먹으로 그의 등판을 내리쳤다.

"컥!"

아무리 속도가 빠르다 해도 압도적인 방어력과 힘 앞에서는 무
용지물이었다. 바닥에 처박힌 지크는 척추가 부서진 듯 팔만 꿈틀
거렸다.

"싱겁구나, 가즈 나이트들이여. 어째서 이렇게 힘을 못 쓰나? 내
가 두렵나? 다칠까 봐 겁나나? 후후후…… 하하하핫!"

상대의 웃음을 들으며 휀은 사이키를 바라보았다. 하지만 그녀
는 눈 하나 깜짝하지 않았다.

"할 수 없군."

휀은 고개를 떨궜다. 바이론의 얼굴에서는 광기가 사라진 지 오
래였다.

"잘 지켜봐라, 리오. 크크큭……."

"……."

둘은 리오의 앞을 가로막으며 부르크레서에게 다가갔다. 고신의

눈에서 악의에 찬 빛이 번뜩였다.

　얼마나 흘렀을까. 바람이 싣고 온 모래흙이 휀과 바이론 그리고 지크의 몸을 덮었다. 그들은 너무도 허무하게 쓰러졌다. 지금 현재 멀쩡히 서 있는 가즈 나이트는 리오 하나뿐이었다. 바이칼이 있었지만 그는 리오가 함부로 나서지 못하게 못을 박아 둔 상태였다. 가즈 나이트는 죽어도 3개월 후에 부활하지만 바이칼은 그렇지 않았다. 죽으면 그걸로 끝이었다.

　"이제, 내 차례인가."

　리오는 디바이너와 파라그레이드를 차례로 빼들었다. 그의 이마에 네 개의 무늬가 떠올랐다. 안전주문의 해제를 알리는 무늬였다.

　그의 기가 폭발적으로 증대됐다. 하지만 부르크레서는 아직 여유가 있었다. 리오의 힘이 자신의 절반 수준밖에 못 미친다는 것을 잘 알고 있었기 때문이다.

　"최대의 즐거움이 남았군. 광황이란 녀석은 날 만족시키지 못했지만, 역시 넌 날 실망시키지 않는구나. 지금의 힘, 대만족이다. 후후훗……."

　리오의 검붉은 눈썹이 꿈틀댔다. 그의 양 손등 위에 붉은 마법진이 솟아올랐다.

　"마법검, 플레어!"

　두 개의 검이 동시에 적황색 빛을 띠었다. 부르크레서는 그에 보답하듯 자신의 양손을 펼쳤다.

　"자, 어느 쪽을 택하겠는가. 하나는 멜튼, 하나는 프로즌이다. 시나리오의 마지막을 선택할 기회를 주지."

　"멜튼으로 할까?"

리오는 고개를 갸웃거리며 선택했다. 부르크레서의 왼손에 모인 멜튼이 빛을 발했다.

"잘 보아라, 리오 스나이퍼! 이것이 바로 시나리오의 절정이다!"

리오는 단단히 방어 태세를 갖췄다. 이윽고 부르크레서의 왼손에서 빛나던 푸른빛이 뿜어져 나왔다.

"아니?"

그러나 멜튼의 빛은 리오의 옆을 스쳐 지나갔다. 리오는 의아한 눈으로 빛의 끝을 바라보았다.

"이, 이런! 이게 무슨 짓인가!"

"말했잖나. 절정이라고! 하하하하핫!"

멜튼의 빛은 말스 왕국의 수도로 뻗어 나갔다. 이미 뻗어 나간 후여서 리오로선 어찌할 도리가 없었다.

말스 국왕을 비롯한 많은 사람들이 아직 수도 안에 있었다. 지금 이 공격을 막지 못하면 모든 게 끝장이었다. 상공에 떠 있는 드래고니스에서 미리 충전한 주포를 멜튼의 빛과 부딪치게 했으나 허사였다. 차원 결계도 종이에 지나지 않았다.

"안 돼!"

리오의 긴 외침과 함께 말스 왕국 수도는 시퍼런 화염 덩어리에 휩싸였다. 순간 리오와 부르크레서의 표정이 정반대로 변했다.

"아, 아니!"

고신의 표정은 일그러졌고, 리오의 표정은 밝아졌다. 화염이 걷히고, 말스 왕국을 둘러싼 정체불명의 우윳빛 결계가 드러났다. 그 결계는 이내 사라졌지만 리오는 한시름 덜 수 있었다.

"이걸로 끝인 줄 아느냐!"

그때 또 하나의 신술 프로즌이 공중을 날아갔다.

"쓸데없는 짓 마라!"

공중에 떠 있던 바이칼이 브레스로 공격을 받아 냈다. 하지만 리오와 바이칼은 부르크레서 일당이 애초부터 수도를 노리고 있었다는 사실을 모르고 있었다.

침묵을 지키던 우르즈 로하가스의 주포가 불을 뿜은 것은 그때였다.

"이런, 제기랄!"

리오가 그쪽을 향해 몸을 날렸다. 그러나 출처를 알 수 없는 가공할 만한 힘에 의해 그의 몸도 밀려났다.

레호아스교에 전해지는 절대 방어 마법, 퓨어. 어지간한 1급 마법을 상회하는 마력 소모가 있으나, 직접적인 타격이 오지 않는 마법의 경우 1백 퍼센트 방어할 수 있는 방어계 최고의 마법이다.

방금 그 마법이 말스 왕국 수도에 펼쳐졌다.

"키세레 님!"

하지만 클루토의 얼굴은 전혀 밝지 않았다. 오히려 경악에 찬 얼굴이었다.

퓨어를 이용해 멜튼을 받아 낸 키세레. 그녀의 팔은 멜튼의 충격까지 받아 내진 못했다. 그녀의 양팔이 온데간데없었다. 그녀가 목에 걸고 있던 은십자가 위로 눈물이 떨어졌다.

"이럴 수가……!"

떨어져 나간 팔에서 느껴지는 고통 때문만은 아니었다. 첫 번째 공격을 가까스로 막아 낸 그녀의 눈에 또 하나의 빛이 들어왔기 때문이다. 이젠 퓨어도 쓸 수 없었다. 점점 더 커져 오는 빛 앞에 키세레는 무릎을 꿇었다. 이제 그녀가 할 수 있는 일은 기도뿐이었고,

바랄 수 있는 건 기적이었다.

"신이시여……! 리오 님……."

말스 왕국의 수도는 그대로 빛에 삼켜졌다. 거대한 폭발이 상공에 뜬 드래고니스까지 강타했다.

"이런 빌어먹을!"

리오는 결국 무릎을 꿇었다. 그의 외침은 울부짖음에 가까웠다. 드래고니스는 겨우 무사했지만 바이칼의 얼굴 역시 밝지만은 않았다. 지크를 포함해 쓰러진 가즈 나이트들은 자신들의 무력함에 이를 악물었다.

"아, 아아……."

사이키는 자신의 입을 막은 채 신음에 가까운 소리만 냈다. 하지만 이제 그녀를 돌아보는 가즈 나이트는 아무도 없었다.

리오는 자신의 어깨를 내리누르는 극도의 허무감을 도저히 견딜 수 없었다.

모두를 잃고 말았다. 리카, 클루토, 레나, 키세레, 말스 국왕과 테라트 왕세자, 포르테, 란돌, 7호장 등등…… 지난 몇 개월간의 추억마저 모두 사라진 느낌이었다.

그의 이마에 떠오른 안전주문 해제의 문장도 사라졌다.

부르크레서는 리오를 내려다보며 말했다.

"허무한가? 허무하겠지…… 너희는 지금까지 무엇을 위해 싸웠나? 선? 악? 아니면 그 잘난 주신을 위해? 후훗…… 그 무엇이 됐건, 너희는 패배했다. 이 허무감 속에서 너희가 깨달은 것은 무엇인가. 이 질문에 대답하는 자에게 새 생명을 주겠다."

그는 다른 가즈 나이트들을 돌아보았다. 그때 척추가 겨우 재생

된 지크가 고개를 들었다.

"헤헷…… 알아낸 것이 하나 있지!"

"오호, 그래? 뭔지 한번 들어 볼까?"

지크는 힘겹게 돌아누웠다. 파란 하늘이 그의 눈동자 속에 들어
왔다. 지크는 기분 좋게 말했다.

"네놈의 엉덩이에서 냄새가 난다는 것…… 하하하핫!"

부르크레서의 얼굴은 단숨에 굳어졌다. 휀과 바이론은 자신도
모르게 실소를 터뜨렸다. 지크는 어디서 용기를 얻었는지 계속 떠
들어댔다.

"선? 악? 주신 할아범? 우리가 깨달은 것? 얻어터지고 쓰러진 우
리한테 그딴 건 생각 안 나. 널 찢어 죽여도 속이 덜 시원할 판인데
그런 복잡한 걸 대답하게 생겼어? 헤헷, 열 받으면 마음대로 해."

"이, 이 녀석!"

부르크레서는 지크를 그대로 밟으려 했다. 그때 붉은 섬광과 함
께 타르자가 나타났다.

"신이시여, 예상했던 에너지가 모두 모였습니다. 어떻게 하시겠
습니까?"

그녀의 보고에 부르크레서는 조용히 분노를 삭였다. 지크는 혀
를 길게 내밀었다.

"……후, 좋다. 이런 건달패들을 상대할 필요는 없겠지. 난 신계
로 가는 문을 열겠다. 넌 녀석들의 뒷처리를 맡아라."

타르자는 기다렸다는 듯 허리를 굽혔다.

"호호홋, 알겠습니다."

우르스 보하가스 위쪽에 거대한 구멍이 뚫리기 시작했다. 드래
고니스에서 그것을 지켜보던 서룡족 장로는 고개를 떨구며 신음

했다.

"아아, 이럴 수가! 결국 신계로 통하는 문이……!"

그런 상황에서도 리오는 움직이지 않았다. 그의 검들은 붉게 빛났지만 그의 눈은 빛나지 않았다. 모든 것을 잃어버렸다는 생각이 그를 일순간 자폐증에 빠뜨린 것이다.

바이칼은 이를 드러낸 채 분통을 터뜨렸다. 부르크레서는 마치 결혼식장에 들어서는 신랑처럼 당당히 신계의 문을 향해 걸어 들어갔다.

"거기, 서라!"

바이칼의 입에서 기가 피니셔가 뿜어 나왔다. 하지만 용족 최강의 브레스도 상위 신과 맞먹는 힘을 가진 그를 쓰러뜨릴 순 없었다.

가볍게 브레스를 밀쳐 낸 부르크레서는 크게 웃으며 소리쳤다.

"하하핫, 거기서 잘 지켜보거라, 용제여! 차기 주신의 모습을 말이다! 하하하하핫!"

부르크레서의 팔에서 다시 충격파가 터졌다. 브레스를 쏜 직후였기에 바이칼은 이번 공격을 피할 수 없었다.

"크악!"

가슴에 충격파를 정통으로 맞은 바이칼은 피를 뿜으며 땅에 떨어졌다. 흙먼지가 리오를 뒤덮었다. 타르자는 가볍게 보호막을 쳐서 흙먼지를 피했다.

"호호홋, 이제 다 끝났습니다, 여러분. 자, 다른 사람들은 나중에 처리해 드리죠. 우선 리오 스나이퍼 님에게 선물을 드리겠습니다."

타르자는 품에서 회색 펜던트를 꺼냈다.

"이게 뭔지 아나요? 제 모든 마력이 응축된 예쁜 펜던트랍니다. 호호홋…… 이걸 목에 걸어 드리지요, 리오 스나이퍼. 그렇게 되면

당신은 저의 영원한 하인이 된답니다. 마음껏 부려 드리죠…… 오
호호호홋!"

리오는 꼼짝도 하지 않았다. 타르자는 승리감에 가득한 미소를
지은 채 천천히 그에게 다가갔다.

"리오! 정신 차려, 리오!"

'정신 차리세요!'

익숙한 목소리였다. 1백 년 전, 아니 수백 년 전부터 들어 온…….

"……."

리오의 눈에 빛이 돌아왔다. 사라졌던 그의 기도, 투지도 다시 불
타오르기 시작했다.

"아, 아니……? 누구냐!"

무언가를 느낀 타르자의 얼굴에서 핏기가 사라졌다. 그녀는 급
히 주위를 돌아보았다.

소년과 소녀가 이쪽을 향해 달려왔다. 마법사 모자를 쓴 착한 얼
굴의 소년, 양쪽으로 머리를 땋은 말괄량이 소녀, 둘은 외쳤다.

"아직 끝나지 않았어. 끝나지 않았단 말이야! 모두 살아 있으니
제발 정신 차려, 리오! 이대로 끝낼 셈이야, 바보, 겁다리!"

'모든 사람들이 믿고 있어요. 저 아이들도, 다른 사람들도, 그리
고 저도…… 이대로 무너지면 안 되잖아요.'

울음 섞인 리카의 외침에 반응하듯, 그리고 머릿속에 들리는 그
리운 목소리에 깨어나듯, 리오 이마에 회색 무늬가 다시 떠올랐다.

그는 고개를 들었다. 예전과 같은 여유로운 미소가 그의 얼굴에
번졌다.

"누가 끝났다고 했지? 심심한데 그자부터 없애 버릴까, 지크?"

"헤헷, 맞는 말이야. 아직 안 끝났어."

어디서 힘을 얻었는지, 지크가 가볍게 몸을 일으켰다. 휀과 바이론 역시 무슨 일 있었냐는 듯한 반응이었다.

"결말은 우리가 짓는다."

무표정의 휀. 그는 자신의 금발에 묻은 흙을 가볍게 털어 냈다.

"크큭…… 끝이 허무한 시나리오는 반발이 심하지."

바이론도 다크 팔시온을 굳게 거머쥐었다. 그의 거대한 몸이 서서히 꿈틀댔다. 반대로 타르자의 얼굴은 점점 하얗게 변했다.

"마, 말도 안 돼! 신이시여, 이게 어찌 된……!"

그러나 부르크레서는 그녀의 말을 들을 정신이 아니었다. 그는 하늘에 뚫린 구멍을 멍하니 바라보며 중얼댔다.

'이, 이런 일이! 이런 일이……!'

'신계의 문'에서는 괴상한 모양의 괴물들이 쏟아져 나오고 있었다. 고신은 허망한 얼굴로 뒤를 돌아보았다. 그의 눈에 파란 점이 들어왔다.

환수신, 사이키의 몸에서 푸른빛이 쏟아졌다. 그녀의 몸은 땀으로 흥건했지만 얼굴은 웃고 있었다.

"죄송합니다, 고신이여. 지금 열린 차원문은 환수계로 통한답니다. 신계로 통하는 문을 함부로 열게 되면 주신 할아버지께 사이키, 혼날지도 몰라요."

"설마…… 넌 환수신! 수백 년 전 이 세계에 나타났던 환수신 사이키! 으, 으아악!"

부르크레서는 떨어지는 환수들을 향해 분노를 토했다. 하지만 이젠 끝이었다. 차원문을 강제로 열 수 있는 에너지는 이미 소진된 후였다.

다른 가즈 나이트들의 이마에 안전주문 해제의 무늬가 떠올랐다. 차원 파장이 정상으로 돌아왔다. 그들 사이에 낀 타르자는 이제 어린아이에 불과했다.

"크아악!"

타르자의 허리에 두꺼운 대검이 박혔다. 바이론의 다크 팔시온이었다.

"크큭…… 난 마녀 사냥을 좋아하지. 리오는 휀을 따라가라. 물론 교대도 환영이다. 크크큭!"

"교대는 사양하지. 난 그 마녀를 두 번 다시 보고 싶지 않아."

리오는 휀과 함께 부르크레서 쪽으로 날아갔다. 타르자는 멀리 날아가는 그를 악귀처럼 쏘아봤다. 너무 분해서일까. 그녀의 눈에서 피가 솟구쳤다.

"리오 스나이퍼! 이 저주받을 녀석! 난 너를 영원히 저주하겠다!"

"크큭, 시끄럽군."

바이론은 검으로 그녀의 허리를 두 동강 냈다. 곧이어 청색의 빛이 그녀의 몸을 무수히 스쳐 갔다. 그녀의 육체는 고기 조각처럼 바닥에 떨어졌다. 무명도를 든 지크는 씩 웃으며 중얼댔다.

"우리는 한이 좀 맺혔거든, 언니. 다시 살아나면 미워해 줄 거야. 헤헤헷."

조각난 타르자의 몸은 재로 변해 흩날렸다. 바람마저 그녀를 미워했는지 그 재를 사방으로 흩뿌려 버렸다. 남은 것은 재 속에 묻힌 그녀의 펜던트뿐이었다.

일을 마친 지크는 사이키에게로, 바이론은 부르크레서에게로 향했다. 사이키는 상당한 힘을 썼는지 그대로 주저앉았다.

"이봐, 사이키! 괜찮아!"

지크는 그녀를 부축해 주었다. 사이키는 배시시 웃으며 고개를 끄덕였다.

"사이키, 괜찮아요. 그런데요…….."

"뭐, 뭐야! 말해 봐! 다 들어줄게!"

지크는 흥분해서 말했다. 정말 모든 걸 들어줄 듯한 기세였다. 그
녀가 조심스럽게 말했다.

"이제 사이키, 싫어하지 않을 거죠? 예전처럼 대해 줄 거죠? 사
이키 미워하지 말아요. 이렇게 사과하잖아요…….."

"…….."

지크는 할 말을 잃었다. 무슨 말을 해야 할지, 어떻게 행동해야
할지 도저히 떠오르지 않았다.

"이 바보야!"

"지, 지크, 미안해요. 울지 말아요……!"

한편 부르크레서는 안전주문이 풀린 가즈 나이트들과 힘겨운 싸
움을 벌이고 있었다. 상황은 달라진 지는 오래였다.

"크아악! 모두 없애 버리겠다! 빌어먹을 환수들, 가즈 나이트들!"

부르크레서는 이전의 여유를 잃고 몸부림을 쳤다. 처절하기까지
한 고신의 모습을 보며, 바이론은 다크 팔시온을 다시 거머쥐었다.

"크하핫, 어둠 속에서 죽는 거다. 고신이여! 최종기, 데스티니!"

두꺼운 대검이 고신의 몸을 꿰뚫었다. 직후 일어난 어둠의 폭발
이 부르크레서의 몸을 시커멓게 감쌌다. 마치 형태가 없는 괴물이
먹이를 감싸는 듯했다. 초중력을 이용한 바이론의 최종기는 같은
편인 리오의 간담마저 서늘케 했다. 바이론과 대결했을 때, 그가
데스티니를 자신에게 사용했다면 어찌 됐을까. 그러나 그런 고민
을 할 틈은 없었다.

"으아아아!"

놀랍게도 부르크레서는 그 암흑의 초중력 공격에서 벗어났다. 휀은 슬며시 고개를 저으며 플렉시온을 눕혔다.

휀의 몸에서 강렬한 빛이 뿜어 나왔다. 그 빛은 이내 플렉시온 속으로 흡수됐다. 이윽고 거대한 정십자가가 부르크레서의 몸을 뚫고 솟아났다. 그 십자가 중앙에 고정된 고신은 발악에 가까운 몸부림을 쳤다. 휀은 차가운 얼굴로 십자가의 중앙을 플렉시온으로 찔렀다.

"살신기, 레퀴엠."

거대한 파문이 십자가 중앙에서 일더니 그랜드 크로스 나이트의 문장이 공중에 그려졌다. 그리고 신마저 소거한다는 강렬한 빛이 부르크레서의 몸 전체를 집어삼켰다.

"크아악!"

그러나 놀랍게도 부르크레서는 멸신의 공격을 받고도 또다시 멀쩡하게 살아났다. 세 가즈 나이트의 얼굴은 묘하게 꿈틀댔다.

"……불사신인가? 이게 도대체 어떻게 된……!"

"누구도 날 죽이지 못한다! 난 신이란 말이다!"

완전히 재생된 부르크레서는 이성을 잃은 듯 사방으로 마법을 난사하기 시작했다. 리오를 비롯한 셋은 무한에 가까운 부르크레서의 힘에 경악을 금치 못했다.

"지하드는 몰라도…… 레퀴엠을 받고 살 가능성이 있나? 상급신이 아닌, 주신에 가까운 존재인가?"

리오가 물었다. 휀은 가볍게 대답했다.

"그냥은 몰라도 데스티니를 맞은 이후라면 불가능하다."

"그럼, 지금의 경우는?"

"내가 알 바 아니지."

황당한 대답 같아도 직설적으로 이야기하는 휀에겐 최선의 대답이었다. 방법이 보이지 않았다. 안전주문이 해제된 가즈 나이트의 최종기를 두 번이나 맞고도 버티는 존재는 불가사의 그 자체였다.

그 상황을 지켜보던 사이키가 힘겹게 입을 열었다.

"공급기…… 에너지 공급기를 부숴야 해요. 그걸 부수지 않으면 부르크레셔는 언제까지나 회복될 거예요."

"공급기?"

지크의 눈이 반짝였다. 하지만 그런 기계 따위는 눈에 보이지 않았다. 한참을 두리번거리던 지크 옆으로 바이칼이 가슴을 움켜쥔 채 다가왔다.

"정말로…… 그걸 부수면 되나?"

"예, 맞아요. 사이키, 거짓말 안 해요."

바이칼은 크게 기침을 하며 우르즈 로하가스를 바라보았다.

"장로, 들리오?"

그는 귓속의 긴 통신기를 지그시 눌렀다. 멀리서 벌어지는 격전 때문에 잡음이 섞이긴 했지만 통신하기엔 무난했다.

"예, 마마! 잘 들리옵니다!"

"드래고니스의 주포는 어떻소? 쏠 수 있소?"

"그, 그게…… 말스 왕국 수도에 가해졌던 상대방 주포 공격의 충격으로 오리하르콘 크리스털의 가속기가 충격을 입었습니다. 그래서……."

"쏠 수 있다는 거요, 없다는 거요! 간단히 말하시오!"

그의 언성이 높아졌다. 장로는 다시금 기침을 연발했다.

"……지금 상태로는 쏠 수 없사옵니다, 마마. 송구스럽습니다."

장로의 목소리가 가라앉았다. 바이칼은 이내 고개를 숙였다.

"아, 또 떠오르는 게 있어요. 당신, 서룡족의 제왕이죠?"

바이칼은 시선을 돌렸다. 사이키는 양손을 모은 채 마지막 힘을 집중했다.

"기가 피니셔 한 발로는 저 요새 전체를 깰 수 없어요. 결계만 부서지거든요. 그리고 부서진 결계도 얼마 안 가서 재생될 거예요. 아무리 용제님이라 해도 기가 피니셔 두 발을 연속으로 사용하실 순 없죠?"

바이칼이 고개를 끄덕였다. 사이키는 계속 말을 이었다.

"아, 다행이네요. 그분이 기꺼이 오신다 하셨어요. 조금만 기다리세요. 이제…… 오실 거예요!"

지크와 바이칼의 시선이 위로 향했다. 찬란한 빛과 함께 갈색의 거대 드래곤이 차원 이동을 통해 나타났다. 바이칼의 입이 저절로 벌어졌다.

"아, 아바마마……?"

마치 환영처럼 나타난 거대 드래곤은 묵묵히 바이칼을 바라보았다. 그가 바로 바이칼의 아버지이자 전대 용제 알렉산더였다.

"네 아빠? 이야, 그러고 보니 널 꼭 빼닮으셨는걸! 역시 그 아버지에 그 아들이야!"

지크는 활짝 웃으며 바이칼의 어깨를 두드렸다. 현재의 용제는 소매로 눈가를 훔치며 말했다.

"닥쳐."

드래고니스의 메인 브리지는 일순간 조용해졌다. 나이 지긋한 선원들과 장로는 눈물까지 머금었다. 그들은 눈앞의 상황을 도저히 믿을 수 없었다.

"오오! 선대 용제께서…… 으흐흑……!"

모니터 속 두 마리의 드래곤은 크기나 형태가 거의 같았다. 눈에 띄는 차이점은 오직 색깔뿐이었다.

두 용제는 아무런 대화도 나누지 않았다. 먼저 브레스를 날린 건 선대 용제 알렉산더였다. 시퍼런 불빛의 브레스는 대기를 가르며 날아가 우르즈 로하가스의 결계를 거세게 쳤다. 이어서 현재 용제의 브레스가 날아갔다. 선대 용제의 것보다 훨씬 기세등등하게 날아간 기가 피니셔는 아직 회복되지 않은 결계를 지나 우르즈 로하가스의 선체에 꽂혔다.

외벽과 장갑판, 그리고 여러 시설물을 관통한 브레스는 요새 중앙에 있는 거대한 카오스 에메랄드에 직격했다. 브레스의 폭발 속에 카오스 에메랄드들은 서서히 사라졌다.

「아바마마…….」

일을 마친 바이칼은 실로 오랜만에 불렀다는 생각이 들었다. 알렉산더는 훌륭하게 큰 자식을 향해 쓸쓸히 눈웃음을 지었다.

「멋지게 성장했구나, 바이칼. 아니, 용제여. 그런데 이걸 어찌하면 좋겠느냐. 환수로서 나에게 남은 시간이 이제 다했구나.」

「예?」

그 말이 끝남과 동시에, 알렉산더의 거대한 몸은 서서히 사라졌다. 바이칼은 질끈 눈을 감았다. 알렉산더는 아들의 이마에 자신의 턱을 따뜻이 올리며 말했다.

「어머니를 잘 보살펴 드리거라. 그리고 네 여동생을…….」

바이칼은 완전히 사라진 이마의 감촉을 조금이라도 더 간직하려는 듯 그대로 눈을 감고 있었다. 전대 용제가 사라진 하늘엔 바람만이 불 뿐이었다.

"으, 으아아아악!"

에너지원을 잃어버린 부르크레서는 크게 몸부림을 쳤다. 몸에 넘치던 기력도 급격히 빠져나갔다. 완전히 힘을 잃은 부르크레서의 육체는 로하가스 2세의 늙은 육체로 바뀌었다.

휀과 바이론은 서서히 뒤로 물러섰다. 리오는 양팔을 편하게 늘어뜨린 자세를 취했다.

"끝이다, 부르크레서."

부르크레서는 주름이 가득한 얼굴로 그를 바라봤다. 그리고 웃었다.

"그래, 끝이다, 리오 스나이퍼. 후후…… 하지만 명심해라."

"……."

"1백 년 전과 마찬가지로, 이 일의 끝은 다른 일의 시작일 뿐이다. 네 녀석의 일이 끝나면 다시 나의 일이 반복되겠지. 고신의 영혼은 영원불멸이니까. 후훗…… 하하하하핫!"

리오의 몸에서 녹색의 빛이 뿜어 나왔다. 태양보다 찬란한 그 빛은 멀리 떨어진 사람들에게 안도감을 주었다.

"지하드!"

수천 개의 검광이 부르크레서의 몸을 덮쳤다. 그의 늙은 육체는 분자 단위로 분해되기 시작했다.

육체가 완전히 사라지기 직전, 부르크레서의 목소리와 마지막 힘이 리오를 덮쳤다. 그러나 공격적인 성격을 띤 것은 아니었다.

"네 미래를 보여 주마! 하하하하핫! 저주해라, 네 미래를! 네가 비록 운명이란 것과 관련이 없다지만, 이 미래만큼은 바꿀 수 없을 것이나! 내 삭별 선물을 잘 감상하도록! 으하하하하핫!"

"뭐라고? 윽!"

순간 리오의 눈앞에 수많은 광경들이 펼쳐졌다. 은색 머리카락의 여성, 붉은 머리카락의 여성, 대머리 노인, 눈에 익은 듯한 세상, 서룡족의 모습, 동룡족의 모습, 그리고 순백색의 인간형 병기……
하지만 리오는 보기만 했을 뿐 기억하지 못했다.

모든 것이 끝나고 현실 세계로 돌아왔을 때, 리오가 가진 두 개의 검은 지하드의 압력을 견디지 못한 듯 심한 연기를 뿜어냈다. 하지만 사방으로 퍼져 나가는 녹색의 빛은 대지와 천공을 향해 말했다. 이제 쉬어도 좋다고…….

하늘에서 떨어지는 녹색빛을 맞으며 클루토는 펑펑 울어 댔다. 리카 역시 그랬지만 옆에 서 있는 소꿉친구보다는 조금 나은 편이었다.

"……어?"

무언가 발끝에 걸렸다. 리카는 울음을 멈추고 발밑을 바라보았다. 회색 펜던트였다.

"난 참 멋진 선물이야……. 그렇지 않니?"

"……."

리카의 귀에 누군가의 달콤한 목소리가 들려왔다. 하지만 다른 사람들에겐 들리지 않았다. 그녀의 눈에서 차츰 빛이 사라졌다.

"리오에게 나를 줘. 그가 참 좋아할 거야……. 호호호홋."

"……음? 뭐 해, 리카? 그건 또 뭐고?"

클루토가 울음을 멈추고 그녀를 바라보았다. 리카는 무언가에 홀린 듯 천천히 목에 펜던트를 걸었다.

"리, 리카! 그만둬!"

순간 리카의 몸 주위에 검은 오러가 뿜어졌다. 클루토는 급히 펜던트를 향해 손을 뻗었지만 방출된 힘에 뒤로 튕겨져 날아갔다.

"아악! 아, 안 돼! 안 돼, 리카!"

리카의 몸은 거짓말처럼 오러 속으로 빨려 들어갔다. 클루토는 넋이 나간 사람처럼 무릎을 꿇었다.

리카와 클루토가 기다리고 있는 곳으로 달려오던 리오의 귀에 소년의 절규가 들린 것은 잠시 후였다.

"리카!"

그것으로, 이 세계의 고신전쟁은 끝났다.

사라진 고신 부르크레서의 말대로, 또 다른 시작을 남긴 채…….

epilogue

바이론은 폐허의 그늘 속으로 슬그머니 사라졌다. 그에게 가장 어울리는 퇴장이었다. 휀은 사이키를 데리고 신계로 향했다. 이번 일의 공헌도를 참작해 그녀에게 내려질 벌이 삭감될지도 모른다는 희망적인 말을 지크에게 남기고……. 사이키 역시 떠나기 직전 의미심장한 말을 지크에게 남겼다.

"사이키…… 꼭 지크 곁으로 돌아올게요. 그때도 사이키, 싫어하지 않을 거죠?"

지크는 쓸쓸함을 뒤로하고 자신이 있던 차원으로 향했다. 엄마가 보고 싶다느니, 햄버거가 먹고 싶다느니 말은 했지만 지금의 세계에도 상당히 정이 든 그였다.

자신과 동료들이 싸운 차원을 떠나기 직전, 리오는 목에 걸린 은 십자가를 매만졌다.

마지막 순간, 그의 정신을 되돌린 것은 리카와 클루토의 외침이 아니었다. 그의 목에 걸린 십자가 주인의 목소리였다. 그는 그녀의 목소리를 확실히 들을 수 있었다.

"머리 끈 다음엔 십자가 목걸이군. 후훗, 악취미야."

리오는 고개를 저으며 차원문 속으로 향했다.

그렇게 모두 떠났다. 수많은 것을 남긴 채.

그리고 세월이 흘렀다.

"……그렇게, 그들은 떠났단다. 아빠 얘기, 재미있었니?"

"응, 너무 재미있었어, 아빠. 그런데 이야기에 나온 에메랄드 빛 머리카락의 공주님 말이야. 몇 년 전 돌아가신 레나 공주님 맞아?"

"……그렇단다. 마지막까지…… 그 붉은 머리카락의 기사를 잊지 못하셨지. 결혼도 안 하셨고…… 하지만 원망하진 않으셨단다. 오히려 미안해하셨지. 사랑한다고, 좋아한다고 한 번도 말하지 못한 것을 말이야."

"응…… 아, 그런데 아빠, 아빠가 좋아했다는 여자애 말이야. 아직도 돌아오지 못했어?"

"……."

"응? 빨리 말해 줘, 아빠. 궁금하단 말이야."

"리카, 점심 다 됐어요."

"어, 잠깐, 엄마!"

"언니, 오빠들 다 왔어요. 리카도 빨리 와요."

"자, 아빠랑 식사하러 가자, 리카."

"어, 잠깐. 아빠! 너무했어!"

올해로 나이 48세. 말스 왕국 최고 마법관 크리스토퍼 베르토는 여섯째 딸의 투정을 들으며 즐겁게 식당으로 향했다. 하녀들과 함께 식사를 내오던 부인이 그에게 물었다.

"여보, 이제 저 자리는 비워도 되지 않을까요? 20년 가까이 빈자리가 있으니 보기도 그렇고……."

"저 자리에 대한 말은 안 하기로 했지 않소."

"……죄송해요."

크리스토퍼는 조용히 상석에 앉았다. 가족 모두를 확인한 그는 두 손을 모았다. 식사 전 기도였다.

"자, 레브라 신께 기도를……."

"마법관님, 손님이 오셨습니다."

한 하녀가 급히 달려와 말했다. 크리스토퍼는 기도를 멈추고 그녀에게 물었다.

"손님? 아니, 이 시간에 누구신가?"

"잘 모르겠습니다. 자신을 떠돌이 기사라고 밝히셨는데……"

〈1부 완결〉

외전 2
루나틱 나이트

대부분 사람들은 어둠을 공포의 존재로만 알고 있다. 하지만 그렇게 얘기하면서도 그들은 따가운 햇볕을 피해 그늘을 찾는다.

　"이제 그대를 근위대장으로 임명하노니, 앞으로도 우리 왕실을 위해 전력을 다하도록 하여라."
　국왕은 한 청년의 두꺼운 어깨에 검을 내려놓았다. 머리를 길게 기른 준수한 용모의 청년은 고개를 살며시 들며 정중히 대답했다.
　"예, 알겠습니다, 전하. 이 바이론 필브라이드, 전하의 기대를 저버리지 않겠습니다."
　"음, 앞으로 우리 왕실을 더욱 굳건히 지켜 주길 바란다. 근위대장이여."
　국왕은 만족스러운 미소를 지으며 자신이 들고 있는 검을 청년에게 내주었다.

"자, 근위대장의 증표로 이 보검을 수여하겠노라. 소중히 간직하도록."

"황송하옵니다, 전하."

임명식은 그렇게 끝났다.

한참 동안이나 청년 근위대장 바이론은 동료와 후배들의 축하 세례를 받았다. 그들은 바이론이 여기까지 오는 데 얼마나 노력을 했는지 잘 알고 있었다. 마음으로는 축하가 아니라 그 이상의 무엇도 해 주고 싶었다.

"하하, 축하하네, 바이론! 자네라면 왕국 역사상 최연소 근위대장이 될 거라고 믿었지!"

"정말 축하드립니다, 바이론 선배!"

그렇다. 그의 나이는 이제 겨우 스물네 살. 근위대장이라는 중책을 맡기엔 너무도 어린 나이였다. 하지만 그의 천부적인 힘과 무술 감각은 나이에 대한 선입견을 무색하게 만들기에 충분했다. 무술에 관한 한 천재란 소리를 듣는 남자, 바이론은 동료들의 칭찬에 부끄러운 듯 얼굴을 붉혔다.

"하핫, 너무 띄우지 말게. 내 정신이 해이해질까 겁나네."

"어쨌든 오늘은 크게 한턱내야 하네!"

"당연하지!"

바이론은 동료들과 함께 웃음을 터뜨리며 의식장을 나섰다.

의식장 밖엔 바이론과 몇 년째 알고 지내는 펠틴 공주가 있었다. 옛날 그녀와 단둘이 약속한 대로 근위대장이 된 바이론은 떳떳이 공주를 향해 걸어갔다. 다른 곳을 바라보고 있던 공주는 바이론이 다가오는 것을 느꼈는지, 그를 돌아보며 빙긋 웃었다.

"아, 바이론, 근위대장이 되신 것, 정말 축하드려요."

"황송하옵니다, 공주 마마. 모두 공주 마마의 은혜입니다."

그 말에 공주는 고개를 저으며 말했다.

"그럴 리가요. 모두 그대가 노력해서 얻은 결과예요. 누구의 도움 없이 이룬 자랑스러운 결과랍니다."

"예? 아, 예……."

약속을 잊은 것인가. 하지만 바이론은 그리 신경 쓰지 않았다. 공주는 혹시라도 둘의 약속이 사람들에게 밝혀질까 봐 꺼리는지도 모른다. 그는 그렇게 생각하기로 했다.

"앞으로도 기대할게요, 바이론. 더욱 힘내 주시길."

"예, 감사합니다, 공주 마마."

바이론은 떠나가는 공주를 향해 고개를 숙였다.

의식을 끝낸 바이론을 기다린 것은 동료들이 베푼 회식이었다. 정신없이 들어오는 술잔에 그날의 주인공은 거의 의식을 잃을 뻔했지만 불굴의 의지로 실수는 하지 않았다.

회식이 끝난 후, 겨우 정신을 차린 바이론은 동료들이 술에 취해 잠든 틈을 타 연회장을 빠져나갔다.

"휴, 장군이라도 되면 큰일 나겠군."

그렇게 한숨을 돌린 그였지만 좋은 기분은 감출 수 없었다. 어릴 때부터 쭉 혼자였던 그에게 동료들은 절대 빼놓을 수 없는 존재였다. 그는 친구나 선배, 후배가 너무나도 좋았다. 정말이지 외로움은 싫었다.

거리로 나선 그는 즉시 자신의 집으로 향했다.

그의 집은 방 하나와 기본적인 시설만 갖춰진, 그야말로 싼 집이었다. 아무리 직책이 오르고 급료가 올라도 그는 처음 얻었던 그 집을 떠나지 않았다. 순진하게도 그는 그 집마저 자신의 친구로 생각하고 있었다.

"아…… 너무 늦었군. 빨리 집으로 가는 게 좋겠는데?"

바이론은 집으로 가는 걸음을 재촉했다. 집에 도착했을 때, 그의 집 앞엔 흰색 코트를 걸친 금발의 청년이 서 있었다. 사람에 대한 의심이 적은 그는 별것 아니겠지 생각하며 열쇠를 자물통에 집어넣었다.

"자네가 바이론 필브라이드인가."

금발 청년이 바이론의 어깨를 두드리며 말했다.

청년의 목소리는 얼음처럼 차가웠고, 표정 역시 생각을 읽을 수 없을 정도로 변화가 없었다.

바이론은 인상을 찡그리며 청년을 돌아보았다. 묵묵히 그를 바라보던 청년은 여전히 무표정한 얼굴로 바이론에게 거대한 짐 꾸러미를 건네주었다.

"받아라. 너에게 전해 주라는 높은 분의 명이다."

"높은 분? 국왕 전하께서 보내신 특사이십니까?"

그렇게 말은 했지만 바이론은 왕궁 안에서 이런 청년을 본 기억이 없었다. 그는 금발의 미남 청년을 경계하기 시작했다.

금발 청년은 차갑게 내뱉었다.

"이 나라 국왕 따위가 이런 것을 줄 수 있을 거라고 생각하나. 하긴 그딴 철검 따위를 증표라고 주는 국왕에게 무엇을 바라겠나."

"뭐라고!"

순간 화가 치민 바이론은 청년의 코트 자락을 잡으며 소리쳤다.

"말조심해! 넌 도대체 누군데 국왕 전하를 욕되게 하는 거냐! 다른 왕국의 스파이라도 되는 거냐!"

"아니."

무표정한 얼굴의 청년은 오른손으로 바이론의 굵은 팔뚝을 잡았다.

"큭!"

바이론은 순간 크게 놀라며 청년의 코트 자락을 잡은 손을 놓았다. 지금까지 느껴 보지 못했던 경이로운 힘이 그의 힘을 빼 버렸다.

'이, 이건! 어떻게 팔뚝을 잡힌 것만으로 온몸의 힘이 풀리는 거지? 이런 힘을 가진 사람이 있단 말인가?'

몸을 부르르 떠는 그를 묵묵히 바라보던 금발 청년은 팔을 놓으며 말했다.

"내 정체는 알 것 없다. 잔말 말고 그것을 풀어 보도록."

바이론은 청년에게 받은 짐을 풀었다. 헝겊에 둘러싸인 물건은 다름 아닌 거대한 검이었다. 팔시온 계열의 그 검을 만지는 순간 소름이 돋았다. 검은 감각을 넘어 공포를 던져 주고 있었다.

하지만 검 자체는 대단했다. 도대체 누가 만들었는지 궁금할 정도였다. 도살장에서 쓰는 검과 같은 투박한 겉모습과는 달리 검의 균형이나 날의 예리함, 그리고 각도 등은 예술에 가까웠다.

바이론은 미심쩍은 눈초리로 청년을 바라보며 그 검을 받아 들었다.

"이 검이 어쨌다는 거지?"

검을 받아 든 바이론은 고개를 갸웃거리며 청년에게 물었다. 청년은 뒤로 돌아서며 대답했다.

"네 생명이 위험할 정도로 중상을 입었을 때 그 검을 잡아라. 그것뿐이다."

수수께끼 같은 말이었다. 바이론은 막 떠나려는 청년을 다시 붙잡으며 물었다.

"잠깐! 그게 도대체 무슨 소리야!"

청년은 그를 흘끔 돌아보며 대답했다.

"내가 말한 상황이 오면, 넌 현재의 네 존재 가치에 대해 알게 된다. 물론 그 검이 널 주인으로 인정해야겠지만. 그 모든 조건이 충족될 때, 넌 새로운 네 존재에 대해 알게 된다. 좋을지 나쁠지는 내가 알 바 아니고 다시 날 붙잡으면 죽이겠다."

청년은 그렇게 어둠 속으로 사라졌다.

"……이상한 일도 다 있군."

바이론은 검을 바라보며 고개를 갸웃거렸다. 생명이 위험할 정도로 중상을 입은 상황. 전쟁이 일어나지 않는 한 그런 일은 없을 것이다. 하지만 검에서 풍기는 느낌은 이상할 정도로 그의 마음을 불안하게 만들었다.

"뭐, 알게 되겠지."

바이론은 형태부터 비교되는 두 개의 검을 들고 자신의 집 안으로 들어갔다. 그는 우선 술에 찌든 몸을 따뜻한 물에 담갔다.

그날 밤 침대에 누운 바이론은 그 청년이 했던 말을 되뇌어 보았다.

'현재 네 존재 가치에 대해 알게 될 것이다.'

여전히 이해할 수 없는 말이었다.

'존재 가치.'

바이론은 생각했다. 자신의 존재 가치란 무엇일까. 하지만 알 수 없었다.

"도대체 무슨 말이지? 난 근위대장이며 기사야. 약한 자를 돕고

악을 물리치는, 정의와 선을 행하는 기사라고! 존재 가치라…… 알 수 없는 말이야."

바이론은 술기운 때문인지 그대로 잠에 빠져들었다. 그가 잠든 사이, 수수께끼의 청년에게 받은 거대한 짐은 어둠 속에서 미래의 주인을 지켜보고 있었다.

"뭐라고요! 공주 마마께서 악마에게 납치되셨다고요!"

근위대장이 된 지 약 한 달이 지났을 때였다. 그사이 공주와 바이론의 관계는 사람들 사이에도 소문이 퍼질 정도로 깊어졌다. 그와 공주의 결혼을 기정 사실로 여기는 사람도 있었다.

그러던 중 공주가 수수께끼의 악마에게 잡혀 사라졌다는 보고가 바이론에게 전해졌다. 바이론은 자신의 검은 장발을 흔들며 분노를 금치 못했다.

"……하필 자네가 수도 밖에 나갔을 때 이런 일이 생길 줄이야. 뭐라고 위로해야 할지 모르겠군."

젊은 공작 텔페스는 걱정스러운 얼굴로 고개를 저었다. 그는 바이론과 상당히 각별한 사이였다. 싸구려 용병일 뿐이었던 바이론을 왕에게 소개한 사람이 다름 아닌 텔페스 공작이었다. 그 사실을 잊지 않고 있는 바이론은 공작을 절대 신뢰하고 있었다.

흥분한 바이론은 공작의 팔을 잡으며 소리쳤다.

"어디입니까! 그 악마가 공주님을 데려간 장소가 어디입니까!"

공작은 손수건으로 땀을 닦으며 대답했다.

"죽음의 협곡이라 불리는 한카즈 어딘가라고 그 악마가 말했다는 보고를 들었네. 하지만 그 협곡은 자네도 알다시피 지금까지 들어가서 살아 나온 사람이 없는 무시무시한 곳이잖아! 가지 말게!

자네 같은 훌륭한 기사를 잃고 싶지 않아!"

바이론도 한카즈에 대해 익히 들어 알고 있었다. 하지만 그는 어떠한 위험 앞에서도 굴하지 않는, 그야말로 기사였다. 바이론은 한숨을 내쉬며 텔페스에게 말했다.

"국왕 전하께 저 대신 제 출발을 알려 주십시오. 한시가 급합니다! 제가 꼭 공주님을 구출해 오겠습니다!"

"이, 이봐, 바이론! 그럼 내가 병사들을 빌려 줄 테니……."

"괜찮습니다! 기다리고 계십시오!"

텔페스가 부르는데도 바이론은 쏜살같이 성 밖을 향해 뛰었다. 텔페스는 바이론의 뒷모습을 보고 고개를 천천히 끄덕였다.

"……그래, 자네는 그런 남자야."

집으로 돌아온 바이론은 곧바로 장비를 챙기기 시작했다. 등산 도구와 비상식량 등을 챙긴 바이론은 마지막으로 근위대장의 증표인 보검을 허리에 찼다.

"……?"

막 나가려던 바이론은 순간 무언가 자신을 부르는 듯한 느낌을 받고 뒤를 돌아보았다. 하지만 그를 부를 만한 존재는 그의 집 안에 없었다.

"느낌 탓인가? 아, 설마……?"

그의 눈에 한 달 전에 받은 또 하나의 검, 정체불명의 두꺼운 대검이 들어왔다. 한 달 동안 만진 적이 없어, 검을 감싼 헝겊 위엔 먼지가 수북이 쌓여 있었다.

그 검을 가만히 보던 바이론은 침을 꿀꺽 삼키며 그것을 집어 들었다. 그냥 나가려 하니 이상하게 발이 끌렸다. 그는 검을 준 청년의 말이 마음에 걸렸다.

"그래. 생명이 위험할 정도로 중상을 입게 될지도 모르니 가져가
는 게 좋겠지."

바이론은 그 검을 등에 묶은 후 재빨리 마을을 벗어났다. 공주가
기다리고 있을 죽음의 협곡, 한카즈를 향해.

"정말 끝이 없군!"

바이론이 죽음의 협곡 한카즈에 들어온 지도 벌써 하루가 지났
다. 24시간 넘게 잠을 자지 못했기 때문에 그의 심신은 지칠 대로
지쳐 있었다.

그가 잠을 자지 못한 데는 이유가 있었다. 한도 끝도 없이 밀려
오는 마물의 습격. 그런 상황에서 잠을 잔다는 것은 죽여 달라고
몸을 내맡기는 것이나 마찬가지였다.

그런 그의 몸과 마음을 지탱해 주는 것은 오직 하나였다. 자신을
기다리고 있을 펠틴 공주의 아름다운 모습, 바로 그것이었다.

"……당신과의 약속대로 근위대장이 됐습니다. 여기서 쓰러질
제가 아닙니다. 기다리십시오, 공주님!"

바이론은 일어나기가 무섭게 검을 휘둘렀다. 조금 더 쉬었다간
인간의 피맛을 아는 마물들에게 포위될 것이 뻔했다.

얼마나 시간이 흘렀을까.

그의 앞에 큰 동굴이 나타났다. 바이론은 혹시나 하며 남은 힘을
짜내어 앞으로 전진하기 시작했다.

이상하게도 동굴 안에는 마물들이 하나도 없었다. 바이론은 다
행이라 생각하긴 했지만 어디서 갑자기 나타나 습격할지 몰라 긴
장을 늦추시 않았다.

동굴이 점차 밝아 오기 시작했다. 공주가 안에서 불을 밝히고 자

신을 기다릴 거라는 생각이 들었다. 바이론은 지친 몸을 이끌고 밝은 곳을 향해 달려갔다. 그리고 외치기 시작했다.

"공주 마마! 공주 마마! 어디 계십니까!"

계속 안으로 뛰어 들어가니 앞쪽에 바위가 나타났다. 바이론의 눈에 바위 위에 앉아 있는 한 여인의 모습이 들어왔다. 그의 기대는 그대로 들어맞았다. 펠틴이었다. 그녀를 본 바이론은 안도의 한숨을 길게 내쉬며 말했다.

"공주 마마…… 무사하셨군요!"

바위 위에 앉아 있던 펠틴 공주는 바이론을 돌아보며 빙긋 웃었다. 피곤해서일까. 바이론은 그녀의 미소 때문에 동굴 안이 훨씬 밝아졌다는 착각이 들었다.

"와 주셨군요, 바이론. 저를 구해 주실 줄 알았어요."

이렇게 기쁜 적이 없었다. 일가친척 하나 없는 고아에서 용병, 말단 병사, 근위대를 거쳐 근위대장이 될 때까지의 모든 과정 중 가장 기쁜 순간이었다.

바이론은 보검을 땅바닥에 떨어뜨리며 공주에게 달려갔다. 그녀에게 고백하고 싶었다. 예전부터 사랑해 왔다는 말을 반드시 하겠다고 몇 번이나 다짐했던가. 이제 그 마음을 보일 때가 온 것이다.

"공주 마마!"

바이론은 자신보다 작디작은 공주의 어깨를 감싸 안았다. 공주 역시 그를 안았다.

푸욱!

"헉?"

순간 바이론은 복부에 엄청난 통증을 느끼며 뒤로 주춤 물러섰다. 펠틴 공주가 잔악한 미소를 지은 채 자신의 복부에 큰 단검을 밀어 넣고 있었다.

"고, 공주 마마……!"

바이론은 도저히 믿을 수 없다는 듯 배에 박힌 단검을 뽑을 생각
도 하지 않고 뒤로 물러서며 외쳤다.

"어, 어째서! 고, 공주 마마, 전 바이론입니다! 마물이…… 아닙
니다, 공주 마마!"

바이론은 애타는 목소리로 공주에게 말했다. 하지만 공주는 그
의 피가 묻은 손을 손수건으로 닦으며 차갑게 중얼거렸다.

"설마 여기까지 올 줄은 몰랐어. 게다가 동굴 결계까지 돌파할
줄은 더더욱 몰랐고. 오다가 죽을 줄 알았는데 과연 몸 하나는 좋
은 것 같군. 그건 그렇고 결계는 어떻게 돌파했지?"

공주는 얼어붙을 듯한 차가운 목소리로 말했다. 바이론은 대답
대신 무릎을 꿇었다. 출혈 때문에 의식이 가물거렸다. 이게 도대체
어떻게 된 일인가.

"고, 공주 마마!"

바이론은 한 번 더 공주를 불렀다. 공주는 귀찮다는 듯 그를 노
려보며 말을 이었다.

"네가 얼마나 귀찮은 녀석인지 알아? 처음 만났을 때 난 너에게
잘해 주려 했지. 고아인 주제에 열심히 노력하는 네가 불쌍하고 가
상해서 말이야. 하지만 넌 주제를 모르고 기어오르기 시작했어. 끈
적끈적하게 달라붙고, 칫."

바이론의 희미한 눈이 크게 벌어졌다. 그는 바닥을 기다시피 하
며 힘겹게 물었다.

"고, 공주 마마……! 그렇나면 약속은……!"

공주는 비웃었다.

"약속? 어린 시절에 손가락 한 번 건 것을 내가 지킬 거라고 생각하나? 난 그때 무슨 말을 했는지도 기억 못 해."

"그런! 큭!"

바이론은 입에서 피를 뿜으며 쓰러졌다. 피 냄새가 이상했다. 작은 단검에 찔린 것뿐인데, 이렇게 빨리 현기증이 일다니 이상한 일이었다.

잠시 후 그 이유를 공주가 자세히 설명해 주었다.

"만약의 상황에 대비해, 그 단검에 독을 발라두었다. 얼마 안 있으면 확실히 죽겠지. 좋아, 저승 선물로 다 얘기해 주지. 내가 얘기하지 않아도 될 것 같군. 텔페스 공작? 대신 말해 주겠어요?"

"뭐!"

바이론은 자신의 귀와 눈을 도저히 믿고 싶지 않았다. 어제까지만 해도 자신을 걱정하며 공주에 대한 일을 말해 준 공작이 조소를 머금고 공주의 옆으로 걸어 나왔다. 공작은 죽어 가는 바이론을 바라보며 말했다.

"펠틴 공주와 같은 고귀하신 분이 너같이 미천한 것을 사랑하실 것 같나? 네가 근위대가 되어 공을 세우기 이전부터 나와 공주는 사랑하는 사이였다. 원래 널 일찍 처분할 수도 있었지만 사람들 사이에서 네 인지도가 높고 최근엔 근위대장까지 되어, 그냥 죄를 덮어씌워 죽이기엔 민심 수습이 어려울 것 같다는 생각이 들더군. 어쨌거나 그런 이유로 약간의 쇼를 준비했지. 네가 오는 도중 죽거나 포기하고 도망칠 줄 알았는데 설마 단 하루 만에 돌파할 줄은 상상도 못 했어. 뭐, 이젠 끝났지만. 후후훗."

바이론은 입이 떨어지지 않았다. 독 때문에 힘이 빠져서 그렇기도 했지만 상상하지도 못했던 일이 자신에게 벌어졌기 때문이었다. 그는 눈물을 쏟으며 외쳤다.

"더, 더러운……! 싫으면…… 싫다고 말을 하면 되는 것 아닌가? 왜 나를!"

공주는 피식 웃었다.

"오래된 쓰레기는 처분하기 귀찮거든."

"……으윽!"

말을 잊은 바이론은 얼굴을 바닥에 처박았다. 그것으로 끝났다고 생각한 공주는 공작과 함께 비밀 통로로 보이는 장소로 걸어갔다.

"자, 우린 언제쯤 결혼할 수 있을까? 저 지겨운 방해물도 이제 죽었으니 내일 당장 어때요?"

"후훗, 안 됩니다, 공주님. 내일 당장은 힘들고…… 한 달 뒤 저 녀석의 일이 거의 수습되고 나면 어떨까요? 하하핫."

"흠, 길긴 하지만 좋아요. 사랑은 기다림이잖아요? 호호홋."

둘의 웃음소리는 점점 희미해져 갔다.

이윽고 침묵이 흐르던 동굴 안에서 또 다른 웃음소리가 들리기 시작했다.

"큭, 크크큭……!"

독 기운에 의해 바이론의 피부는 회색으로 변해 갔다. 하지만 어디서 힘이 났는지, 그는 복부에 박힌 단검을 뽑으며 바닥에서 일어섰다.

바이론은 공주가 앉아 있던 바위 위에 올라 누우며 미친 듯이 웃어 댔다.

"크크크, 크하핫…… 크하하하핫!"

녹의 영향인지, 눈꺼풀의 모세혈관이 터져서인지 바이론의 눈에선 피가 섞인 눈물이 흘러내렸다. 하지만 그는 그것을 모르는 듯 계속 웃음을 터뜨렸다.

"존재 가치, 존재 가치……! 방해물일 뿐인 근위대장이 내 존재 가치였나! 그런 건가! 고아는 존재 가치도 없는 건가! 대답해 봐, 망할 녀석들아! 으아아아……!"

그는 울부짖으며 누군가에게 물었다. 하지만 대답하는 사람은 아무도 없었다.

얼마나 그랬을까. 그는 손을 뒤로 돌려 남은 힘을 다해 등에 매달린 검을 잡았다.

"존재 가치…… 알고 말았다. 그러니 내 새로운 존재를 깨닫게 해 봐, 빌어먹을 검……."

검을 잡은 그는 이상하게도 몸에 힘이 솟는 것을 느낄 수 있었다. 잠시 후 검에서 검은색의 요기가 뿜어져 나왔다.

검은 곧 공중으로 떠올랐다. 검은 멍하니 자신을 바라보고 있는 바이론을 향해 공명음을 내기 시작했다. 웅웅거리던 그 음색은 이내 사람의 목소리로 바뀌었다.

"인간에게 공포를 주는 강대한 암흑의 힘. 인간에게 안식을 주는 평온한 암흑의 힘. 두 힘 모두, 이 다크 팔시온의 주인이 된 너의 것이다. 두 번째 가즈 나이트, 바이론이여."

"아, 아악! 아아아악!"

갑작스레 몸을 뒤덮은 통증에 바이론은 다시 울부짖기 시작했다.

며칠이 지났을까.

바이론의 몸은 변해 있었다. 보통의 기사들과 크게 다를 바 없던 육체는 무쇠도 들어가지 않을 것 같은 엄청난 근육질로 바뀌었다. 윤기가 흐르던 그의 검은 머리카락도 회은색으로 탈색되어 있었다.

복부에 난 깊은 상처도 깨끗이 치유되었다. 바뀌지 않은 것은 독으로 인해 회색으로 변한 피부색뿐이었다.

"……우욱!"

바이론은 겨우 정신을 차렸다. 그는 자신의 몸 위에 놓인 다크 팔시온을 들고 몸을 일으켰다. 기분이 이상했다. 마치 뭔가를 뒤집어쓴 것만 같았다.

"모, 몸이? 이게 어떻게 된 일이지?"

주위를 두리번거리던 그는 바닥에 고인 물을 보는 순간 얼른 자신을 비춰 보았다.

"헉! 이, 이게 뭐야! 아아아아악!"

바이론은 몸을 부르르 떨며 물에 비친 남자를 향해 소리쳤다. 갸름한 턱은 온데간데없었다. 늘씬했던 몸도 사라졌다. 남은 것은 장대한 기골뿐이었다. 울부짖던 그는 검으로 그 물을 내리쳤다.

"아니야! 이건 내가 아냐! 뭔가 잘못됐어!"

그가 다시 검을 내리치자, 폭음과 함께 동굴 바닥에 균열이 발생했다. 바이론은 다크 팔시온을 내던지며 괴로워했다.

"믿을 수 없어! 이건 꿈이야!"

그렇게 소리치며 괴로워하는 바이론 앞에 다크 팔시온은 야속하게도 음산한 소리를 내며 다시 다가왔다. 검이 그를 주인으로 인정한 것이다. 바이론은 멍한 얼굴로 자기 앞에 다가온 다크 팔시온을 바라보았다.

얼마나 시간이 지났을까.

바이론은 검은색 오러를 방출하며 떠 있는 다크 팔시온을 보며 힘없이 웃었다. 낮이라면 깨고도 남을 시간이 흘렀건만 이 악몽은 끝나지 않았다. 결국 그는 모든 것을 포기했다. 아니, 포기할 수밖에 없었다.

"운명이란 피할 수 없는 것인가. 크크큭……."

이윽고 바이론은 벌떡 일어나 다크 팔시온을 거머쥐었다. 그러자 그의 몸에서 검은색 투기가 뿜어 나왔다.

붉은빛이 눈에서 뿜어졌다. 그런 자신의 모습을 다시 물에 비춰본 바이론은 미친 듯이 웃으며 소리쳤다.

"좋아, 미쳐 주지. 아냐, 정상으로 돌아왔다고 해야 하나? 크하하핫! 배신, 질투, 욕망, 이기! 이것이 인간의 진짜 모습이니 말이야! 크크크큭…… 가식이란 더러운 껍질을 벗겨 주지, 모조리! 인간으로 태어난 것을 후회하게 만들어 주마. 크하하핫!"

바이론은 계속 미친 듯이 웃으며 동굴 밖으로 뛰쳐나갔다. 은은한 달빛이 그의 회색 피부를 비췄다.

때마침 동굴 주위를 돌던 마물들이 그에게 시선을 보냈다. 그들과 눈을 마주한 바이론은 얼굴 근육을 꿈틀대며 외쳤다.

"크큭, 죽이는 거다! 모조리 죽이는 거다! 하하핫!"

그는 사냥감을 발견한 굶주린 원시인처럼 몸을 날렸다.

한카즈 근처를 여행하던 한 상인단은 근처에 자주 출몰하는 마물 때문에 바짝 긴장하고 있었다. 그들을 보호하기 위해 고용된 용병들 역시 경계를 늦추지 않았다.

"조금만 가면 왕국 수도인데, 여기를 무사히 지나갈 수 있을지 걱정이구먼."

중년 상인이 옆에서 같이 걷고 있는 젊은 상인에게 말했다. 젊은 상인은 한숨을 내쉬며 걱정스러운 표정을 지었다.

"무사히 통과할 수 있길 바라야겠죠. 최소한 적게 죽길 바라거나……."

젊은 상인의 불길한 말에 중년 상인은 고개를 저었다. 하지만 그
역시 한카즈가 위험하다는 걸 잘 알고 있기에 후배의 말을 부정하
지 못했다.

"으, 으아악!"

그때 맨 앞의 상인이 비명을 지르며 멈춰 섰다. 뒤따르던 상인들
과 용병들도 즉시 제자리에 섰다.

"무, 무슨 일이십니까?"

호위를 맡은 용병이 그 상인에게 다가가 물었다. 상인은 믿지 못
하겠다는 눈으로 앞을 가리키며 소리쳤다.

"저, 저길 봐! 믿을 수 없어!"

그의 말에 따라 상인들과 용병들은 한카즈의 입구 쪽을 바라본
순간 그들은 기겁을 하며 뒤로 주춤거렸다.

"저게 뭐야! 빌어먹을!"

협곡의 입구에서 무언가 흘러내리고 있었다. 붉은색과 푸른색이
섞여 거의 보라색에 가까운 작은 물줄기, 아니 핏줄기였다. 마치
핏물을 가둬 둔 저수지가 터진 것 같았다.

"뭔가 대량으로 학살당한 것 같은데? 마물인가? 저 협곡엔 야수
와 마물밖에 살지 않는데?"

"당연하지. 크크큭……."

피를 머금은 듯한 웃음소리가 그들 앞에서 들려왔다. 모든 사람
들의 시선이 그곳에 집중됐다.

근육질 육체가 모습을 드러냈다. 광기 서린 붉은색 안광, 회색 피
부, 그리고 거대한 팔시온.

그것을 본 상인들은 얼어붙은 듯 더 이상 움직이지 못했다. 그것

은 용병들도 마찬가지였다. 그들이 피의 향연에 초대된 것은 조금 후의 일이었다.

수도 정문에서 경비를 서던 두 병사는 갑자기 무언가 획 스쳐 지나는 소리를 듣고 움찔하며 주위를 둘러보았다. 그러나 눈에 띄는 것은 아무것도 없었다. 병사들은 별것 아니겠지 하며 계속 잡담을 나눴다.

"아 참, 자네 들었나? 근위대장님이 공주를 구출한다면서 나갔다가 마물이 무서워 도망쳤다고 하던데?"

동료 병사는 깜짝 놀라며 그 병사를 질책했다.

"설마! 자네가 잘못 들었겠지! 근위대장님은 그럴 분이 아냐! 자네도 잘 알지 않나."

"그러게. 뭔가 이상한 것 같아. 하지만 선배하고 좋아하는 사이인 공주님께서 직접 그러셨으니…… 그런데 텔페스 공작 말이야, 얼굴만 반반한 줄 알았더니 검술도 잘하는 모양이던데?"

"공작이? 얘기는 들었어. 한카즈 협곡을 단 이틀 만에 뚫고 공주님을 구출해 왔다는 것 말이지? 그래도 난 못 믿겠어. 근위대장님이 그랬다면 모를까."

"……"

숨어서 그 얘기를 듣고 있던 바이론은 고개를 푹 숙이며 힘없이 자신의 집 쪽으로 향했다. 협곡의 마수들을 모조리 죽이고 내친김에 상인들까지 살해한 광기는 사라진 지 오래였다.

"이대로 떠나 버리면 나는…… 그래! 결백을 증명해야 해. 국왕 전하라면 내 말을 믿어 주실 거야."

바이론은 괴로운 듯 얼굴을 감싸며 복잡한 골목을 지나갔다. 늦

은 밤거리를 지나던 행인들이 깜짝 놀라며 피해 갔으나 그는 아랑
곳하지 않고 자신의 집이 보이는 길목으로 들어섰다.

"쉬고 싶군……. 그래, 집에서 조금 쉬자. 난 지금 제정신이 아냐.
이건 꿈일지도 몰라."

그는 최대한 자신을 위로하며 하늘을 올려다보았다. 순간 그는
눈을 크게 뜨며 그 자리에 멈춰 서고 말았다.

"아, 아니! 내 집이!"

바이론이 용병 생활로 번 돈을 모두 쏟아부어 얻은 작은 집은 온
데간데없었다. 바이론은 집이 있던 장소로 달려갔다.

"이게 뭐야! 이것도 꿈인가!"

그는 울부짖으며 재로 변한 집의 잔해를 움켜쥐었다. 한참 동안
울부짖다 정신을 차린 그의 눈에 푯말이 띄었다. 거기엔 이런 문구
가 쓰여 있었다.

공주를 구하겠다며 거짓을 고한 후 목숨이 두려워 다른 곳으
로 도망친 바이론의 집은 오늘 부로 태워졌으니, 이는 곧 그가
가진 모든 작위의 박탈과 바이론이라는 비겁자의 존재를 지우는
것을 의미한다. 백성들과 병사들은 이 일을 거울삼아 자신의 마
음을 더욱 굳게 다지고 선의 가면을 쓰고 있던 비겁자의 말로가
어떤 것인지 깨닫도록 하라.

푯말 앞에 멍하니 서 있던 바이론은 침을 꿀꺽 삼키며 뒷걸음질
을 쳤다. 믿을 수 없었다. 아니, 믿기 싫었다. 그 푯말 하단에 찍힌
큰 표식, 그것은 왕의 표식이었다.

"아, 아니야! 설마 왕께서도? 그, 그럴 리 없어! 아니야!"

바이론은 울분을 토하며 왕궁 쪽으로 달려가기 시작했다.

"하하핫, 말이 나와서 하는 얘기지만 정말 잘 처리했소, 텔페스 공작. 난 공주가 그런 미천한 고아에게 시집가면 어쩌나 하고 매우 고민하던 참이었는데 말이오."

왕은 붉은 포도주를 부드럽게 넘기며 공주와 함께 자신 앞에 앉은 공작을 칭찬했다. 공작은 고개를 숙이며 겸손하게 말했다.

"아니옵니다, 전하. 공주 마마의 결단이 없었다면 성공하기 힘들었을 것입니다. 저는 공주 마마의 용기에 감탄할 따름입니다."

그의 겸손에 공주는 웃음을 지었다.

"호호홋, 뭘요, 공작. 그런데 아바마마? 바이론의 집은 왜 불태우셨나요?"

왕은 피식 웃으며 가볍게 대답했다.

"결말은 멋지게 내야 하지 않겠느냐. 바이론 녀석이 도망쳤다는 것을 믿지 않는 근위대 녀석들이나 병사들이 있을 게 뻔하니 확실히 매듭 지으려고 그렇게 했지. 뭐, 집 하나 태운 것인데 너무 심려치 말거라. 하하하하핫."

"호호홋, 그렇군요, 아바마마."

왕과 공작 그리고 공주는 함께 승리를 자축하며 웃었다. 방 안엔 아무도 없었다. 만약 이 대화가 새어 나가는 날엔 반란이 일어날 게 뻔했다. 왕국에서 바이론의 위치는 그만큼 큰 것이었다.

"크아악!"

그 순간 그들이 있던 밀실 문에 큰 충격이 가해졌다. 세 사람은 깜짝 놀라며 문 쪽을 바라보았다. 문밖에서 누군가의 비통한 목소리가 들려오기 시작했다.

"아, 아니야, 이건 악몽이야, 악몽이라고! 크아아앗!"

그 울부짖음을 들은 공주와 공작의 얼굴이 새파랗게 질렸다. 왕역시 믿을 수 없다는 얼굴로 공작에게 물었다.

"아, 아니, 분명히 죽였다고 하지 않았나!"

"예, 그렇습니다만…… 분명히 독에 중독되었는데?"

그러나 그 말을 부정하듯 문은 간단히 부서졌다. 그 문을 밟고 선 바이론은 눈물과 광기에 젖은 눈으로 세 사람을 노려보며 중얼거렸다.

"고아라는 것이 그렇게 마음에 걸렸나! 한 나라의 왕이라는 분이, 공작이라는 분이, 공주라는 분이 단지 고아라는 이유만으로 한 사람을 쥐새끼 취급하다니! 존재를 없애려 하다니! 크흐흐흑……!"

그들 앞에 선 바이론의 모습은 그야말로 악마에 가까웠다. 공포에 질린 공작은 큰 소리로 병사들을 부르기 시작했다.

"어, 어디 있느냐! 병사들은 뭘 하느냐! 어서 저 괴물을 막아라!"

겁에 질린 목소리에 근처에 있던 근위대 병사들이 급히 밀실로 뛰어 들어왔다. 그들은 곧 복도와 방 사이에 서서 괴로워하고 있는 바이론을 발견했다.

"뭐, 뭐야, 저 녀석!"

"칼을 들었다! 국왕 전하를 해치려는 게 분명해!"

그때 공격하려던 그들 중 병사 하나가 갑자기 소리쳤다.

"자, 잠깐, 멈춰! 바이론 대장님이다! 근위대장님이야!"

순간 병사들은 공격을 멈추었고 바이론은 의지할 곳 없던 동물이 안식처를 찾은 것처럼 약간의 미소를 지은 채 병사들을 바라보았다. 그때 안에서 왕의 목소리가 들려왔다.

"뭘 하는 게냐! 저 괴물 같은 녀석을 없애는 자에겐 백만의 상금과 함께 새 근위대장의 자리를 내리겠다!"

"……근위대장?"

그렇다. 바이론은 이미 작위를 박탈당한 자였다. 그것을 깨달은 근위병들의 반수 이상이 바이론을 공격하기 시작했다.

"죽어라!"

"자, 잠깐! 난 바이론이다! 근위대장이다!"

그러나 그의 외침에도 불구하고 병사들은 무차별로 공격해 왔다.

"크, 크아악!"

"무슨 짓이야! 이분은 근위대장님이라고! 멈춰!"

몇 명의 병사가 다른 병사들을 말리자, 그들 역시 눈에 거슬렸는지 왕은 바이론을 공격하던 병사들에게 다시 소리쳤다.

"이런! 저 녀석들도 한통속이다! 어서 없애 버려라!"

바이론을 살리기 위해 소리치던 병사들은 같은 동료 병사들의 손에 의해 무참히 살해되었다. 수없이 등을 공격당한 바이론은, 자신을 바라보며 쓰러져 가는 병사들의 모습을 보고 눈물을 흘렸다.

"아, 안 돼!"

그때 쓰러진 병사 중 목숨이 붙어 있던 한 명이 다른 병사의 다리를 잡았다.

"이 녀석! 방해하는 거냐!"

그는 동료 병사에게 난도질을 당하면서도 바이론을 바라보며 힘겹게 말했다.

"무, 무사하셨군요. 어, 어서 도망을…… 근위대장……님…….."

병사는 결국 목이 잘려 숨을 거두었다. 바이론은 자신의 발밑까지 굴러 온 병사의 머리를 보며 울부짖었다.

"으윽, 크아아아!"

그는 사납게 울부짖으며 몸을 일으켰다. 병사들은 공격을 당했는데도 벌떡 일어서는 바이론의 모습에 뒤로 주춤거렸다.

"뭐, 뭐야! 진짜 괴물이잖아!"

한참을 소리치던 바이론은 다크 팔시온을 거머쥔 손에 힘을 주었다. 그러고는 광기가 돌기 시작한 눈으로 주위를 둘러보며 중얼거렸다.

"큭, 크크큭! 멋진 경험을 했다. 기분이 좋아…… 크하하하핫!"

그때 재물과 권력에 미쳐 겁을 상실한 병사가 바이론을 향해 몸을 날리며 외쳤다.

"죽어라, 이 괴물! 국왕 전하의 명으로 너를 처단하겠다!"

픽!

순간 바이론은 자신에게 달려들던 그 병사의 머리를 왼손으로 잡아 벽을 향해 내던졌다. 벽에 처박힌 병사 머리에서 피가 흘러내렸다. 바이론은 그 시체를 보며 즐거움을 만끽했다.

"크큭, 그렇게 조용히 있으니 얼마나 좋은가. 크하핫! 모두 죽여주마!"

"으, 으아악!"

병사들은 하나둘 쓰러져 갔다. 바이론이 휘두르는 다크 팔시온 앞에 병사들은 몸과 머리가 부서진 채 시체로 변했다.

"크하하핫! 죽어라! 죽어 버려!"

바이론의 회색 피부는 어느덧 병사들의 피로 처참히 얼룩졌다. 왕과 공주 그리고 공작은 공포에 질린 채 그 모습을 바라보기만 했다.

마지막 남은 병사 한 명. 그는 완전히 겁에 질려 바이론 앞에 무릎을 꿇고 목숨을 구걸하기 시작했다.

"사, 살려 주십시오, 바이론 대장님! 저, 저는 국왕 전하의 명을 들은 것뿐…… 으억!"

병사는 바이론의 발에 머리가 으깨져 즉사하고 말았다. 바이론은 킥킥거리며 중얼거렸다.

"오, 실례했다. 쿡쿡쿡쿡……."

일을 마친 바이론은 천천히 밀실 안으로 들어갔다. 왕은 숨을 크게 들이쉬며 뭐라고 소리치려 했으나, 바이론이 먼저 피비린내 나는 손으로 왕의 입을 틀어막고 들어 올린 후 싸늘히 물었다.

"왜, 더 할 말이 있는가? 죽은 사람에게? 크크크…… 당신과 공주님 그리고 공작님 덕분에 두 번 깨달았다. 인간의 쓸데없는 허영심을 말이야."

"뭐, 뭐라고?"

"정의, 사랑이라는 허무맹랑한 단어로 자신을 꾸미는 인간의 허황된 모습을 말이야. 크크크, 더 이상 나도 이것저것 가릴 필요 없겠지. 발가벗기고 나면 전부 구역질 나는 위선 덩어리에 불과하니까. 하하하핫!"

밀실 안에 있던 모두는 꼼짝도 할 수 없었다. 바이론의 몸에서 뿜어져 나오는 살기와 암흑 투기가 그들의 세포 하나하나를 마비시키는 것 같았다.

이윽고 바이론은 자신의 손에 잡힌 왕에게 다시 물었다.

"자, 어떻게 해 드릴까? 우선 왕이라는 자의 껍질 속이 어떤지 구경해 볼까? 크크크크."

"자, 잠깐!"

그때 공주가 바이론과 왕 사이에 끼어들었다. 바이론은 움찔하며 공주를 내려다보았다.

"뭐지? 나에게 더 할 말이 남아 있나? 동굴 안에서 할 말은 다한 것 같은데."

"……"

공주는 아무 말도 할 수 없었다. 바이론을 이렇게 만든 원인을 제공한 사람이 자신이란 사실을 잘 알고 있었기 때문이다. 하지만 그가 배신감에 불타는 광마(狂魔)가 되어 다시 나타날 줄 누가 알았으랴.

"이렇게 되니 궁금해지는걸? 자, 대답해라, 공주. 누가 선이고 누가 악이지? 사람 하나를 물건 취급해 목적을 이루려 한 너희? 아니면 배신감에 불타 사람들을 마구잡이로 죽인 나? 대답해 봐. 대답해 보라고!"

"……닥쳐! 내가 잘못한 건 네가 싫다고 미리 얘기하지 않은 것뿐이야! 어차피 난 왕족이고 넌 고아 출신의 근위대장이야. 우린 어울리지 않는 사이란 말이야! 뭐가 잘못된 거야!"

바이론은 할 말을 잃고 말았다.

한편 공작은 천천히 뒤쪽으로 움직였다. 바이론의 시선이 왕과 공주에게 가 있는 동안 도망칠 수 있을 것만 같았다. 그가 의자에서 일어섰는데도 바이론은 꿈쩍도 하지 않았다.

그는 자신이 낼 수 있는 최고 속도로 자리에서 빠져나갔다. 문을 돌아 복도로 들어선 순간 그는 죽음의 공포에서 벗어났다는 생각에 미소를 지었다.

픽!

순간 복도 벽을 뚫고 날아온 바이론의 다크 팔시온이 공작의 머리를 관통했다. 공작은 머리가 박살 난 채로 즉사했다. 공주와 왕은 경악했다. 비이론은 뒤를 돌아보며 숭얼거렸다.

"크크큭, 힘을 너무 줬나? 크크크큭."

그는 다시 공주를 내려다보았다. 공주는 눈을 꼭 감은 채 아무 말도 하지 않았다.

바이론은 눈썹을 꿈틀대며 공주를 비웃었다. 그녀도 공작에게 배신당한 것이나 마찬가지였다.

"이렇게 된 이상, 공주 너도 할 말이 없겠지. 사랑하는 사람에게 배신당한 느낌이 어떤가? 크크큭."

바이론은 들어 올리고 있던 왕에게서 손을 뗐다. 바닥에 떨어진 왕은 몸을 부르르 떨었다. 그의 바짓가랑이가 축축히 젖어 들었다. 왕으로서 품위는 사라진 지 오래였다. 생명을 조금이라도 늘렸다는 안도감 때문인지 그는 기절해 버렸다.

"마음대로 해. 날 범해도 상관없어."

공주는 눈을 부릅뜨며 회색 피부의 거인을 쏘아봤다. 그러나 그 제의가 맘에 들지 않은 듯, 그는 벽에 박힌 다크 팔시온을 뽑으며 나지막이 말했다.

"필요 없다, 공주. 아무튼 기쁜 소식 하나 알려 줄까? 너희가 그토록 죽이고 싶었던 근위대장, 바이론은 죽었다. 존재 가치를 상실했지. 크큭, 참 멍청한 녀석이었다. 여자가 들이댄 검도 피하지 못하고 말이야."

"……뭐?"

"어쨌든 녀석의 마지막 숨은 내가 끊었다. 녀석은 내 머릿속에서 죽었어. 나약한 바보 녀석의 마지막 말이 뭐였는지 아나? 자신을 죽이는 대신 공주, 너만은 살려 달라고 하더군. 크큭…… 이런 여자가 뭐가 좋다고. 크하하핫!"

"……!"

공주는 흠칫 놀라며 뒤로 주춤거렸다. 바이론은 다크 팔시온에 묻은 피를 벽에 털고는 킥킥 웃으며 마지막으로 말했다.

"……크크큭, 그 녀석은 마지막까지 공주를 죽이지 말라고 처절하게 애원했다. 그러니 난 이만 사라져 주지. 뭐, 죽고 싶다면 다시 불러도 좋아. 난 남의 부탁은 거절하지 못하거든. 크하하하핫!"

그는 크게 웃으며 시체들 사이를 유유히 빠져나갔다.

바이론은 그렇게 버려졌다. 자신마저 버린 광전사(狂戰士)의 눈에서 눈물 대신 피가 흘러내렸다.

"멋진 모습이구나, 바이론. 이제야 자신의 가치를 깨달았나."

자신의 이름을 부르는 소리가 들려오자 바이론은 움찔하며 뒤를 돌아보았다. 그에게 다크 팔시온을 주었던 흰색 코트의 금발 청년이었다. 바이론은 광기 어린 미소를 지으며 청년에게 물었다.

"크크큭. 오랜만이군. 또 무엇 때문에 왔지?"

청년은 차가운 표정으로 대답했다.

"주신의 명을 받아 너를 신계로 데려가기 위해 왔다. 내 이름은 휀 라디언트. 너와 같은 가즈 나이트다."

"……신계라. 아직 죽지 않아 별로 흥미 없는데? 크크큭."

"아무 말 말고 따라오는 게 좋아. 물론 사람을 더 죽이고 싶다면 말리지 않겠다. 너를 말리라는 명령은 들은 적 없으니까."

휀은 표정 하나 바꾸지 않았다. 하지만 왠지 이상했다. 자신과 외모도 다르고 생각도 다른 그 남자가 바이론은 이상하게 마음에 들었다.

휀에게서는, 임무만 아는, 임무를 위해서라면 누구라도 제거할 것 같은 느낌이 풍겼다. 예진의 바이론이라면 어떻게 생각했을지 모르지만 현재의 바이론은 휀의 그 느낌을 기분 좋게 받아들였다.

"크하하하하핫, 휀이라고 했나? 맘에 들었다. 이렇게 된 이상 나를 만들어 준 그 주신이란 분을 한번 뵙고 싶군. 어떤 면상을 가졌는지 궁금해서 미칠 것 같아. 크하하핫!"

휀은 미친 듯이 웃어대는 바이론을 슬쩍 보며 나지막이 말했다.

"지겹게 보도록."

그로부터 6백여 년 후.

"자, 다음 임무가 생겼네, 바이론. 어떤 차원계인지는 피엘이 따로 전달해 줄 것이고……, 임무는 그 차원의 상황을 보고 자네가 판단하기에 괜찮다 싶으면 그대로 놔두고, 그렇지 않다 싶으면 멸망시키는 것이네. 둘 중 하나만 선택하면 되니 어렵지 않을 거야."

바이론은 고개를 끄덕이며 주신에게 물었다.

"가즈 나이트들 이외에 다른 존재가 방해를 하면 어떻게 합니까?"

거대한 책을 앞에 두고 임무를 지시하던 주신 하이볼크는 자신의 회색 수염을 쓰다듬으며 간단히 대답했다.

"자네 마음대로. 어차피 자네의 다리를 붙잡을 존재는 많지 않을 것 아닌가. 선신 계열 천사들이 좀 방해를 할지 모르겠지만 자네는 하던 대로 하면 될 것이네."

바이론은 미소를 지으며 고개를 끄덕였다.

"크큭, 좋습니다. 오랜만에 천사들의 피를 마실 수 있겠군요. 크크크크큭."

"음, 수고하게나."

바이론은 천천히 뒤로 돌아 비서실로 향했다. 도중에 그는 무속성 계열 가즈 나이트 리오 스나이퍼와 마주쳤다. 바이론보다 한참 어린 그 네 번째 가즈 나이트와는 처음 의견 충돌로 싸운 이후 사

210

이가 내내 좋지 않았다.

"……오늘은 운이 나쁘군."

리오는 약간 인상을 찡그리며 시선을 돌렸다. 바이론은 킥킥 웃으며 그에게 말했다.

"크크큭, 너무 그렇게 인상 쓰지 마라, 꼬마. 무서우니까 말이야. 크하하핫!"

"쳇, 맘에 안 드는 녀석."

리오는 고개를 저으며 주신의 방으로 들어갔다. 바이론은 여전히 웃으며 비서실을 향해 걸어갔다. 가는 도중 그는 또 한 명의 가즈 나이트 휀과 마주쳤다. 휀은 처음 만났을 때와 같이 무표정한 얼굴로 바이론에게 말했다.

"임무, 잘 처리하도록."

"크크큭, 고마워서 몸서리가 쳐지는군."

둘은 언제나 그렇게 마주치고 언제나 그렇게 헤어졌다. 강함에 있어선 우열을 가리기 힘든 둘은 빛과 어둠이 그렇듯 서로를 인정하고 서로의 일에 참견하지 않았다. 그리고 둘은 자기 자신 다음으로 서로를 믿고 있었다.

2백여 년 후.

"바이론 아저씨! 저랑 놀아 줘요!"

"……."

주황색 드레스를 입은 갈색 머리카락의 귀여운 소녀는 꼼짝도 하지 않고 다크 팔시온에 기대어 앉아 있는 바이론을 향해 달려왔다.

그 아이는 다른 아이들과 달리 바이론을 무서워하지 않았다. 오히려 친해지려고 애쓰기까지 했다.

태양계라 불리는 차원계의 세 번째 행성. 바이론은 많은 동료들과 함께 그 세계의 일을 처리하고 있었다. 그 자신도 이 일의 진정한 배경이나 이유는 알지 못했다. 다만 지금까지 한 번도 일어난 적 없던 중대 사항이란 것만은 확실했다.

바이론은 자기 앞에 선 소녀를 말없이 바라보았다. 아이의 머리를 쓰다듬어 주고 싶다는 생각이 잠시 꿈틀댔지만 사람의 머리를 찰흙처럼 주무르던 자신의 손과 아이의 윤기 나는 머리카락은 어울리지 않는다는 생각이 들었다.

"……꺼져라."

그는 다른 곳을 향해 시선을 돌렸다. 하지만 아이는 미소를 잃지 않고 바이론 앞에 다시 섰다.

"에이, 너무 부끄러워하지 말아요, 아저씨. 남녀가 만나는 데 부끄러워할 필요 없다고 동네 어른들이 그랬단 말이에요."

부끄러움.

그렇다. 자신은 조금이나마 부끄러워하고 있는 것인지도 몰랐다. 하지만 바이론은 내색하지 않았다. 자신에겐 어울리지 않는다는 생각에서였다.

아이는 곧 자신의 손가락에 실을 건 후 바이론 앞에 내밀었다. 수백 년간 싸움만 해온 그였지만 아이의 뜻이 무엇인지는 알고 있었다.

"자, 실 놀이 해요! 옛날엔 언니랑 많이 했는데……. 뭐, 괜찮아요. 자, 빨리 하세요, 아저씨!"

"……."

바이론은 실 사이에 손가락을 넣고 이리저리 움직여 자신의 손에 옮겨 왔다. 자신이 생각해도 능숙했다. 아이는 박수를 치며 놀랍다는 듯 말했다.

"우아! 정말 잘하신다! 이번엔 제 차례예요!"

"……."

근처를 지나가던 불의 가즈 나이트 슈렌이 그 광경을 보았다. 그는 덤덤한 얼굴로 자신의 방으로 들어가면서 중얼거렸다.

"진풍경이군."

아무도 알지 못했다. 바이론이 빛을 버리고 어둠을 선택한 이유를. 물론 처음엔 단순한 분노와 복수 때문에 그랬는지 모르지만 그 대상은 사라진 지 오래였다. 하지만 그는 여전히 어둠에 남아 있었다.

처음 리오와 싸웠을 때였다. 바닥에 쓰러진 리오가 바이론에게 물었다.

"……무슨 이유로 어둠의 가즈 나이트가 된 거지?"

그 물음에, 리오와 마찬가지로 바닥에 쓰러져 있던 바이론은 당연하지 않냐는 듯 대답했다.

"크큭, 빛의 가즈 나이트 자리는 다른 녀석이 차지하고 있었거든. 크크큭……."

리오는 생각했다. 바이론이란 남자는 자신이 한때 소중히 여겼던 빛을 위해서 어둠의 길을 택한 것인지 모른다고.

〈외전 2 끝〉

외전 3
프로빌리아 마을 이야기

리오는 천천히 하늘을 올려다보았다. 구름 한 점 없는 파란 하늘이었다. 그러나 하늘과는 대조적으로 리오의 표정은 어두웠다. 리카를 찾아 헤맨 지 벌써 2년이란 세월이 흐른 탓이었다.

'하긴, 얼굴 생김새 하나만으로 그 애를 찾는다는 것 자체가 무리겠지. 하지만 리카의 시체라도 찾아야 내 마음은 물론 그 세계에서 기다리고 있는 사람들 마음이 편안해질 텐데……'

리오는 잠시 눈을 감았다 뜨며 자신이 서 있는 언덕 아래를 내려다보았다. 많은 집들이 옹기종기 모여 있는 작은 마을이 그의 눈에 들어왔다. 아무 일도 없을 것만 같은 평화스러운 마을이었다.

그는 그 마을이 마음에 든 듯 턱을 매만지며 생각했다.

'잠시 쉬어 가는 것도 괜찮겠지.'

마을 어귀에 도착한 그는 밭에서 한가로이 일하고 있는 주민들과 근처 냇가나 풀밭에서 뛰어 노는 아이들을 보며 자신도 모르게 미소 지었다.

'이런 분위기야말로 내가 원하는 세상의 모습이지……. 그렇게 되면 내 존재는 사라지겠지만.'

한참 걷던 리오는 쉬면서 풍경이나 구경할 겸 길가에 보이는 나무 그루터기에 걸터앉았다. 나흘간 계속 걷기만 해서인지 튼튼하기만 하던 그의 다리에서 우두둑 소리가 났다.

"휴, 두 번 다시 못 일어날 것 같은데? 후훗……."

다리를 두드리던 그는 길을 따라 걸어오는 사람들에게 눈길을 돌렸다.

열일고여덟 살로 보이는 은발 여성, 그리고 그녀의 동생으로 보이는 갈색 머리 여자아이가 노부부와 함께 얘기를 나누며 오고 있었다.

'가족이라…… 좋아 보이는군. 나와는 상관없지만. 어, 그런데……?'

리오는 은발 여성을 보고 표정이 굳었다. 선천적인지 후천적인지 몰라도 그 소녀는 소경인 듯했다. 소녀는 자신의 동생에게 의지하여 힘겹게 걷고 있었다.

리오는 안타까움을 느꼈지만 어찌할 방도가 없었다. 접골 등의 물리치료는 할 수 있지만 소경의 눈을 뜨게 할 수는 없었기 때문이다.

이윽고 그 가족은 리오의 앞을 지나쳐 갔다. 얘기를 나눌 이유도 없었고 얘깃거리도 없었기에 리오는 다른 곳으로 고개를 돌렸다.

적당히 쉬고 나서 리오는 마을 중심가로 갔다. 왠지 모르게 마음에 드는 마을이어서 며칠 묵었다 가야겠다는 생각이 들었다. 그러나 그 계획은 어긋났다. 워낙 작은 마을이어서 여관이 없었다. 허탈감이 밀려왔으나 리오는 피식 웃으며 방향을 돌렸다.

"여관이 없어서 그러오?"

"예? 아, 예 어르신."

한 노인이었다.

"이 마을엔 여행자들이 잘 오지 않습니까? 이 레프리컨트 왕국에서 여관이 없는 마을은 처음인데요."

노인은 잠시 리오의 얼굴을 바라보다가 껄껄 웃으며 대답했다.

"허헛…… 여행을 꽤나 많이 해 본 청년이구려. 여관은 없지만 대신 민박을 할 수 있지. 이 마을에서 잠깐 쉬었다 가시려고?"

리오는 고개를 끄덕였다.

"예. 그렇지만 어쩔 수 없이 떠나야겠군요. 전 민박을 청할 만큼 말재주가 없어서요."

"음? 젊은 사람이 쉽게 포기를 하면 안 되지. 이 마을 촌장이라는 내 직분도 있고 하니, 내가 민박집을 주선해 주겠네. 청년이 믿음직해 보여서 내 특별히 소개해 주는 것이니 어쩔 수 없이 떠난다는 섭한 소리는 하지 말구려."

"예? 정말 감사드립니다. 오늘은 운이 상당히 좋은 날이군요."

노인은 웃으며 고개를 끄덕였다.

"한데 어디로 가는 길이오? 복장을 보나, 망토 안의 검을 보나 상당히 오래 여행을 할 사람처럼 보이는데 말이오."

리오는 혹시나 했지만 마음속으로 고개를 저었다. 아무리 이 차원계에, 이 왕국에 리카에 대한 단서가 있었다 하지만 이 마을엔 없을 거라는 생각이 들어서였다.

"그냥…… 정처 없이 떠돌아다닙니다. 프리 나이트라서 한곳에 오래 머물 순 없거든요."

"오, 그러오? 그럼 참 외롭겠구려. 사람은 혼자서 세상을 살아갈

수 없는 법인데……. 하긴 아직 젊으니 그런 걱정은 안 해도 되겠
구려. 허허헛…….”

“예. 후훗.”

리오는 희미한 웃음을 지어 보였다.

그는 노인의 안내를 받아 어느 집 앞에 도착했다. 동화에나 나올
법한 빨간 지붕의 이층집이었다. 아이의 서투른 그림과도 같은 집
외관을 보고 그는 실소를 터뜨렸지만 노인은 진지한 얼굴로 말했다.

“이 집에서 민박을 해 보구려. 아마 청년의 힘이 조금 필요한 집
일 테니.”

“예? 제 힘요?”

“음…… 아마 집주인을 만나면 알 수 있을 거외다.”

무슨 소리인지 바로 알 수는 없었다. 하지만 리오는 조건을 가리
는 편이 아니었다.

“그렇습니까? 그러면 집주인을 먼저 만나 뵙죠.”

“그러구려. 음……? 문이 잠겼군. 잠깐 어딜 나간 모양인데…….
아, 이런, 친척을 배웅하느라 마을 밖으로 나간 걸 깜박했군. 나도
정말 늙었나 보오. 미안하지만 조금 기다려 보겠소?”

“예, 어르신께서 괜찮으시다면 기꺼이.”

몇 년도 기다려 본 리오였다. 그러니 몇 분, 몇 시간쯤은 그에겐
별것 아니었다.

집주인을 기다리는 동안 촌장과 리오 사이에 많은 대화가 오갔다.

“묻긴 조금 그런데…… 나이가 몇이오?”

“스물넷입니다.”

앞에 약 7백을 더 붙여야 했지만 굳이 얘기할 필요는 없을 것 같
았다. 리오가 나이를 밝힐 때는 언제나 스물넷이라고 하는데, 특별

한 이유는 없었다. 그저 외모에 스물넷이란 나이가 어울린다고 생각했기 때문이다.

"그러오? 그럼 세이아와 나이가 잘 맞구려."

"세이아가 누구죠?"

"아, 집주인 이름이오. 그럼 직업은 어떻게 되오?"

"아까 말씀드린 대로 프리 나이트입니다."

마치 노인이 중매라도 하는 느낌이었다. 하지만 그는 내색하지 않았다.

"흠…… 그리 안정된 직업은 아니구려. 아, 집주인이 오는군. 바로 저 아가씨가 이 집의 주인이오."

"아, 그렇습니까?"

리오는 집 쪽으로 오는 사람을 바라보았다. 동시에 그의 표정엔 놀라움과 황당함이 교차했다. 바로 리오가 마을 어귀에서 보았던 은발 여성과 그녀의 동생인 듯한 여자아이였다. 같이 있던 부부가 보이지 않는 걸로 보아 그들은 노인이 말했던 친척인 듯했다.

"어머, 웬일이세요, 촌장님!"

아이가 달려오며 명랑한 목소리로 물었다. 촌장은 아이의 머리를 쓰다듬으며 말했다.

"음, 여기 이 청년이 민박을 하고 싶다 해서 너희 집을 소개해 주려고 왔지."

아이는 촌장보다 훨씬 큰 리오를 쭈욱 올려다보았다. 그녀의 시선을 받은 리오는 멋쩍은 듯 머리를 긁적였다.

"어머, 저희 집에 민박을 하신다면 대환영이에요. 간단한 일을 좀 해 주신다면 얼마든지 계셔도 괜찮습니다."

세이아라는 이름의 은발 여성은 환히 웃으며 리오를 환영했다.

뜻밖의 환영을 받은 리오는 안심했다. 육체노동이라면 자신 있었고, 그녀가 사람을 잘 믿어 주는 것 같아서였다.

'마음이 강한 여자로군. 좋아, 이런 생활을 즐겨 보는 것도 좋은 경험이 되겠지.'

리오는 그녀와 라이아에게 인사했다.

"일이라면 맡겨 주십시오. 원하신다면 집이라도 만들어 드리죠. 제 이름은 리오 스나이퍼. 프리 나이트입니다."

리오의 목소리를 들은 세이아는 고개를 숙이며 답례했다.

"예, 저는 세이아 드리스라고 합니다. 옆에 있는 이 아이는 제 동생 라이아예요. 라이아, 인사하렴."

라이아는 기다렸다는 듯 치마 양끝을 손으로 잡고 펼치며 공손히 인사했다. 마치 귀족 집안에서 예절 교육을 철저히 받은 아이 같았다.

"라이아 드리스입니다. 처음 뵙겠습니다, 리오 스나이퍼 기사님."

"후훗, 반가워요, 작은 아가씨."

리오가 웃으며 라이아의 머리를 쓰다듬어 주었다.

생각보다 명랑한 두 자매의 집에 잠시나마 있게 되어서인지 리오의 표정도 지금까지와 달리 약간 밝아졌다.

노인은 일이 잘 풀리자 웃으며 말했다.

"허허헛…… 꽤 빨리 친해지는군. 그럼 둘을 잘 부탁하오, 리오 군. 난 이만……."

"감사합니다, 촌장님. 살펴 가십시오."

노인이 고개를 끄덕이며 다른 곳으로 향했다.

"자, 어서 들어오세요, 리오 기사님! 어서요!"

라이아는 보채듯 리오의 손을 끌어당겼다. 리오는 둘과 함께 빨간 지붕 집으로 들어갔다.

집 안의 가구 등은 깨끗하게 정돈돼 있었고 은은한 향기가 풍겨 왔다. 전투에만 찌들어 거칠어져 있던 자신의 몸과 마음이 꽤 부드러워지는 것 같아 리오는 저도 모르게 미소 지으며 말했다.

"정말 마음에 드는군요. 몇 년이고 있을 수 있으면 소원이 없겠는데요?"

"예? 호홋, 짓궂으세요."

세이아는 약간 얼굴을 붉히며 웃었다.

정말 아름다웠다. 리오에게, 지금까지 만난 여성 중 미모로 자신의 가슴을 두근거리게 만든 여성은 세이아가 처음이었다.

가만히 둘을 지켜보던 라이아가 리오에게 말했다.

"기사님은 2층 빈방에서 주무시면 돼요. 밤에는 절대 내려오시면 안 돼요. 아시겠죠?"

라이아의 당돌한 말에 리오는 빙긋 웃으며 고개를 끄덕였다.

"예, 명심하겠습니다. 작은 아가씨."

긴 소파에 다소곳이 앉은 세이아는 문득 생각난 듯, 리오의 목소리가 들리는 방향으로 고개를 돌렸다.

"식사 안 하셨죠, 리오 님? 금방 차려 드릴 테니 조금만 기다리세요."

언니 말을 들은 라이아는 세이아의 손을 잡고 부엌인 듯한 곳으로 들어갔다. 리오는 옆에 놓인 작은 의자에 앉아 생각에 잠겼다.

'아직 나이도 어린데 꿋꿋이 살아가는군. 무슨 연유로 부모와 헤어졌는지는 몰라도 말이야.'

리오는 갑갑한 듯 걸치고 있던 자신의 망토와 두 개의 검을 풀어 놓고 몸을 이리저리 움직였다. 상체 관절에서 우두둑 소리가 났다.

그는 소매가 없고 목이 중간까지 올라오는 갈색 상의를 망토 속에 입고 있었다. 소매가 없는 탓에 망토를 벗으면 근육질 팔이 어깨부터 드러났다. 운동으로 몸을 꽤 단련한 남자도 리오의 팔을 보면 기가 죽을 정도였다. 손톱으로 살짝 누르기만 해도 터질 것 같은 팔 근육은 적동색 피부와 잘 어울렸다.

부엌에서 나오던 라이아는 이 동네 청년들에게서는 볼 수 없는 리오의 근육질 팔을 보고 감탄을 금치 못했다.

"이야, 기사님이라 역시 다르네요! 이 마을에서 힘깨나 쓴다는 마그 녀석도 기사님 같은 멋진 근육질은 아니에요."

"이런, 너무 추어올리는 것 아니니?"

"아니에요! 아, 언니도 볼 수 있다면 얼마나 좋을까요. 기사님의 멋진 얼굴을 보면 아침마다 우리에게 시비 거는 마그와는 상대도 안 할 거예요. 호홋……."

라이아는 리오 옆에 쪼르르 달려와 그의 팔을 만져 보며 감탄사를 연발했다.

"우아! 돌 같아요, 정말! 옛날에 만져 봤던 아빠 팔보다 더 단단한 것 같아요."

아이의 입에서 아빠란 말이 나오자 리오는 그녀의 부모에 대해 물어보려다 이내 입을 다물고 말았다.

'나중에 기회가 오면 물어보자.'

라이아는 문득 리오가 벽에 세워 둔 검 두 개를 보고 그쪽으로 다가갔다. 대검 디바이너는 라이아보다 컸기 때문에 쉽게 만지지 못했다. 대신 소검 파라그레이드를 만지려고 손을 뻗었다.

파라그레이드는 기를 불어넣지 않으면 날이 서지 않는 소검에 불과하기 때문에 라이아가 만져도 안심할 수 있었다. 소검이라도 무게가 꽤 나가기 때문에 라이아는 검을 뽑았다가 금방 팔을 아래

224

로 늘어뜨리고 말았다.

"앗…… 소검인데도 꽤 무겁네요? 게다가 자루도 저 대검처럼 길고…… 이상한 검이군요. 웬만한 소검은 저도 들 수 있는데……."

리오는 처음엔 그냥 웃고만 있다가 그녀가 검에 관해 말하자 고개를 갸웃거렸다.

'보통 소검의 형태와 무게를 알고 있다니……. 도대체 아버지라는 사람이 누구지?'

라이아가 끙끙대며 파라그레이드를 세우고 있을 때, 세이아의 맑은 목소리가 부엌 안쪽에서 들려왔다.

"식사하세요, 리오 님. 라이아도 어서 오렴."

작은 부엌에 마련된 6인용 식탁에는 샐러드와 빵 등의 간단한 식사가 마련되었다. 볼품은 없었지만 상당히 맛있게 느껴졌다. 눈이 보이지 않는데도 이 정도의 음식을 차린다는 건 놀라운 일이었다. 라이아와 함께 자리에 앉은 리오는 음식 냄새에 감탄했다.

"정말 대단하신데요? 여태껏 수많은 음식점을 가봤지만 이런 향기가 나는 음식은 처음입니다. 냄새만 맡아도 배가 부르군요."

세이아가 웃으며 말했다.

"예, 눈이 보이지 않는 대신 맛과 냄새를 느끼는 감각이 다른 사람보다 좋거든요."

"……아, 그렇군요."

리오는 난처했다. 그런 말을 할 줄은 몰랐기 때문이다. 하지만 세이아는 그의 얼굴을 보기라도 한 듯 웃으며 말했다.

"너무 부담 갖지 마세요, 리오 님. 제가 볼 수 없다는 것은 모두 다 아는 사실이니까요."

"……저는 잘 모르는데요?"

세이아의 얇은 눈썹이 움찔했다. 라이아 역시 마찬가지였다. 리오는 이어서 말했다.

"저는 단지 음식 냄새가 좋다고 말씀드렸을 뿐입니다. 세이아 양이 시각 장애가 있는지 확인하려 한 것이 아닙니다. 실례되는 말씀이지만 정말 아무것도 볼 수 없는 사람이 세상에는 더 많습니다. 그럼, 잘 먹겠습니다."

"예, 맛있게 드세요."

대답을 하긴 했지만 세이아로서는 처음 듣는 말이었다. 마을 사람들은 심한 말은 하지 않았지만 그녀를 불쌍히 여기고 있었다. 하지만 오늘 온 손님은 달랐다. 세이아는 그 다른 점이 무엇인지 아직 알지 못했다.

그날 밤 리오가 묵고 있는 집 앞에서 사람들이 소곤대는 소리가 들려왔다. 달빛에 희미하게 보이는 세 개의 그림자, 그들은 빨간 지붕 집의 주변을 이리저리 둘러보며 조심스레 말을 주고받았다.

"이봐! 이렇게 했다가 우리 이 마을에서 아예 쫓겨나는 거 아닐까?"

두건을 쓴 남자의 말을 덩치 큰 남자가 받아쳤다.

"그런 재수 없는 소리 하지도 마! 어차피 세이아는 장님이니까 누구에게 도움을 청하려면 소리치는 수밖에 없어. 좀 비열하긴 하지만 잘못은 내 마음에 불을 지른 세이아야! 잘만 되면 너희한테 톡톡히 보상해 줄게."

"보상은 둘째치고, 정말 자신 있는 거야, 너? 집 안엔 그 시끄러운 꼬마가 있다고. 그 꼬마가 자기 언니 없어진 걸 알면 그날로 마을에 비상이 걸릴 건 뻔하단 말이야!"

"어차피 어린애니까 상관없어. 뭣하면 영원히 자게 만들어 주지,

뭐. 자, 세이아 방이 어디였더라……?"

세 그림자는 밤 고양이처럼 살금살금 집 주변을 돌기 시작했다.

그들을 비웃기라도 하듯, 이층 창문에서 짧은 웃음소리가 들렸다. 살짝 열린 창문으로 들어온 밤바람에 붉은 장발이 흩날렸다. 장발의 주인은 나무에서 내려오는 맹수처럼 살며시 지상으로 내려왔다.

"오늘 이 집에 오길 잘했군. 이 평화로운 마을에 사람을 훔쳐 가려는 도둑고양이가 있었다니 미처 몰랐는걸? 후훗…… 혼을 내주는 게 좋겠지. 죽이지는 않으마."

그림자가 소리 없이 움직였다. 퍽퍽, 때리는 소리가 나지막이 들린 것은 그 직후였다.

다음 날.

프로빌리아 마을의 미장이 세레쿤은 하품을 하며 새벽 공기를 마음껏 들이마셨다. 상쾌한 새벽 공기는 하루를 여는 활력소였다.

"음…… 오늘은 뭔가 좋은 일이 생길 것 같은…… 음?"

그가 직장으로 가려면 이 마을에서 제일 미인인 세이아의 빨간 지붕 집을 지나가야 했다. 그런데 그 집 앞에 뭔가 뒤엉켜 있었다. 자세히 보니 사람이었다.

'서, 설마, 비명횡사? 하지만 이 동네에서 이런 일이 생길 까닭이 없는데……?'

그는 떨리는 몸을 이끌고 그쪽으로 다가갔다. 그들 중 한 사람의 몸을 돌려 본 세레쿤은 크게 놀랐다.

"이 녀석은 방나니 부르스 아냐? 그럼 나른 녀석들은……?"

그는 나머지 두 사람의 몸을 돌려 보았다. 덩치가 큰 한 명을

껑껑대며 돌린 세레쿤은 놀라움과 신기함이 섞인 목소리로 중얼
거렸다.

"어? 이건 마그 녀석이잖아? 이 동네에서 이 녀석을 두들겨 팰
만한 사람이 있었나? 나머지 한 명은…… 역시 루크군. 하나같이
걸레가 됐군. 허 참……."

세레쿤은 이들을 한꺼번에 때려눕힐 만한 강자가 있다는 것에
두려운 생각이 들었지만 다른 한편으로는 통쾌했다. 매일 아침 이
집 앞에서 소리를 꽥꽥 지르며 세이아를 귀찮게 하던 삼인조가 오
늘은 이렇듯 조용히 누워 있었기 때문이다.

"우, 우웅…… 여, 여기가 어디지?"

세레쿤이 그들을 버리고 간 지 반시간이 지난 후, 마그는 맞은
부위를 손으로 어루만지며 천천히 일어섰다. 나머지 둘은 아직도
깨어나지 못했다.

"어? 세이아의 집 앞이네? 맞아, 밤에 웬 녀석이 감히 나를 기습
해서 이 꼴로 만들었지! 그런데 누구였지?"

골똘히 생각하던 마그는 결론을 내리지 못한 듯 육중한 몸을 일
으키며 곁에 있는 둘을 발로 찼다.

"야, 일어나! 일어나, 인마!"

"우웅…… 시끄러, 자식아. 아픈 곳만 골라 때리네……."

둘은 고통에 신음하며 자리에서 일어섰다. 정신을 가다듬은 마
그는 바닥에 침을 뱉으며 앞에 있는 빨간 지붕 집을 바라보았다.

"이런 불가사의한 일에 굴복할 마그 님이 아니지. 오늘도 한번
불러 볼까? 헤헤헷……."

그때 옆에 있던 부르스가 눈을 가린 채 마그의 두꺼운 팔을 잡아
당겼다.

"야, 오늘은 그냥 가자. 얼굴도 다들 이 모양인데 세이아를 만나면 웃음거리만 될 뿐이라고. 뭔가 불길하기도 하고……."

마그는 피식 웃으며 부르스의 머리를 솥뚜껑 같은 주먹으로 살짝 쳤다.

"이봐, 세이아가 장님이라는 거 까먹었냐? 게다가 소리는 내가 지를 테니 너희는 가만있어! 어이, 세이아! 나의 사랑 그대여!"

잠시 후, 반응이 왔다.

"오늘도 또 소리 지르는 거냐, 건달 녀석들아! 제발 좀 조용히 해!"

"촌장님과 버크 님이 벼르고 있다는 거 알아, 인마!"

"오늘은 어째 조용하다 했지!"

동네가 떠나갈 듯한 마그의 목소리에 단잠을 깬 주민들이 욕설을 퍼부었으나 마그는 아무렇지도 않은 듯 계속 큰 소리로 세이아를 불렀다.

"나의 사랑! 어서 나와 그대의 고운 얼굴을 보여 주오!"

그러기를 10여 분, 세이아는 고통스러운 얼굴로 동생 라이아와 함께 집 밖으로 나왔다. 그녀는 화를 참는 듯 조용한 목소리로 마그에게 말했다.

"마그 님, 저를 부르시는 건 아무 때나 괜찮지만 제발 다른 분들께 피해만 주지 말아 줘요. 부탁이에요."

마그는 자신의 가슴을 주먹으로 탕탕 치면서 말했다.

"하하하! 나와 결혼해 주면 큰 소리로 부를 일이 없겠지! 내 사랑을 제발 받아 줘, 세이아! 난 당신의 고운 얼굴을 아침저녁으로 보고 싶단 말이야! 히힛, 야밤엔 특히!"

세이아는 곤란한 표정을 지으며 고개를 숙였다. 마그 옆에 서 있던 둘은 그 모습을 지켜보며 재미있다는 듯 실실 웃고 있었다.

"뭐야. 도둑고양이들 아닌가……?"

둘의 웃음이 멈춘 것은 그때였다. 마그보다 키가 더 큰 붉은 장발의 청년이 세이아와 라이아 뒤에서 자신들을 바라보고 있었다. 물론 마그 역시 입만 벌리고 있을 뿐 더 이상 소리를 지르지 못했다.

"아, 리오 기사님!"

라이아는 활짝 웃으며 리오를 돌아보았다. 세이아 역시 리오의 목소리를 듣고서 안심한 표정을 지었다. 리오는 가볍게 목을 풀며 말했다.

"내 뒤에 가서 서요, 둘 다. 내가 얘기해 보죠."

자매는 그의 뒤로 피신하듯 섰다. 리오는 머리를 긁적이며 마그를 바라보았다.

"어젯밤에 한 번 찾아왔으면 됐지. 왜 또 여기 왔나! 아, 기절해서 계속 여기 있었나 보군. 버리고 올걸……."

"뭐, 뭐라고?"

셋은 소스라치게 놀라며 뒤로 한 걸음 물러섰다. 어젯밤 자신들을 때려눕힌 장본인이란 사실에 본능적으로 나온 행동이었다.

"어, 어험! 네가 바로 그 비겁한 녀석이구나!"

"……?"

담이 큰 마그는 헛기침을 한 번 하더니 별것 아니라는 듯 그의 앞에 성큼 다가섰다. 리오의 키가 자신보다 약간 더 커서 자존심이 상한 그는 리오의 어깨에 손을 올렸다. 힘으로 내리누르려는 심산이었다.

"난 나보다 큰 녀석을 싫어하지. 헤헷, 키를 좀 줄여야겠어, 형씨."

팔에 힘을 잔뜩 넣은 마그는 리오가 윽 하며 무릎을 꿇는 장면을 상상한 듯 피식 웃었다. 그러나 결과는 그렇지 않았다.

"……뭐야, 포크댄스라도 추자는 건가?"

리오는 뭐 하냐는 듯한 표정으로 자기 어깨에 손을 올린 덩치 큰 놈을 바라보았다. 마그는 힘이 통하지 않자 경악을 금치 못했다.

"뭐, 뭐야, 네 녀석!"

"아…… 키가 불만인 듯하군, 친구. 그럼 내가 잠깐 배려해 주지."

리오는 오른팔을 뻗어 마그의 멱살을 잡고 그대로 들어 올렸다. 너무나 자연스럽게, 120킬로그램에 달하는 마그가 한 손으로 들려 올려지자 주위에서 구경하던 사람들은 입을 벌린 채 아무 말도 하지 못했다. 리오는 빙긋 웃으며 말했다.

"자…… 이 정도면 나보다 크겠지? 그럼 내려가."

그가 마그의 멱살을 잡은 손을 풀자, 육중한 몸이 땅에 툭 떨어졌다.

"어이쿠!"

바닥에 엉덩방아를 찧은 마그는 자신보다 덩치가 작은 상대에게 이렇듯 처참하게 당한 적이 한 번도 없었기에, 얼굴이 벌게진 채 상대를 쏘아보았다. 하지만 상대는 여유롭게 시선을 맞추었다.

"이번엔 엉덩이를 차 줄까? 그러고 싶은 마음은 굴뚝같지만 세이아 양이 네 비명 소리를 들으면 불쾌해할 것 같아 두렵군. 뱃살을 항문으로 빼고 싶지 않으면 어서 꺼져."

마그 자신이 가장 자랑하던 힘에서 눌린 이상, 리오를 어찌할 방도가 없었다.

"제, 제기랄! 나중에 보자!"

마그는 부르스와 루크를 데리고 어디론가 사라졌다. 리오는 피식 웃으며 고개를 가로저었다.

"훗, 아마추어들……."

그때 리오가 전혀 상상하지 못했던 일이 벌어졌다.

"우아! 기사님 만세! 기사님이 불량배 마그를 쓰러뜨리셨어요!"

라이아는 통쾌한 목소리로 주위에서 구경하던 사람들에게 소리쳤고, 사람들 역시 기분 좋은 듯 박수를 치며 리오에게 환호했다.

"휘익! 멋졌어, 젊은 친구!"

"그 건달 녀석을 쓰러뜨리다니, 정말 고마우이!"

사람들의 갈채를 받고 리오는 얼굴을 붉혔다. 그는 아무 말도 못하고 집 안으로 스르륵 사라졌다. 사람들은 부끄러워하는 리오의 모습을 보더니 웃으며 각자 집으로 돌아갔다.

한편 세이아는 리오가 마그를 물리쳤다는 사실에 밝은 미소를 지었다. 이제 아침마다 괴성을 듣지 않아도 된다는 것보다, 처음으로 누군가가 나서 자신을 지켜 줬다는 사실에 기뻤다.

"리오 님⋯⋯."

며칠 후.

"저⋯⋯ 리오 님. 어디 계세요⋯⋯?"

세이아가 힘겹게 그를 찾았다. 라이아가 학교에 간 탓에 하릴없이 검을 닦던 리오는 약간 큰 소리로 대답했다.

"예, 거실에 있습니다."

집에서는 세이아도 라이아의 도움 없이 웬만큼 움직일 수 있었다. 세이아는 거실로 향하며 말했다.

"집에 장작이 다 떨어져서 그러는데, 나무 좀 해다 주실 수 있을까요? 어려운 부탁인 건 알지만 옆집 토머스 씨에게 너무 많이 부탁을 드렸거든요."

"아닙니다, 세이아 양. 어려운 부탁이라뇨."

리오는 몸을 이리저리 움직이며 소파에서 일어섰다. 특별히 힘 쓸 일이 없어 몸이 뻐근할 지경인데 오히려 잘된 일이었다.

"후훗, 집이라도 만들어 드린다고 했죠? 자, 장소나 알려 주세요. 그럼 잔뜩 해 오죠."

세이아는 리오의 말소리가 들리는 곳을 향해 허리를 굽혀 감사를 표했다.

"정말 고맙습니다, 리오 님. 장소는 이 마을 동쪽 숲이랍니다. 아직 아침이니 나무를 베러 온 마을 사람들이 꽤 있을 거예요. 나라에서 정한 자유 벌목장이니 안심하셔도 됩니다."

리오는 디바이너를 어깨에 메고 집을 나섰다.

"그럼 다녀오겠습니다. 아, 마그 녀석이 또 올지 모르니 문단속 잘하세요."

"예. 그럼 다녀오세요."

세이아는 안심한 표정으로 소파에 폭 앉으며 한숨을 돌렸다.

"호훗, 이렇게 말하니 꼭 부부 같네. ……어머? 그러고 보니 도끼를 안 드렸네?"

그러나 세이아의 걱정과는 달리, 리오는 여유 있는 표정을 지으며 벌목장으로 향했다. 바위도 손쉽게 자를 수 있는 검기(劍技)를 가진 리오에게 도끼 따위 필요 없었다.

벌목장엔 마을 남자들이 나무를 베고 있었다. 그중에는 이 마을에서 나무 베기의 일인자로 불리는 버크도 끼여 있었다. 그는 며칠 후에 있을 마을 축제에 대비해서 사람들을 인솔해 나무를 베는 중이었다.

다른 사람의 도끼보다 조금 큰 그의 도끼가 굵은 아름드리 나무를 후려칠 때마다 주위의 남자들은 부러운 눈길로 그 모습을 바라보았다. 웬만한 거목도 그의 9연타를 견뎌 내지 못할 정도로 그의 힘은 대단했다. 이 마을 촌장의 세 아들 중 장남인 그는 16년간 이 마을을 떠나 있었다. 왕국 기사단에서 일했다는 소문도 있었지만 정작 본인은 그에 대해 한마디도 하지 않았다.

과거가 어찌 되었건, 현재 그의 직업은 목수였고 한 가정의 가장이었다.

"넘어간다! 조심해!"

남자들이 재빨리 몸을 피했다. 버크에 의해 밑동이 반쯤 잘려나간 거목은 굉음을 내며 땅바닥에 쓰러졌다.

"좋아! 난 다른 나무를 자를 테니 뒤처리를 부탁하네!"

"알았습니다!"

젊은이들은 작은 도끼를 높이 들며 큰 소리로 대답했다.

다른 나무를 고르기 위해 근처를 이리저리 돌아보던 버크는 마을 쪽에서 검 하나를 들고 이쪽으로 오고 있는 큰 키의 남자를 보았다. 버크는 옆에 있던 청년을 팔꿈치로 쿡 찌르며 물었다.

"이봐, 자네 저 붉은 장발 청년, 본 적 있나? 난 한 번도 본 적 없는데?"

청년은 남자를 가만히 바라보다 손뼉을 치며 대답했다.

"아! 알고 있죠. 며칠 전부터 세이아네 집에 묵고 있는 사람입니다. 힘이 굉장하다고 들었어요. 마을 불량배 마그 아시죠? 그 덩치 큰 녀석을 한 팔로 번쩍 들어 올렸다는군요."

"……그래?"

버크는 마그를 한 팔로 들어 올렸다는 말에 놀라지 않을 수 없었다. 120킬로그램의 무게를 한 팔로 들어 올린 건 나무 한 그루를 9연타에 쓰러뜨리는 것 이상으로 대단했다.

"그런데 왜 검을 들고 벌목장에 오는 걸까요? 설마 검으로 나무를 베려는 건 아니겠죠?"

"……지켜볼까?"

리오는 일부러 사람이 없는 장소를 택해 벌목하기로 했다. 도끼로 쓰러뜨리는 것이 아니었기 때문이다. 나무들을 하나씩 만져 보며 상태를 파악하던 그는 색깔이 약간 거무스름한 나무 앞에 섰다.

"……거의 죽어 가는 나무군. 좋아, 너 하나만 해가면 며칠간은 괜찮겠지."

나무를 몇 번 손바닥으로 두들겨 본 그는 디바이너를 천천히 뽑아 들고 자세를 취했다. 멀리 나무 뒤에서 그 모습을 구경하던 버크는 저도 모르게 숨을 죽였다.

'몸의 중심, 자세, 모두 만점을 주고 싶군. 변변치 못한 레프리컨트 왕궁의 기사 녀석들과는 차원이 다른 젊은이야.'

버크는 자신의 굵은 턱을 쓰다듬으며 눈을 반짝였다.

"흡!"

짧은 기합과 함께 일순간 보라색 검광이 나무 밑에서 번뜩였다. 버크의 큰 몸도 그 순간 꿈틀댔다. 옆에 있던 젊은이는 버크가 왜 이렇게 놀라는지 이해할 수 없었다.

"버, 버크 아저씨? 왜 그러시죠?"

버크는 떨리는 목소리로 물었다.

"저, 저런! 자네 지금 보았나? 저 사내가 검을 몇 차례 휘두르는지 보았냐고!"

버크의 알 수 없는 질문에 젊은이는 고개를 갸웃거렸다.

"거, 검이 한 번 번뜩인 것으로 보아…… 한 번 아닐까요?"

"셀 수 없을 정도야. 저걸 봐!"

동시에 리오가 벤 나무는 밑동에서부터 벽돌이 쓰러지듯 조각나 바닥에 흐트러졌다. 그 광경을 본 젊은이는 입을 크게 벌린 채 더 이상 말을 하지 못했다.

"내가 알고 있는 게 맞다면 저 젊은이를 검으로 능가할 수 있는 사람은 이 왕국엔 한 명도 없어! 오늘 같은 날이 올 줄이야!"

그들의 대화를 들었는지 못 들었는지, 리오는 근처에 있는 덩굴을 이용해 땔감들을 묶은 후 손바닥을 털었다.

"끝인가? 그래도 구경꾼이 있었으니 좀 귀찮아지겠군."

리오는 옆에 꽂아 두었던 디바이너를 칼집에 밀어 넣은 후 장작 더미를 지고 마을로 내려갔다.

그가 사라지자 버크는 한숨을 내쉬며 젊은이와 함께 다시 나무를 고르기 시작했다. 하지만 젊은이는 상당히 흥분된 상태였다.

"버, 버크 아저씨, 저 청년 한번 만나 보시는 게 어때요?"

젊은이의 말을 들은 버크는 고개를 저었다.

"아냐, 저 젊은이는 이 마을에 잠시 쉬어 가려고 온 것 같아. 귀찮게 할 순 없지. 인연이 있다면 다시 만나겠지. 어서 벨 나무나 다시 찾아보자고."

버크는 젊은이의 어깨를 한 번 툭 쳤다. 젊은이는 아쉬웠지만 고개를 끄덕이며 버크의 뒤를 따랐다.

"다녀왔습니다."

나간 지 15분 만에 리오가 돌아온 것에 세이아는 상당히 놀랐다. 게다가 그가 가져온 땔감은 자신의 감촉으로 보아 부엌에서 때기에 최고로 좋은 나무였다.

"아니 어떻게? 설마 사 오신 건 아니겠죠?"

리오는 웃으며 그녀의 손바닥에 손가락으로 '아니오'라고 썼다.

"집이라도 지어 드린다고 말하지 않았습니까? 걱정 마시고 다른 일거리나 주십시오. 약속은 지켜야 하니까요."

"……예, 알겠습니다. 고마워요."

그녀는 리오의 손길이 닿은 손바닥을 살짝 움켜쥐며 고개를 끄덕였다.

또다시 며칠이 지난 어느 날.

"저…… 라이아가 다니는 학교에 좀 가 주시겠어요?"

"네?"

순간 리오의 표정이 굳어졌다. 진지한 성격의 그는 솔직히 말해 10세 이하의 어린이와 노는 법에 익숙하지 않았다.

하지만 어떠한 부탁이라도 들어준다고 한 이상 어쩔 수 없었다.

"흠…… 아, 그럼 이렇게 하죠. 오랜만에 바람도 쐬실 겸 같이 나가시겠습니까?"

"예?"

세이아는 몹시 곤란해했다. 혹시라도 마을 사람들에게 오해를 살까 걱정되었던 것이다. 하지만 생각해 보니 즐거운 오해였기에 그녀는 잠시 후 허락의 뜻을 비쳤다.

"알겠습니다. 그럼 잠시만 기다려 주세요."

프로빌리아 마을의 학교.

다른 큰 도시의 마을처럼 딱딱한 건물이 아니었다. 작고 소박한 마을에 걸맞게 학교는 이 마을의 수호수(守護樹)인 수전 살 먹은 바리바라 나무 그늘에 마련되어 있었다.

동네 사람들이 예전에 마련한 나무 의자에 개인용 칠판, 그리고 선생이 사용하는 큰 칠판이 전부였다.

겉으로 보기에는 초라했지만 대도시의 아이들이 억지로 자신의 머릿속에 집어넣는 비실용적인 학문이 아닌, 아이들이 실제로 알아야 할, 그리고 알고 싶어 하는 내용을 가르치는 자연 속의 자유로운 학교였다.

리오는 세이아와 함께 멀찌감치 떨어져 '학교'를 바라보았다. 수업을 받는 아이들 모습은 피로 얼룩진 싸움터에서 언제나 냉정한 판단만을 해야 하는 그의 마음을 잠시나마 풀어 주는 듯했다.

'……나와는 너무 어울리지 않는 곳이군. 하지만 내가 계속 싸우지 않으면 더한 광경을 보겠지. 난 싸움을 위해 존재하니까.'

솔솔 부는 바람이 위로하듯 그의 장발을 흔들었다. 옆에 서 있던 세이아가 자신의 어깨에 닿는 리오의 장발을 느끼고는 물었다.

"리오 님은 언제부터 머리를 기르셨나요?"

리오는 그녀를 돌아보았다. 어느새 자신의 외모까지 읽은 세이아가 더욱 아름답게 느껴졌다.

"상당히 오래됐습니다. 원래는 적당히 기른 후 자르려 했지만 어느 때부터인가 계속 기르게 되었죠."

"사정이 있으신가요?"

리오는 자신의 머리 끈을 매만지며 대답했다.

"……예, 그렇습니다."

짧게 대답했다. 하지만 세이아는 더 이상 물어보지 않았다. 리오의 억양이 왠지 슬프게 들렸다.

리오는 하늘을 올려보았다. 붉게 물든 하늘엔 새털구름이 아름답게 펼쳐져 있었다. 혼자 보기 아까웠는지 그는 세이아의 등을 살짝 두드리며 말했다.

"저기 보이나요? 석양에 물든 구름 말입니다."

세이아는 고개를 갸웃거렸다. 자신의 사정을 알고 말하는 것일까.

"……예? 저, 저는 앞이 보이지 않는데요?"

"후훗, 그럴 리가요."

그는 능숙하게 세이아의 어깨에 팔을 둘렀다. 그녀는 깜짝 놀랐지만 리오의 말에 부끄러움을 잊었다.

"상상해 봐요."

"……!"

"이미 많은 것을 보셨을 겁니다. 바꿔 말할까요? 세이아 양은 낮에도 별을 볼 수 있어요. 밤에는 다른 사람들보다 훨씬 아름다운 별을 보실 수 있죠. 마을 모습도, 촌장님 모습도, 라이아의 모습도, 제 모습도 언제든지 볼 수 있답니다. 온통 검은 세상에 검은 산, 검은 꽃, 검은 사람들만 보고 살아오셨다고는 도저히 생각되지 않습니다."

세이아는 조용히 하늘을 바라보았다. 잠시 후 그녀는 웃으며 리오를 향해 얼굴을 돌렸다.

"……아름답네요. 하늘 말이에요."

리오 역시 웃으며 말했다.

"그렇죠?"

마을에 하나뿐인 교회에서 시간을 알리는 종소리가 멀찌감치 들려왔다. 선생의 박수 소리에 아이들은 인사를 하고 저마다 환호성을 지르며 각자 집으로 돌아가기 시작했다.

그중 라이아도 있었다. 라이아는 갈색 머리를 휘날리며 멀리 리오와 세이아가 서 있는 곳으로 달려왔다.

"우아! 리오 기사님! 언니!"

리오는 라이아를 향해 손을 흔들었다. 그에게 폴짝 뛰어 안긴 라이아는 숨을 약간 몰아쉬면서도 미소를 잃지 않았다.

"웬일이세요? 설마 언니가 시켜서 오신 건 아니겠죠?"

"음? 아냐. 마을 경치도 구경하고 학교도 안내받을 겸 내가 모시고 나왔지."

리오가 그녀의 등을 토닥거렸다. 세이아는 웃으며 동생에게 말했다.

"라이아, 하늘이 아름답지 않니?"

"……응?"

언니의 갑작스러운 말에 라이아는 고개를 갸웃거렸다.

"저…… 기사님은 왜 왕국이나 영주들의 성에 안 계시고 정처없이 떠돌아다니세요?"

함께 걷던 라이아는 평소 궁금해했던 것을 물었다. 세이아 역시 상당히 궁금한 눈치였다. 리오는 들고 있던, 라이아의 개인용 칠판을 손가락으로 돌리며 대답했다.

"누구 밑에 있는 것보다 이리저리 떠돌아다니는 편이 더 많은 사람들을 도울 수 있거든. 난 사람들을 도와주는 걸 좋아하니까."

라이아는 가만히 생각하다가 얼굴을 붉히며 나지막이 말했다.

"기사님 같은 분이 우리 언니를 계속 도와주면 얼마나 좋을까요. 히힛."

타악!

손가락으로 돌리던 칠판을 갑자기 떨어뜨린 리오는 황급히 집어 옆구리에 가만히 끼었다. 그의 반응에 의문을 느낀 라이아는 앞으로 쪼르르 달려 나가 그의 얼굴을 올려다보았다.

"왜 그러세요, 기사님? 무슨 일 있으신가요?"

리오는 자신의 붉어진 얼굴을 애써 보이지 않으려는 듯 하늘을 바라보며 더듬더듬 대답했다.

"아, 아니야. 그건 그렇고…… 세이아 님은 왜 눈이 불편하게 되셨습니까?"

세이아는 고개를 돌렸다. 라이아는 한숨을 쉬며 대신 대답해 주었다.

"언니의 눈은……, 저는 그때 어려서 잘 모르지만 마을을 습격한 괴물들이 아빠를 살해했대요. 그리고 괴물 중 하나가 저를 보호하려던 언니 눈에 독이 든 침을 뱉었대요."

"그렇구나."

리오는 자신이 실수한 게 아닌가 생각했다. 괜히 아픔을 잊고 살아가는 어린아이의 마음을 들쑤신 건 아닐까. 하지만 라이아는 리오의 생각 이상으로 강한 아이였다.

"제 소원이 뭔지 아세요, 기사님?"

리오가 고개를 갸웃거렸다.

"글쎄, 뭘까?"

라이아는 자신의 양팔을 뒤로 젖히고 붉다 못해 어두운 하늘을 바라보며 말했다.

"언니가…… 좋은 남자와 결혼하는 거예요. 눈이 불편한 것도 이해하고 잘 도와주는 멋진 남자랑 결혼해서 행복하게 살면 좋겠어요."

"……."

그때 리오와 세이아는 자신들이 비슷한 표정을 지었다는 사실을 알지 못했다. 잠시 후 리오는 어느새 도착한 빨간 지붕 집을 바라보며 말했다.

"나도 네 소원이 이루어지길 빌게, 라이아."

무슨 뜻으로 자신이 그렇게 대답했는지 리오 자신도 알 수 없었다. 하지만 그의 마음속에 자리 잡은 것이 한 가지 있었다.

조금이라도 더 이 자매를 보호해 주고 싶은 마음이었다.

저녁을 마친 라이아는 졸린지 자신의 방으로 들어가고, 부엌에는 아직 식사 중인 리오와 접시를 닦고 있는 세이아만 남았다.

둘은 오랫동안 아무 말도 하지 않았다. 리오는 곧 어색한 미소를 지으며 속으로 중얼댔다.

'뭐지, 이 어색한 분위기는? 어제까진 이렇지 않았잖아?'

그는 자신이 왜 이렇게 세이아에게 신경을 쓸까 한탄하며 고개를 흔들었다.

"저, 리오 님? 실례지만 나이가 어떻게 되시나요?"

설거지를 하던 세이아가 먼저 말문을 열었다. 뭔가 부탁할 때 빼고는 그녀가 먼저 말한 적이 없기 때문에 리오는 약간 의아했다.

하지만 별것 아닌 질문이었다. 자연스럽게 나올 수 있는 말이기에 리오는 가볍게 대답했다.

"올해로 스물넷입니다."

돌아서 있었기에 리오의 눈에는 보이지 않았지만 세이아는 그 대답을 듣고 다행이라는 표정을 지었다.

"그러세요? 음…… 저보다 다섯 살 많으시군요. 가족은 있으세요?"

"가족이야…… 저와 제 형제 둘에 여동생 하나죠. 멀리 떨어져 있어 만나긴 힘들지만요. 아, 저는 혼자입니다. 오해하지 마세요."

"예."

리오는 남은 빵을 씹으며 세이아를 바라보았다. 갸름한 턱을 타고 내려오는 목선. 조각이라고 표현해도 모자랄 정도로 아름다운 얼굴. 깔끔히 빗어 내린 긴 은발은 몹시 부드러워 보였다. 약간 촌스러운 옷을 입고 있었지만, 대도시에 사는 여자들처럼 화려하게 꾸미기만 한다면 왕실무도회에 나가도 전혀 손색없을 것 같았다.

'……아, 이러면 안 되지. 정신을 차리자…….'

세이아의 아름다움에 순간 시선을 빼앗겼던 리오는 고개를 한 번 세차게 흔든 후 마저 빵을 삼켰다.

"잘 먹었습니다, 세이아 양. 여기 접시요."

리오는 세이아가 불편하지 않도록 자기 접시를 직접 그녀에게 건네주었다.

"감사합니다, 리오 님."

식기를 건네준 리오는 거실 소파에 앉아 조용히 생각에 잠겼다. 사실 그냥 자기 방에 들어가도 상관없었지만 라이아가 자고 있는 지금, 눈이 보이지 않는 세이아에게 무슨 일이 일어날지 모르기 때문에 그녀의 방 등불이 꺼질 때까지 리오는 거실에 계속 남아 있으려는 것이다.

설거지를 끝낸 세이아는 조심스럽게 발걸음을 옮기며 자신의 방으로 향했다. 리오는 그녀를 조용히 지켜보았다.

"……?"

방문을 열려던 세이아는 기척을 느낀 듯 리오가 언제나 앉아 있는 소파를 향해 돌아서며 말했다.

"리오 님이신가요?"

리오는 순간 숨을 죽였지만 생각보다 귀가 밝은 세이아는 리오를 향해 천천히 다가왔다. 그는 어쩔 수 없이 대답했다.

"예, 접니다. 잠이 잘 오지 않는군요."

"……예."

리오의 목소리를 들은 세이아는 안심한 듯 한숨을 쉬며 그의 옆에 앉았다. 처음 만났을 때에 비해 둘은 상당히 가까워져 있었다.

"저는 또 누가 침입한 줄 알고 깜짝 놀랐어요. 속으로라도 오해해서 죄송합니다."

"아, 아닙니다. 아무 말 없이 거실에 있었던 제가 잘못이죠. 먼저 들어가세요. 저는 잠깐 생각 좀 하고 들어가겠습니다."

"알겠습니다."

세이아는 다시 일어나 자신의 방으로 들어갔다. 리오 역시 한숨을 쉬며 방으로 향했다.

'……난 어떻게 해야 하나.'

프로빌리아는 어느 때보다도 시끄러운 아침을 맞게 되었다. 마그가 세이아의 집 앞에서 또다시 난동을 부린 건 아니었다. 내일이 마을의 축제일이었기 때문이다.

1년에 한 번, 마을의 모든 주민들은 바리바라 나무 아래 모여 즐거운 하루를 보냈다.

이 축제에서 가장 중요한 것은 마지막을 장식하는 무도회였다. 이 무도회에서는 반드시 여자와 남자가 짝을 이루어야 하는데, 전해 오는 이야기에 따르면, 여기에서 최고의 커플로 뽑히면 수호수의 보호를 받아 영원히 행복하게 살 수 있다고 한다.

그 말을 믿는 사람은 거의 없었지만, 마을 젊은이들은 오래전부터 일말의 희망을 가지고 무도회에 나갈 연습을 했다. 물론 자신과 같이 춤출 상대를 정해 놓은 젊은이에 한해서였다.

축제로 떠들썩하지 않은 집은 거의 없었다.

"내일이 축제라고? 근데 왜 이 집만 조용한 거니?"

리오는 의아한 눈으로 라이아를 바라보며 물었다. 라이아는 알 수 없는 미소를 지으며 대답했다.

"언니가 무도회에 참가하는 것도 아니고, 그렇다고 제가 장기 자랑에 나가는 것도 아니잖아요. 어쩔 수 없죠, 뭐."

그 말을 들은 리오는 미안한 표정을 지으며 고개를 끄덕였다.

"축제 시작이 언제니? 구경은 가야 하잖아."

"축제는 내일 석양이 지기 직전부터 시작돼요."

리오는 어두컴컴한 밤에 무슨 무도회냐는 표정으로 라이아를 바라보았다.

"음? 그럼 무도회가 밤에 열린단 말이야?"

라이아가 씩 웃으며 설명했다.

"요즘 밤에 이상한 것 보지 못하셨나요?"

"이상한 것? 글쎄……?"

라이아는 빙긋 웃으며 자신의 방으로 쪼르르 달려가 책상 위에 있는 무언가를 가지고 나왔다. 그것은 불투명한 흰 액체가 든 유리병이었다.

"바로 이거예요. 다른 마을에서는 구하기 힘들지만 우리 마을에서는 이맘때면 쉽게 구할 수 있지요. 자, 보세요."

라이아는 병을 소파의 그늘진 곳에 밀어 넣었다.

"……엇?"

리오는 놀라지 않을 수 없었다. 그 병에서 환한 빛이 나오는 게 아닌가. 라이아는 다시 그 병을 꺼내며 말했다.

"우리 마을엔 다른 마을에 사는 것보다 큰 반딧불이가 살고 있어요. 그 반딧불이의 기름을 짜면 이렇게 하얀 액체가 나오지요. 이게 밤이 되면 엄청난 빛을 내요. 그래서 우리 마을은 밤에도 아무 불편 없이 축제를 할 수 있어요. 못 보셨죠? 얼마나 밝은데요!"

"오호, 그래?"

리오는 병을 받아 들고 유심히 관찰했다. 마치 우유와 같은 이 액체가 반딧불이 기름이었다니 미처 상상도 못 했다.

"음…… 그래서 무도회를 밤에 하는 거구나. 좋아, 그럼 네 언니랑 같이 구경 나가 보자. 정말 멋질 것 같은데?"

라이아는 한마디 덧붙였다.

"기사님이랑 언니가 무도회에서 춤을 추면 더 멋질 거예요!"

"……후훗."

리오는 가볍게 웃으며 그녀의 머리를 쓰다듬어 주었다.

"무슨 얘기를 하시나요?"

세이아는 리오와 라이아가 있는 곳으로 천천히 걸어왔다. 그 모습을 보던 리오는 천장을 바라보며 잠시 생각했다.

'한번 나가 볼까? 아, 아니야. 이러면 안 되지.'

마그는 자신의 친구 두 명과 의미심장한 미소를 띤 채 무도회 참가자 접수를 받는 곳에서 기웃거리고 있었다. 부르스는 슬그머니 마그에게 물었다.

"야, 정말 너 괜찮겠어? 도중에 걸리면 녀석에게 무슨 봉변을 당하려고! 얼간이 토크의 말을 들어 보니까, 그 녀석이 검으로 나무를 채소 썰듯 자르더라는 거야. 저번에 똑똑히 봤대! 우리가 쥐도 새도 모르게 그 꼴이 나면 어쩌려고!"

루크도 한마디 거들었다.

"그래, 마그. 게다가 그런 일 한번 당했다고 녀석을 죽이겠다니, 너무 무모해. 이건 장난이 아냐."

마그는 둘의 머리를 툭 치며 말했다.

"재수 없는 소리! 절대 걸리지 않을 테니 걱정 마. 히히힛, 그 붉은 장발 녀석이 장님이랑 춤을 추는 모습을 떠올려 봐. 물론 춤도 못 추겠지만 말이야. 생각만 해도 우습지 않아?"

"……맘대로 해라. 확실히 말해 두지만, 우리는 여기까지만 하고 손뗄 거야."

부르스는 자신의 손에 들린 명단을 접수처에 들이민 후 발에 불이 나도록 뛰어 달아났다. 접수처 주민은 아무 생각 없이 그 명단을 접수했다.

그 명단에는 '세이아 드리스와 그 집 손님'이라고 적혀 있었다.

다음 날.

축제가 가까워질 무렵, 리오는 세이아와 라이아 자매를 데리고 집을 나섰다. 리오는 둘의 뒤에서 걸으려 했으나 라이아의 성화에 어쩔 수 없이 세이아를 사이에 두고 나란히 걸어갔다.

리오는 세이아 쪽에서 풍겨 오는 향수 냄새를 맡고 빙긋 미소를 지었다.

"오늘은…… 신경 좀 쓰셨군요, 세이아 양?"

그의 갑작스러운 말에 세이아는 얼굴을 붉히며 고개를 숙였다. 세이아는 나지막이 리오에게 말했다.

"리오 님은 별로 달라진 건 없는데 분위기가 보통 때와는 다르네요. 솔직히 처음 뵜을 땐 빈틈이 없어서 아무것도 묻지 못했거든요. 쓸데없는 얘기일지 모르지만 리오 님은 제가 생각하기에 굉장히 미남이실 것 같아요. 라이아 말도 그렇고, 동네 아주머니들 말씀도 그렇고요. 저는 참 기뻐요."

리오는 고개를 한쪽으로 슬며시 기울이며 조용히 웃어 보였다. 어째서 기쁘다는 걸까. 그로서는 즐거운 고민이었다.

"아, 저기 촌장님이 오시는데요?"

오랜만에 촌장 얼굴을 본 리오는 반갑게 맞으려 했으나 촌장의 안색이 심각한 것을 보고 그 역시 인상을 굳혔다.

"아, 리오 군, 잘 만났소. 저, 어제 무도회 참가 접수처에 온 적 있소? 아니면 다른 사람에게 시켰다던가……."

"그럴 리가요. 그런데 무슨 일이 있습니까?"

촌장은 안도의 한숨을 내쉬며 고개를 끄덕였다. 그러고는 가지고 있던 종이 두루마리를 펼치며 말했다.

"어떤 몹쓸 녀석이 세이아와 리오 군의 이름으로 무도회 신청을 했다오. 내가 검토하지 않았으면 큰일 날 뻔했구려. 어떤 녀석일까? 마그인가?"

"글쎄요. 후훗."

리오는 촌장이 가져온 참가자 명단을 받아 자신과 세이아가 적힌 부분을 보며 씩 웃어 보였다. 그러고는 촌장에게 슬며시 물어보았다.

"저…… 촌장님 댁에 여성용 드레스가 있습니까?"

촌장은 의아한 표정을 지었다.

"며느리가 결혼하기 전에 입던 드레스가 있긴 하오만……. 설마, 진짜 나가려고?"

리오는 자기 옆에서 우물쭈물하고 있는 세이아를 잠시 돌아본 다음 고개를 끄덕였다.

"기대를 무너뜨리고 싶군요. 누군지 잘 모르겠지만 말입니다."

"자, 잠깐만요, 리오 님! 저는 눈 때문에 춤은……."

세이아는 그의 팔을 붙들고 거절하려 했으나 리오는 그녀의 손을 따뜻이 감싸 쥐며 부드럽게 말했다.

"걱정 말아요. 세이아 양은 촌장님 댁에 가서 옷을 갈아입고 나오세요. 저는 라이아랑 먼저 가 있겠습니다."

"하지만……."

리오의 자신 있는 태도에도 불구하고 세이아 자신은 그렇지 못한 듯 그 자리에 가만히 서서 망설였다. 리오는 그녀의 양어깨를 손으로 감싸며 다시 한 번 말했다.

"저를 믿어 보세요. 저를 얼마나 믿는지에 따라 일이 잘 풀릴 수도 있고 안 풀릴 수도 있으니까요. 아셨죠?"

"……예."

세이아는 그제야 살짝 미소 지으며 고개를 끄덕였다.

그녀는 곧 촌장과 함께 촌장의 집으로 향했다.

프로빌리아 마을 광장에는 축제가 시작되기 몇 시간 전부터 마을 사람들이 모여들기 시작했다. 1년에 몇 번뿐인 축제여서 그런지 사람들 모두 즐거운 표정이었다. 그중 리오와 라이아도 있었다.

"대단한데? 마을 규모에 비해 성대하군."

리오는 감탄을 연발했다. 라이아는 사람들이 모여 웅성거리는 장소로 리오의 팔을 끌어 당겼다.

"음? 저기가 뭐 하는 곳이지?"

"기사님에게 딱 어울리는 곳이에요! 어서요, 어서 가사고요!"

리오는 고개를 갸웃거리며 신이 나 있는 라이아에게 이끌려 그곳으로 향했다.

사람들 틈을 비집고 그곳을 바라본 리오는 곧 아연실색하며 실소를 터뜨렸다. 장소의 중앙에 선 콧수염의 사내는 자기 앞에 놓인 통나무를 손가락으로 가리키며 목소리를 높였다.

"자! 여기 있는 통나무들은 단단하기로 소문난 오크입니다! 이 통나무를 가장 짧은 시간 안에 두 조각 내시는 분에게 인형 등을 드리겠습니다! 출전하실 분, 선착순 다섯 명!"

리오는 자신을 보며 웃고 있는 라이아를 내려다보며 고개를 저었다. 그는 어쩔 수 없다는 듯 팔을 높이 들었다.

"그래, 그래. 지금까지 준 게 없으니 인형이라도 줄게, 라이아."

"예! 거기 붉은 장발의 청년! 어서 앞으로 나오십시오!"

사회자의 눈에 가장 먼저 띈 리오는 머리를 긁적이며 앞으로 나섰다. 그가 나서자 군중 사이에서 탄성이 터져 나왔다.

"이봐! 저 젊은이가 마그 녀석을 한 손으로 내던진 그 젊은이야!"

"이야! 실제로 보니 대단한데 정말? 한 번 더 힘을 써 보라고, 젊은이!"

곧이어 다른 젊은이들이 도전했고 정원 다섯 명이 순식간에 다 찼다. 라이아는 팔을 치켜들고 리오를 응원했다.

"우아! 기사님 잘해요!"

리오는 다른 네 명의 젊은이와 함께 통나무 앞에 섰다. 참가자들은 사회자가 준 도끼를 각자 손에 거머쥐며 호흡을 조절하기 시작했다.

"자, 준비되었습니까? 그럼!"

사회자는 천천히 팔을 들어 올렸다. 리오를 제외한 네 명의 젊은이는 숨을 죽이며 사회자의 팔을 쳐다보았다. 장내가 조용해지자

250

의외로 긴장감이 감돌았다.

"시작!"

신호와 함께 네 젊은이들은 기합을 지르며 도끼로 통나무를 찍기 시작했다.

순간 리오는 양손으로 거머쥔 도끼를 높이 쳐들고 짧게 소리치며 통나무를 강하게 내리쳤다.

둔탁한 소리와 함께 단단한 오크가 단숨에 두 조각나면서 공중으로 튀어 올랐다. 옆에서 혼신을 다해 통나무를 내리치던 네 명의 젊은이들은 허망한 눈으로 두 조각난 통나무를 바라보았다. 조각난 통나무는 곧 땅바닥에 떨어졌고 모여 있던 구경꾼들은 승리자에게 큰 박수를 보냈다.

사회자는 리오에게 앞에 놓여 있는 상품 중 하나를 택하라고 했다. 알고 보니 나온 사람 전부에게 상품을 주는 일종의 즐기기 게임이었다.

리오는 고개를 저으며 라이아가 갖고 싶어 하던 인형을 택했다. 사회자가 건네준 인형을 받은 리오는 기뻐서 폴짝폴짝 뛰고 있는 라이아에게 그 인형을 주었다.

"자, 상품입니다. 아가씨."

"우아! 고마워요, 기사님! 정말 고마워요!"

라이아가 자신에게 매달려 볼에 살짝 키스를 하자, 리오는 빙긋 웃으며 그녀의 머리를 쓰다듬었다.

"자, 다른 곳으로 가볼까?"

"예!"

하늘은 점점 이둑어둑해졌다. 어두워실수록 반딧불이 기름으로 만들어진 등은 밝기를 더했고, 축제 분위기는 한층 더 무르익었다.

얼마 후 시작된 주민들의 장기 자랑에서는 많은 사람들이 숨겨진 재능을 마음껏 발휘하여 사람들을 즐겁게 해 주었다. 리오는 키가 작은 라이아를 자신의 어깨에 태웠다.

"저것 좀 봐요, 기사님!"

리오는 라이아의 즐거운 목소리를 들으며 부드러운 미소를 지었다. 이런 편안한 감정을 느낀 적이 그리 많지 않았던 그에겐 이 모든 것이 정말 새롭고 즐거웠다.

비극적으로 시작된 자신의 일에 어떨 땐 지쳐 쓰러지고 싶었던 그였다. 하지만 그럴 때마다 그는 자신에게 가끔씩 벌어지는 이런 즐거운 일과 자신을 믿어 주었던 여러 사람들을 떠올리며 다시 힘을 냈다. 자신 외엔 이들을 지켜 줄 사람이 없다는 굳은 신념을 마음속에 간직하며.

"이, 이봐! 붉은 머리!"

예기치 못한 일이 발생한 것은 그때였다. 리오는 자신을 부른 남자를 향해 고개를 돌렸다. 그를 부른 사람은 다름 아닌 마그의 친구 부르스였다. 그는 완전히 겁에 질린 얼굴로 리오에게 매달리며 외쳤다.

"크, 큰일 났어! 마그 녀석이…… 읍!"

뭔가 심상치 않음을 느낀 리오는 즉시 부르스의 입을 막았다. 그러고는 라이아를 내려 주며 말했다.

"언니에게 가 있거라. 무도회엔 조금 늦을지 모른다고 전해 주렴. 알았지?"

"예? 예?"

라이아는 물었지만 리오는 부르스를 끌고 어디론가 사라졌다. 멍하니 서 있던 라이아는 고개를 흔들며 촌장 집으로 향했다.

"뭐라고!"

"미, 미안해! 용서해 줘! 하지만 이대로 놔 두면 마을 전체가 코카트리스들에게 휩쓸릴 거야! 제발 도와줘!"

리오는 축제가 한창인 바리바라 나무 쪽을 바라보았다. 조금 있으면 세이아와 약속한 무도회 시간이었다. 그러나 코카트리스 역시 다가오고 있었다.

"코카트리스가 반딧불이 기름을 좋아할 줄은 몰랐군. 휴······."

리오는 길게 한숨을 내쉬었다.

코카트리스라는 마수는 상당히 귀찮은 존재였다. 전체적으로 닭과 비슷한, 상당히 우둔한 마수이지만 입에서 뿜는 석화 브레스와 두꺼운 다리에서 나오는 파괴력은 절대 무시할 수 없었다. 그런 코카트리스들이 지금 떼를 지어 마을로 몰려오고 있었다.

"마그는 어떻게 됐지?"

"돌이 됐어······ 흑! 불쌍한 루크까지······ 으흐흑!"

부르스는 나이에 어울리지 않게 펑펑 눈물을 쏟았다.

리오는 무도회와 코카트리스, 두 사건을 저울질할 시간이 없었다. 주민의 안전이 우선이었다. 그는 무서운 눈으로 부르스의 멱살을 잡으며 말했다.

"잘 들어. 울지 말고! 코카트리스들은 내가 맡겠다. 대신 넌 마을 사람들에게 입도 뻥긋하지 마. 알았나?"

"아, 알았어! 말 안 할게, 정말이야!"

부르스는 아직도 정신을 차리지 못한 듯했다.

리오는 그를 뒤로한 채 마을 밖으로 달려가기 시작했다. 세이아에게 마음속으로 사과하며······.

장기 자랑이 끝난 뒤, 촌장은 얼굴 가득 미소를 띠고 광장 중앙으로 나가 다음 순서를 소개했다.

"자, 여러 젊은이가 기다리던 시간입니다. 등불을 설치해 주십시오, 여러분. 그리고 참가자들은 옷매무새를 단정히 해 주십시오."

출전자들은 준비를 마쳤다. 악단 역시 문제가 없었다. 그때 사람들 사이에서 큰 탄성이 터져 나왔다.

촌장 며느리에게 빌린 드레스를 입고 나타난 세이아의 모습은 이 마을 누구와도 비교할 수 없을 만큼 아름다웠다. 마치 왕실무도회에 나가는 귀족 아가씨 같았다.

세이아의 옆에 선 촌장의 첫째 며느리는 리오를 찾아 주위를 돌아보았다.

돌이 된 마그와 루크의 모습을 보니 공포에 질려 도망치다가 당한 듯했다. 그들이 들고 온 반딧불이 등은 깨진 지 오래였다.

반딧불이를 잡아먹으며 때를 기다리던 코카트리스들은 바람을 타고 전해져 오는 반딧불이 기름 냄새에 군침을 삼켰다. 수십의 코카트리스들은 냄새나는 쪽으로 방향을 바꿨다. 그쪽에서 음악 소리가 들려왔다.

"리, 리오 기사님! 어디 계시나요, 리오 기사님!"

라이아는 안타까운 얼굴로 리오를 찾아 헤맸지만 리오의 모습은 어디에도 없었다. 결국 촌장은 더 이상 시간을 지체할 수 없어 무도회의 시작을 알렸다.

"세, 세이아! 어딜 가니!"

촌장 며느리의 만류에도 불구하고 세이아는 홀로 무대로 걸어 나갔다. 다른 커플들에게 이리저리 차이면서도 세이아는 묵묵히 무대 중앙에 버티고 서 있었다.

촌장을 비롯한 마을 사람들은 안타까운 표정으로 그녀를 바라보았다. 그들은 붉은 머리카락의 이방인을 원망했다.

"더 이상 보낼 순 없지."

리오의 디바이너가 실로 오랜만에 등장했다. 자세를 잡은 그의 몸에서 이루 말할 수 없는 살기가 흐르기 시작했다. 하지만 머리가 나쁜 코카트리스들은 미친 듯이 석화 브레스를 뿜으며 방해꾼에게 달려들었다. 리오 역시 그들에게 몸을 날렸다.

"하아앗!"

보라색 섬광이 마수의 몸통을 갈랐다. 때로는 직선, 때로는 곡선으로 변한 그 섬광은 마수의 질긴 숨을 일격에 끊어 놓았다.

그제야 상대를 안 코카트리스들은 재빨리 뒤로 물러섰다. 리오는 시퍼런 안광을 뿜으며 자세를 바로 했다.

"그래, 나에겐 이게 어울려. 난 싸우기 위해 태어났으니까!"

리오는 자조 섞인 일갈을 터뜨리며 다시 마수들을 베어 나갔다.

무도회는 끝났다. 음악이 멈추자 춤을 추던 커플들 모두 자기 자리로 돌아갔다.

그러나 사람들은 박수를 치지 않았다.

세이아는 여전히 무대 중앙에 서 있었다. 라이아는 바보 같은 언니를 질책하듯 소리 없이 울었다.

묵묵히 세이아를 바라보던 촌장이 더 이상 볼 수 없다는 듯 몸을 일으켰다. 그의 며느리 역시 안타까움에 눈물을 흘리며 그녀에게 향했다.

"피, 피해라!"

사람들의 비명 소리가 들려왔다. 세이아에게 집중되어 있던 시선이 모두 그쪽으로 향했다. 세이아 역시 그쪽으로 얼굴을 돌렸다.

"코카트리스다!"

거대한 몸집의 코카트리스가 무대 중앙에 뛰어들었다. 너무도 갑작스러운 상황에 커플들은 모조리 흩어져 이리저리 피하기만 할 뿐, 무대에 있는 세이아를 구하려는 사람은 없었다. 오직 라이아와 버크만이 무대로 달려갔다.

"타아앗!"

순간 코카트리스 뒤통수에 검격이 가해졌다. 급소를 정확히 찔린 마수는 비명조차 지르지 못하고 바닥에 쓰러졌다.

"리, 리오 기사님!"

라이아는 눈물로 범벅이 된 얼굴을 활짝 펴며 소리쳤다. 하지만 코카트리스의 피를 온몸에 뒤집어쓴 리오는 더 이상 웃지 않았다. 그는 거칠게 숨을 몰아쉬며 마수 머리에 꽂힌 자기 검을 뽑아냈다.

그것으로 상황은 끝이었다. 사람들은 검을 든 채 무대에 서 있는 리오와 그로부터 두세 걸음 떨어진 곳에 서 있는 세이아에게 다시금 시선을 집중했다.

"⋯⋯."

리오는 망토로 묵묵히 얼굴을 닦았다. 그의 거친 숨소리도 점차 잦아들었다.

그의 몸에서 피 냄새가 진동했다. 다수의 코카트리스와 격전을 벌인 증거였고, 마을 사람들을 지키기 위한 리오의 노력이었다.

"욱."

그러나 비위가 약한 사람들은 코를 막으며 시선을 돌렸다. 리오는 두 눈을 질끈 감았다.

건달 몇을 쓰러뜨린 것과 온몸에 피를 묻힌 것은 차원이 달랐다. 사람들은 리오가 자신들을 구했다는 사실보다 리오에게 느끼는 공포감이 앞선 듯 환호는커녕 두려움 가득한 시선으로 그를 보았다. 물론 이런 상황을 수백 년 동안 접해 온 리오는 알고 있었다. 이것이 피의 진실이란 사실을.

"……늦으셨군요."

리오의 눈이 번쩍 뜨였다. 이 마을 누구보다도 후각이 좋은 세이아의 목소리였다. 그는 설마 하는 얼굴로 그녀를 바라보았다.

그녀는 웃고 있었다.

"기다렸어요. 당신을 믿었거든요."

"……오래 기다렸나요?"

다시 부드러워진 리오의 목소리에 세이아는 고개를 끄덕였다.

"예. 하지만 돌아오셨으니 괜찮…… 앗?"

세이아는 순간, 자신의 몸을 감싼 따뜻한 체온에 말을 잊었다. 리오는 그녀의 은발에 코와 입을 묻으며 다시 눈을 감았다.

"미안해요. 정말, 미안해요."

그 모습을 가만히 바라보던 촌장이 주위를 둘러보았다. 코카트리스가 등장하기 전까지 손을 꼭 잡고 있던 커플들은 약속이나 한 듯 각자 떨어져 리오와 세이아를 구경하고 있었다. 그는 힘겹게 웃으며 악단을 바라보았다.

"보고만 있을 건가?"

악단 지휘자는 촌장의 뜻을 이해한 듯 웃으며 지휘봉을 움직이기 시작했다.

음악 소리가 다시 울려 퍼졌다. 가만히 세이아를 안고 있던 리오는 세이아의 허리에 자신의 오른손을 두르며 조용히 속삭였다.

"제가 하는 대로 하세요. 잘못된다 해도 제가 알아서 조절할 테니 걱정 말아요. 아셨죠?"

세이아는 피 냄새가 밴 리오의 망토에 얼굴을 묻으며 고개를 끄덕였다.

리오와 세이아는 함께 천천히 몸을 움직였다. 사람들은 둘을 넋 나간 듯이 쳐다보았다. 두 커플의 화려한 동작도 그랬지만, 무엇보다 그런 춤을 추고 있는 사람이 세이아란 사실에 더욱 놀랐다.

세이아 자신도 믿을 수가 없었다. 그저 리오가 이끄는 대로 움직일 뿐인데 자신이 자연스럽게 춤을 잘 추고 있었다.

"아니, 저 청년은 어디서 춤을 배운 거지? 보통 솜씨가 아닌데그래?"

버크는 저도 모르게 탄성을 질렀다. 주위에 있는 사람들도 공감하는 듯 고개를 끄덕였다.

리오가 몸을 돌릴 때마다 세이아의 드레스 자락은 나비가 날개를 펄럭이듯 화려하게 움직였다. 그럴 때마다 곳곳에서 탄성이 터져 나왔다. 멀리서 버크와 함께 그 모습을 지켜보던 라이아는 기쁜 나머지 또다시 눈물을 보였다.

무도회의 최고 커플은 잠시 후 결정됐다. 물론 세이아와 리오는 아니었다. 하지만 오늘 이 축제에서 그들만큼 박수를 많이 받은 커플은 없었다. 사람들은 리오와 세이아가 다음 축제에도 다시 나와 그 화려한 동작을 다시 보여 줄 것을 기대하며 돌아갔다.

다음 날. 세이아는 자신과 동생을 지켜 줄 사람이 이젠 없다는 사실을 알게 되었다. 하지만 그녀는 동생과 달리 눈물을 보이지 않았다.

라이아는 그럴 수 없지만, 세이아는 언제까지고 리오의 모습을 볼 수 있었다. 그녀는 프로빌리아 마을 사람 중 유일하게 밤에도 태양을 볼 수 있는 사람이었다.

그러나 그녀는 2년 후, 밤에 뜨는 태양을 잃어버리게 된다.

〈외전 3 끝〉

외전 4
미래의 이야기

서기 2035년 초겨울.

사관학교를 졸업한 지 얼마 안 된 BSP 리진은 그날 BSP 초대 멤버이자 최초의 BSP 전투 사이보그 그렌 헤이그와 함께 순찰을 돌고 있었다. 대선배이지만 실전 견학 등으로 몇 달간 친분을 쌓은 둘 사이에 어색함이란 찾아볼 수 없었다.

"아, 오늘도 조용하네요, 선배님."

순찰차의 운전을 항법장치에 맡겨 둔 리진은 몸을 쭉 펴면서 말했다. 헤이그는 동감한다는 듯 고개를 끄덕였다.

"좋긴 하지만 바이오 버그 녀석들이 언제 나타날지 모르니 경계를 늦추지 마. 그건 그렇고 오늘 새 멤버가 한 명 들어온다는데, 알고 있나?"

"아, 그래요? 잘됐군요. 여태까지 헤이그 선배님이랑 케빈 선배님, 챠오, 저뿐이었는데 한숨 돌릴 수 있겠네요."

그러나 기뻐하는 리진의 얼굴과는 달리 헤이그의 얼굴은 그리 밝지 못했다. 얼굴 피부 조직까지 인조이긴 했지만 2030년대의 최첨단 기술은 인조 조직에 '얼굴색'도 부여해 주었다.

헤이그는 벗어진 이마를 기계 손으로 감싸며 말했다.

"부장님 말씀이, 실력은 정말 대단하지만 엉뚱한 사람이라더군. 그 친구의 실력과 판단력은 반비례한다는 소문도 있고……. 어쨌든 만나 보면 알겠지."

"아, 네."

리진은 헤이그의 말을 얼른 이해할 수 없었다. 하지만 운명의 시간은 차츰 다가오고 있었다.

"젠장, 첫날 아침부터 햄버거네."

지크는 자신의 오토바이에 걸터앉은 채 불만스런 얼굴로 햄버거를 씹고 있었다.

세계 곳곳을 다니며 수련을 마친 뒤 정식 BSP가 되기 위해 UK(United Korea)에 온 그는 시차 적응을 못해 첫날부터 늦잠을 자고 말았다. 그는 천천히 때늦은 아침 겸 점심을 먹으며 시간을 보내고 있었다.

"어쩌지? 아침 일찍 오라고 할아버지께서 그러셨는데……. 아, 그래. 지리 알아보느라 늦었다고 하면 혼나지 않을 거야. 헤헷, 퇴근 시간에 맞춰서 가야지."

그의 사전에 고민이란 단어는 없었다.

"슛!"

햄버거 봉지를 쓰레기통에 깨끗이 골인시킨 지크는 오토바이에 시동을 걸었다.

그의 오토바이는 현재 사람들이 널리 사용하는 이온부상식이 아닌, 고전적인 이륜식 오토바이였다.

현재 바퀴를 사용하는 차량은 8인승 이상의 승합차나 버스, 화물트럭 등의 대형 차량뿐이어서 지크의 오토바이는 다른 사람들에게는 신기하게 비칠 따름이었다. 하지만 결코 고전적인 이륜 머신은 아니었다.

할리 데이비슨 사에서 지크에게 특별히 만들어 준 총 배기량 3500cc 괴물 머신이었다.

지크와 그의 오토바이는 UK의 수도 서울의 도심을 지나 강을 가로질러 놓인 대교를 빠른 속도로 달려갔다.

위이이잉!

"어라?"

그때 긴 경고음이 공중에서 들려왔다. 지크는 갓길에 오토바이를 잠시 세운 뒤 공중에 떠 있는 뉴스벌룬을 올려다보았다.

"어디 보자. 오호라, C급 바이오 버그 경보라 이거지? 좋아, 저거 한 마리 잡으면 할아버지께서도 지각을 용서해 주시겠지! 헤헷, 기다려랏!"

지크는 오토바이에 장착된 위성 지도를 통해 경보가 발령된 장소를 확인한 뒤 곧장 그곳으로 오토바이를 몰았다.

시민 대부분이 대피한 상가 지역으로 들어선 헤이그와 리진은 무기를 점검하며 천천히 앞으로 나아갔다. 다목적 전투용 사이보그인 헤이그는 웬만한 상황이 아니면 추가 무기가 필요하지 않았다. 봄 전체가 바로 무기였던 것이다. 어떤 상황이든 대처할 수 있는 특수 무기들이 온몸 구석구석에 장착되어 있었다.

리진은 70구경 블래스터의 안전장치를 풀고 바이오 버그 탐색용 생체 레이다를 켰다. 그녀는 신경을 곤두세운 채 한 발 한 발 걸음을 옮겼다.

"……저 모퉁이에 네 마리, 그리고 저 상점 안에 세 마리예요, 선배님."

"좋아, 상점 쪽은 리진이 맡아."

헤이그는 자신의 오른팔을 레이저 게틀링건으로 변형한 다음 다리에 있던 에너지 팩을 탄창부에 꽂았다. 붉게 빛나던 게틀링건의 에너지 게이지는 풍부한 에너지를 뜻하는 녹색으로 변했다.

잠시 후 준비를 끝낸 헤이그가 리진에게 신호를 보냈다.

"시작!"

곧 둘은 양쪽으로 나뉘어 뛰기 시작했다.

헤이그의 안구에 장치된 조준 사이트에 네 개의 조준점이 나타났다. 헤이그의 게틀링건에서 에너지 탄이 빛의 선을 그리며 날았다. 붉은색 에너지 탄은 철근 콘크리트 벽을 일순간에 초토화했고, 곧 건물 잔해와 함께 황색의 비릿한 체액이 사방으로 튀었다.

"응?"

그때 조준점 하나가 붉은색을 가리키며 헤이그 쪽으로 접근했다. 그는 왼팔에 장치된 강판 실드를 펴며 방어 자세를 취했다.

"키이익!"

순간 검은색 몸을 가진 바이오 버그 한 마리가 무너지는 잔해를 뚫고 괴성을 지르며 튀어나왔다. 바이오 버그의 날카로운 이빨이 헤이그의 실드를 강하게 가격했다.

파앙!

특수 합금으로 만들어진 실드는 어지간한 바이오 버그의 공격을

모두 막아 낼 수 있었다. 헤이그는 실드에 머리를 부딪혀 튕겨 나
간 바이오 버그에게 게틀링건의 일격을 가했다.

"키이이익!"

에너지 탄의 놀라운 위력 앞에 몸이 박살 난 바이오 버그는 황색
체액을 내뿜으며 그대로 아스팔트 위에 쓰러졌다.

한편 리진은 상점 안에서 남은 한 마리와 격전을 벌이고 있었다.

"맞아랏!"

리진의 블래스터에서 불꽃이 날았다. 그러나 바이오 버그는 탄환
을 피한 다음 꼬리에서 산성 체액을 뿜으며 즉각 반격에 나섰다.

"키익!"

리진은 자신의 몸 주위에 사이킥 필드를 펼쳐 그 산성 체액의 공
격을 막아 냈다. A급 초능력자인 그녀에게 필드를 펼치는 것은 간
단한 일이었다.

"이거나 먹어!"

리진은 공격을 하느라 틈이 생긴 바이오 버그의 머리에 권총을
난사했다. 머리가 부서진 바이오 버그는 힘없이 바닥에 쓰러졌
고 목표를 달성한 리진은 즉시 밖으로 나와 헤이그와 다시 합류
했다.

"괜찮으세요, 선배님?"

"음, 실드가 좀 긁혔을 뿐이야. 자, C급 녀석과 다른 녀석들은 어
디 있는 거지?"

헤이그의 물음에 리진은 생체 레이다의 범위를 크게 넓혀 보았
다. 그러자 서쪽 방향에 E급 바이오 버그를 나타내는 수십여 개의
작은 짐들이 커다란 점 하나를 중심으로 밀집되어 나타났다.

리진은 휘파람을 불며 말했다.

"우아, 이거 지원 요청을 해야겠는데요? 너무 많아요, 선배님."

"흠…… 그렇군. 하지만 C급 녀석만 없애면 다른 녀석들은 대부분 도망가 버리니 주의해서 처리하면 문제없을 거야. 음? 잠깐!"

"앗?"

생체 레이다에 시선을 두고 있던 헤이그는 순간 움찔했다. 레이다를 흘끔 본 리진 역시 놀라고 말았다.

레이더에 표시된 작은 점들이 마치 정전된 밤거리에 전등이 꺼지듯 차례로, 그것도 빠른 속도로 사라지고 있었다.

"아, 아니 이럴 수가? 모두 도망가는 것은 아닐 텐데? 설마 챠오와 케빈도 이곳에 와 있는 건가? 좋아, 가 보면 알겠지!"

"예!"

둘은 그곳을 향해 재빨리 이동했다. 그들이 접근하는 동안에도 E급을 가리키는 불빛들은 계속 꺼져 나갔고, 그들이 현장에 도착했을 때 레이다에 나타난 바이오 버그는 C급 하나밖에 없었다.

"아, 아니?"

현장에 도착한 리진과 헤이그는 입을 다물 수 없었다. 바이오 버그의 사체들이 상가 여기저기 널려 있었다.

"이건? 이 정도의 수가 1분도 지나지 않아 모조리 죽어 버리다니, 설마 특출 난 BH(Biobug Hunter)라도 있는 건가?

"인간이 아닐 거예요! 이런 경우는 처음 봤어요!"

널려 있는 바이오 버그들은 모두 몸이 두세 조각으로 나뉘어 있거나 산산조각이 나 있었다.

헤이그는 바이오 버그에게 사람들이 이렇게 학살당한 광경을 본 적은 있지만, 이처럼 그 반대의 경우는 리진과 마찬가지로 처음 보았다.

"아! 선배님, 저기!"

건물 모퉁이를 돌자마자 헤이그와 리진이 본 광경은 지네 모양의 거대한 바이오 버그 한 마리와 그 앞에 대치하고 서 있는 붉은 재킷의 금발 청년이었다.

청년의 손에는 푸른색 반사광을 뿜는 태도(太刀)가 들려 있었다. 헤이그의 입이 꿈틀댔다.

"설마, 저 청년 혼자 이 어마어마한 바이오 버그들을 전부 처리한 건 아니겠지?"

"서, 설마요!"

그들이 말하는 동안, 청년은 엄청난 스피드로 바이오 버그에게 돌진했다. 바이오 버그는 입에서 화염을 토하며 청년을 공격했으나 청년은 아랑곳하지 않고 그 불기둥 속으로 뛰어들었다.

"이따위 불로 이 지크 님을 이길 수 있을 것 같나!"

조금 후 청년은 불꽃을 뚫고 바이오 버그의 머리 위까지 솟아오르며 일도양단(一刀兩斷)의 자세를 취했다.

"죽어라!"

푸르고 거대한 반사광이 바이오 버그의 머리부터 지면에 닿은 배까지 내리그었다. 바이오 버그의 동작은 일순간 굳어지고 말았다.

어느새 지면에 착지한 청년은 손에 든 태도를 빙글빙글 돌리며 허리 뒤의 칼집에 넣었다.

"헤헷, 즐거웠어."

청년의 한마디와 동시에 바이오 버그의 거대한 몸은 좌우로 나뉘며 불타올랐다.

청년은 손으로 코를 막은 채 천천히 헤이그와 리진이 서 있는 쪽으로 걸어왔다. 물론 둘을 의식하고 그쪽으로 온 것은 아니었다.

"후, 냄새. 역시 단백질 타는 냄새는 정말 구리군. 음? 당신들 누구예요?"

청년은 헤이그와 리진의 바로 앞에 와서 불쑥 말을 내뱉었다. 어이없는 표정을 짓고 있던 헤이그와 리진은 일단 경계를 하며 청년에게 정체를 물었다.

"자네는 누군가? BH인가? 아니면……."

"BH? 헤헷, 사실 예비 BSP예요. 원래 오늘 UK 수도방위 지부 BSP에 들어갔어야 했는데, 늦잠을 자는 바람에 너무 늦어서 꾸중도 면할 겸 애들하고 운동 좀 했죠. 그런데 아까도 물었지만 당신들은 누구예요? 이렇게 위험한 곳에 둘만 오는 것은 좀 이상한데 설마 당신들 BH?"

그 청년이 당당하게 BSP라고 밝히자 헤이그는 내심 안심했다. 하지만 리진은 달랐다.

"당신 BSP라는 직업이 호구로 보여요? 그렇게 간단히 밝힐 직업은 아니라 생각하는데?"

그러자 청년은 고개를 갸웃거리다가 리진에게 가까이 다가갔다. 그는 귓속말로 그녀에게 살그머니 말했다.

"사실은 BSP예요. 자, 조용히 밝혔으니 이제 됐죠?"

"……."

결국 할 말을 잃은 리진은 자신의 황색 재킷에 붙은 BSP 배지를 보여 주며 말했다.

"알았어요, 알았어. 자, 우리도 당신과 같은 처지니 어서 따라와요. 본부로 데려다 줄게요. 타고 온 것 있죠?"

청년은 활짝 웃으며 고개를 끄덕였다.

"오호, 역시 괜히 구경하려고 서 있던 사람들은 아니군요. 잠깐 기다리쇼. 오토바이를 가지고 올 테니까."

청년은 곧 다른 방향으로 뛰어갔다. 헤이그는 힘없이 웃으며 리진에게 말했다.

"후훗, 저 친구가 오늘 들어올 신입 대원인 모양이군. 뭔가 굉장하고도 이상한 녀석이 한 명 들어온 것 같은데? 부장님 말씀대로 말이야."

"……너무 이상해서 탈일 것 같은데요."

리진은 여전히 맘에 안 든다는 표정으로 청년이 뛰어간 방향을 쏘아봤다.

"지크 스나이퍼! 23세! 오늘부터 대한민국 수도방위 BSP에 참가합니다! 잘 부탁합니다."

지크는 씩 웃으며 회의실에 모인 네 명에게 인사를 했다.

회의실 탁자 뒤쪽에 앉은 수도방위 지부장 처크 켄트는 이마를 감싸며 고개를 숙였다.

대원 중 한 명인 케빈은 재미있다는 듯 미소를 지은 채 맨 처음 자신을 소개했다.

"난 케빈 브라이언. 동갑인 23세요. 함께 잘해 봅시다."

케빈이 악수를 하려고 손을 내밀자, 지크는 그의 손을 잡고 오므려 주먹을 쥐게 한 뒤 그 위에 자신의 주먹을 살짝 쳤다. 케빈은 무슨 뜻인지 알겠다는 듯 웃으며 자신도 주먹으로 지크의 주먹을 살짝 내리쳤다.

"남자에게 악수란 어울리지 않잖아요. 안 그래요, 친구? 하하핫."

"하핫, 그렇군."

미리 차 안에서 인사를 나눈 헤이그와 리진은 서로 상반된 표정으로 둘을 바라볼 뿐이었다.

케빈과 인사를 마친 지크는 주위를 둘러보며 처크에게 물었다.

"그런데 할아버지, 인원이 이것뿐이에요? 이건 좀 심하잖아요."

"……며칠 후면 정식 대원이 될 테니 할아버지라고 부르지 마라. 루이랑 또 한 명이 아직 안 왔어. 볼일이 있는 모양이던데……."

처크의 입에서 '루이'라는 이름이 나오자 지크는 흠칫 놀라며 물었다.

"루이? 루이라고요? 설마 BSP 오퍼레이터 중 최고의 아이큐와 해킹 실력을 가진 우리 이모님 루이를 말씀하시는 거예요?"

그때 회의실 문을 열고 노트북을 가슴에 안은 단발머리 여성이 들어왔다. 그 여성은 쓰고 있는 안경을 매만지며 지크를 가만히 쏘아봤다. 물론 기분이 나빠서는 아니고 설마 하는 심정으로 그런 것이다.

"지크? 네가 왜 여기 있는 거지?"

"허허, 이런. 이래 봬도 정식 발령받고 왔다고. 너무 구박하지 마, 이모."

"……흠."

루이는 지크가 별로 달갑지 않았는지 그대로 처크의 옆자리에 앉았다. 그녀의 그런 반응에 이미 숙달된 듯 지크는 어깨를 으쓱할 뿐이었다.

"부장님, 늦어서 죄송합니다."

그때 또 한 사람이 회의실로 들어왔다. 지크는 이번엔 또 누군가 하며 문 쪽으로 시선을 돌렸다.

회의실 문 앞엔 검붉은색 머리를 두꺼운 밴드로 두어 번 묶어 내린 키 180센티미터가량의 여성이 서 있었다.

"……!"

그 여성의 눈은 지크를 보자마자 조금씩 일그러졌다. 한편 그 여성의 얼굴을 본 지크는 손가락을 튀기며 반갑다는 듯 소리쳤다.

"우앗! 이게 누구야! 린 챠오 아냐!"

순간 그 여성의 날카로운 발차기가 지크의 안면에 날아들었다. 지크는 간단히 몸을 숙여 공격을 피하고, 아쉽다는 듯한 얼굴로 말했다.

"허, 너무 반갑다고 발길질을 하는 것은 좀 그렇지. 헤헷, 어쨌든 반가워, 챠오. 3년 전 헤어진 후 처음이지?"

아직도 발차기 자세를 유지하던 여성은 자세를 바로 하며 무뚝뚝한 얼굴로 대답했다.

"죽지 않고 잘도 살았군, 바보."

"응?"

3년 전과 너무도 달라진 그녀의 말투에 지크는 눈을 휘둥그렇게 떴다. 그녀가 달라진 이유를 전혀 알 수 없었다. 하지만 그에게 고민이란 없었다. 이내 지크는 어깨를 으쓱하며 입을 열었다.

"……뭐, 나중에 얘기하자. 할아버지 저는 이제 뭘 하면 되나요?"

"집에 가."

자신의 질문에 처크가 너무나도 간단히 대답하자 지크의 표정이 굳어졌다. 처크는 회의실 안의 시계를 가리키며 말했다.

"정식 퇴근 시간이 6시 30분인데 지금 시간은 5시잖아. 그리고 넌 예비 인원에서 발령받은 것이기 때문에 할 일이 많아. 그건 그렇고 레니는 어디 있지?"

"아, 오시긴 했는데 호텔에 계시죠. 저희 아직 집을 못 구했거든요."

"그래? 그럼 오늘부터 집이 마련될 때까지 우리 집에서 머물거

라. 그럼 주차장에 가서 기다리고 있어. 난 대원들과 할 얘기가 남아 있으니까."

"네, 할아버지."

지크는 웬 떡이냐는 듯 실실 웃으며 회의실 밖으로 나갔다.

처크는 대원들에게 각자 자리에 앉으라고 손짓한 뒤 시가 하나를 꺼내 태우며 지크를 설명해 주기 시작했다.

"챠오는 지크가 어떤 녀석인지 예전에 같이 지내 봐서 잘 알 테고……. 모르는 사람들을 위해 저 녀석이 누군지, 어떤 괴물 녀석인지 말해 주겠네. 저 녀석은 보통 인간이 아냐."

그 말이 나오자 루이는 전자 스크린에 지크의 사진을 띄웠다.

맨 처음 나온 사진은 지크의 고등학교 시절이었다. 그 사진을 배경으로 처크는 얘기를 계속했다.

"인간이라고 하기엔 너무나 뛰어난 운동신경을 가진 녀석이지. 힘과 스피드는 어지간한 고속 기동형 사이보그를 능가하고 생체 재생 능력 역시 바이오 버그들에 뒤지지 않을 정도로 강력하지. 어떻게 저런 돌연변이가 생겨났는지는 모르겠지만 나쁜 일을 계획할 정도로 머리가 뛰어나진 않으니 모두 안심해도 좋아. 그건 그렇고 챠오는 지크에게 무슨 감정이라도 있나? 아까는 왜……."

"아닙니다, 부장님."

챠오는 간단히 대답하며 질문을 끊었다. 처크는 무슨 사정이 있겠지 하며 고개를 끄덕였다.

"좋아, 알겠네. 자, 오늘 야간 근무는 헤이그와 케빈일세. 수고했고, 모두 일찍 퇴근하도록."

다음 날.

2주일에 한 번 있는 비번. 그날따라 할 일이 없었던 리진은 사복 차림으로 천천히 BSP 본부에 들어섰다. 상황실에 들어선 그녀는 그곳에서 다른 2급 오퍼레이터들을 교육하고 있는 루이를 만났다.

"야호. 오늘은 괜찮아, 루이?"

"흠, 그럭저럭. 그런데 리진은 오늘 비번일 텐데 웬일이지?"

"약속도 없고 해서 그냥 나온 거야. 그런데 오늘 본부에 특별한 일 있어? 오다 보니까 아래층에 사람들이 꽤 있던데."

그 말을 들은 루이는 핸드 디바이스를 켜고 오늘의 전체 스케줄을 살펴본 뒤 대답했다.

"음, 오늘 예비 BSP들의 평가가 시작돼. 정 심심하면 가서 참관이라도 하렴."

"그래? 알았어. 아, 그런데 루이. 너 지크와는 친척 관계라면서 그 사람 보는 눈이 곱지 않던데, 왜 그래?"

루이는 덤덤한 얼굴로 안경을 매만지며 말했다.

"어릴 때 난 지크에게 수학을 가르쳐 주기로 하고, 지크는 나에게 농구를 가르쳐 주기로 한 적이 있어. 난 지크를 가르치느니 원숭이를 가르치는 게 더 빠르다고 말했고, 지크는 나에게 호신술을 가르치느니 강아지에게 덩크를 가르치는 게 더 낫겠다고 했어. 그때부터 사이가 틀어졌지."

리진은 어색한 미소를 지으며 물었다.

"……결론적으로 누가 더 못한 거야?"

루이는 당연하다는 듯 턱을 들며 대답했다.

"당연히 바보 지크지."

"그, 그렇겠구나. 그럼 가 볼게, 루이. 수고해."

리진은 손을 흔들며 상황실을 빠져나갔다. 루이는 핸드 디바이스 스위치를 끈 후 오퍼레이터 교육을 재개했다.

지하에 있는 시험장에 들어선 리진은 시험관과 잠시 얘기를 나눈 후 참관인 자격으로 의자에 앉았다.

조금 후 첫 시험인 100미터 달리기가 시작됐다. 예비 BSP들은 차례로 트랙을 달렸다.

"9초 4. 저 사람은 육상 선수나 해야겠네."

트랙 밖에 앉은 리진은 전광판에 게시되는 기록을 보며 한탄했다. 참고로 그녀의 기록은 7초 23. 초능력을 사용했을 때의 기록은 5초 1이었다.

BSP 대원들은 대부분 인간의 한계를 뛰어넘은 사람들이므로 운동경기의 기록과는 별개로 처리되었다.

9초대면 올림픽에선 신기록일지 몰라도 여기에서는 아니었다. 하지만 그런 사람들은 운동경기 출전 자체가 불허되기 때문에 올림픽과 같은 경기의 재미가 없어지진 않았다.

"오호! 헤이, 리진 양! 여길 좀 보세요!"

그때 리진의 귀에 낯익은 목소리가 들려왔다. 리진은 설마 하며 트랙의 출발 지점을 바라봤다. 그곳엔 지크가 싱글싱글 웃으며 팔을 흔들고 있었다. 리진은 애써 외면하며 고개를 저었다.

"……저 인간만 보면 왠지 짜증이 나."

탕.

순간 출발 신호가 들렸고, 지크를 제외한 다른 예비 대원들은 전력으로 트랙을 질주하기 시작했다.

"헉! 이런!"

스타트가 늦어 버린 지크는 곧바로 다리를 움직였다. 놀라운 일이 벌어진 것은 바로 그때였다.

"앗?"

리진은 자기 앞으로 무언가 갑자기 휙 지나간 걸 느꼈다. 그녀는 깜짝 놀라며 반사적으로 몸을 뒤로 빼고 멍한 눈으로 트랙의 끝 쪽을 바라보았다.

리진이 고개를 돌리는 동안 지크는 기록 측정용 카메라를 통과했고, 전광판엔 '신기록'이라는 글자와 함께 2초 98이라는 숫자가 떠올라 있었다.

리진은 혼이 나간 사람처럼 계속 지크를 바라봤다. 다른 예비 BSP 역시 말을 잊은 채 전광판을 바라볼 뿐이었다.

"스타트가 1초 이상 늦었는데 2초 98? 게다가 저 반응은 또 뭐지?"

지크는 숨을 헐떡거리기는커녕 자신의 머리를 쥐어뜯으며 괴로워하고 있었다. 실로 놀라운 능력이 아닐 수 없었다.

"이런, 스타트가 늦었다고요! 다시 할게요!"

그러나 시험관은 차갑게 고개를 저었다. 게다가 더 불리한 일까지 그에게 지시했다.

"뭐라고! 이건 주최 측 농간이야! 난 분명히 말하지만 37번이라고! 왜 나를 끝으로 몰아넣는 거야! 달리기 다시 안 시켜 줄 때부터 알아봤어!"

지크는 소리소리 지르면서도 순순히 줄의 맨 끝으로 향했다. 리진은 상당히 시끄러운 녀석이구나 생각하며 중얼댔다.

"끝으로 몰아 버리는 것이 나을지도 몰라. 저 정도 스피드라면 시험관들도 확실히 합격이라는 것을 알 테니까. 하긴, 어제 바이오 비그들을 싹쓸이할 때부터 이미 합격 이상이었지만."

두 번째, 시력 테스트.

"이봐요, 검사판 아래 붙어 있는 머리카락 좀 떼고 합시다."

20미터 밖에서 한쪽 눈을 가린 채 검사에 응하려던 지크가 큰 소리로 시험관에게 말했다. 시험관은 가만히 지크를 바라보다가 곧 마이크로 모든 예비 BSP에게 말했다.

"다음 테스트 구역으로 이동해 주십시오."

지크는 눈가리개를 바닥에 내던지며 또다시 소리쳤다.

"이봐, 진짜로 이러기야! 테스트 좀 하자고!"

세 번째, 근력 테스트.

"이봐요. 이봐, 2천 킬로그램 넘는 건 없는 거요?"

2천 킬로그램의 하중이 실린 테스트용 강철선을 아령 들 듯 당겼다 났다 하는 그의 모습을 가만히 바라보던 검사관은 다시 마이크를 잡고 말했다.

"다음 테스트 구역으로 이동해 주십시오."

지크는 인상을 잔뜩 구기며 외쳤다.

"할아버지에게 이를 거야!"

네 번째, 사격 테스트.

테스트용 전자 6연발 권총으로 과녁을 쏜 지크는 씩 웃으며 권총을 빙글 돌렸다.

과녁 중앙에 명중을 나타내는 붉은 점이 하나 찍힌 것을 본 리진은 역시나 하며 피식 웃었다.

"역시, 사격까지 잘하지는 못하는군요, 지크?"

"오? 그럴 리가."

리진은 지크의 여유 넘치는 반응을 보고 전광판을 다시 쳐다봤다. 순간 리진은 깜짝 놀라며 중얼댔다.

"여, 여섯 발 전부 명중? 하지만 점은 하나뿐인데, 설마……?"

리진은 시험관을 바라봤다. 시험관은 핸드 디바이스에 기록하며

278

담담히 대답해 주었다.

"전부 한 군데 명중이에요."

"예?"

지크는 다음 테스트 구역으로 향하며 놀란 리진에게 말했다.

"헤헷, 30미터 거리니까 가뿐하지."

리진은 자존심이 상한 듯 성큼성큼 다음 테스트 구역으로 향했다.

다섯 번째, 공격력 테스트.

다른 예비 BSP 대원들의 테스트가 끝나고 마지막 순서인 지크 차례가 돌아왔다. 지크는 씩 웃으며 손에 글러브를 꼈다.

그가 최고라는 것은 이미 시험장에 있는 모든 사람들이 눈치채고 있었기에 사람들은 그가 이번에는 얼마의 기록을 낼지 주목했다.

"설마 챠오의 기록은 넘지 못…… 아냐, 넘을 것 같기도…… 하지만 넘는 꼴을 보기는 싫어."

리진은 계속 지크 옆에서 투덜댔다. 지크는 권투 글러브를 낀 손으로 리진의 머리를 만지며 말했다.

"넘으면 어떻게 할 거요?"

"좋아요. 점심 내기 해요."

리진의 말에, 지크는 손가락으로 코 밑을 비비며 씩 웃었다.

"헤헷, 좋아! 점심 한번 푸짐하게 먹어 볼까나! 후앗!"

퍼엉!

지크가 측정기에 펀치를 날린 순간, 측정기를 바닥에 고정시킨 지름 9센티미터의 나사 아홉 개가 일시에 부러졌다. 측정기 역시 심하게 부서지면서 뒤쪽으로 멀찌감치 날아가 버렸다.

리진을 비롯한 모든 사람들은 눈을 휘둥그레 떴고, 지크는 불안한 듯 손으로 머리를 긁적거리며 시험관에게 정중히 물었다.

"헤…… 헤헷, 설마 탈락은 아니겠죠?"

부서진 측정기를 가만히 바라보던 시험관은 핸드북에 기계의 한계 수치인 4.7톤을 기록으로 적은 뒤 지크에게 말했다.

"출근 날짜는 근일 내에 통보해 드리겠소."

리진과 함께 본부 근처 피자집에 들어간 지크는 자신의 성적표를 들고 싱글싱글 웃으며 말했다.

"근접 격투A+, 운동력 A+, 시력 A+, 사격 A+…… 난생처음 'A'라는 점수를 받아 보는데? 어머니께서 보시면 기뻐하시겠다."

피자 한 조각을 포크와 나이프로 썰어 먹던 리진은 뭐가 또 마음에 들지 않는지 살짝 인상을 구기며 지크에게 말했다.

"이봐요, 슬금슬금 반말 쓰지 말라고요."

"음? 아, 미안해요. 하지만 이상하게도 리진 양이 너무 친근하게 느껴져서, 헤헤헷……."

"……흥."

리진은 시선을 다른 곳으로 돌린 후 계속 피자를 먹기 시작했다. 지크는 피자들을 조각 단위로 먹어 치웠고, 두 조각 정도 남았을 때 리진 쪽의 테이블을 톡톡 두드리며 물었다.

"이봐요, 안 먹을 거예요?"

"다이어트 중이에요."

"음? 다이어트는 안 해도 될 것 같은데요. 36-24-37 정도면 뭐 괜찮은 수준인데…… 왜 그런지 모르겠군."

순간 리진의 얼굴이 벌겋게 달아올랐다. 그녀는 지크의 붉은 재킷 자락을 잡아채며 외쳤다.

"누, 누구한테 들었어요? 우리 아빠도 모르는 사이즈인데!"

그러자 지크는 손가락으로 자신의 눈앞에 일직선을 그으며 말했다.

"육감이 말해 주죠. 하하핫……."

"쳇."

리진은 지크의 옷자락을 놓은 뒤 멋쩍은 얼굴로 피자를 조각째 베어 먹기 시작했다. 지크는 손으로 턱을 괸 채 실실 웃어댔다.

"오호, 39-25-38의 8등신 미녀 등장!"

갑자기 지크가 눈을 휘둥그렇게 뜨더니 피자집 출입구를 바라보며 외쳤다. 리진은 무슨 소리인가 하고 그쪽으로 시선을 돌렸다.

마침 순찰을 돌다 점심을 먹으러 온 챠오가 자리를 찾아 두리번거리고 있었다.

"헤이, 여기야, 챠오!"

리진은 챠오를 향해 손을 흔들었다. 리진을 본 챠오는 다가오려 했으나 리진의 앞에 지크가 앉아 있는 것을 보고 그 자리에 멈춰 섰다.

"……헤헷."

지크는 씩 웃으며 일어났다. 그는 의자 하나를 당겨 그 위에 냅킨을 깔고 챠오에게 앉으라는 손짓을 했다.

"앉아요, 챠오 씨."

가만히 그를 바라보던 챠오는 곧 그들이 있는 테이블로 왔으나 지크가 끌어당겨 준 의자에는 앉지 않았다.

다른 의자를 당겨 앉은 챠오는 묵묵히 리진이 마시던 콜라를 들이켰다.

"에이, 아직도 삐진 거야?"

지크는 어깨를 으쓱하더니 자리에 앉았다. 그러자 챠오가 지크에게 나지막이 말했다.

"리진은 이제 열아홉 살이야."

"런 챠오 씨는 올해로 스물이시던가? 하긴 4월 17일이 아직 안 지났으니 스물이겠지."

4월 17일이라는 말에 챠오는 움찔했다. 리진은 둘이 도대체 무슨 소리를 하는지 모르겠다는 듯 피자만 오물오물 먹었다.

"그게 어쨌다는 거지?"

챠오는 굳은 얼굴로 물었다. 지크는 어깨를 으쓱했다.

"아니야. 하지만 같은 집에 살았던 사이에 이러지 말자고. 괜히 분위기만 이상하게."

"가, 같은 집?"

리진은 깜짝 놀랐다. 그러나 챠오는 별로 특별한 반응을 보이지 않고 덤덤한 말투로 응했다.

"지금 와서 옛날 일을 떠벌리는 건 무슨 속셈이지? 내가 열아홉 살이 넘었으니까?"

"그렇다고 할 수도…… 있지, 뭐. 좋아. 네가 나에게 화를 내는 이유는 차차 알게 되겠지. 지금은 점심시간이니 일단 먹자. 주문은 내가 하지."

지크는 곧바로 일어서서 카운터로 향했다. 가만히 콜라를 마시던 챠오는 잔을 내려놓으며 길게 한숨을 쉬었다.

그녀의 그런 모습을 처음 보는 리진은 궁금한 얼굴로 물었다.

"챠오, 둘 사이에 무슨 일 있는 거야? 오늘 좀 이상한 것 같아."

"아냐."

"……하긴, 저 지크라는 남자 이상하긴 이상하지. 괜히 나한테도 껄떡거리는 게 맘에 안 들고, 성격도 이상한 것 같고. 저런 남자는 전투용 말고는 쓸데가 없을 거야, 아마."

"아니라니까!"

순간 챠오의 입에서 큰 소리가 터져 나왔다. 가게 안에 있던 사람들과 리진은 놀란 눈으로 그녀를 멍하니 바라봤다.

"챠오, 왜 그래?"

리진이 놀라서 묻자 챠오는 긴장한 듯 침을 꿀꺽 삼키며 사과했다.

"……미안해."

"아, 아냐. 나야말로. 그런데 챠오는 저 남자를 언제부터 알고 지냈어?"

리진이 불량스러운 자세로 주문하는 지크를 바라보며 묻자, 챠오는 창밖을 바라보며 짧게 대답했다.

"열일곱 살, 고등학교 1학년 때부터."

"그래? 그럼 저 사람 그때도 저랬어?"

"……"

챠오는 살짝 고개를 끄덕였다.

리진은 챠오가 이때까지 한 번도 본 적 없는 쓸쓸한 표정을 짓고 있었기에 지크에 관한 것은 더 이상 묻지 않기로 마음먹었다.

"자, 피자 나왔습니다."

지크는 피자를 손수 들고 돌아왔다. 그는 자리에 앉으면서 리진에게 말했다.

"이 피자는 내가 특별히 내는 것이니까 안심하고 드시도록, 헤헷."

리진은 지크가 가져온 피자를 바라봤다. 비싼 치킨 피자였다.

자신이 지크에게 점심으로 사 준 오리지널 피자보다 두 배 더 비싼 피자였기에 리진은 약간 미안한 생각이 들었다. 챠오 역시 그런 생각이 든 모양이었다.

"……!"

챠오는 지크가 가져온 치킨 피자를 바라보기만 했다. 지크는 씩 웃으며 챠오의 앞머리를 살짝 비벼 주었다.

"뭐 해? 예전엔 안 사 준다고 뭐라 그러더니 이젠 사 준다고 뭐라 그러기야? 어이, 식는다니까!"

"흥."

챠오는 피자를 건네주는 지크의 손을 툭 쳐내고 말없이 피자를 들었다. 리진 역시 피자 한 조각을 들고 천천히 씹으며 생각했다.

'무슨 사연이라도 있는 건가?'

하지만 그녀로서는 알 길이 없었다.

"저, 지크는 나 좋아해?"

린 챠오 17세. 그녀는 막 비행기 탑승구로 가려던 남자에게 순정이 담긴 질문을 던졌다.

남자는 그녀를 바라보며 가볍게 대답했다.

"참 나, 난 열아홉 살 이하의 여자에겐 관심 없다고. 그럼 또 보자, 챠오. 나중에 치킨 피자 또 사 줄게."

"……!"

남자의 가벼운 말투에 충격을 받은 챠오의 얼굴은 새파랗게 변했다.

남자는 그녀가 몸을 파르르 떨자 의아하다는 얼굴로 물었다.

"어? 왜 그래, 챠오? 치킨 피자가 질린 거야?"

"시끄러워!"

순간 챠오는 주먹으로 옆에 있는 금속 탐지기를 부숴 버렸다. 남자는 어이없다는 표정을 지었다.

챠오는 공항 밖으로 뛰어나가며 울먹이는 목소리로 소리쳤다.

"바보 자식! 가서 죽어 버려!"

갑자기 그녀가 돌변한 이유를 모르는 남자는 머리를 긁적이며 힘없이 중얼댔다.

"쳇, 질렸으면 질렸다고 말할 것이지……."

남자는 하는 수 없이 터벅터벅 탑승구 안으로 걸어 들어갔다.

금발에 길고 단단한 체형을 지닌 그 남자의 이름은 지크 스나이퍼. 올해 스무 살이 된 말끔한 청년이었다.

〈외전 4 끝〉

GOD'S † KNIGHT

ORIGIN

2부

prologue

몸 길이 40여 미터, 날개를 최대한 펼쳤을 때의 길이 60여 미터. 입에서는 '브레스'라는 독특한 생체 공격 물질을 뿜고 차원 왜곡을 일으킬 정도의 강력한 배리어를 주위에 생성해 등에 탄 사람과 자기 자신을 보호하는 공포의 생물.

2036년 가을, 유나이티드 코리아(United Korea, UK)라 불리는 나라의 상공에서 처음 발견된 그 위험 생물을 UN에서는 '드래곤(Dragon)'이라 이름 지었다. 그리고 그 생물의 등에 탄 정체불명의 붉은 머리카락 남자를 그들은 '드래군(Dragoon)'이라 불렀다.

2036년 초겨울. 미합중국의 태평양 함대는 자국 영해와 가까운 공해상에서 그 위험 생물과 우연히 마주쳤다.

"더 이상 접근하면 가만두지 않겠다! 아무리 당신들이 EOM (Empire Of Messiah)과 싸운다지만 이것은 엄연히 영공 침입이다! 다시 한 번 경고한다. 우리는 태평양 함대 사령부 방위군…… 큭!"

갑자기 밀려온 검은 그림자에 마이크를 잡고 있던 제임스 리처드 해군대령은 반사적으로 몸을 웅크렸다. 이젠 폐기처분할 때가 된 U.S. 항공모함 엔터프라이즈의 승무원들도 약속이나 한 듯 자세를 낮췄다.

"제기랄!"

제임스 대령은 마이크를 내던지듯 놓으며 고래고래 소리 지르기 시작했다.

"녀석들의 예상 목표 지점과 현재 위치, 그리고 속도를 확인하라! 빨리!"

겨우 정신을 차린 레이다 병들은 급히 자판을 두드리기 시작했다. 짧은 시간 동안 분석한 자료의 최종 결론에 그들은 질린 표정을 지었다.

"코드 네임 '드래군'. 이미 기함으로부터 150킬로미터 이상 멀어졌습니다! 속도는…… 평균 속도는 마하 7.8 이상입니다! 위성에서 보내온 자료라 확실합니다!"

제임스 대령은 잠시 멍했다. 그는 얼굴을 쓸어내리며 다시 물었다.

"그럼 예상 목표 지점은?"

레이다 병은 떨리는 목소리로 대답했다.

"L.A.입니다! 아, 워싱턴이 될 수도 있습니다!"

제임스 대령은 힘없이 자리에 앉았다. 창백해진 그의 입술에는 어느새 두툼한 시가가 물려 있었다. 도대체 그들이 왜 그쪽으로 가는 것일까.

한참 동안 연기를 내뿜던 그는 멀리 갑판 위에 두 발을 대고 서 있는 보행 전차를 눈여겨봤다. 독한 시가 연기 속에 유령처럼 떠오른 괴물 덩이. 지상 병기 제작사 중 최고이자 부정부패의 온상으로 불리는 제너럴 블릭의 BX-03 '스톤헤드'. 그것을 시덥지 않은 눈으로 보던 제임스의 얼굴에 씁쓸한 미소가 흘렀다. 제너럴 블릭 사와 EOM이 관련되어 있다는 소문이 떠올랐다.

"……그래, 지금은 솔직히 미키 마우스보다 엑스맨(X-MEN)이 필요한 때지. 우리 힘으로는 해결할 수 없는 일이니까. 그럼 수고하시게, 왕자님."

그는 다시금 연기를 폐 속에 흘려보냈다.

어디선가 갑자기 나타나 EOM이란 거국적 존재와 혼자 싸우는 불가사의한 존재. 드래군이라 불리는 붉은 머리카락의 남자는 투지가 담긴 눈으로 자신이 타고 있는 드래곤에게 외쳤다.

"시간이 없어. 바이칼! 더 빨리!"

「내게 명령조로 얘기하지 마!」

1장
도망치는 공주

1

생명의 계약

"어마마마! 저도 싸울 수 있어요!"

여왕은 자신의 외동딸을 급히 돌아보았다. 성 밖에서 들려오는
폭음 탓에 딸이 무슨 말을 했는지 확실히 듣지 못했다. 다시 묻
고 싶었지만 그럴 시간조차 아까운 게 젊은 여왕의 지금 상황이
었다.

그녀는 아까부터 계속 만들던 워프서클을 마무리 지었다. 이제
딸만은 무사히 왕궁을 탈출시킬 수 있게 되었다. 하지만 추적을 막
기 위해 이동될 장소가 어디인지 그녀 자신도 알지 못했다. 동방
대륙이 될지, 바다 한가운데가 될지, 아니면 적국 벨로크 왕국의
한가운데가 될지.

그래도 어디든 지금 여기보다는 나을 것이다. 레프리컨트 여왕
은 밖에서 들려오는 처참한 소리에 이를 갈고 있는 딸 린스 공주와
그녀 옆에 서 있는 왕국사상 최연소 근위대장 케톤 프라밍을 불러

세웠다.

"자, 공주는 아까 내가 준 짐을 들고 이 안으로 들어가세요! 근위대장도!"

"싫어요, 어마마마! 저도 싸울 수 있어요! 강철괴물 하나쯤은 상대할 수 있다고요! 병사 아저씨들이 목숨을 바쳐 가며 싸우는 걸 알면서 혼자 도망치다니, 전 싫어요!"

린스는 길고 결이 좋은 금발을 흔들며 거부했다. 하지만 용기의 대가는 질책이었다.

"닥쳐요, 공주!"

한 번도 들은 적 없는 여왕의 험한 말에 린스는 움찔하며 말문을 닫았다. 그것은 케톤도 마찬가지였다.

"병사들이 어째서 목숨을 바치고 있다 생각하나요? 바로 공주 때문입니다! 공주를 어떻게든 밖으로 내보내기 위해 그들은 시간을 끌고 있는 거란 말입니다! 그들을 위해서라도, 한 사람이라도 더 살리기 위해서라도 공주는 빠져나가야 합니다! 어서 가세요!"

"……그, 그럼 어마마마는요?"

린스는 조심스레 물었다. 그녀의 얼굴은 어느새 울상이 되어 있었다. 여왕은 그제야 웃으며 딸의 이마에 살며시 키스를 했다.

"난 여왕입니다. 공주도 잘 알다시피 여왕이 있을 곳은 왕궁이에요."

린스는 자신에게 키스하는 여왕의 하얀 목을 바라보았다. 이제 다시 볼 수 있을까. 혹시 피에 젖은 목을 보는 건 아닐까. 그러나 그녀는 눈을 부릅뜨며 불안감을 떨쳤다.

"……다녀오겠습니다! 가자, 케톤!"

"아, 예!"

린스가 워프서클 안으로 들어간 것을 확인한 케톤은 떠나기 직전, 여왕 앞에서 자신의 검을 들어 보였다.

먼 옛날, 마신 아슈테리카를 쓰러뜨린 두 명의 용사가 사용한 두 개의 검 중 하나, 진홍의 검 레드노드였다. 그 검으로 자신의 결의를 여왕에게 보인 케톤은 말없이 워프서클 안으로 들어갔다.

둘의 존재가 왕궁에서 사라진 것을 확인한 여왕은 곧바로 워프서클을 파괴했다. 이제 아무도 공주와 근위대장을 쫓을 수 없을 것이다.

그러나 홀로 남은 여왕은 허탈감을 이기지 못하고 카펫 위에 주저앉고 말았다. 그녀의 입술이 소리 없이 움직였다. 레프리컨트 1천 년의 역사는 이대로 끝나는가. 마치 그렇게 말하는 듯했다.

"여왕 폐하! 제9방어선이 돌파당했습니다! 강철괴물들이 성안으로 진입하고 있습니다……. 아니?"

제5기사단장이 넝마가 된 갑옷을 이끌고 들어왔다. 그는 바닥에 주저앉은 여왕을 보고 하늘이 무너지는 느낌이었다.

언제나 당당하던 여왕이 무릎을 꿇다니. 패배나 다름없었다. 기사단장의 하얀 수염 위로 굵은 눈물이 떨어졌다.

투투투투…….

그때 짧은 폭발음이 연속적으로 들려왔다. 강철괴물이 쓰는 소형 대포 소리였다. 그 소리가 들리면 병사들은 저항의 몸짓 한 번 못하고 속수무책으로 구멍이 뚫려 죽는다는 것을 아는 기사단장은 움찔하며 방 밖을 바라보았다. 어느새 강철괴물들이 복도까지 들어와 있었다.

"여, 여왕 폐하! 뒤로 물러서십시오!"

여왕은 흠칫 놀라며 고개를 들었다. 기사단장이 그녀 앞에서 칼을 빼들고 경계 태세를 취했다. 기사단장은 과연 자신이 몇 초 동

안이나 여왕을 보호할 수 있을지 의문이었지만 죽는다 해도 여한
은 없었다. 일단 임무는 다하고 죽는 것이니까.

"……응?"

문 쪽에서 모습을 드러낼 강철괴물을 기다리던 기사단장은 갑
자기 등골에 오싹하는 기운을 느꼈다. 그것은 여왕도 마찬가지였
는지 둘은 강철괴물에 대한 생각을 잊고 주위를 돌아보기 시작
했다.

"오호, 날 느꼈나? 크크큭……."

순간 두려울 정도로 낮은 웃음소리와 함께 한 남자가 천장에서
내려왔다. 쿵 소리와 함께 바닥을 밟은 그의 육중한 모습에 기사단
장과 여왕은 저도 모르게 뒤로 물러섰다.

회색 장발, 그보다 더 짙은 회색 피부에 둘러싸인 두꺼운 근육질,
2미터는 충분히 넘을 듯한 키, 숨 쉴 때마다 크게 불끈거리는 등판,
광기에 젖은 눈, 그리고 오른손에 들린 거대한 팔시온. 남자는 원
시적인 몸짓으로 여왕을 돌아보았다.

"선택해라, 여왕. 혼자 살겠나, 아니면 3년을 덜 살겠나?"

회색 거한의 갑작스러운 요구에 여왕은 어리둥절했다. 그녀는
조심스럽게 말했다.

"3년을 덜 살면 어떻게 됩니까?"

회색 거한이 대답했다.

"이 왕국 사람 모두가 살 수 있지. 크크큭…… 자, 선택해라! 난 아
무거나 좋으니, 어서……!"

마치 악마의 유혹처럼 들렸다. 하지만 여왕은 악마의 유혹이라
도, 미친 사람의 헛소리라도 들어야만 할 상황이었다.

"이, 이 무례한! 감히 여왕 폐하를 숫자 놀잇감으로 생각하는 거냐?"

기사단장은 용감하게 회색 피부의 남자에게 덤벼들었다. 그러나 눈 깜짝할 사이에 남자의 팔시온이 기사단장의 얼굴을 훑었다.

"쓰레기는 꺼져라!"

"악!"

기사단장은 외마디 비명을 지르며 벽 한가운데 처박혔다. 다행히 목이 날아가진 않았지만 검이 훑고 지나간 그의 얼굴이 순식간에 부어 올랐다. 놀라운 힘이었다. 여왕은 지푸라기라도 잡는 심정으로 남자의 요구를 듣기로 했다.

"아, 알겠습니다. 그럼, 제 수명 3년을⋯⋯."

"계약 성립⋯⋯!"

대답이 끝나기도 전에, 회색 거한은 때마침 문 앞에 나타난 강철괴물을 향해 몸을 날렸다. 회색 거한의 호쾌한 베기에 강철괴물은 단숨에 두 동강이 나 양쪽으로 쓰러졌다. 다른 강철괴물들도 마찬가지였다. 소형 대포도 소용없었다. 피에 굶주린 야수와도 같은 회색 거한의 움직임을 강철괴물들은 따를 수가 없었다.

"크큭, 크크큭⋯⋯ 크하하핫!"

복도의 강철괴물들을 어느새 전멸시킨 회색 거한은 기나긴 광소를 터뜨리며 발코니 위에 올라섰다.

그의 온몸을 적신 강철괴물의 피가 땅으로 떨어져 내렸다.

끈적끈적한 붉은 액체는 성을 향해 꾸역꾸역 밀려드는 강철괴물들의 머리 위에 떨어졌다.

밑에 있던 강철괴물의 투명하고 딱딱한 눈이 남자가 있는 발코니를 올려다보았다. 그와 눈이 마주친 남자는 한 번 씩 웃은 후 지상으로 뛰어내렸다.

"크하하핫! 죽는 거다!"

폭발음과 사람들의 비명으로 시끄럽던 레프리컨트 왕국이 조용해진 것은 그로부터 몇십 분 뒤였다.

2

수수께끼의 사나이

워프 마법이 린스와 케톤을 데리고 온 곳은 성에서 멀리 떨어진 듯한 산지였다. 케톤은 지도를 펼쳐 대륙 구석구석을 짚어 보며 자신들의 위치를 확인하기 위해 안간힘을 썼다.

"……펠튼 고원입니다, 공주님. 수도와 엄청나게 떨어져 버렸군요."

"음…… 그래? 뭐, 어쩔 수 없지. 어쨌든 여기 있어 봐. 옷 좀 갈아입고 올게. 어마마마가 미리 준비해 주신 여행용 복장이 있거든."

"예? 예……"

얼마 후 린스는 드레스 대신 짧고 가벼운 복장을 입고 돌아왔다. 펑퍼짐한 드레스를 입은 것보다 훨씬 아름다운 모습에 케톤의 가슴이 두근거렸다.

"뭘 뚫어지게 보는 거야. 어서 가자, 케톤."

"아, 죄송합니다, 공주님. 그럼 이쪽으로……."

몇 시간 후, 오솔길을 발견한 둘은 그곳을 따라 걸으며 이런저런 얘기를 주고받았다. 왕성 안에서라면 상상도 못 할 일이었지만 린스의 명령도 있었고 얘기 한번 해 보는 것이 케톤의 소원 아닌 소원이어서 대화를 나누기는 의외로 쉬웠다.

"어머, 나보다 한 살 어리단 말이야? 그런데도 굉장하네, 케톤은!"

케톤은 부끄럽다는 듯 허리에 손을 가져가며 고개를 저었다.

"아하하, 아닙니다, 공주님. 과찬의 말씀이십니다."

케톤 프라밍. 레프리컨트 왕국에서 가장 나이 어린 기사로 유명한 그는 나이에 걸맞지 않은 출중한 검술 실력을 자랑했다. 외모 또한 출중했지만 자신은 남자답지 못하게 생겼다며 자주 투덜대곤 했다.

"검술은 누구에게 배웠어?"

"어릴 때부터 조부께 가르침을 받았습니다. 자랑은 아니지만 검술만큼은 그레이 공작님과 조부를 제외한 누구에게도 지지 않을 자신이 있습니다."

"어머, 진짜? 하하하핫."

린스는 공주답지 않게 큰 소리로 웃었다. 케톤은 무안한 표정을 지으며 고개를 숙였다.

"하하하핫…… 어머, 미안해, 케톤. 기분 상한 거야?"

자신을 비웃는 듯 느껴져 기분이 상한 건 사실이었지만 악의가 없다는 건 그도 알고 있었다.

"아, 아닙니다, 공주님. 마음에 두지 마세요."

그때 숲 속에서 부스럭거리는 소리가 들려왔다. 둘은 동시에 걸음을 멈췄다. 불안감과 공포가 함께 엄습했다. 그것은 린스뿐만이 아니라 나이 어린 근위대장 케톤도 마찬가지였다.

"케, 케톤……?"

린스의 겁에 질린 표정을 본 케톤은 자신의 장검 레드노드를 뽑으며 그녀를 안심시켰다.

"걱정 마십시오, 공주님. 공주님을 지키는 것은 제 임무! 목숨을 바쳐 보호해 드릴 것입니다."

"저걸 보고 그런 소리가 나와?"

"네?"

부스럭거리는 소리가 나는 곳에서 수십 마리에 이르는 고블린들이 둘을 둘러싸며 나타났다. 마치 고블린의 마을에 들어온 것 같은 착각에 빠질 정도로 많은 숫자였다.

"키키키키킷……!"

알 수 없는 고블린들의 언어가 들려왔다. 그러나 케톤은 개의치 않고 검을 휘두르며 빠져나갈 구멍을 만들기 시작했다.

"타아아앗!"

린스는 아까와는 다른 케톤의 분위기에 놀라지 않을 수 없었다. 게다가 고블린들에게 포위되었다는 사실을 잊은 듯한 그의 움직임에 린스는 감탄을 연발했다.

"공주님! 저를 따라오세요!"

"아, 알았어!"

린스는 케톤이 만든 틈을 따라 달리기 시작했다. 그러나 고블린들이 가만히 있을 리 없었다. 고블린들의 총공세에 케톤은 완전히 둘러싸였고 그 상황을 모르는 린스는 홀로 숲을 달렸다.

얼마나 달렸을까. 숨이 턱까지 차오른 린스는 잠시 나무에 기대 숨을 고르며 케톤을 기다리기로 했다.

"하아, 하아, 케톤은 괜찮을까……?"

그러나 그녀의 그런 생각에 못을 박듯 화살 하나가 그녀의 머리카락을 스치고 나무에 박혔다. 길이가 짧은 것을 보아 고블린의 것이 확실했다. 고블린들의 음침한 눈빛들이 여기저기서 나타나기 시작했다. 린스는 공포에 질린 채 뒷걸음질을 쳤다.

"키이이이잇!"

한 고블린의 날카로운 괴성과 함께 나무 여기저기에서 밧줄들이 튀어나와 린스의 몸을 휘감았다. 그녀는 강하게 저항했지만 줄은 점점 더 죄어들 뿐이었다.

"살려 줘, 케톤!"

비명에도 불구하고 케톤은 나타나지 않았다.

나무에 거꾸로 매달린 채 린스는 아래쪽에서 자기를 빙 둘러싸고 있는 고블린들을 내려다보았다. 그중 하나가 돌멩이를 집어 드는 것이 눈에 띄었다.

"뭘 하는 거야, 머저리들아!"

한 마리가 린스에게 돌을 집어던지자, 나머지 고블린들도 돌을 집어던지기 시작했다.

"사, 살려 줘! 누가 좀 도와 달란 말이야!"

왕궁에서 화려한 생활을 했던 린스는 이런 굴욕을 참기가 너무도 힘들었다. 그것도 사람이 아닌 추악한 고블린들에게 당하고 있으니 그녀의 굴욕감은 이루 말할 수 없었다.

바로 그때였다.

날카로운 소리와 함께 양날의 중형 도끼가 고블린 여섯 마리의 머리를 차례로 날리며 나무에 박혔다. 고블린들과 린스는 움찔하며 도끼가 날아온 방향을 바라보았다.

"음, 역시 사람이 당하고 있었군. 다친 데는 없소?"

그곳엔 수염을 거칠게 기른 붉은 장발의 남자가 서 있었다. 린스는 남자의 당당한 체구와 큰 키에 안심이 된 듯 한숨을 길게 쉬었다.

"자, 돌아가시지, 고블린 친구들. 서로 피해 입히지 않는 게 어때?"

"키킷!"

고블린들은 동료의 머리를 도끼로 날린 그 장신의 사나이를 바라본 후 자기들끼리 잠시 속닥거렸다. 그리고 결국 피하는 게 상책이라고 판단했는지 동료의 시신을 남겨 둔 채 달아났다.

"후훗, 말을 잘 듣는군. 그건 그렇고 고생했습니다, 아가씨."

"듣기 싫어!"

수수께끼의 남자는 자신의 턱수염을 쓰다듬으며 린스를 묶은 밧줄을 풀어 주었다. 그의 도움으로 안전하게 땅에 내려온 린스는 오히려 그에게 큰 소리를 치기 시작했다.

"이봐! 도와주려면 일찍 도와줘야 할 거 아냐! 얼마나 무서웠는지 알아!"

"음?"

그는 황당한 듯 린스를 바라보았다.

'의외로 눈빛이 멋진걸.'

린스는 그렇게 생각하면서도 그를 계속 쏘아보았다. 잠시 침묵하던 그는 껄껄 웃으며 머리를 조아렸다.

"하하핫, 그럼 죄송하게 됐군요. 비명 소리를 듣고 바로 달려온 것이 조금 늦은 모양입니다. 하하하핫."

"……이상한 녀석이군."

린스는 그 남자의 태연함에 인상을 찌푸리며 나무에 걸터앉았다. 순간 그녀는 현기증과 함께 자신의 눈앞이 하얗게 변하는 것을 느꼈다. 머리에 몰렸던 피가 한꺼번에 내려간 탓이었다.

"괜찮습니까?"

사나이는 그녀의 등에 손을 올리고 자신이 아는 대로 처방을 말했다.

"자세를 낮추고 숨을 깊게, 천천히 쉬어 보세요."

린스는 그 사나이의 말대로 자세를 낮추고 심호흡을 했다. 그런 대로 진정이 되는 듯싶었다.

"욱······!"

그때 누군가의 고통스러운 목소리가 들려왔다. 린스는 엉겁결에 붉은 장발의 남자 품에 달려들며 비명을 질렀다.

"꺅!"

"이, 이것 봐요!"

엉겁결에 린스를 안고 당황한 남자는 소리 난 쪽을 바라보았다. 온몸에 고블린의 피를 뒤집어쓴 한 미소년이 멍하니 풀린 눈으로 자신을 바라보았다.

청년은 사나이를 끌어안고 있는 린스를 보고 크게 소리치며 흥분했다.

"네 녀석이 감히 공주님을!"

청년은 검을 양손에 부여잡고 그대로 돌진했다. 린스는 그 소리에 정신을 차린 듯 청년을 향해 손을 저으며 소리쳤다.

"케, 케톤? 그만해!"

그러나 방금 전 고블린과의 난투로 정신이 없는 케톤에게 그녀의 목소리가 제대로 들릴 리 없었다. 붉은 장발의 남자는 그것을 아는 듯 자신의 산발을 긁적였다.

"훗, 어쩔 수 없군."

그 붉은 장발의 사나이는 린스를 옆으로 물러서게 한 후 한 걸음 앞으로 나섰다. 린스는 깜짝 놀라며 외쳤다.

306

"이봐 산적! 자살행위야! 케톤은 우리 왕국에서 세 번째로……."

팍!

린스의 말이 끝나기도 전에 케톤의 검과 몸은 따로따로 공중에 치솟았다. 케톤이 땅에 처박히는 광경을 보고 린스는 도저히 입을 다물 수 없었다.

"너, 너……?"

아무리 정신이 없던 케톤이라 해도 왕국에서 세 번째로 강한 남자였다. 그런데 정체불명의 사나이한테 순식간의 일격을 맞고 기절해 버린 것이다.

"잔뜩 긴장한 상황에서 피나 시체를 한꺼번에 보면 이렇게 되죠. 초보 용병들에게 자주 있는 일이니 걱정 마시길."

붉은 장발의 사나이는 별것 아니라는 듯 케톤을 자신의 넓은 어깨에 메고 나무에 박힌 자신의 도끼를 뽑으며 말했다.

"제 집으로 가시죠. 나쁜 짓은 하지 않을 테니 걱정 마십시오."

"자, 잠깐! 네가 누군지도 모르는데 어딜 가자고!"

린스의 불안감 섞인 말에 사나이는 잠시 멈췄다가 이내 피식 웃으며 숲 속으로 들어갔다.

"맘대로 하십시오. 여기서 고블린들과 다시 놀고 싶다면 말이에요. 하하핫……."

웃음소리와 함께 사나이는 숲 속 깊이 사라졌다. 린스는 갑자기 몰아치는 적막감과 싸늘함에 잠시도 견딜 수 없었다.

"이봐! 같이 가지 못해!"

사나이의 집은 작은 오두막이었다.

고블린들 피를 씻어 낸 듯, 오두막 밖에 세워 둔 도끼가 짙은 청색 날을 번뜩였다. 그 근처에는 패고 남은 통나무들이 조금 널려 있을 뿐, 집 주위에는 아무것도 없고 정적만 흘렀다. 검술을 잘하는 은둔자의 별장이라고 생각하며 린스는 오두막을 위아래로 한 번 훑어보았다.

집 안이라고 그리 다르지 않았다. 꼭 필요한 살림 도구 몇 개와 조그만 탁자가 전부인 집 안은 휑하기까지 했다.

린스는 붉은 장발의 남자 앞에 앉았다. 구레나룻을 기르고 머리까지 산발을 한 탓에 나이가 상당히 들어 보였지만 소매 없는 옷 밖으로 드러난 팔 근육은 탄탄하다 못해 터질 듯했다. 나무 침대에 누워 있는 케톤과는 분위기부터 달랐다.

"한 가지 물어봅시다. 당신들은 무슨 관계이기에 이렇게 위험한 산지를 단둘이 여행하는 거요?"

사나이는 자신의 텁수룩한 수염을 매만지며 린스에게 물었다. 린스는 그 타는 듯한 붉은색 수염을 잠시 바라보다가 오만함이 깃든 몸짓으로 답했다.

"비밀이야."

사나이는 어이없다는 표정을 지었으나 곧 어깨를 으쓱거리며 말했다.

"하하하, 알겠습니다. 그건 그렇고 도대체 직분이 얼마나 높으시기에 반말을 자연스럽게 쓰시는 겁니까. 궁금한데요?"

그 말이 나오기를 기다렸다는 듯, 린스가 팔짱을 끼며 대답했다.

"난 레프리컨트 왕국의 하나뿐인 린스 공주야. 높은 귀족이나 왕실 사람들 내지는 어마마마만이 내 존칭어를 들을 수 있…… 앗!"

린스는 순간 당황하며 자신의 입을 틀어막았으나 이미 때는 늦었다. 유도 신문에 성공한 남자는 놀랍다는 듯 고개를 끄덕였다.

"오호, 역시 그랬군요. 다행인데요?"

"다행?"

린스의 반문에 남자는 슬며시 고개를 저었다.

"아닙니다. 공주님 같은 높은 분을 뵙게 돼서 행운이란 말이죠."

린스는 싱겁다는 듯 시선을 획 돌리며 말했다.

"쳇, 그건 그렇고 넌 누구지? 뭐 하는 사람이기에 이런 산지에서 혼자 살고 있는 거야. 설마 진짜 산적?"

린스의 맹랑한 질문에 남자는 피식 웃으며 대답했다.

"후훗, 그냥 떠돌이 기사일 뿐입니다. 할 일이 있긴 하지만 너무 지쳐서 좀 쉬려고 여기 잠시 머물고 있는 겁니다."

"아하, 기사였구나. 어쩐지 케톤이 한 방에 날아간다 했어."

보통 나무꾼이 왕국 서열 3위의 젊은 기사를 일격에 때려눕힐 수는 없었다. 린스는 이제야 이유를 알겠다는 듯 고개를 끄덕였다.

"그럼 이름이 뭐야?"

"이름…… 말인가요?"

그는 잠시 머뭇거렸다. 린스는 재촉하듯 눈썹을 찡그렸다.

"욱……."

그때 나무 침대 위에 누워 있던 케톤이 몸을 움직이자 남자는 대답을 제쳐 두고 젊은 기사에게 다가갔다.

"나중에 대답해 드리죠, 공주님. 이 녀석부터 치료해야겠습니다."

남자의 약간 거친 말투에 린스는 발끈하며 소리쳤다.

"이 녀석이라니! 그는 레프리컨트 왕국의 근위대장 케톤 프라밍이야! 정식 지위가 있으니 너보다 높다고!"

붉은 수염의 남자는 케톤의 상반신을 일으키고 등판을 두드리며 미소 지었다.

"훗, 죄송합니다."

너무나 당당한 사과에 린스는 그저 머리만 긁적일 뿐이었다.

"크윽! 후⋯⋯."

케톤은 정신을 차린 듯 숨을 내쉬며 고개를 푹 숙였다. 사나이는 다시 의자에 앉으며 말했다.

"자, 됐습니다. 이제 한 시간 정도만 쉬면 완전히 나을 겁니다."

"알았으니, 빨리 이름을 대."

린스는 집요했다. 사나이는 졌다는 듯 어깨를 으쓱하며 대답했다.

"리오, 리오 스나이퍼라고 합니다."

한 시간 후, 리오의 말대로 케톤은 완전히 회복되었다.

둘은 다시 여행을 떠나야만 했다. 하지만 둘의 마음속에는 성을 출발할 때와는 다른 불안감이 자리 잡고 있었다. 출발한 지 몇 시간도 지나지 않아 둘은 고블린들에게 포위되어 위기를 맞았다. 그런데 고블린은 여행자에게 그나마 위험한 적이 아니라고 알려진 존재였다.

그들의 불안감 따윈 안중에도 없는 듯, 리오는 떠나는 그들에게 미소와 함께 작별의 손을 흔들어 주었다.

린스와 케톤은 천천히 걸음을 옮기며 조그만 소리로 주고받았다.

"이봐, 아무래도 저 녀석을 끌어들이는 게 좋지 않을까?"

"예, 확실히 저보다 많은 경험을 쌓은 것 같고 굉장히 강합니다. 웬만하면 같이 데리고 가는 것이 좋겠습니다."

의견 일치를 본 둘은 이리저리 머리를 짜내 작전을 수립하고 뒤를 돌아 리오의 오두막으로 뛰어갔다.

"이봐! 어서 문 열어!"

문을 열고 나온 리오는 다시 찾아온 둘을 의아한 눈빛으로 바라보았다.

"무슨 일입니까, 또?"

"널 체포하겠어!"

린스는 팔짱을 낀 채 자신보다 훨씬 큰 남자를 올려다보며 소리쳤다. 리오는 황당한 듯 웃으며 물었다.

"예? 제가 무슨 죄를 저질렀습니까?"

케톤이 나서서 그 '억지'를 설명하기 시작했다.

"우리 레프리컨트 왕국에선 떠돌이 기사를 인정하지 않습니다. 그런 까닭에 공주님과 저는 당신을 탈주한 기사로 볼 수밖에 없습니다. 관청이 있는 마을까지 같이 가주셔야겠습니다."

"흠, 그래?"

리오는 낮게 중얼대며 목을 좌우로 꺾었다. 근육으로 뭉쳐진 목에서 들려오는 뼈 소리. 태연함이 섞인 묵직한 목소리를 들은 린스의 머릿속엔 자기 눈앞에서 날아간 고블린들의 머리통과 기절한 케톤의 모습이 스쳐 지나갔다. 그가 케톤보다 강할지도 모른다는 것을 깜박 잊은 것이 실수였다.

그러나 리오는 난폭한 성격의 남자가 아니었다.

"흠…… 그냥 같이 가 달라고 하시면 동행해 드리죠. 괜한 억지 부리지 말아요."

둘은 괜히 바보가 된 느낌이었다. 이번 작전을 계획한 장본인인 케톤을 잠시 쏘아보던 린스는 빨개진 얼굴을 돌리며 리오에게 말했다.

"아, 알았어. 같이 가 주지 않겠어?"

리오는 잠시 주위를 둘러본 후, 고개를 끄덕이며 말했다.

"어차피 저도 심심했으니 잘됐군요. 그럼 잠시만 기다리십시오. 짐을 가지고 나올 테니까요."

오두막으로 들어간 리오는 잠시 후, 회색 보퉁이 하나만을 들고 나왔다. 둘은 이상하다는 듯 서로를 바라보았다.

"그게 다야? 다른 거 없어?"

리오는 그 '짐'을 어깨에 메면서 고개를 끄덕였다.

"예, 어차피 이 오두막도 빌린 것이니까 상관없어요. 자, 출발하죠."

린스는 당황한 듯 말을 더듬으며 되물었다.

"무, 무기 같은 거 안 들고 가도 괜찮아? 떠돌이 기사라며?"

그 질문에 리오는 짐으로 어깨를 두드리며 태연히 웃었다.

"저는 동행하겠다고만 말씀드렸습니다. 제가 나서야 할 정도의 일인지 아닌지 확실히 알고 난 후에 전투에 가담하죠."

린스는 리오의 말을 듣는 순간 인상을 찡그렸다. 그녀의 귀엔 그의 말이 너무나 건방지게 들렸던 것이다.

"뭐? 네가 뭔데?"

리오는 순간 움찔하며 시선을 다른 곳으로 돌렸다.

"아…… 어쨌든 저는 길 안내만 해 드릴 겁니다. 그렇게만 알아 두십시오."

둘은 어쩔 수 없었다. 어떻게든 이 고원을 안전하게 탈출하려면 이 정체불명의 건달에게 도움을 받아야 했기 때문이다.

"첫, 알았어. 하지만 위험에 처해도 우리는 너를 도와주지 않을 거야, 알았지?"

리오는 고개를 끄덕였다.

"후훗, 뜻대로."

그렇게 해서 리오 스나이퍼란 괴짜와 린스 일행은 기나긴 여행의 첫발을 내디뎠다.

"그런데 어디로 가실 겁니까, 공주님? 고원에서 벗어나는 게 전부는 아니신 듯합니다만……."

리오의 질문에 돌처럼 굳어진 린스와 케톤은 아무런 대답도 하지 못했다. 고원을 빠져나가야겠다는 생각에 그 이후의 상황은 전혀 고려해 보지 않았던 것이다.

리오는 한심하다는 듯 짤막한 한숨을 내쉬었다.

"알았으니 가면서 천천히 생각하시죠. 펠튼 고원은 생각보다 넓답니다."

"이, 잊은 것뿐이야! 생각할 필요도 없어!"

"네, 네."

리오는 공주의 투정에 부드럽게 미소 지었다.

3

저주의 기둥

하루가 지나, 펠튼 고원을 벗어난 린스 일행은 생각보다 안전하게 고원을 빠져나온 것에 매우 기뻐했다. 물론 안내자 리오의 도움이 있었기에 가능한 일이었지만, 그래도 그 악몽 같은 고블린들의 소굴을 빠져나온 것만으로도 린스와 케톤은 기분이 좋았다.

"그렇게 고블린이 싫은가요?"

기뻐하는 둘에게 리오가 물었다. 순간 고블린 떼를 머릿속에 떠올린 둘은 구토감을 느낀 듯 급히 몸을 숙였다. 그저 물어본 것뿐인 리오는 그들에게 괜히 미안하다는 생각이 들었다.

얼마 후 산길을 내려오느라 피로했던 린스와 케톤은 자신들 앞에서 걸어가는 리오를 슬쩍 바라보았다. 따가운 햇살과 험한 지형 때문에 숨을 헐떡이고 있는 그들과는 달리 리오라는 사내는 아무렇지도 않은 듯했다. 오히려 하이킹을 가는 듯 밝은 표정이었다.

"이봐! 좀 쉬었다 가자고!"

린스는 결국 자리에 주저앉으며 소리쳤다. 리오는 머리를 긁적이며 그녀를 바라봤다.

"아니, 뭐가 힘들다고 그러십니까? 케톤도 별로 힘들어 보이지 않……."

리오의 말에 반항이라도 하듯 케톤은 갑옷까지 적당히 벗은 채 린스 옆에 앉았다. 리오는 말끝을 흐리며 고개를 끄덕였다.

"훗, 좋으실 대로 하십시오. 하지만 이런 계곡에서는 무슨 괴물이 나올지 모르니 알아서 하시길."

불길한 말을 하며 곁에 앉은 리오를 케톤과 린스는 동시에 쏘아봤다. 하지만 틀린 말은 아니었기에 뭐라고 할 수도 없었다.

케톤은 리오가 쉬는 동안 그가 지고 있는 짐을 만져 보았다. 약간 거친 질감의 헝겊 속에 딱딱한 물체 두 개가 느껴졌다. 무기일까. 하나는 약간 두꺼웠고 다른 하나는 얇았다.

"이봐, 뭐 하는 거야……?"

리오는 수염을 쓰다듬으며 케톤을 슬쩍 노려봤다. 케톤은 무안한 듯 머리를 긁적이며 짐에서 손을 뗐다. 내용물이 궁금했지만 후환이 두려웠다.

"음?"

그렇게 쉬고 있을 무렵, 갑자기 리오가 벌떡 일어서며 주위를 둘러보았다. 일행은 흠칫 놀라며 그를 바라봤다.

"뭐야? 진짜 괴물이라도 나타난 거야?"

"엎드려 모두!"

둘은 리오가 갑자기 소리치자 반사적으로 엎드렸다. 조금 후, 리오의 말을 따르듯 계곡 주위에 대지진이 일어나기 시작했다.

"지진이다!"

린스는 엎드린 채 비명을 질렀다. 지진을 처음 접해 본 케톤 역시 비명을 지르지는 않았지만 두렵긴 마찬가지였다.

쿠웅.

진동으로 인해 계곡 위에서 낙석이 일행을 향해 떨어졌다. 린스와 케톤이 바닥에 얼굴을 묻고 있는 것을 확인한 리오는 자신들에게 떨어지는 낙석을 향해 짐을 움켜쥐고 몸을 띄웠다.

"핫!"

짧은 기합 소리와 함께 리오와 그의 짐은 공중에서 춤을 추기 시작했다.

그가 휘두른 짐에 의해 바위들이 사방으로 튕겨 나가 아래에 있는 린스와 케톤 주위에 떨어졌다. 리오는 공중에서 한참 동안 바위들을 쳐냈지만 린스와 케톤은 소음 때문에 위에서 무슨 일이 벌어지는지 알지 못했다.

곧 지진은 멈추었고, 리오는 엎드려 있는 둘을 일으켜 세웠다.

"자, 일어나십시오, 공주님. 지진은 끝난 것 같습니다."

흙먼지를 털며 일어선 둘은 주위에 떨어져 있는 거석들을 보고 몹시 놀랐다. 다행히 둘은 자신들에게 바위들이 떨어지지 않은 이유를 알려고 하지 않았다.

"휴, 저희는 운이 좋군요, 공주님. 저런 무지막지한 돌에 하나도 맞지 않았으니까요."

"으, 응."

린스는 얼이 나간 사람처럼 고개를 끄덕였다. 리오는 빙긋 웃을 뿐이었다.

"그런데 이상하군요? 펠튼 고원 부근에서 지진이 일어난다는 얘기는 처음 들었는데?"

케톤은 고개를 갸웃거리며 지도를 살펴보았다. 그가 말한 것처럼 지도의 해설 부분 어디에도 펠튼 고원에서 지진이 발생한다는 글귀는 찾아볼 수 없었다. 있다 해도 수천 년 전에 발생한 것이었다.

"그럼 이번이 처음인가 보지, 뭐. 또 무슨 일이 생길지 모르니 어서 계곡을 빠져나가죠, 공주님."

리오가 붉은 수염을 쓰다듬으며 어떤 일이 발생한다고 하면 열이면 열, 거의 일이 발생한 탓에 린스는 고개를 끄덕이며 행동을 빨리했다.

"아, 알았어. 빨리 가자, 케톤."

"예, 공주님."

케톤 역시 행동을 빨리했다. 리오를 따라 둘은 서둘러 계곡을 빠져나가기 시작했다. 한편 둘을 안내하는 리오의 표정이 밝지 않았다. 방금 전 일어난 지진 때문이었다.

'인위적인 지진이었어. 설마 이 세계에도 무슨 일이 있는 건가?'

리오의 걱정은 린스나 케톤이 가진 고블린에 대한 걱정에 비할 수 없을 정도로 컸다.

얼마 있지 않아, 리오가 우려하던 '일'이 발생했다.

"꺄아아앗! 살려 주세요!"

여자들의 비명 소리가 멀리서 들려왔다. 나지막하긴 했지만 상당히 급박하다는 사실은 리오만 느낀 것이 아니었다.

"또 고블린인가 봐!"

"고, 공주님!"

린스와 케톤은 불안감에 휩싸였다. 리오는 이를 악물며 신경을 집중했다.

"……."

무슨 일이 있는 게 분명했다. 하지만 살기(殺氣)나 요기(妖氣)는 전혀 느껴지지 않았다. 절대 고블린 같은 시시한 존재가 아님이 분명했다.

"천천히 뒤에 오세요! 제가 먼저 사람들을 도와주러 가겠습니다!"

"뭐, 뭐!"

린스가 상황을 묻기도 전에 리오는 비명 소리가 들려온 쪽으로 달리기 시작했다. 케톤과 린스는 고개를 세차게 저으며 리오를 따라 달렸다.

"세상에……."

케톤은 믿을 수 없었다. 달리기 실력이 좋은 축에 든다고 자부했던 그였는데 리오와 자신 사이의 거리가 점점 더 벌어지고 있었던 것이다. 갑옷을 입은 탓도 있었지만 붉은 장발의 남자가 든 회색 짐 역시 무게에서 뒤지진 않았다.

한편 린스는 어느 때보다도 더 짜증을 부렸다.

"왜 이런 일이 생기는 거야! 젠장!"

일행들을 완전히 떨어뜨린 리오는 자신의 '짐'을 풀며 산발인 자신의 머리를 위쪽으로 묶어 올렸다.

"1년 만인걸!"

몇 초가 지난 후, 리오는 조금 전의 털털한 모습과는 완전 다른 모습이 되었다. 회색 망토를 두르고 두 개의 검을 허리에 찬 그는 더욱 속도를 더해 달려갔다.

그가 도착했을 때, 그의 시선에 비친 것은 전갈형으로 생긴 정체불명의 괴물과 궁지에 몰린 부녀자들이었다.

리오는 자신의 눈을 믿고 싶지 않았다. 다른 사람들에겐 그저 강철괴물로만 보였겠지만 그는 괴물의 정체를 잘 알고 있었다.

"기계? 어째서 저런 기계병기가 이 세계에!"

그러나 그 이유를 알아내려고 하기엔 상황이 너무나 촉박했다.

지이잉.

강철괴물의 꼬리가 움직였다. 꼬리 끝에 달린 집게 사이에서 시퍼런 섬광이 번뜩이자 부녀자들 중 한 명이 크게 경련을 일으키며 쓰러졌다. 벌써 몇 명이나 그 빛에 쓰러졌다.

"오, 신이시여 ……!"

부녀자들 대부분은 자신들의 가족을 머릿속에 떠올리며 작별을 고했다.

리오는 더 이상 두고 볼 틈이 없었다.

"모두 피해요!"

리오는 크게 소리치며 괴물을 향해 몸을 날렸다. 괴물도 귀찮은 방해꾼을 의식한 듯 급히 방향을 전환해 집게를 돌렸다.

집게 사이에서 다시금 불똥이 튀었다. 그와 동시에 리오의 허리에서 보라색 검광이 번뜩였다.

치익!

공격을 막은 리오는 팔이 짜릿함을 느꼈다. 상당히 강한 전력이었다.

"일렉트로 건인가. 재미있군!"

리오는 땅을 박차며 다시금 괴물에게 접근했다. 순간 괴물의 등판이 열리더니 원통형 물체들이 솟아올랐다. 그 물체들은 끝에 불꽃을 뿜으며 리오를 향해 한꺼번에 날았다.

"소용없어!"

리오는 일갈을 터뜨리며 검을 휘둘렀다. 공기를 찢은 섬의 충격파는 날아오는 물체들을 자르며 괴물을 향해 일직선으로 뻗어 나갔다.

날아오던 물체들은 강한 폭발과 함께 사라졌지만 괴물은 가까스로 충격파를 피한 듯 앞다리 하나만을 잃은 상태였다.

괴물의 입 부분이 좌우로 열렸다. 그곳에서 튀어나온 막대형 물체에서 작은 불꽃들이 뿜어 나왔다.

음속의 몇 배를 초월하는 불꽃 덩어리들은 리오의 목숨을 노렸다. 리오는 지그재그로 몸을 움직이며 불꽃 덩어리들을 피해 괴물에게 접근했다. 리오가 잠시나마 서 있던 땅엔 빗나간 불꽃 덩어리들이 떨어지면서 폭발했다.

"저, 저 남자 뭐야?"

근처 마을 부녀자들은 붉은 머리카락의 구원자의 모습에 넋을 잃었다. 그야말로 이야기책에나 나올 법한 '정의의 기사'가 눈앞에 나타난 것이다.

"하앗!"

괴물의 옆으로 돌아 들어간 리오는 검으로 괴물의 옆구리를 쳐올렸다. 괴물은 힘없이 뒤집어졌고 리오는 거북이 사냥을 하듯 괴물의 복부에 검을 꽂았다. 급소를 정확히 찌른 것인지, 검이 꽂힌 자리에선 검고 진득한 액체가 공중으로 치솟아 올랐다. 리오가 몸을 피함과 동시에 괴물은 몸속에서 일어난 폭발에 의해 산산이 부서졌다.

"우아! 멋져요, 기사님!"

부녀자들은 입을 모아 환호성을 질렀다. 그러나 리오는 거기에 신경 쓸 여유가 없었다. 또다시 똑같이 생긴 괴물 두 마리가 지면을 뚫고 튀어나왔기 때문이다.

"젠장, 도대체 몇 마리야!"

두 개의 집게가 사정없이 불꽃을 내뿜었다. 공격을 피한 리오는 한 마리의 머리 위로 뛰어올랐다.

"핫!"

리오는 자신의 보라색 검으로 묵직하게 생긴 괴물의 머리를 강타했다. 외골격이 깨진 틈으로 괴물의 검은색 체액이 분수처럼 공중으로 치솟았다.

괴물의 생명력은 의외로 대단했다. 머리가 깨졌는데도 몸은 끝까지 리오를 공격하는 것이었다. 머리가 온전할 때보다 더욱 사나운 공격을 펼치는 듯했다.

리오는 어쩔 수 없다는 듯 기를 끌어올렸다. 붉은 장발이 바람에 흔들리듯 크게 넘실댔다.

"타아앗!"

보라색 검광이 두 마리의 괴물을 한꺼번에 휘감았다. 영원히 계속될 것만 같던 괴물의 난폭한 움직임은 리오의 몸이 공중으로 튀어 오름과 동시에 폭발 속으로 사라졌다.

드디어 괴물을 물리친 리오는 한숨을 쉰 후 검을 거두었다. 그리고 왔던 방향을 바라보며 머리를 긁적였다.

"……올 때가 됐군."

리오는 자신의 회색 망토를 벗어 처음처럼 검을 둘러싸 '짐'을 만들었다. 묶어 올렸던 머리도 재빨리 풀었다. 그런 그의 행동은 부녀자들의 궁금증을 불러일으켰지만 아무도 리오에게 이유를 묻는 이는 없었다.

곧 숨을 헐떡이며 린스와 케톤이 도착했다.

"아, 아니, 이게 뭐야!"

그들은 산산조각 난 세 마리의 괴물을 보고 경악을 금치 못했다.

그 괴물들은 레프리컨트 왕국 수도를 침범한 강철괴물과 비슷한 종이었다. 하지만 둘은 이해할 수 없었다. 발리스타를 정면으로 맞아도 끄떡없던 강철괴물들이 어째서 철 부스러기로 변해 있는 것인지.

"아, 아니 강철괴물들이 어떻게 죽은 거지? 공주님, 이런 일이 있을 수 있는 겁니까?"

"그건 내가 묻고 싶은 말이야."

둘의 대화를 모른 척하며 듣고 있던 리오는 갑자기 흠칫 놀라며 케톤에게 물었다.

"강철괴물이라고?"

케톤은 괴물의 껍질과 기괴한 내장을 만지더니 고개를 끄덕이며 대답했다.

"그렇습니다. 저와 공주…… 아니, 아가씨를 이곳까지 오게 만든 장본인들이죠."

지금껏 듣지 못했던 그들의 비밀 얘기였다. 수염을 매만지는 리오의 눈썹이 꿈틀댔다.

린스는 짙은 푸른색의 큰 눈을 껌벅이며 이상하다는 표정을 지었다.

"자, 잠깐. 그런데 이 괴물 단지를 누가 이렇게 만든 거지? 설마 저기 있는 아줌마들은 아닐 테고…… 응?"

린스의 말이 멈춘 것은 부녀자들 사이에 서 있던 한 여자아이가 손가락으로 리오를 가리킨 직후였다. 리오는 아차 하며 아이에게 눈짓을 보냈으나 그 모습 역시 린스와 케톤이 보고 말았다.

"저, 정말이십니까, 리오 님? 당신이 이 강철괴물을 세 마리나 물리치셨나요?"

케톤은 눈을 커다랗게 뜨고 리오를 바라봤다. 반면 린스는 의심
스러운 눈초리로 붉은 장발의 남자를 쏘아봤다.

"도대체 누구지, 넌?"

린스의 날카로운 질문에 리오는 어쩔 수 없다는 듯 입을 열었다.

"아시다시피 프리 나이트입니다."

리오의 대답을 들은 린스는 코웃음을 치며 그에게 소리쳤다.

"말도 안 돼! 프리 나이트 주제에 혼자서 이런 괴물을, 그것도 셋
이나 가재처럼 박살 낸다는 게 말이 된다고 생각해? 나보고 그걸
믿으라고?"

리오는 잠시 가만히 있다가, 뒤통수를 긁적이며 살짝 웃었다.

"죄송합니다, 린스 아가씨. 제가 물리치긴 했는데, 예전에 마법사
친구가 준 마법 스크롤을 사용한 겁니다. 아껴 두었던 건데 저 아주
머니들을 구하기 위해선 어쩔 수 없었습니다. 죄송합니다."

린스는 고개를 끄덕였지만 속으론 의심을 지울 수 없었다. 하지
만 더 이상 사실을 밝혀낼 방법이 없었다. 리오가 말을 둘러대는
데는 이유가 있을 거라고 생각한 부녀자들까지 입을 꾹 다물어 버
렸기 때문이다. 어쨌건 그녀의 마음속에 자리 잡은 리오에 대한 의
구심은 점점 커져만 갔다.

"실례합니다만 아주머니들 이 근처에 사시나요?"

케톤은 나름대로 친절히 그들에게 물었다. 그러자 부녀자들 중
몇 명이 발끈하며 그에게 소리쳤다.

"아직 결혼 안 한 처녀들도 있다고요!"

케톤은 움찔하며 머리를 조아렸다.

"아, 죄, 죄송합니다, 여러분. 실례했습니다."

린스는 지나치게 머리를 굽히고 있는 케톤을 보며 그가 여자에

게 상당히 약하다는 것을 알았다. 하지만 그녀에겐 그의 그런 모습이 이상스러울 정도로 친근하게 느껴졌다.

그 부녀자들은 근처의 옛센이라는 곳에 사는데 암염을 채집하기 위해 늘 이곳에 온다고 말했다. 마을과 꽤 가까운 곳이어서 고블린에게 습격을 당해도 큰 사건이 터지지는 않았는데 오늘은 지진과 함께 예상외의 일이 터진 것이었다.

리오는 박수를 치며 그들의 시선을 집중시켰다. 그리고 부드럽게 웃으며 말했다.

"자, 마을로 돌아가십시오, 숙녀분들. 여러분들의 마을까지 제가 안전하게 모셔다 드리겠습니다."

"우아! 고맙습니다, 기사님!"

부녀자들은 관광이라도 온 사람들처럼 들떠서 기뻐했다. 린스는 또다시 의심을 품었다.

"마법 스크롤로 이긴 것치고는 상당히 인기가 좋군. 분명 뭔가 있어……!"

4

1천 년 만의 식사

레프리컨트 왕국 서부 산간 마을 엣센. 언제나 조용하던 그 마을이 오랜만에 시끌벅적했다. 축제와 같은 기분 좋은 일은 아니었다. 촌장이 비상회의를 소집한 것이었다.

사람들과 한참 대화를 나누던 촌장은 멀리 보이는 흑색 오벨리스크를 바라봤다. 방금 전 일어난 지진과 함께 솟아오른 골칫거리였다. 이것이 오늘의 회의 안건이었다.

"저것이 무어라 생각하시오, 여러분? 혹시 아는 사람 없소?"

촌장은 근심이 가득한 얼굴로 마을 사람들에게 물었다. 하지만 아는 사람이 하나도 없었다.

"지진을 일으키며 나온 걸로 보아 나쁜 징조가 아닐까요, 촌장님? 색도 검은색이고…… 저는 기분 나쁩니다."

듬직하게 생긴 청년이 말했다. 사람들과 촌장은 일리 있다는 듯 고개를 끄덕였다.

"그럼 저 기둥 가까이에는 아무도 접근하지 말기로 합시다. 좋은 일이 생기든 나쁜 일이 생기든 말이오. 우리에겐 지금 이대로가 가장 좋다고 생각합니다."

모든 마을 사람들은 촌장의 결정에 동의했다. 그때 한 청년이 손을 들었다.

"그런데 촌장님, 암염을 캐러 갔던 여자들은 괜찮을까요? 혹시 모르니 사람들을 보내는 게 어떨까요?"

"음……."

촌장의 주름진 얼굴이 다시 흐려졌다.

"어라? 저게 뭐지?"

한 중년 사내의 외침에 거기에 모여 있던 마을 사람들은 그가 손가락으로 가리키는 하늘 쪽을 올려다보았다.

네 개의 작은 물체들이 공중에 떠 있었다. 그것들의 크기가 점점 커지는 것으로 보아 마을을 향해 날아온다는 것을 알 수 있었다.

"새는 아니고……?"

물체는 점점 커져 갔다.

이윽고 군집해 있던 마을 사람들의 머리 위까지 날아온 물체는 사전 예고도 없이 불의의 공격을 가하기 시작했다.

그것은 처음 보는 종족을 등에 태운 거대 익룡 와이번의 무리였다. 전투에 능하지 않은 마을 사람들은 와이번의 공격에 무참히 쓰러져 갔다. 주민 여럿이 순식간에 죽자 사람들은 저항할 의지를 잃고 마을 한가운데 있는 광장으로 내몰리게 되었다.

"후, 이곳의 인간들은 약하군."

와이번의 등에서 내린 검은 피부의 종족, 그들은 오래전 이 세계에서 모습을 감췄다고 전해지는 다크엘프들이었다. 환도를 거머

켠 그들은 인간의 언어로 주민들에게 말했다.

"오랜만에 깨어나서 우리는 배가 고프다. 어서 먹을 것을 바쳐라."

주민들은 기가 막혔다. 갑자기 익룡들과 함께 불쑥 나타나 사람들을 살해하고 음식을 갖다 바치라니. 하지만 다크엘프들의 뒤에 떡 버티고 있는 거대 익룡 와이번 앞에서 그들은 아무 저항도 할 수 없었다.

"뭘 하는 건가! 배고프다고 하지 않았나!"

붉은색 옷을 입은 다크엘프는 흥분한 듯 소리치며 오른손을 높이 들었다. 그의 손엔 붉은색 기가 모였고, 다크엘프는 그것을 근처 가옥에 던졌다.

콰광!

놀랍게도 조그마한 빛의 구체 한 방에 집 한 채가 산산조각 났다. 주민들은 재빨리 각자의 집으로 가서 음식들을 가져와 다크엘프들에게 바치기 시작했다.

"어서 어서 움직여! 1천 년 동안이나 음식을 먹지 못했단 말이다!"

열 명의 다크엘프는 음식들을 게걸스럽게 먹기 시작했다. 마을 사람들은 다크엘프들의 호리호리한 몸을 보면서 어떻게 저 많은 음식들이 다 들어갈까 의아해할 지경이었다.

음식을 다 먹은 붉은 옷의 다크엘프는 자리를 박차고 일어서면서 다시금 소리쳤다.

"자, 이제 먹이를 줄 차례다! 우리 와이번들에게 줄 먹이도 가져와!"

촌장은 공포에 질린 표정으로 그에게 말했다.

"와이번의 머, 먹이라면 어떤 것을 말씀하시는 겁니까……?"

붉은 옷의 다크엘프는 촌장에게 귓속말로 속삭였다. 그 속삭임을 들은 촌장은 기겁을 하며 뒷걸음질을 쳤다.

"그, 그런! 어떻게 사람들을 먹이로……!"

촌장의 외침에 마을 사람들 얼굴이 하얗게 질렸다. 붉은 옷의 다크엘프는 뒷걸음질치는 촌장을 무시하고 환도를 거머쥐며 외쳤다.

"어서 앞으로 나와라! 안 그러면 와이번들이 스스로 먹이를 찾게 할 것이다!"

마을 사람들은 기가 막혔다. 차라리 혀를 깨물고 자결하는 쪽이 나을 것 같았다.

와이번들은 자신들의 날개 가죽을 혀로 핥으며 식욕을 최대한 억제하고 있었다.

"잠깐!"

갑자기 들려온 고함 소리에 다크엘프들과 사람들은 소리 난 쪽을 바라보았다. 마을 입구에 간단한 갑옷을 입은 청년과 청년보다 큰 키의 여성 엘프가 다크엘프들을 노려보고 서 있었다. 청년은 검을 뽑아 들며 다크엘프들에게 소리쳤다.

"누군지 모르겠지만 약탈 행위를 그만둬라! 그렇지 않으면 나 페릴이 용서치 않겠다!"

다크엘프들은 멍하니 둘을 바라보다 곧 박장대소를 하며 소리쳤다.

"와하하핫! 1천 년 만에 이런 멍청이들을 만나는군! 이런 녀석들이 '정의는 이긴다'란 표어에 목숨을 내걸고 모험을 하지. 별로 강하지도 않으면서 말이야. 힛힛힛……."

"뭐, 뭐라고!"

청년은 흥분하여 다크엘프들에게 달려들려고 했으나 옆에 서 있던 여성 엘프가 그를 저지하며 말했다.

"잠깐만요 페릴, 저들은 보통 다크엘프가 아닌 에인션트 다크엘프 같아요. 당신이 감당하기엔 너무 벅찹니다."

그러나 페릴이라 불린 청년은 여성 엘프의 만류를 뿌리치며 다크엘프들에게 달려들기 시작했다.

"미안해 트리네! 도저히 참을 수 없어! 간다, 빌어먹을 녀석들!"

"후훗, 저 녀석이 첫 번째 먹이다."

붉은 옷의 다크엘프는 빙긋 웃으며 어디론가 사라졌다. 그것을 알지 못하는 페릴은 무작정 돌진하였다.

"이…… 이 녀석들?"

페릴은 순간 다크엘프들 앞에서 멈추고 말았다. 자신이 검을 부여잡고 돌격해 오는데도 그들은 눈 하나 깜짝하지 않았다.

"왜 덤비지 않는 거지! 날 무시하는 건가!"

"흥, 넌 개미가 덤벼들면 피하는 모양이구나. 우린 너 따위와 상대할 시간이 없어."

"이, 이 자식!"

자존심이 상한 페릴은 자신과 가장 가까이 있는 다크엘프를 향해 기합 소리를 지르며 검을 휘둘렀다. 그러나 페릴의 검은 허공을 갈랐을 뿐이었다. 몇 번을 공격했으나 옷자락 한 번 스치지 못했다. 페릴과 그의 공격을 가볍게 피하는 다크엘프의 표정은 점점 대조적으로 변해 갔다.

"죽어라!"

그때 좀 전에 사라졌던 붉은 옷의 다크엘프가 페릴의 뒤에서 나타났다. 그는 살기등등한 자세로 페릴의 등을 향해 환도를 휘둘렀다. 페릴의 실력으로는 도저히 피할 수 없는 공격이었다.

"위험해요. 페릴!"

순간 그와 함께 있던 여성 엘프가 빠르게 몸을 날려 자신의 장검으로 다크엘프의 환도를 막아 냈다. 다크엘프는 입맛을 다시며 동료들에게 돌아왔다.

"쳇, 상당한 실력이군. 하이엘프인가······?"

여성 엘프는 페릴의 등에 자신의 등을 맞대고 조심스럽게 말했다.

"저보다도 더 빠른 상대들이에요. 정신을 집중해요, 페릴!"

"아, 알았어, 트리네."

페릴은 다시 검을 잡은 손에 힘을 넣었다.

한편 자신들의 승리를 기정사실화하고 있는 다크엘프들은 황금색 단발의 하이엘프 트리네를 바라보며 입맛을 다셨다.

"후후훗······ 하이엘프를 상대하는 건 행운이야. 그렇지 않나? 오늘은 꽤 운이 좋은 날이군. 친구들, 빨리 저 인간 녀석을 처치하고 하이엘프와 즐겨 보자고."

"좋지!"

다크엘프들은 지체하지 않고 둘에게 덤벼들었다. 상상 이상으로 재빠른 몸짓이어서 초보 검사 단계를 겨우 면한 수준인 페릴은 당황했다. 트리네는 입가에서 흔들리는 머리카락을 깨물었다.

"죽어라!"

다크엘프의 환도가 페릴의 심장을 겨눈 채 날아들었다. 페릴은 겨우 피하긴 했지만 그것은 실력이라기보다 거의 운에 가까운 것이었다.

"이, 이런!"

머릿수로도, 전투력으로도 두 여행객은 다크엘프들에게 압도당했다. 여러 차례 공방전 끝에 페릴과 트리네는 결국 부상을 입은 채 바닥에 쓰러지고 말았다.

승리에 도취된 붉은 옷의 다크엘프는 페릴을 밟고서 충고했다.

"키킥, 영웅적 행위는 힘을 기른 다음에 해라, 멍청아. 유감스럽게도 더 이상 기회가 없겠지만 말이야. 자, 이리 오너라, 귀염둥이."

그는 앉아 있던 와이번 중 한 마리에게 손짓했다. 식욕을 최대한 참고 있던 와이번은 침을 흘리며 주인을 향해 굵직한 다리를 움직였다. 붉은 옷의 다크엘프는 웃으며 페릴을 가리켰다.

"자, 네 먹이다."

"으윽……!"

페릴은 억울한 듯 눈을 질끈 감았다. 자신의 여행이 이렇게 끝나는 것도 그랬고, 자신과 함께 행동하며 검술을 가르쳐 준 트리네에게도 미안했기 때문이다.

파악!

"쿠아아아악!"

순간 어디선가 날아온 돌멩이가 와이번의 불거진 눈을 정통으로 맞았다. 와이번은 고통에 몸부림치며 미친 듯이 날뛰기 시작했다. 겨우 와이번을 진정시킨 다크엘프는 인상을 구기며 돌이 날아온 방향을 바라봤다.

"이번엔 또 누구냐!"

그곳엔 마을의 부녀자들과 세 사람―은색 갑옷을 입고 있는 청년, 간편한 복장의 소녀, 그리고 큰 키에 붉은색 수염과 머리를 길게 기른 남자―이 서 있었다.

"후홋, 거기까지다!"

리오는 팔짱을 끼며 다크엘프들을 향해 말했다.

옆에 서 있던 케톤도 검을 뽑아 들며 앞으로 나섰다. 18세의 청년은 의협심이 끓어오르는지 사뭇 진지한 표정을 짓고 있었다. 그의 눈에 가장 먼저 비친 것은 반쯤 옷이 찢어진 채 몸을 웅크리고 있는 하이엘프였다.

케톤이 다가가자 다크엘프들은 트리네에게서 떨어져 무서운 눈으로 케톤을 쏘아봤다.

바닥에 쓰러진 하수(下手) 검술사와 지금의 청년 기사는 차원이 달랐다. 케톤의 눈빛에서, 그리고 몸짓에서 다크엘프들은 고수의 기운을 느꼈다.

"덮어요."

케톤은 자신의 붉은색 망토를 벗어 트리네를 덮어 주었다. 그는 아무 말 없이 다크엘프들에게로 걸어갔다.

"조심하세요! 인간 이상의 스피드를 가진 다크엘프들이에요!"

쓰러져 있던 여성 엘프가 뒤에서 소리쳤다. 그러나 케톤은 그녀를 돌아보지 않았다. 그의 머릿속엔 온통 전투만이 있었다.

"오, 케톤도 꽤 강할 것 같은데요?"

리오의 감탄에 린스는 당연하다는 듯 말했다.

"그럼. 레프리컨트 왕국 무도 대회에서 3회 연속 우승했어. 저것들에게 쉽사리 당하진 않을 거야."

"그렇군요."

리오는 고개를 끄덕이며 케톤을 지켜봤다.

케톤은 자신의 대퇴부와 팔, 복부의 장갑판을 제거했다. 그가 입고 있는 풀 플레이트 메일은 빠른 상대와의 전투엔 불리했다. 행동하기 편할 정도로 갑옷을 떼어 낸 케톤은 자세를 취하며 다크엘프들에게 말했다.

"덤벼라."

다크엘프들은 자기들의 언어로 수군대며 케톤을 둘러쌌다.

"레드노드를 들고 있군. 보통이 아닌 듯하니 주의해라!"

레드노드. 에인션트 소드급의 그 검은 사용자가 내뿜는 기의 정도에 따라 반사광이 점점 붉은색으로 변하며 절각성이 높아지는 최고급 검이었다. 원래 레프리컨트 왕국 국보인 그 검은, 최연소로 무도 대회를 3년 연속 제패한 케톤에게 여왕이 특별히 하사한 것이었다.

"타아앗!"

다크엘프 다섯 명은 각기 다른 방향에서 케톤을 집중 공격했다. 케톤은 몸을 굴려 잽싸게 포위에서 빠져나와 다크엘프의 움직임 이상의 스피드로 레드노드를 휘둘렀다.

"헙?"

케톤의 레드노드가 팔에 스친 다크엘프는 놀랐다는 듯 뒤로 주춤거렸다. 다른 다크엘프들은 틈을 주지 않고 케톤을 계속 공격했다.

"허업!"

레드노드 자루로 달려드는 다크엘프의 복부를 밀친 케톤은 상대방이 방어하기 전에 그대로 공격해 들어갔다. 레드노드에 정통으로 베인 다크엘프는 상처에서 피를 뿜으며 바닥에 쓰러졌다.

페릴은 자신보다 더 강한 힘을 발휘하고 있는 청년을 바라보며 감탄했다. 그것은 트리네도 마찬가지였다.

"저것은…… 레프리컨트 왕국의 전설적인 검사 하롯 프라밍이 고안해 낸 비전승 검술! 그렇다면 저 청년이 바로 케톤 프라밍?"

이제 겨우 남은 다크엘프 다섯을 처리하는 건 케톤에겐 그리 어려운 일이 아니었다. 케톤은 나머지 다섯에게 눈길을 돌렸다.

"레프리컨트 왕국의 백성을 괴롭힌 대가를 달게 받아라."

"크윽……!"

다크엘프들은 긴장된 표정으로 케톤을 바라보았다. 그러나 붉은색 옷의 다크엘프는 빙긋 웃을 뿐이었다.

"후훗, 저 녀석 내 피를 끓게 만드는군. 좋아, 친구들. 저 녀석은 내가 처리할 테니 내 와이번에게 돌을 던진 저 빨간 머리카락 머저리나 처리해 줘. 녀석의 장발로 모자를 만들고 싶군. 하하핫!"

"좋아!"

다크엘프들은 고개를 끄덕이며 속속 사라졌다. 붉은 옷의 다크엘프는 자세를 잡으며 케톤을 바라봤다.

"1천 년 만이군, 이런 기분은!"

만만한 상대가 아님을 느낀 케톤의 미간에 주름이 잡혔다. 레드노드의 붉은 반사광은 더욱 강해졌다.

한편 리오는 다크엘프 네 명이 사라지는 것을 본 직후 씩 웃으며 천천히 앞으로 걸어 나갔다. 린스는 한쪽 눈썹을 추켜올리며 그에게 물었다.

"이봐, 도망치는 거야?"

리오는 어깨를 으쓱하며 그녀를 돌아봤다.

"아뇨, 손님을 맞으러 나온 겁니다."

"손님? 누구?"

린스의 거듭된 질문에 리오는 씩 웃으며 오른팔을 허공으로 들어 올렸다.

"바로⋯⋯."

리오의 말이 끝나기도 전에, 그의 오른손에 다크엘프의 검은색 안면이 잡혔다. 그에게 잡힌 다크엘프의 눈은 경악으로 가득했다.

"⋯⋯이 녀석들이죠."

리오는 잡은 다크엘프를 땅바닥에 세게 내던진 후 주위를 둘러보았다.

"자, 잔재주는 싫으니 당당하게 나와라. 난 시간 끄는 것을 제일 싫어해."

바닥에 던져진 다크엘프 주위에 다른 셋이 나타났다. 그들은 케톤이 동료를 쓰러뜨릴 때만큼이나 긴장된 표정으로 붉은 장발의 남자를 바라보았다.

몸을 감추고 있던 다크엘프를 맨손으로, 그것도 여유 있게 잡는 것은 인간의 한계를 초월한 감각이 아니면 불가능했다.

"이, 이 녀석은 대체?"

다크엘프들은 무서운 괴물을 만났다는 느낌을 지울 수 없었다. 상대의 여유 넘치는 표정에선 엄청난 살기가 뿜어지고 있었다.

"안 오겠다면 내가 가지."

리오는 그렇게 말한 후 자신의 '짐'을 다크엘프들을 향해 휘둘렀다. 그 짐에 맞은 다크엘프들은 뼈와 내장이 뒤틀린 채 추풍낙엽처럼 떨어져 땅바닥을 뒹굴었다. 네 명의 다크엘프를 모조리 쓰러뜨린 리오는 피식 웃으며 자신의 머리카락을 천천히 묶어 올렸다.

역시 리오가 괴물이라고 생각하던 린스는 그가 머리를 묶기 시작하자 약간 놀란 듯 물었다.

"이, 이봐. 뭘 하는 거야……?"

머리카락을 하나로 묶어 올리자 리오의 얼굴이 도드라졌다. 긴 머리카락과 수염이 부조화하긴 해도 그 모습은 주위에서 지켜보는 부녀자들의 마음을 설레게 하기에 충분했다. 그것은 린스도 마찬가지였다.

리오는 '짐'을 천천히 풀어 헤쳤다.

회색의 보자기라고 생각했던 그것은 알고 보니 거대한 망토였나. 그리고 둘러싸여 있던 물건은 두 자루의 각기 다른 검이었다. 하나는 바스타드 소드 계열의 검이고 하나는 보통의 것보다 긴 자루와 푸르스름한 검신(劍身)을 지닌 독특한 소검이었다.

리오가 검을 장비하고 망토를 어깨에 두르자 부녀자들은 환호성을 질러댔다.

주머니에서 작은 은십자가를 꺼낸 리오는 린스를 보며 나지막이 말했다.

"할 일이 생긴 것 같습니다. 아가씨, 더 이상 짐을 들고 다닐 필요가 없군요. 후훗……."

"응?"

린스로서는 알 수 없는 말이었다. 말을 마친 리오는 손에 든 은십자가를 목에 걸었다. 그리고 아무도 듣지 못할 정도로 조용한 목소리로 중얼거렸다.

"다시 한 번 지켜봐 줘……."

"으, 으윽! 피익!"

그때 쓰러진 다크엘프 중 몸이 성한 하나가 휘파람을 이용해 와이번들을 흥분시키기 시작했다. 리오는 기다렸다는 듯 앞으로 성큼성큼 나섰다.

"오너라!"

리오는 보라색 검 디바이너를 재빨리 뽑아 들었다. 그 보라색 대검을 본 린스와 트리네는 놀라지 않을 수 없었다.

그도 그럴 것이 검은색 금속은 많이 보았어도 짙은 보라색 금속은 흔치 않았기 때문이다. 하지만 지금 중요한 것은 검의 재질이나 색이 아니었다.

"쿠오오오!"

와이번들은 입에서 불길을 뿜어 대며 리오에게 날아들었다. 드래곤의 브레스와는 비교할 수 없었지만 인간급 생물들에게 브레스나 와이번의 불길은 어느 것이 더 빨리 타느냐 하는 정도 외에는 별다른 차이가 없었다.

"쓸데없는 짓!"

불길이 날아오자 리오는 자신의 망토를 앞으로 강하게 휘둘렀다. 순간 발생한 풍압에 의해 불길은 공중에서 밀려났다. 그러나 와이번은 아랑곳하지 않은 듯 날카로운 발톱을 앞세워 공격했다.

와이번이 사정거리 안에 들어오자, 리오는 강하게 뛰어오르며 디바이너를 빠르게 휘둘렀다. 보라색 검광이 허공에서 두 번 번쩍임과 동시에 와이번의 양 날개가 공중에서 떨어져 나갔다.

"쿠에엑!"

날개를 잃어버린 와이번의 몸은 비명과 함께 지상으로 곤두박질쳤다.

리오는 지상에 떨어진 와이번 머리를 검으로 내리쳤다. 급소가 관통된 와이번은 이내 숨이 끊어졌다. 또 다른 와이번들이 쉴 틈을 주지 않고 리오를 향해 날아들었다.

"하앗!"

리오는 다시금 뛰어올라 검을 휘둘렀다. 와이번 두 마리가 머리를 잃고 바닥에 떨어졌다. 이제 마지막 한 마리만 남았다. 리오는 그 마지막 와이번 위에 훌쩍 올라탄 다음 그 긴 목을 양손으로 잡고 그대로 비틀어 버렸다.

부드득!

뼈가 으스러지는 소리와 함께 와이번의 숨통이 끊어졌다. 리오는 추락하는 와이번에서 뛰어내려 가볍게 지상에 착지했다.

"후, 준비운동치곤 간단하군."

리오는 디바이너를 집어넣고 린스 옆으로 돌아왔다. 남은 다크엘프를 포함한 모든 사람들은 와이번과 육탄전으로, 그것도 다수와 싸워 이기는 것을 처음 보고는 놀라움을 감추지 못했다.

"괴물이라니까."

린스는 고개를 설레설레 저으며 중얼거렸다. 리오는 어깨를 으쓱하며 웃을 뿐이었다.

붉은 옷의 다크엘프와 케톤의 실력은 호각에 가까웠다. 공격력은 케톤이 조금 더 좋았고, 속도는 다크엘프가 약간 더 빨랐다. 다크엘프의 빠른 공격이 연속으로 이어지자 케톤도 지지 않으려는 듯 레드노드를 전보다 훨씬 강하게 움직였다.

다크엘프의 짧은 검으로 장검인 레드노드를 받는 것엔 한계가 있었다. 손이 굉장히 저렸다. 다크엘프는 어쩔 수 없다는 듯 케톤에게서 떨어지며 양손을 모으고 주문에 들어가기 시작했다.

"이렇게 된 이상 너를 마을과 함께 날려 버리겠다!"

"뭐?"

"죽어라! 플레……."

퍽!

순간 레드노드의 불그스름한 검신이 다크엘프의 안면에 박혔다. 발동되다 만 플레어의 영향으로 그의 몸은 곧 빛과 함께 사라졌다. 잠시나마 긴장한 케톤은 꽤 지친 듯 숨을 몰아쉬며 레드노드를 거뒀다.

"휴, 힘든 상대였어."

케톤은 몸을 이리저리 움직여 근육을 풀면서 말했다. 그는 곧 쓰러져 있는 페릴에게 다가갔다. 페릴은 자신보다 어려 보이는 그에게 도움을 받기는 싫었는지 거의 억지로 몸을 일으키며 케톤의 도움을 미리 거절했다.

그러나 신사도를 발휘하여 그는 케톤에게 손을 내밀었다.

"자네, 상당히 검을 잘 쓰는군. 난 페릴 자이판이라 하오. 보시다시피 검술을 익히려고 여행하는 중이지. 그러다 이 꼴이 되긴 했지만…… 아차, 트리네!"

페릴은 그제야 자신의 동료가 생각났는지 허둥대며 그녀를 찾았다. 케톤은 고개를 설레설레 저으며 전투 전에 벗었던 자신의 갑옷 부분들을 찾아 다시 끼워 맞추기 시작했다.

"여기예요, 페릴."

트리네는 이미 찢어진 옷을 갈아입은 후였다. 그녀의 왼팔엔 차곡차곡 접혀진 케톤의 망토가 들려 있었다. 페릴은 다행이라는 듯 한숨을 길게 쉬며 그녀에게 달려갔다.

"다친 곳은 없어? 사부가 나 때문에 이런 일을 당하다니, 정말 미안해."

"아니에요, 페릴. 당신 아버지와의 약속을 지키려고 한 것이니 괜찮아요. 당신이 미안해할 것은 없어요."

트리네는 오히려 자신이 미안하다는 표정으로 제자의 어깨를 두드렸다.

"자, 오늘은 피곤하니까 민가에라도 가서 쉬자고, 빨간 머리 꺽다리. 케톤도 피곤할 거야, 그렇지?"

"아, 예."

린스가 케톤을 바라보면서 살짝 윙크를 하자 케톤은 얼굴을 붉히며 고개를 끄덕였다. 리오는 마을 사람들이 모여 있는 곳으로 가며 말했다.

"이 마을 촌장님께 제가 부탁드려 보지요. 여기서 잠시 기다리세요, 아가씨."

리오는 걸어가며 가만히 린스의 말을 되뇌어 봤다. 추억에 잠긴 표정으로.

"꺽다리라. 오랜만에 듣는데?"

촌장은 기꺼이 린스 일행의 숙박을 허락했다. 물론 성공하지 못했지만 도와주려 애쓴 트리네와 페릴도 함께였다.

리오를 제외한 일행은 침대에 쓰러져 저녁이 될 때까지 잠을 청했다. 레프리컨트 서열 3위의 기사인 케톤 역시 잠의 유혹에서 벗어나지 못했다.

그들이 자는 동안 리오는 세면실에서 조용히 칼을 들어 면도를 시작했다. 리오의 근육질 몸을 더욱 돋보이게 하는 윤기 흐르는 적동색 피부가 면도날이 지나간 자리에 선명히 나타났다. 여성들을 조건 없이 매료시킬 수 있을 정도로 잘생긴 얼굴이 점차 드러났다.

"6개월 동안 마음먹고 기른 건데……."

리오는 아깝다는 듯 투덜대며 나머지 수염을 마저 깎았다.

저녁 식사 시간이 되었다. 억지로 잠에서 깨어난 일행은 촌장 가족이 마련한 식탁에 둘러앉았다. 왕궁을 떠난 뒤 이틀 동안 마른 빵이나 토끼 고기만을 먹었던 린스는 볼품은 없지만 나름대로 담백한 향을 가진 그 음식들을 보고 함박웃음을 지었다. 케톤은 아직 피로가 가시지 않았는지 의자에 앉은 채 가만히 있었다. 페릴은 상반신에 감은 붕대가 불편한지 약간 쓰린 표정을 짓고 있었다.

마침 세면실에서 나온 리오는 식사를 하고 있는 일행을 둘러봤다. 누군가 보이지 않았다.

"어, 트리네 님이 안 계시네요?"

그녀와 같은 방을 사용했던 린스는 수프를 뜨면서 표정을 구겼다.

"엘프가 무슨 다이어트야. 트리네는…… 어라?"

린스는 리오가 면도한 모습에 놀랐는지 뚫어지게 그의 얼굴을 바라봤다. 케톤과 페릴도 의외라는 듯 눈을 커다랗게 뜨고 그를 바라봤다. 촌장 가족들도 마찬가지였다. 리오는 쑥스러운 듯 웃으며 말했다.

"남의 얼굴을 그렇게 보는 건 예의에 어긋납니다. 아가씨. 자, 식사나 하세요."

리오는 케톤 옆에 앉아 수프를 떴다.

린스는 사실 리오의 나이가 30대쯤 될 거라고 생각했다. 실력으로 보나 경험으로 보나 도저히 20대로 보이지 않았던 것이다. 하지만 면도를 한 지금 리오는 20대, 그것도 중반이 아닌 초반의 젊은 기사로 보였다. 궁금증을 가슴에 쌓아 두는 체질이 아닌 린스는 숟가락을 놓고 그에게 물었다.

"격다리는 나이가 어떻게 돼?"

단도직입적인 그 질문에 리오는 고개를 갸웃거리며 답했다.

"스물넷입니다. 너무 늙어 보이나요?"

"아, 아냐. 식사나 하자고."

'남자들은 수염 하나에 얼굴이 완전히 달라 보이는구나.'

지금까지 느꼈던 리오의 털털한 이미지가 싹 달아났다. 린스는 왕궁 안의 생활과는 너무도 다른 지금이 즐겁고 재미있게 느껴지기 시작했다.

"모두 식사하고 계시네요?"

다른 사람들보다 약간 늦은 트리네였다. 간단한 차림이어서 그런지 그녀의 훤칠한 키가 더욱 커 보였다. 린스 옆에 앉은 그녀는 조용히 식사를 했다.

리오는 물을 한 잔 들이켜고 나서 페릴에게 물었다.

"당신, 트리네 님을 스승이라 하신 것 같은데 무슨 특별한 이유라도 있습니까?"

페릴은 한숨을 쉬며 얘기를 시작했다. 사연이 꽤나 긴 듯했다.

"원래는 아버님께 검술을 배웠지만 아버님께서 돌아가신 후 제 사제인 트리네를 스승으로 모시게 됐소. 하지만 존칭은 하지 않소. 어릴 때부터 알고 지낸 사이라 그런지…… 하여간 그렇소."

리오는 감탄하듯 트리네를 바라보며 턱에 손을 가져갔다. 항상 만지던 수염이 없어 허전했다.

"오호, 그럼 트리네 님은 검술에 능하시겠군요? 아, 그러고 보니 소검을 사용하는 다른 엘프와는 달리 장검을 사용하시더군요. 꽤나 수련을 하신 듯한데……."

트리네는 부드럽게 고개를 끄덕였다.

"예, 페릴의 아버님께도 가르침을 받았고, 그 전에도 여러 검객들에게 가르침을 받았죠. 딱 한 분만 가르침을 주지 않으셨지만요."

순간 케톤은 움찔하며 그녀를 바라봤다. 예전에 그의 조부에게 들었던 얘기와 상당히 일치했기 때문이다. 하지만 케톤은 더 이상 캐묻지 않았다.

"그쪽도 검술에 능하시더군요? 아, 성함이……."

트리네의 눈이 궁금증으로 반짝이는 것을 느낀 리오는 빙긋 웃으며 자신의 이름을 또박또박 말했다.

"리오, 리오 스나이퍼라고 합니다."

"리오 님은 어떻게 검술을 연마하셨죠? 스승님이 계신가요?"

리오는 검술에 대한 그녀의 관심이 보통 이상이란 사실에 약간 곤란함을 느꼈다.

"스승님이 계시긴 하지만 그분은 저에게 검술의 기본만을 가르쳐 주셨습니다. 기본기 이외의 기술은 제가 스스로 터득한 것이죠."

트리네의 눈은 점점 더 초롱초롱 빛났다. 다른 사람들은 이야기가 길어질 것을 예상했는지 먹는 속도를 빨리했다.

2장
천재라 불리는 학자

1

천재 과학자를 찾아서

달이 펠튼 고원에 거의 가려졌을 깊은 밤. 검은 그림자가 재빠르게 엣센의 가옥 사이를 움직였다. 모두 잠든 틈을 타 밖으로 나온 그림자, 리오는 마을 바깥에 갑자기 솟아난 흑색 오벨리스크를 향해 달려갔다. 그곳에 도착하자마자 그는 표면에 묻은 흙을 털어 내며 자세히 관찰했다.

"주신계의 문자가 써 있군. 이런 기둥이 있다는 건 하이볼크(주신) 님께도 듣지 못했는데."

리오는 표면에 쓰여 있는 문자를 더욱 자세히 살피기 위해 자신의 시력을 조절했다. 곧 리오의 두 눈은 붉은빛을 내기 시작했다.

그의 시각은 조정하기만 하면 가시광선이 아닌 적외선으로도 물체를 볼 수 있었다. 문자를 천천히 읽어 내려가던 리오는 흠칫 놀라며 자신의 시각을 정상으로 되돌렸다. 그는 팔짱을 끼고 나지막이 중얼거렸다.

"큰일이군. 지크의 세계에서 본 군병기가 왜 이곳에 있나 했더니…… 설마 이곳이 주신께 말로만 듣던 이중 차원계인가?"

리오는 심각한 얼굴로 마을 쪽을 바라봤다.

"어떻게 이 일을 막을 수 있을지 의문이군. 우선은 표면적인 일을 처리하며 원인을 찾는 수밖에."

머리를 다른 때보다 세차게 긁은 리오는 한숨을 쉬며 다시 엣센 마을로 돌아갔다.

다음 날 린스 일행은 아침 일찍 엣센 마을을 떠날 준비를 시작했다. 리오는 부지런히 움직이는 린스를 보며 물었다.

"아니, 뭐가 그리 급하십니까, 아가씨? 천천히 하셔도……."

"빨리 가야 해. 혹시라도 선생이 떠나기라도 하면 큰일이야."

"……선생요?"

리오는 무슨 말인지 이해할 수 없었다. 린스는 씩 웃으며 '선생'이란 사람을 간접적으로 소개했다.

"이 아탄티스 대륙 최고의 천재 과학자 노엘 메이브랜드지! 열여섯 살까지 나를 가르쳐 줬던 궁중 학자이기도 해. 무슨 일인지 갑자기 성을 나가 버렸지만 찾아내기만 하면 지금 우리에게 도움을 줄 수 있을 거야."

"그렇군요."

리오는 안경을 쓴 늙은 학자의 모습을 떠올렸다. 나름대로 노엘이란 사람의 이미지를 그려 보던 그는 다른 방향에 서 있는 페릴과 트리네를 바라봤다.

"어디로 가실 겁니까?"

밤늦도록 리오와 검술에 관한 토의를 벌인 트리네는 아쉬운 웃음을 지으며 대답했다.

"저희 수행은 아직 끝나지 않았어요. 아쉽지만 후에 인연이 닿으면 또 만나게 되겠죠. 모두 무사히 뜻한 바 이루시길. 자, 가죠, 페릴."

"음, 그럼 또 봅시다!"

페릴은 트리네와 함께 마을을 먼저 빠져나갔다.

리오 일행 역시 마을 사람들과 작별 인사를 나눈 뒤 엣센을 떠났다. 막상 서두르던 린스는 그곳에 더 머물고 싶은 듯했지만 케톤과 리오가 아무 미련 없이 마을을 나서자 그녀도 어쩔 수 없이 따라나섰다.

노엘이 있을 거라며 엣센 촌장이 가르쳐 준 도시. 그곳은 레프리컨트 최대의 항구도시 트립톤이었다. 예전부터 해상무역이 발달한 그곳은 동방이라 불리는 마우이 대륙 사람들과 그들의 문물을 접할 수 있는 관광 명소이기도 했다.

다음 날 정오 무렵, 일행은 바람이 실어 온 바다 냄새를 맡을 수 있었다. 린스는 성안에만 있었던 탓인지 리오와 케톤이 좋아하는 이유를 알지 못했다. 그녀는 바다라는 것이 있다는 것은 알지만 실제로 본 적은 없었다.

"바다를 한 번도 본 적 없다고요? 음, 그럼 직접 보세요, 공주님. 속이 탁 트일 테니 말이에요."

리오는 숲이 끝나는 지점을 손가락으로 가리키며 씩 웃었다. 린스는 탐탁지 않은 표정을 지으며 그곳으로 갔다. 따가운 햇살을 손으로 가리며 눈을 동그랗게 뜬 린스는 입을 크게 벌리며 감탄했다.

"우아! 이것이 바다라는 거야?"

모든 것이 푸른색으로 빛났다. 호수와는 비교할 수도 없는 광활한 규모와 푸른색의 창쾌함에 린스는 리오의 말 그대로 속이 탁 트이는 것 같았다. 린스는 폴짝폴짝 뛰며 어린아이처럼 즐거워했다.

"꺄앗! 어서 가보자! 어서 어서!"

린스는 아래에 보이는 트립톤을 향해 뛰기 시작했다. 케톤은 쓸쓸한 눈빛으로 린스의 즐거워하는 뒷모습을 바라봤다.

"성안에만 계시느라 바다도 보지 못하시다니, 불쌍한 분."

그 말을 들은 리오는 피식 웃으며 케톤의 어깨를 두드렸다.

"오늘 우리가 보여 드렸으니 됐지. 자, 공주님께 무슨 일이 일어나면 안 되니까 우리도 어서 내려가자, 케톤."

"예, 리오 님."

케톤은 언제나 웃음을 잃지 않는 리오의 모습을 보고 본받아야겠다고 생각하며 트립톤으로 향했다.

도시에 당도한 린스와 케톤은 신분증이 있어서 문제없이 통과했지만 리오는 신분증이 없었기 때문에 곤란에 빠지고 말았다. 리오는 머리를 긁적이며 린스와 케톤에게 말했다.

"먼저 노엘이란 분부터 찾아보십시오. 저는 이 예쁜 아가씨랑 여기서 시간 좀 보내겠습니다."

"쳇, 알았어. 빨리 와야 해!"

린스와 케톤은 어쩔 수 없이 발걸음을 옮겼다. 리오는 자신을 막고 있는 여군에게 시선을 돌렸다.

"통관 절차를 잘 모르는데, 실례지만 가르쳐 주실 수 있겠습니까? 아름다운 군인 아가씨란 없다는 제 편견을 어떻게 깨신 건지도 알려 주시면 더 좋겠군요."

주근깨 가득한 얼굴의 여군은 감격한 듯 웃으며 말했다.

"오호, 말솜씨가 보통이 아니시군요?"

"제 편견을 깬 당신의 미모에 제 입술도 감동받은 모양입니다. 후훗……."

근처를 지나다 그 말을 들은 상인들 얼굴은 독침이라도 맞은 것처럼 일그러졌다. 그러나 리오의 얼굴과 말솜씨에 저격받은 여군은 결국 규칙을 무시하고 붉은 머리카락의 미남을 통과시켜 주고 말았다. 그 뒤 뭔가를 바라는 듯 그에게 말했다.

"저, 조금 있으면 교대 시간인데……."

"수고하십시오!"

목적을 이룬 리오는 도망치듯 도심 안으로 사라져 버렸다. 리오의 사탕발림에 속아 넘어간 여군은 자신의 베레모를 질끈 썹을 뿐이었다.

항구를 지나가던 린스와 케톤은 열을 지어 배에 타고 있는 여행객들의 모습을 보았다. 배를 유심히 바라보던 케톤이 심심함을 달랠 겸 입을 열었다.

"저 사람들은 동방으로 가는 것 같군요."

"동방? 아, 맞아. 난 동방에 대해 별로 들은 게 없거든? 아는 대로 말해 주겠어?"

린스는 눈을 동그랗게 뜨고 케톤을 바라보았다. 케톤은 멋쩍은 듯 머리를 긁적이며 아는 대로 대답해 주었다.

"동방이란 저희가 있는 아탄티스 대륙의 동쪽에 위치한 마우이 대륙 전체를 말하는 겁니다. 저희와는 다른 문화를 가지고 있지요. 제가 아는 바로는……."

'동방'이란 대륙이 알려진 것은 1백 년도 채 안 된 근래의 일이었다. 아탄티스 대륙에 기사라는 존재가 있는 것처럼 동방엔 무사라는 존재가 있었다. 아탄티스 대륙의 기사들이 일정한 검술을 가지지 않은 것과는 달리 동방의 무인들은 자신들이 사용하는 무술을 '유파'로 분류하여 더욱 깊이 있고 체계적으로 발전시켰다. 그리고 아탄티스 대륙에서 마법을 사용하는 것과 같이 동방에선 '정신술'을 사용한다.

이런 이야기들을 들은 린스에게 동방에 가고 싶은 생각이 드는 것은 당연했다. 그러나 그녀의 머릿속엔 경고하듯 다시 현재 해야할 일들이 빠르게 스쳐 지나갔다.

"선왕께선 마우이 대륙의 통치자인 청성제란 분과 상당히 친하셨답니다. 제 조부께서도 동방에서 몇 년간 계셨죠. 그런데 정말 이런 이야기를 듣지 못하셨습니까?"

"응. 노엘도 그렇고, 어마마마도 그렇고, 아무도 나에게 동방에 대한 얘기를 해준 적이 없었어……. 아닌가? 내가 잊은 건가?"

고개를 갸웃거리던 린스는 한숨을 쉬며 천천히 돌아섰다.

"동방엔 나중에 갈 일이 있겠지. 다른 곳으로 가보자, 케톤."

린스는 허리까지 기른 자신의 금발을 해풍에 날리지 않도록 매만지며 걸음을 옮겼다. 케톤 역시 아무 말 않고 그녀의 뒤를 따랐다.

"그런데 노엘은 대체 어디에 살고 있을까? 엣센의 촌장도 그것까지는 모른다고 하니 말이야."

케톤은 그 말을 듣고 잠시 걸음을 멈췄다.

"음, 아무래도 사람들에게 물어보는 것이 더 빠르겠……."

그때 한쪽에 따로 떨어져 있던 한 가옥에서 펑 소리와 함께 검은 연기가 솟아났다. 순간 움찔한 린스와 케톤의 시선이 그쪽으로 향했다.

"큰일이야! 어서 물을 길어 와!"

"선생님은? 선생님은?"

근처 주민들과 뱃사람들이 그 집 주위에 몰려들었다. 이윽고 집 문이 열리면서 누군가의 기침 소리가 들려왔다.

"콜록콜록, 또 실패잖아……."

매캐한 냄새와 함께 집 밖으로 나온 여성은 그을음이 묻은 자신 의 갈색 머리카락을 털면서 한숨을 쉬었다. 린스와 케톤은 그녀를 본 순간, 도저히 자신들의 눈을 믿을 수 없다는 표정을 지었다.

"노엘!"

"응? 세, 세상에!"

서둘러 안경을 쓴 그녀는 달려오는 린스를 안으며 딴 세상에 온 사람처럼 눈을 크게 떴다.

"리, 린스 공…… 아니, 아가씨 어떻게 이런 곳에!"

린스는 울 듯 말 듯한 눈으로 노엘을 바라보았다.

레프리컨트 왕국 사상 최고의 천재라 불리는 노엘. 그는 올해 스 물여덟 살의 젊은 여성이었다. 스무 살도 되기 전에 물리, 화학은 물론 마법까지 보통 학자의 수준을 뛰어넘은 천재였다.

3년간 린스를 가르쳤기에 노엘은 린스의 성격을 잘 알고 있었 다. 그녀는 당연한 듯 닥쳐 올 린스의 고함 소리에 대비해 마음의 준비를 했다.

"노엘! 노엘 맞지? 으아아앙!"

그러나 예상과는 달리 린스는 엉엉 울기 시작했다. 노엘은 놀라 며 케톤을 바라보았다.

"케톤! 무슨 일이 있는 거예요?"

노엘과 절친한 사이였던 케톤은 무겁게 고개를 끄덕였다.

"여기선 말씀드리기 곤란하군요, 선생님. 들어가서 말씀드리죠."

"아, 알았어요."

노엘은 울먹이는 린스를 다독거리며 연기가 채 가시지 않은 자신의 집으로 데리고 들어갔다.

"휴, 어디로 가셨나?"

도시 입구를 통과한 것으로 리오의 문제가 끝난 것은 아니었다. 린스와 케톤을 찾아내기 쉽지 않았다.

리오는 인파에 떠밀리며 인상을 구겼다. 이리저리 떠밀리던 그는 결국 도시 중앙에 자리 잡고 있는 시장까지 오게 되었다. 그는 시장 구석의 조금 한적한 곳에서 잠시 쉬기로 했다.

"노엘이란 사람을 찾으면 될까? 그렇게 유명한 사람이라면 공주님이 쉽게 찾으셨겠지만…… 귀찮게 됐군."

리오는 문득 사람들에 떠밀려 다니는 한 여성을 보았다. 흑색 비단과도 같은 긴 머리를 단정히 빗어 내린 여자였다. 무엇보다도 리오의 관심을 끈 것은 그녀가 입고 있는 펑퍼짐한 스타일의 옷이었다.

"이곳 사람이 아닌가? 신기한 옷이군."

그때 리오와 그녀의 시선이 마주쳤다. 잠시 동안 이유 없이 그를 바라보던 그녀는 천천히 그에게 다가왔다. 생각보다 작은 키는 아니었지만 그녀의 모습은 상당히 어려 보였다. 그러나 눈송이처럼 하얀 피부와 단정한 얼굴에 리오는 내심 감탄을 금치 못했다.

"저, 처음 뵙는데 실례를 하겠어도 괜찮겠습니까? 선생님의 댁이 어디에 놓여 있는지 아시는지요."

"네?"

문법을 무시한 어수룩한 말이 그녀의 작은 입술에서 튀어나왔다. 리오가 얼굴을 살짝 찡그리자 그녀는 품에서 작은 책을 꺼내 바삐 뒤적이기 시작했다. 『아탄티스 언어록』이란 책 제목을 흘끔 본 리오는 그제야 알겠다는 듯 다른 언어로 그녀에게 물었다.

"다른 곳에서 오신 분이십니까?"

다른 세계의 언어가 리오의 입에서 나왔다. 책장을 넘기던 그녀의 손이 멈췄다.

"우리 동방의 언어를 아십니까?"

"알고 있으니 그쪽 언어로 말했죠. 어딜 찾으십니까?"

그녀는 무표정한 얼굴로 답했다.

"초면의 실례를 용서해 주시기 바랍니다. 저는 련희라고 합니다. 저는 노엘 메이브랜드 선생님의 댁을 찾고 있습니다. 혹시 아신다면 길을 가르쳐 주시겠습니까?"

어법이 상당히 강조된 말투였다. 리오는 예절을 중시하는 집안 출신인가 생각했지만 그 전에 짚고 넘어가야 할 것이 있었다.

"노엘 선생님? 아가씨도 그분을 찾으십니까?"

"예, 그렇다고 말씀드릴 수 있습니다. 저는 노엘 선생님의 댁에서 머물고 있습니다."

엄청나게 느린 말투이기도 했다. 하지만 리오는 그것에 별로 신경 쓰지 않았다.

"아, 잘됐군요. 저도 노엘 선생님을 찾고 있으니 같이 선생님 집을 찾아보죠. 그런데 조금이라도 감이 잡히는 곳이 없으십니까?"

"항구 쪽에서 조금 외따로 떨어진 집이었는데 도무지 방향을 알수가 없습니다."

"그렇군요. 그럼 일난 항구 쪽으로 길이 가시죠."

인파를 뚫으며 항구의 위치를 물은 리오는 그리 오래 걸리지 않아 항구에 도착할 수 있었다. 수수께끼의 소녀도 항구부터는 길이 기억났는지 자신을 따라오라는 듯 정중히 팔을 뻗었다.

"이곳부터는 제가 안내해 드리도록 하겠습니다."

"예. 아, 그런데 이곳엔 언제 오셨습니까? 그리 오래되시진 않은 듯한데요."

"그렇습니다. 저는 3개월 전 이곳 아탄티스 대륙에 당도했습니다. 노엘 선생님의 명성을 듣고 그분께 이 대륙의 학문을 배우기로 마음먹었습니다. 처음엔 언어 소통의 문제로 상당한 어려움을 겪었습니다. 하지만 노엘 선생님의 도움으로 간단한 언어는 깨우치게 되었습니다. 차츰 전 아탄티스 대륙의 학문을 배우게 되었고……."

"……."

그녀, 련희의 얘기는 끝이 없었다. 리오는 괜한 걸 물었구나 생각하며 손으로 얼굴을 덮었다. 그러는 사이에도 둘은 항구 끝에 위치한 작은 집에 점점 가까워졌다.

린스와 케톤에게 자초지종을 들은 노엘은 안경다리를 살짝 깨물며 고민했다.

"벨로크의 타운젠드 21세가 어떻게 강철괴물을…… 그들에겐 강철괴물을 만들 과학력이 없지 않습니까?"

린스는 훌쩍이며 대답했다.

"그 이유를 알면 노엘을 찾아오지도 않았어."

"훗, 그렇군요. 죄송해요, 공주님."

노엘은 빙긋 웃으며 린스에게 손수건을 건네주었다.

"아. 그런데 공주님과 케톤 두 분이 펠튼 고원을 넘어 이곳까지 오신 겁니까? 요즘 들어 그곳엔 고대 마물과 강철괴물들이 판을 쳐서 위험하다고 들었는데요."

린스는 기다렸다는 듯 자랑스레 대답했다.

"히힛, 우리도 괴물 하나를 알고 있거든. 와이번 무리들과 혼자 싸워서 이기는 사람, 노엘은 생각이라도 해본 적 있어?"

"……예?"

노엘은 바로 이해하지 못했다. 그녀는 안경을 고쳐 쓰며 린스에게 되물었다.

"아니, 박쥐도 아니고 와이번을 말입니까? 도대체 어떤 무기를 사용하는 분이죠? 그분은 또 어디 계시고요?"

린스가 웃으며 대답하려는 찰나, 누군가 노엘의 집 문을 두드렸다.

"누구세요? 문은 열려 있습니다."

"예, 실례하겠습니다."

그녀의 말에 따라, 잠시 후 붉은 장발을 묶어 올린 큰 키의 남자가 문을 열고 집 안으로 들어왔다.

"혹시 여기가 노엘 선생님 댁…… 음? 아가씨! 케톤!"

"와악, 껑다리! 잘 찾아왔네?"

린스는 활짝 웃으며 그를 반겼다. 리오는 머리를 긁적이며 집 안으로 들어왔다.

노엘은 뜻밖의 방문객을 보고 깜짝 놀랐으나 그와 같이 들어온 검은 머리카락의 여성을 본 직후 다행이라는 듯 웃으며 자리에서 일어섰다.

"아, 련희! 걱정했잖아요. 어디 갔었어요?"

련희는 허리를 굽히며 공손히, 느릿느릿 대답했다.

"죄송합니다, 노엘 선생님. 시장에 음식 재료를 사러 갔다가 길을 잃었습니다."

"그랬군요. 아, 그런데 같이 온 남자분은⋯⋯?"

린스는 기다렸다는 듯 리오를 가리키며 말했다.

"그 괴물이야."

"예?"

이전의 대화를 듣지 못한 리오는 눈을 동그랗게 뜰 뿐이었다. 한편 노엘은 믿을 수 없다는 얼굴로 리오에게 다가갔다. 그런 그녀를 리오는 어리둥절해하며 바라보았다.

"저, 잠시 실례하겠습니다!"

노엘은 순간 리오의 망토 안으로 손을 집어넣었다.

"이, 이게 무슨 짓입니까!"

그녀의 손이 자신의 팔뚝을 잡자 리오는 기겁을 하며 그녀의 손을 뿌리쳤다. 노엘은 안경을 고쳐 쓰며 즉시 리오에게 사과했다.

"아, 죄송합니다. 와이번과 육탄전을 벌이셨다기에 기계 몸을 가지신 게 아닌가 했는데 아니군요. 제 실례를 용서해 주십시오."

리오는 자신의 팔을 쓰다듬으며 린스에게 물었다.

"이분은 대체 누구십니까?"

너무나 젊은 여성이라 리오는 미처 그녀가 노엘이라고 생각지 못한 것이었다.

린스는 일어서며 노엘을 리오에게 소개했다.

"이 사람이 바로 우리가 찾던 노엘이야. 예쁘지?"

'대머리 학자가 아니었던가.'

리오는 잠시 어리벙벙한 표정을 짓다 곧 웃으며 고개를 끄덕였다.

"예, 생각보다 너무 아름다우시군요. 저는 리오 스나이퍼, 프리나이트입니다. 만나 뵙게 돼서 영광입니다, 노엘 선생님."

"아, 예. 반갑습니다, 스나이퍼 씨."

서로 소개를 받은 리오와 노엘은 정식으로 인사했다. 하지만 둘은 서로를 이상한 사람이라고 생각하는 중이었다.

문득 구석에 서 있던 련희가 눈에 들어온 노엘은 아차 하며 그녀를 소개했다.

"아, 미처 소개를 못 했군요. 이쪽에 있는 이 미인은 금련희라고 합니다. 동양에서 건너온 18세의 소녀지요. 직업이…… 무녀였던가요? 그리고 아직은 우리말을 잘 못하니 여러분이 이해해 주세요."

련희는 양손을 모으고 허리를 굽히며 리오를 비롯한 일행에게 인사했다.

"처음 뵙겠습니다. 금련희라고 합니다."

인사를 하는 그녀의 표정은 이상하리만큼 차분하고 인형처럼 변하지 않았다. 케톤은 그러한 그녀의 모습을 멍하니 바라보았다.

린스는 모두의 소개가 끝나자 즉시 본론으로 들어갔다.

"이제 우리는 어떻게 하면 좋아, 노엘? 아무리 노엘이라 하더라도 벨로크의 강철괴물을 전부 막을 수는 없을 거 아냐."

노엘은 한숨을 쉬며 자리에 앉았다. 그러고는 머리를 감싸며 얘기했다.

"그렇긴 합니다만…… 이상하군요, 공주님. 공주님께서 떠나시기 전의 전세가 그 정도였다면 한 시간도 채 안 돼 성은 함락되었을 겁니다. 하지만 수도 함락 소식은 듣지 못했어요. 여기가 변경이긴 하지만 항구도시이니 만큼 그런 정보에 빠른데 말이에요."

그 말을 듣자 무겁기만 하던 린스의 얼굴도 활짝 펴졌다.

"그래? 그럼 아직까진 수도가 무사할지도 모른다는 말이지?"

"정황만을 따져 보자면요. 하지만 혹시 모르니까 며칠 더 기다려

보죠. 아무 소식도 없으면 공주님은 수도로 돌아가셔도 될 겁니다."

린스와 케톤은 한숨을 쉬며 불행 중 다행이라는 표정을 지었다. 하지만 리오는 고개를 저으며 입을 열었다.

"돌아가는 건 좋습니다만, 도중에 강철괴물이 나타나지 않는다는 보장도 없지 않습니까?"

린스는 아차 하며 다시 고민에 빠졌다. 그러나 노엘이 안심하라는 듯 그녀의 손을 잡았다.

"걱정 마세요, 공주님. 런희 양에게 레프리컨트 왕국 견학도 시켜 줄 겸, 제 친구들도 만날 겸 공주님을 수도까지 모시겠습니다."

반가운 말에 린스는 함박웃음을 지으며 그녀에게 안겼다.

"우아! 고마워, 노엘. 정말 고마워!"

노엘이 같이 가 준다는 말에 케톤도 미소를 지었다. 리오는 그리 탐탁지 않은 표정으로 창밖에 펼쳐진 바다에 시선을 돌렸다.

'저 여자가 뭔데 그러지?'

리오가 의구심을 가지지 않을 수 없는 것이, 노엘에겐 린스와 케톤을 지킬 만한 마력도 느껴지지 않았고 몸도 허약해 보였기 때문이다. 리오는 자신도 모르게 나지막이 투덜거렸다.

"짐만 늘겠군."

"너무 그렇게 구박하지 마세요, 스나이퍼 씨. 우리는 당신을 그리 신용하지 않으니까요."

리오는 속으로 아차 했으나 뭔가 맘에 들지 않은 듯 그냥 어깨만 으쓱했다.

"실례했습니다. 못 들은 걸로 해주시길."

린스와 케톤은 리오와 노엘 사이에서 느껴지는 이상한 긴박감에 침을 꿀꺽 삼켰다.

2

문어발 괴물과 관능적인 서큐버스

그 무렵이었다.

항구의 상인들은 배에 실린 상품을 확인하느라 여념이 없었다. 동방으로 갈 무역품이었다. 국제 무역에서 수량 등에 문제가 생긴다면 그것은 상인 혼자의 망신이 아닌 나라 망신이었다. 투철한 애국심으로 확인을 마친 상인이 엄지를 펴 보였다. 신호를 본 선원이 선장에게 소리쳤다.

"선장님! 화물 확인 완료입니다!"

잠깐 잠에 빠져 있던 선장은 엉터리 가수의 목소리보다 듣기 껄끄러운 부하 선원의 목소리에 잠이 깼다. 그는 모자를 고쳐 쓰며 배에 있는 모든 선원들에게 소리쳤다.

"자, 출항이다! 닻을 올리고 돛을 내려라! 움직여!"

선장의 명령이 떨어지자마자 곧 선원들의 와 하는 힘찬 아우성이 들려왔다. 그리고 마치 그동안 배의 정박으로 쌓인 지루함을 떨쳐 내려는 듯 금세 들뜨고 부산스러운 움직임이 시작됐다.

그러나 출항에는 항상 기대와 불안이 같이하게 마련이었다.

선장의 명령대로 열심히 닻을 올리던 한 선원이 옆에서 줄을 감고 있는 동료에게 불안한 얼굴로 말을 건넸다.

"이보게 토겐, 며칠 전 이곳에 지진이 일어나지 않았나?"

"있었지. 근데 왜?"

"이런 말 하긴 뭣하지만, 좀 불길하지 않나?"

동료 선원은 눈을 동그랗게 뜨고 자신의 동료가 말하는 것에 귀를 기울였다. 어처구니없게도, 보통 땐 용감하기 그지없는 선원들이 미신 앞에서는 맥을 못 추는 경우가 종종 있었다.

"무, 무엇이 말인가?"

"예전에 우리 할머니께서 정상적이지 않은 지진은 이 세계에 굉장한 일이 일어날 징조라고 자주 그러셨지. 그래서 그런지는 몰라도 어젯밤에 말이야……."

"이 녀석들 어서 일 안 하고 뭐 해! 우리에겐 시간이 곧 돈이라는 거 몰라!"

무서운 인상의 부선장이 노발대발하며 소리쳤다. 두 선원은 말을 끊고 다시 일에 몰두하기 시작했다.

준비를 마친 상선은 출항 신호와 함께 천천히 움직였다. 배가 항구에서 완전히 벗어나자 두 선원은 다시 이야기를 계속했다.

"어젯밤에 무슨 일이 있었는데?"

"응, 그러니까……."

다시 이야기를 시작할 무렵, 배가 갑자기 심하게 흔들렸다. 예상치 못한 일이었기에 아무 생각 없이 서 있던 선원들은 대부분 바닥에 고꾸라졌고 구석에 있던 물통들이 데굴데굴 굴렀다. 이야기를 하던 두 선원도 움찔하며 겨우 자세를 바로잡았다.

"젠장, 돌풍인가?"

철썩.

"응?"

두 선원은 방금 들린 소리에 순간 숨을 죽이고 주위를 둘러보았다. 물소리는 아니었다. 뭔가 축축한 것이 배에 달라붙는 듯한 소리였다.

"내가 한번 보지!"

둘 중 한 명이 배의 아래쪽을 보기 위해서 갔다.

잠시 후 그 선원의 육중한 몸은 소리 없이 바다 밑으로 끌려 내려갔고 남아 있던 동료 선원의 멍한 시선 끝엔 거대한 회색 물체가 들어왔다. 문어발처럼 빨판이 달린 그 물체는 기형적으로 꿈틀대며 그 선원에게 다가왔다. 선원은 비명을 지르며 도망쳤다.

"괴물이다!"

"음, 심심하군. 무슨 일 없나?"

리오가 몹시 지루한 듯 몸을 비비 꼬며 말했다. 케톤은 부탁하듯 그를 향해 손을 내저었다.

"리, 리오 님. 제발 이상한 말씀은 하지 말아 주세요. 당신께서 불길한 말씀을 하시면 꼭 무슨 일이 터지거든요."

리오는 빙긋 웃으며 말했다.

"훗, 우연일 뿐인데……. 그건 그렇고 노엘 선생이란 사람은 도대체 어떤 분이지?"

케톤은 고개를 갸웃거렸다. 막상 설명을 하자니 노엘을 확실히 표현하기 힘들었다.

"그러니까…… 마법도 상급자 수준이시고, 물리와 화학 방면에서도 권위가 높은 분이시죠. 그 젊은 나이에 말이지요. 그리고 대단한 미인이잖아요?"

"흠……."

리오는 천천히 고개를 끄덕였다.

스물여덟 살의 나이에 그런 지식을 가지고 있다면 그도 인정하지 않을 수 없었다. 하지만 자신이 느끼기에 마력은 그다지 높지 않은 것 같아 그 점은 약간 이상하게 생각되었다. 물론 정신적인 힘은 조절할 수 있으니 그리 심각한 문제는 아니었지만.

그렇게 시간을 보내고 있을 무렵, 밖에서 사람들의 아우성 소리가 들려왔다. 부엌에서 식사를 준비하던 노엘과 련희는 창문을 열고 밖을 내다봤다.

"무슨 일이지? 어멋? 저, 저건 크라켄!"

노엘은 항구에서 그리 멀지 않은 바다 한가운데서 상선을 감싸고 있는 거대한 문어 괴물 크라켄 세 마리를 볼 수 있었다. 노엘은 자신의 눈을 도저히 믿지 못하겠다는 듯 안경을 벗고 눈을 비벼 보았으나 달라진 것은 아무것도 없었다.

"이럴 수가! 크라켄은 1천 년 전 멸종한 고대 괴물인데 어째서 저기 있는 거지?"

빠각!

배의 한 부분이 박살 나는 소리가 들려왔다. 노엘은 더 이상 두고 볼 수 없다는 듯 이를 악물고 자신의 앞치마를 벗어 던졌다. 집을 박차고 나간 그녀는 바다와 연결된 작업실로 뛰어갔다.

"어디 가시는 겁니까, 노엘 선생님."

허겁지겁 따라온 련희는 눈을 동그랗게 뜬 채 물었다. 노엘은 안경 대신 시야가 넓은 고글을 쓰며 말했다.

"사람들을 구해야죠! 어서 스나이퍼 씨와 케톤에게 밖으로 나와 달라고 전해 주세요!"

런희는 천천히 허리를 굽히며 대답했다.

"알겠습니다, 노엘 선생님 말씀대로 이행하겠습니다."

런희는 나름대로 빨리 집에 돌아왔지만 리오와 케톤의 모습은 보이지 않았다. 둘은 어느새 밖에 나와 해상에서 펼쳐지는 참극을 지켜보고 있었다.

"노엘 선생님께서 리오 님과 케톤님에게 밖으로 나와 달라고 말씀하셨습니다. 두 분께서는……."

"가자, 케톤!"

"예!"

둘은 급히 항구 쪽으로 달려갔다. 런희는 잠시 동안 가만히 있다가 시선을 바다 쪽으로 돌리며 중얼댔다.

"사람들이 위험해 보이는군요, 언니."

한편 항구로 뛰어가는 리오와 케톤을 향해 무언가 파도를 강하게 가르며 다가왔다.

"이봐요, 케톤! 어서 타요!"

"노엘 선생님!"

노엘이 발명한 증기 쾌속선이었다. 케톤은 그 배를 향해 즉시 뛰어들었고 노엘은 가속페달을 힘껏 밟으며 리오에게 소리쳤다.

"스나이퍼 씨는 사람들을 안심시켜 주세요! 크라켄들은 저와 케톤이 처리하겠습니다!"

"예? 기나리십시오!"

그러나 노엘의 배는 벌써 멀어진 후였다. 리오는 한심하다는 듯

365

머리를 긁적이며 오리하르콘제 소검 파라그레이드를 뽑았다.

"크라켄이 장난인 줄 아나 보군. 선생과 말다툼하긴 싫지만······
어쩔 수 없지."

리오는 파라그레이드에 기를 한껏 불어넣었다. 젖빛 칼날이 보
통 때 이상으로 넓게 퍼져 나왔다.

노엘의 배는 회색 증기를 뿜으며 바다를 달렸다. 그 모습을 본
사람들은 환호성을 지르기 시작했다.

"보시오! 노엘 선생님이오! 선원들은 이제 살았소!"

"노엘 선생님! 사람들을 살려 주세요!"

시민들은 힘껏 소리를 지르며 노엘을 응원했다. 뱃사람들도 마찬
가지였다. 케톤은 노엘이 이곳에서 인기가 꽤 좋음을 알 수 있었다.

"좋아요. 배가 가까이 접근하면 케톤은 검으로 급소를 노려요! 제
가 아는 바로는 크라켄의 약점은 뒷머리 중앙이에요! 명심하세요!"

"네?"

케톤은 할 말을 잃고 말았다. 문어의 뒷머리가 어딘지 도대체 어
떻게 알아낸단 말인가. 그의 반응이 신통치 않자 노엘이 인상을 구
기며 물었다.

"왜요, 어려운가요?"

"아, 아뇨. 그건 아니지만······ 문어도 뒷머리가 있습니까, 선생님?"

"······!"

순간 노엘의 얼굴도 굳어졌다. 그녀가 말한 크라켄의 약점이란
책에서 읽은 것뿐이었다. 이론으로는 알지만 도대체 문어의 뒷머
리가 어느 부분인지 실제로는 알 수가 없었다. 노엘은 비명이라도
지르고 싶었다.

"5급 썬더 마법을 쓰십시오! 일단 배에서 떨어뜨려야 합니다!"

전혀 생각지 못한 사람의 목소리가 들려왔다. 노엘은 운전도 잊은 채 뒤로 시선을 돌렸다.

"스나이퍼 씨?"

놀랍게도 리오는 비정상적으로 날을 넓힌 파라그레이드를 발판 삼아 바다 위를 달리고 있었다. 자세는 최근 레프리컨트 해안가에서 유행하는 파도타기의 그것이었지만 그는 일직선을 그리며 바다를 가르고 있었다. 리오는 멍한 표정의 둘을 보며 다시금 소리쳤다.

"여길 보지 마시고 앞을 보십시오! 이것저것 따질 상황이 아닙니다!"

"아, 알았어요! 그럼 제가…… 앗!"

바로 그때 상선에 붙어 있는 것이 전부인 줄 알았던 크라켄이 바닷물을 밀고 노엘의 배 앞에 그 모습을 드러냈다. 노엘은 충돌하지 않기 위해 방향키를 급히 꺾었다. 그러나 크라켄의 긴 다리는 계속 배를 따라왔고 그 거리는 굉장히 빨리 좁혀졌다.

"쳇, 어쩔 수 없지!"

리오는 이를 악물며 디바이너를 뽑아 들었다. 검 표면에 푸른 기운이 맺히기까지 얼마 걸리지 않았다.

"가라!"

리오의 오른팔이 십자가를 그렸다. 곧이어 헤븐즈 크로스의 십자 섬광이 크라켄의 머리에 꽂혔고 문어 괴물의 머리는 풍선처럼 터져 버렸다. 괴물은 무색의 피를 뿜으며 천천히 바닷속으로 가라앉았다.

그 광경을 지켜본 노엘과 케톤은 넋이 나간 듯 눈만 껌벅거렸다. 참다못한 리오가 소리쳤다.

"빨리 움직여요! 아마추어도 아니면서 뭘 하는 거야, 당신!"

"아, 미안해요!"

상황이 급했다. 정신을 차린 노엘은 몸을 일으키며 주문을 외우기 시작했다. 그녀의 양 팔뚝에 오색 무늬가 어지러이 떠올랐다. 5급 썬더의 마법진이었다.

"썬더!"

순간 공중에 떠돌던 전기 입자들이 하나로 뭉쳐 강한 스파크를 만들어 냈다. 그것을 크라켄들을 향해 쏘자 크라켄은 감전된 듯 다리에 심한 경련을 일으키더니 곧 다리를 쫙 펴며 상선에서 떨어져 나갔다.

마무리 일격은 리오였다. 그의 왼쪽 손등에서 시퍼런 마법진이 떠올랐다.

"마법검, 썬더 크레이브!"

리오는 왼손에 맺힌 뇌력을 디바이너에 발랐다. 보라색 검은 곧 강렬한 스파크를 내뿜기 시작했다. 그것을 본 케톤은 자신이 꿈을 꾸는 게 아닌가 하는 착각이 들었다.

"마, 마법검? 그런 최고급 기술을!"

한편 썬더의 영향에서 조금 회복된 크라켄들이 노엘의 배를 향해 다시 돌진해 왔다. 그와 동시에 리오의 발이 파라그레이드에서 떨어졌다.

"없애 버리겠다!"

양손에 검을 거머쥔 그의 몸이 활처럼 뒤로 휘어졌다. 등판에 닿을 듯 말 듯한 디바이너가 앞쪽으로 파란 호선을 그린 순간, 노엘의 배 앞쪽으로 거대한 물의 참호가 파였다. 순전히 검기에 의해 나뉘어진 바다는 뇌력을 이기지 못한 듯 폭발했고, 그 범위에 든 크라켄들은 산산조각 나면서 흩어졌다.

"말도 안 돼!"

노엘의 배는 주인의 비명과 함께 뒤로 끝없이 밀려 나갔다. 케톤은 머리 위로 쏟아지는 바닷물에 몸을 한껏 웅크렸다.

상황은 그것으로 끝났다. 다시 파라그레이드 위에 사뿐히 내려선 리오는 팔짱을 낀 채 중심을 잡았고, 바닷물을 잔뜩 뒤집어쓴 노엘과 케톤은 재채기를 연발하며 입을 다물지 못한 채 붉은 장발의 남자를 계속 바라보았다.

"괴물이군요, 진짜."

노엘은 물이 찬 고글을 벗으며 감탄하듯 내뱉었다.

상선 선원들의 환호성과 지쳐 있는 노엘과 케톤 사이에서 리오는 또다시 이상한 낌새를 눈치챘다. 그는 민첩하게 주위를 둘러보았다. 바닷속은 아니었다. 근처의 공중 어디선가에서 강한 마력이 뿜어지고 있었다.

"호홋, 노엘 메이브랜드를 보러 왔는데, 더 굉장한 걸 봤군. 난 정말 운이 좋아, 호호호홋."

갑자기 허공을 울리는 목소리가 들려왔다. 그 불길한 소리에 정신을 차린 노엘은 주위를 돌아보며 외쳤다.

"누구십니까? 나와 주세요!"

"후후, 그래 이왕 왔으니 인사나 할까?"

그 말과 함께, 노엘의 배와 부서진 상선 사이에서 빛에 둘러싸인 한 여성이 나타났다. 공중에 붕 뜬 그녀는 몸에 착 달라붙는 검은색 가죽 타이트를 입고 있었다. 회청색 머리카락 사이로 보이는 두 개의 뿔. 그것은 그녀가 인간이 아니라는 사실을 알려주고 있었다.

"나의 이름은 라기아. 난 노엘 메이브랜드를 없애기 위해 왔다. 호호홋"

"뭐라고요?"

케톤과 노엘의 미간에 주름이 잡혔다. 라기아는 자신의 손에 광탄을 만들며 천천히 입을 열었다.

"인사나 하려 했지만 노엘 당신이 너무 미인이라서 말이야. 일단 죽어 줘야겠어!"

그녀의 손에서 떠난 광탄은 빠른 속도로 날았다. 갑작스러운 기습에 반응하듯 노엘의 눈이 번뜩였다.

치익!

노엘의 몸 주위엔 어느새 마법 배리어가 만들어져 있었다. 배리어와 충돌한 광탄은 깨끗이 사라졌고 라기아의 파란 입술이 크게 일그러졌다.

"아, 아니? 나의 공격을⋯⋯!"

"후, 아마추어 서큐버스 주제에 자신의 힘을 과신하고 있군."

노엘의 배에 접근한 리오는 씩 웃었다. 그가 크라켄을 모두 없앤 장본인이란 사실을 아는 라기아로선 더 이상 함부로 행동할 수 없었다. 그녀는 자신의 회청색 머리카락을 거칠게 쓸어 올리며 리오에게 다가왔다. 리오는 웬일인지 별 반응을 보이지 않았다.

"의외의 녀석이 나의 일을 방해하는군. 하지만 괜찮아. 타운젠드 21세가 너희를 천천히 처리하라고 했으니까. 어쨌든 기억해 둘 인간이 하나 더 늘었군. 이름이 뭐지, 빨간 장발? 가까이에서 보니 정말 훌륭한 먹잇감인걸? 호호홋⋯⋯."

라기아는 긴 손톱으로 리오의 턱과 목을 일직선으로 내리그었다. 리오는 그녀의 관능적인 행동에도 별 느낌을 받지 못한 듯 빙긋 웃으며 답했다.

"리오 스나이퍼다. 어쨌든 고급으로 쳐 주니 기쁘군, 서큐버스

아가씨."

라기아는 리오에게서 손을 떼고 주문을 짧게 외웠다. 공격 주문은 아니었다. 공간이동 주문이었다.

"리오 스나이퍼…… 나중에 다시 만날 땐 오늘 같지는 않을 거다. 다음을 기대해라. 호호호호홋……."

긴 웃음과 함께 라기아는 사라졌다. 노엘과 케톤은 긴장이 풀린 듯 한숨을 쉬며 몸을 뒤로 젖혔다. 리오는 라기아의 손톱 자국이 빨갛게 남은 목을 이리저리 돌리며 생각했다.

'타운젠드 21세라. 누군지 몰라도 재주 하나는 좋군. 고위 서큐버스를 불러낼 정도라니, 긴장을 풀면 안 되겠는걸?'

리오의 펄럭이는 망토와 긴 장발 사이로 힘든 하루가 서서히 저물어 갔다.

그날 밤.

긴장과 피로가 겹친 탓인지 노엘은 련희에게 저녁을 부탁하고는 그대로 곯아떨어졌다. 케톤 역시 거실 소파에 기대어 피곤함에 몸을 뒤척거리다 잠들어 버렸다. 잠도 전염되는 건지 크라켄 소동이 일어나는 동안 편하게 잠을 잔 린스마저 버티지 못하고 다시 잠에 빠졌다.

저녁이 다 될 때까지 깨어 있는 사람은 리오밖에 없었다. 리오는 련희가 차려 준 음식으로 배를 채우며 낮 동안의 소모 열량을 보충했다.

"잘 먹었습니다, 련희 양. 이 요리 정말 맛있는데요?"

리오는 빈 접시를 가리키며 만족스러운 듯 감탄사를 내뱉었다. 련희는 고개를 숙여 예의 바르게 인사했다.

"감사합니다, 리오 님. 이 요리는 저희 고향에서 자주 만들어 먹던 음식으로, 고기 반 근과 설탕 한 숟갈, 간장……."

"아, 알았습니다. 그럼 안녕히 주무시길."

리오는 웃으며 자리에서 일어나 도망치듯 방으로 들어갔다.

혼자 남은 련희는 고개를 갸웃거리며 품에서 책을 꺼냈다. 책 제목은 『아탄티스 대륙의 대화 예절』이었다.

다음 날. 뒤늦게 일어난 리오는 머리를 묶은 다음 거실로 나가 봤다. 밤사이 별일 없었는지 부엌에서 노엘의 흥겨운 콧노래가 희미하게 들려왔다. 어딘가의 민속 노래겠거니 생각하며 리오는 부엌에 살짝 들어가 봤다.

손수 발명한 듯한 증기 레인지 앞에서 활발히 움직이는 노엘과 조용히 앉아서 채소를 썰고 있는 련희의 모습이 꽤나 대조적이었다.

"아침 준비를 일찍 하는군요?"

"아, 스나이퍼 씨. 여쭤 볼 것이 있는데……."

"잠깐, 어제 일은 그냥 넘어가 주십시오."

리오는 그녀의 입을 미리 막았다. 노엘은 알았다는 듯 고개를 끄덕였다.

"예, 알겠습니다. 어차피 시간은 많으니까요."

상당히 의미심장한 말이었다. 리오는 의자를 빼며 그녀에게 물었다.

"아, 그러고 보니 공주님을 가르치셨다고 하셨죠? 고생이 심하셨을 듯한데……."

그녀는 쿡쿡 웃으며 고개를 끄덕였다.

"후훗, 스나이퍼 씨가 그동안 상당히 고생을 하셨나 보군요. 저도 처음 한 달은 그랬지만 공주님이 어떤 분이라는 걸 안 다음부터는 굉장히 편했답니다. 때론 제가 공주님께 가르침을 받기도 했죠."

무슨 뜻일까. 리오는 그녀의 말에 귀를 기울였다.

"굉장한 말괄량이에 거친 말투까지 쓰시니 성격도 안 좋을 거라고 생각할지 모르지만 공주님은 절대 그런 분이 아니에요. 저는 그분이 레프리컨트 여왕님 이상으로 좋은 국왕이 되시리라 생각합니다."

"그렇습니까?"

리오는 의외라는 듯 고개를 갸웃거렸다.

"련희 양과는 어떻게 만나셨습니까? 처음에는 말도 안 통하셨을 텐데……."

련희는 자신의 이야기가 나오자 다시 채소를 썰기 시작했다. 노엘은 고개를 저었다.

"그렇지는 않았어요. 왕립 대학에 있을 때 동방의 언어를 간단히 배웠거든요. 덕분에 의사소통엔 문제가 없었죠. 그리고 련희 양은 우리말을 배우기 위해 많이 노력했답니다."

하지만 처음 만났을 때의 엄청난 대사를 잊지 못한 리오였다. 노엘은 어색하게 웃는 그에게 궁금했던 것을 물었다.

"스나이퍼 씨는 어떻게 그런 검술들을 익히셨죠? 레프리컨트 왕국 제일의 검술사라 불리는 그레이 공작님도 몇 수 접으실 정도의 실력이시던데……."

분명히 어제의 일을 묻는 건 아니었다. 리오는 할 수 없다는 듯 천천히 입을 열었다.

"특별히 배운 검술은 아닙니다. 실전으로 익힌 검술이죠. 어릴 때부터 몸을 단련해 왔고, 또 매일같이 죽음과 가까이 지낸 탓에 이렇게 된 것 같습니다. 어떻게 익혔는지 자세히 말씀드리자면 상당한 시간이 필요할 듯하군요."

그녀의 물음에 대한 솔직한 답변은 아니었다. 인간의 한계에 대해 잘 알고 있는 노엘은 그의 거짓을 단번에 눈치챘다. 마법검을 비롯한 검술은 실전을 많이 겪는다 해서 쌓아지는 실력이 아니었기 때문이다. 하지만 뭔가 이유가 있을 듯했기에 그녀는 논박 의지를 꾹 눌렀다.

그런 대화를 하고 있을 무렵, 케톤이 잠자리에서 일어나 집 안을 이리저리 돌아다니는 모습이 보였다. 노엘과 련희는 서둘러 요리를 마무리했다.

"자세한 정보도 안 주고 노엘을 없애라 하다니, 당신은 무책임한 인간이에요, 루이 21세 하마터면 죽을 뻔했잖아요."

쓸쓸한 표정으로 팔짱을 낀 라기아는 자신 앞에 조용히 앉아 있는 벨로크 왕국의 젊은 왕 타운젠드 21세에게 푸념을 늘어놓았다. 타운젠드 21세는 얼굴색 하나 변하지 않고 그녀를 쳐다보았다.

"무슨 소린지 모르겠군. 고위 서큐버스라며 자기 자랑을 늘어놓은 것이 누군가."

라기아는 그의 나지막한 말을 듣자마자 피식 웃었다.

"후훗, 그럼 당신이 직접 노엘을 죽여 보지 그래요? 난 당신과 피의 계약을 맺은 일 없으니 당신의 말을 절대적으로 따를 이유가 없어요. 게다가 그곳에는 노엘 따위와는 비교할 수 없을 만큼 강한 괴물이 있었어요. 문제는 그 안경잡이 노처녀가 아니에요."

타운젠드 21세의 짙은 눈썹이 꿈틀댔다.

"그럼 더한 마법사라도 있었단 말인가?"

"훗, 직접 보시죠. 저는 표현이 서툴러서요. 호홋……."

라기아는 기다렸다는 듯 수정구슬을 내밀었다. 그리고 자신의 기억에 내장되어 있는 그때의 전투 장면을 타운젠드 21세 앞에 비춰 주었다.

곧 구슬에 붉은 장발 남자의 모습이 나타났다. 젊은 국왕은 의문 가득한 눈동자로 남자와 라기아를 번갈아 쳐다보았다.

"뭐지, 이 건달은? 설마 이 녀석에게 당하진 않았겠지?"

라기아는 조소하듯 크게 웃었다.

"호호호홋! 당하진 않았어요. 어쨌든 제가 덤볐다면 당신은 다른 서큐버스를 깨워야 했을지도 몰라요. 검술만으로 크라켄들을 오징어 구이로 만들 수 있는 사람은 흔하지 않거든요."

타운젠드 21세는 그녀의 말을 들으며 수정구슬을 더욱 자세히 들여다보았다. 잠시 후 그는 흥미로운 표정을 지으며 고개를 끄덕였다.

"그런 것 같군. 좋아, 한 번 더 이자의 솜씨를 보고 싶다. 레프리컨트 왕국 수도를 혼자서 방어한 그 미치광이와 맞먹을지 궁금해. 사이클롭스들을 깨워라, 라기아."

라기아는 오랜만에 웃고 있는 타운젠드 21세를 바라보며 고개를 끄덕였다.

3

두 영혼을 가진 소녀

정오가 가까워질 무렵, 린스는 노엘과 함께 수도로 떠날 준비를 했다. 짐을 챙기는 것은 간단했지만 무수한 그녀의 발명품을 정리하느라 시간이 꽤 지체되었다.

리오는 무거운 발명품들을 노엘이 말해 준 창고로 옮기는 일을 맡았다. 케톤과 련희는 작은 물건들을 정리했다.

"빨리빨리 하자고, 노엘. 어마마마가 걱정된단 말이야."

긴 의자에 눕다시피 한 린스는 얄미울 정도로 투정을 부렸다. 하지만 노엘은 공손히 고개를 끄덕이며 일의 속도에 박차를 가했다. 그녀에게 린스의 행동은 당연한 것이었다.

그러나 리오만은 달랐다. 오른쪽 어깨에 중형 증기기관을 진 그는 땀을 닦으며 린스에게 말했다.

"공주님이 도와주시면 일이 더 빨리 끝날 겁니다. 수건 하나라도 좀 옮겨 주세요."

그러나 린스의 대답은 단호했다.

"싫어!"

할 말을 잃은 리오는 다시 창고로 향했다. 그가 창고 안으로 사라지는 것을 보던 노엘은 혀를 내두르며 케톤에게 속삭였다.

"저 사람 진짜 괴물인데? 수백 킬로그램이 넘는 중형 기계들을 열 개가 넘게 옮겼는데 전혀 지친 표정을 안 지으니 말이야. 케톤도 저 나이가 되면 저렇게 할 수 있을까?"

"하핫, 전 사람이에요, 노엘 선생님."

케톤의 가벼운 말대답에 노엘은 안경을 고쳐 쓴 뒤 계속 짐을 정리했다.

사람들이 분주히 움직이는 트립톤의 거리는 다른 어떤 도시보다 활발했다. 바로 동방 사람들과 그들의 물건들이 있기 때문이었다.

처음에 아탄티스 대륙 사람들은 동방 사람들을 기피하고 거리를 두려 했으나 동방 사람들의 호쾌한 성격과 깍듯한 예절에 나중에는 기꺼이 항구를 개방했다.

오랜 세월이 흐른 지금, 트립톤에서 동방과의 무역을 뺀다는 것은 말도 되지 않는 일이었다. 이제 이곳에서 동방 사람을 만나는 것은 힘든 일이 아니었으며, 그것은 트립톤이 다른 항구도시와 구별되는 특징이기도 했다.

작고 약간 통통한 몸집에 배를 죄는 듯한 옷을 입은 한 동방 사람이 헐레벌떡 거리를 달렸다. 그는 이내 군 사무실로 뛰어들어가 다급한 목소리로 소리를 질렀다. 그 남자는 몹시 흥분한 듯 동방 언어와 서방 언어를 동시에 썼고, 군인들은 인상을 찡그리며 그를 멍하니 바라봤다.

"아저씨, 이거 드시고 말씀하세요."

여군 한 명이 진정하라는 의미로 냉수 한 잔을 그 남자에게 주었다. 그것을 꿀꺽꿀꺽 받아 마신 그 남자는 입을 닦을 틈도 없이 또 렷한 서방 언어로 소리쳤다.

"고블린이에요! 시장에 고블린들이 떼로 나타나 사람들을 무차별 학살하고 있습니다! 외눈박이 거인도 함께 나타났으니 빨리 도와주세요!"

그 남자의 말 그대로 트립톤 시장은 고블린들에 의해 아수라장이 되어 있었다. 그들은 완전무장을 한 상태로 미친 듯이 난동을 부렸고, 뒤따라온 외눈박이 거인 사이클롭스 몇 명도 무지막지한 몽둥이로 사람들을 쳐 죽이고 있었다. 판매용 무기를 들고 싸우는 무기상도 있었지만 수가 절대 부족이어서 맥을 못 추었다.

거리에서 그런 심각한 일이 일어난 것도 모른 채, 련희는 물건을 사기 위해 특유의 총총걸음으로 거리를 걷고 있었다.

"······?"

거리를 걷던 련희는 뭔가 이상한 분위기를 느꼈다. 그녀는 주위를 천천히 둘러보며 뒤로 돌아섰다.

"키키키키킷!"

순간 그녀의 뒤쪽에서 고블린들의 찢어지는 듯한 괴성이 들려왔다. 10여 마리의 고블린들이 피 묻은 검을 들고 련희를 향해 달려왔다. 련희는 곧바로 항구 쪽으로 뛰었으나 그녀의 총총걸음으로는 산에서 뛰어다니는 고블린들을 떨어뜨리기에 역부족이었다. 련희와 고블린의 간격은 점점 좁혀졌다. 인형같이 평온하기만 하던 그녀의 얼굴도 점점 일그러졌다.

"키이이잇!"

도망치던 련희의 옷자락을 고블린의 검이 스치고 지나갔다. 련희는 더더욱 발걸음을 빨리했다. 그러나 긴 장대를 손에 든 채 대기하고 있던 고블린이 련희 다리를 걸었고, 결국 그녀는 바닥에 쓰러져 절체절명의 위기를 맞았다.

"……!"

고블린들의 비릿한 냄새가 련희의 코를 자극했다.

고블린들은 재미있다는 표정으로 련희를 내려다보다 곧 검을 치켜들며 그녀를 조각낼 자세를 취했다.

자신이 옮길 큰 물건들을 거의 다 처리한 리오는 수건으로 몸을 닦으며 바다를 바라보았다. 한참 분위기를 잡고 있을 무렵, 노엘이 안경을 닦으며 리오에게 다가왔다.

"스나이퍼 씨, 뭔가 이상한 느낌 들지 않아요?"

한참 노동에 몰두해 있던 리오는 그 질문에 선뜻 대답할 수 없었다. 그는 고개를 갸웃거리며 주위를 둘러보았다.

"……이런."

시장 쪽에 시선을 멈춘 리오는 노엘을 돌아보며 말했다.

"련희 양과 함께 집에 계십시오. 시장 쪽에 문제가 생긴 듯합니다."

순간 노엘의 얼굴은 사색이 되었다.

"련희 양은 지금 시장에 있을 텐데!"

"뭐라고요!"

리오는 곧 정색을 하며 검을 놔둔 노엘의 집으로 뛰어갔다. 노엘은 서둘러 케톤을 찾기 시작했다.

리오가 갑자기 문을 세게 열어젖히고 들어서서 소파에 앉아 있던 린스가 마침 잘됐다는 듯 그를 불러 세웠다.

"앗, 마침 잘 왔어, 껑다리. 방 안에 있는 베개 좀 꺼내다 줄래? 너무 지루해서 말이야, 아하함……."

세상에서 가장 편한 직업은 역시 왕족이었다. 리오는 씁쓸히 웃으며 베개를 찾아 그녀에게 공손히 건네줬다. 잔심부름을 마친 그는 검을 가지고 집 밖으로 나섰다.

"아, 어디 가는 거야, 껑다리? 그것도 검을 가지고……."

리오는 한쪽 눈을 찡긋하며 말했다.

"운동 좀 하려고요. 공주님은 여기 편안히 계십시오. 다녀오겠습니다."

리오는 곧바로 집을 나섰다. 상황 판단이 느린 린스는 그대로 꿈나라를 향해 직진했다.

"키…… 키킷……!"

고블린들은 긴장된 표정으로 진홍색 머리카락의 여자를 바라보았다. 그녀에 의해 동료들의 목숨이 벌써 일곱이나 날아가 버렸다. 뚜렷한 이목구비에 검붉은색이 도는 눈동자, 진홍색 긴 머리카락을 가진 그 미인은 일부러 소매를 찢은 것 같은 흰색 옷을 펄럭이며 외쳤다.

"어서 덤벼라! 감히 내 동생을 괴롭히려 하다니, 용서치 않겠다!"

꽤나 거친 말투였다. 고블린들은 빠르게 이동하여 그녀를 넓게 포위한 다음 점점 간격을 좁히기 시작했다.

"쳇! 포위한다고 날 이길 것 같나! 미안하지만 그렇게는 안 돼!"

그녀의 외침과 동시에 고블린들은 괴성을 지르며 그녀에게 달려들었다. 거의 녹슬다시피 한 고블린들의 검이 몸에 닿기 직전 그녀는 하늘 높이 뛰어올랐다. 고블린들의 검은 모조리 빗나갔고 고블린 한 명의 머리 위로 그녀의 무릎이 내려앉았다. 그 고블린은 입과 코, 그리고 귀에서 피를 뿜으며 쓰러졌다.

"하앗!"

그녀의 날카로운 발차기가 연이어 다른 고블린들의 관자놀이를 노렸다. 고블린들은 하나둘씩 피를 뿜으며 바닥으로 나가떨어졌다.

건물 창문에 숨어서 그 광경을 지켜보던 사람들은 수수께끼 미녀의 무술을 감상하며 잠시나마 안도의 숨을 내쉬었다.

쿠우우웅!

그때 지축을 울리는 발소리가 거리 저편에서 들려왔다. 주민들과 수수께끼 미녀는 그쪽을 바라보았다.

거대한 그림자가 온몸에 피칠을 한 채 걸어왔다. 모든 사람들은 그 공포 덩어리를 보며 경악했다.

"사, 사이클롭스?"

이야기책에서만 등장하는 줄 알았던 난폭한 거인족, 1천 년 전에 사라진 줄 알았던 외눈박이 거인 사이클롭스였다. 그 거인은 괴이한 형태의 곤봉을 들고 자신에 비해 작디작은 진홍색 머리카락의 여자를 바라보며 탁한 목소리로 말했다.

"크우우…… 우리 왕의 말씀을 거역하는 자, 죽인다!"

사이클롭스의 거대한 곤봉은 사정을 봐주지 않았다. 그녀는 빠른 몸짓으로 그 공격을 피했다. 그 곤봉을 방어라도 하는 날엔 몸의 뼈가 모두 부러질 게 뻔했다.

"흥, 힘만 센 주제에!"

한 번 큰 공격을 피한 그녀는 건물 벽을 박차고 날아올라 발로 사이클롭스의 관자놀이를 찍었다.

"아앗!"

그러나 두상까지 발달되어 있는 사이클롭스의 근육에 그녀는 튕겨 나가고 말았다. 겨우 중심을 잡고 바닥에 착지한 그녀는, 이어서 연속으로 날아오는 사이클롭스의 공격을 재주넘기로 재빨리 피했다.

"에잇! 칼만 있다면 어떻게 해볼 텐데!"

안타까운 표정으로 사이클롭스의 터질 듯한 근육을 바라보던 그녀는 그 거인 뒤에 나타난 또 하나의 외눈박이 거인을 보며 몸서리를 쳤다.

"우리에게 반항하는 인간이 또 있나, 친구?"

이번엔 검을 거머쥔 거인이었다. 상황은 맨손인 그녀에게 점점 불리했다. 그러나 그녀는 포기하지 않은 듯 품속을 뒤져 노란색의 직사각형 종이를 꺼냈다.

"한번 해보자 이거야!"

자신의 새끼손가락을 깨물어 피를 낸 그녀는 그것으로 이상한 문형을 노란 종이 위에 써 내려갔다. 그것을 거인에게 던진 그녀는 손가락을 이리저리 교차하며 주문을 외웠다.

"굉염초래(宏炎招來)!"

사이클롭스의 다리에 붙은 종이는 그녀의 주문에 따라 폭발하며 거인의 몸을 순식간에 집어삼켰다. 거인은 불을 끄기 위해 바닥에 뒹굴며 몸을 비볐지만 술법으로 붙은 불을 끄기엔 역부족이었다.

"크우우우우우!"

긴 비명과 함께 동료가 움직임을 멈추자 남은 사이클롭스의 외눈은 분노로 일그러졌다.

"으아아! 다 죽이겠다!"

그는 마구잡이로 근처 건물을 파괴하며 진홍색 머리카락의 여성을 향해 돌진했다. 비장의 기술마저 소모한 그녀는 하는 수 없이 항구 쪽으로 달렸다.

"노, 노엘 선생님!"

그녀의 움직임은 상당히 빨랐다. 발이 느린 사이클롭스는 검을 바닥에 꽂고 건물의 파편들을 들어 그녀가 가는 지점을 향해 던지기 시작했다. 거인의 완력이 실린 파편이 하늘에서 여기저기 떨어져 내렸다.

"저런 무식한…… 악!"

파편을 피하며 내달리던 미녀는 갑자기 비명을 지르며 뒤로 쓰러졌다. 다행히 파편을 맞은 건 아니었다. 그녀는 둔부를 쓰다듬으며 자신과 충돌한 남자를 쏘아봤다.

"아, 죄송합니다. 급한 나머지……"

"뭐예요, 당신! 사람이 도망치는 걸 뻔히 알면서 그곳에 있는 건…… 아니? 리오 님?"

그녀와 충돌한 남자는 사과하듯 손을 내밀고 다가왔다. 그런데 그녀가 자신을 알아보자 그는 의아한 표정을 지으며 물었다.

"어? 저를 아십니까?"

그녀는 그 남자의 넓은 가슴을 손으로 치며 경쾌하게 고개를 끄덕였다.

"당연하죠, 리오 님……. 아, 당신은 저를 모르시겠군요. 그럼 인사 할게요. 저는……."

그때 막 두 사람의 머리 위로 정확하게 건물 파편이 떨어지며 그림자를 만들고 있었다.

"아, 나중에!"

리오의 품에서 보라색 섬광이 번뜩임과 동시에 사이클롭스가 던진 건물 파편은 공중에서 박살 나면서 사방으로 흩어졌다.

"저 덩치 큰 녀석부터 처리합시다!"

"알았어요! 잘 부탁해요, 리오 님!"

그들이 여유 있게 대화하는 동안, 외눈박이 사이클롭스는 그들 앞에 성큼 다가와 있었다. 사이크롭스는 눈을 부릅뜨며 고래고래 소리를 질렀다.

"하찮은 인간 둘이 덤빈다고 상황이 바뀔 것 같으냐! 내 친구의 복수다!"

거인의 손에 들려 있던 대검이 두 사람을 노리고 일직선으로 떨어졌다. 미녀는 가볍게 공격을 피해 냈지만 리오의 몸은 온데간데없이 사라지고 말았다.

"아, 리오 님!"

리오는 벌써 검을 내려친 사이클롭스의 팔을 타고 두상을 향해 뛰어올랐다. 움직임이 느린 거인의 손보다 리오의 검이 빠른 것은 당연했다. 디바이너의 일격이 사이클롭스의 외눈에 박혔다.

"크아아악!"

일격을 당한 거인은 몸부림을 치며 안면에 손을 가져갔지만 리오는 박힌 검을 축으로 삼아 거인의 머리 꼭대기로 단숨에 날아올랐다.

"끝이야."

보라색 검광이 가로로 길게 호선을 그리며 사이크롭스의 두꺼운 목을 가로질렀다. 두꺼운 목에서 검붉은 피가 공중으로 용솟음쳤다. 아무리 고대 거인 종족인 사이클롭스라 할지라도 머리가 날아간 이상 다시 살아날 수는 없었다.

"휴, 치우는 데 고생 좀 하겠군."

어느새 지상에 내려온 리오가 디바이너를 거두며 중얼거리자 진홍색 머리카락의 여성은 순간 섬뜩함을 느꼈다.

"다, 당신 도대체 뭐 하는 사람이죠?"

수천 번도 더 들은 질문이었다. 리오는 씩 웃으며 대답했다.

"떠돌이 기사죠."

간단한 대답이었지만 상당히 깊은 뜻이 담긴 말이기도 했다. 그녀는 머리를 긁적이며 명랑하게 웃었다.

"아, 제 소개를 할게요. 저는 금가희라고 합니다. 련희의 언니죠."

리오는 고개를 갸웃거렸다. 련희의 언니라면 왜 지금껏 모습을 보인 일이 없는 것일까? 그러나 가희는 그에게 고민할 시간을 주지 않았다.

"아, 깜박 잊을 뻔했군요. 시장에 고블린들이 아직 남아 있어요. 저 좀 도와주시겠어요, 리오 님?"

"당연하죠. 먼저 가시죠, 가희 양."

거리에 돌아다니던 고블린들은 거의 정리가 된 듯했다. 도시주둔군도 그리 약한 편은 아니었고 상대는 '만만한' 고블린들이었다. 가장 힘든 상대인 사이클롭스 둘을 리오와 가희가 처리한 탓에 힘을 얻은 도시주둔군은 별 어려움 없이 나머지 잔당들을 해치웠다.

리오는 송글송글 맺힌 땀을 닦으며 말했다.

"고블린 말고 다른 적이 없어서 다행이군요. 그건 그렇고 가희 양은 무술에 굉장히 능하시던데요? 저도 깜짝 놀랐습니다."

"후, 리오 님에 비할 바는 아니죠. 자, 이제 돌아가요, 리오 님."

둘은 나란히 길을 걸었다. 한참 길을 걷던 리오는 아차 하며 주위를 돌아보았다. 련희를 찾지 못한 것이다.

"아, 이런 런희 양을 찾지 못했군요. 먼저 가시죠. 저는 런희 양을 찾아보겠습니다."

"가실 것 없어요."

리오는 움찔하며 가희를 바라봤다. 순간 가희의 진홍색 머리카락이 잠깐 검게 변하나 싶더니 다시 진홍색으로 돌아왔다.

"아, 아니?"

리오는 자신의 눈앞에서 벌어진 초자연적인 현상에 입을 다물지 못했다. 다시 가희가 어색한 미소를 지으며 머리를 긁적였다.

"아, 죄송해요. 런희가 옷이 단정치 못하다며 나오길 꺼리네요. 그래도 걱정해 주셔서 고맙다고 하는데요?"

리오는 앞에 서 있는 동방 처녀의 말을 도저히 이해할 수 없었다.

집에 돌아온 리오는 노엘에게 자초지종을 듣고 다시금 인상을 찡그렸다. 이야기의 주인공인 런희는 예전처럼 단정한 옷을 입은 채 다소곳이 앉아 있었다.

"어떻게 한몸에 두 명의 영혼이 들어갈 수 있습니까? 눈으로 봐도 이해가 안 되는군요."

노엘은 안경을 매만지며 설명했다.

"제가 들은 바로는, 원래 런희와 가희 두 자매는 한 어머니의 몸 안에 자라고 있던 쌍둥이였다고 해요. 그런데 불의의 사고로 태아 상태에서 가희가 죽고 말았죠. 그리고 런희 양이 태어났는데 신기하게도 가희 양의 영혼을 함께 가지고 태어났죠. 처음엔 의지대로 런희 양과 가희 양이 바뀔 수 없었는데 어떤 연유로 해서 서로의 의지대로 바뀔 수 있게 된 거죠."

얘기를 다 들은 리오는 묵묵히 런희를 바라보았다. 그녀는 아무 말 없이 바닥만을 주시하고 있었다.

"그랬군요. 그런데 한몸을 가졌으면서 왜 런희 양은 무술을 못하는 거죠?"

노엘은 간단히 대답했다.

"다른 영혼이니까요."

어찌 보면 당연했다. 리오는 웃으며 고개를 설레설레 저었다.

"아, 그런데 스나이퍼 씨는 이제 어떻게 하실 거죠?"

"예? 무엇을 말입니까?"

리오는 노엘의 이지적인 얼굴을 보며 물었다. 그녀는 손수건으로 안경을 닦으며 말했다.

"스나이퍼 씨는 우리 레프리컨트 왕국과는 무관한 분입니다. 우리의 위험한 여행에 굳이 동행할 필요는 없습니다."

리오의 검붉은 눈썹이 꿈틀댔다. 노엘은 안경을 바로 쓰며 냉정한 어투로 말했다.

"지금까지 린스 공주님을 지켜 주신 보수는 충분히 지불해 드리겠습니다. 창고에 있는 증기기관 몇 개를 처분하면 상당한 돈이 되죠. 스나이퍼 씨는 이제 자유로이 행동하셔도 됩니다."

"후, 저를 용병으로 아십니까? 크게 착각하셨군요."

리오는 불쾌감을 참지 못한 듯 씁쓸히 웃었다. 노엘의 미간이 좁혀졌다.

"무슨 말씀이시죠?"

리오는 다른 때와 달리 정색을 하며 말했다.

"저는 프리 나이트입니다. 프리 나이트는 돈이 아닌 자신의 의지에 따라 움직입니다. 노엘 선생님의 시적인 눈에는 제기 돈에 살고 죽는 용병으로밖엔 보이지 않은 모양이군요."

노엘은 어이가 없다는 듯 웃고 말았다. 그녀는 리오 쪽으로 얼굴을 내밀며 말했다.

"그럼 프리 나이트의 그 잘난 의지가 뭔지 설명 좀 해 주시겠습니까? 저는 그런 것 따위를 공부할 시간이 없었거든요."

"아마추어 마법사께서 나이트의 숭고한 의지를 이해할 수 있을지부터 의문이군요. 그렇게 생각 안 하십니까?"

"오호, 상당히 유아적인 생각을 가지고 계시군요. 지금 같은 세상에 숭고함 같은 단어가 통할 거라고 생각하십니까? 인생을 헛사셨군요."

"아아, 인생을 알차게 살면 문어 뒷머리가 어딘지도 모르게 되는군요. 알차게 살 필요에 의문이 드는데요?"

그렇게 폭언을 남발하면서도 둘은 여전히 웃고 있었다. 그러나 그 미소 속에 비친 신경전은 련희의 무표정한 얼굴마저 걱정으로 물들였다.

그때 안의 상황을 모르는 케톤이 머리를 긁적이며 들어왔다.

"죄송합니다, 리오 님. 설마 시장에서 그런 일이 있는 줄 상상도 못 했거든요. 저는 창고에 박혀 있어서 미처…….'

그는 자신의 몸을 덮쳐 오는 싸늘한 기운에 말을 끊었다. 그의 눈에 비친 리오와 노엘, 둘은 살벌한 미소를 지은 채 서로를 노려보고 있었다.

잠시 동안의 냉전을 먼저 깬 사람은 노엘이었다. 그러나 방법은 평화적이지 못했다.

"좋아요, 스나이퍼 씨. 우리를 따라오셔도 아무 말 않겠습니다. 우둔한 기사의 의지가 어떻게 결말이 나는지 똑똑히 보고 싶거든요."

리오도 지지 않았다.

"후훗, 제 앞에서 높으신 체면이나 구기지 마십시오."

얘기가 끝난 직후, 자리를 박차고 일어난 노엘은 곧장 자기 방으로 들어갔다. 리오는 총총히 따라 들어가는 련희를 보며 가볍게 한숨을 쉬었다.

"아, 아니, 리오 님. 무슨 생각으로 노엘 선생님께 그런 말씀을…….
화가 나셔도 참으셨어야죠."

"음? 누가 화가 났는데?"

리오는 활짝 웃고 있었다. 그는 앞에 놓인 과일을 한입 베어 물며 말했다.

"나에게 왠지 거부감을 가지고 있는 듯해서 잠깐 그렇게 말해 본것뿐이야. 너무 걱정하지 마."

오랜 경험을 바탕으로 한 말이었다. 하지만 레프리컨트의 어린 근위대장은 그의 말뜻을 쉽게 이해할 수 없었다.

타운젠드 21세는 트립톤에서 벌어진 전투 기록을 유심히 살펴봤다. 사이클롭스의 목숨을 일격에 빼앗은 동방 여성의 정신술과 리오라는 떠돌이 기사의 검술에 그는 내심 탄복했다. 앞에 서 있던 라기아는 그것 보라는 듯 깔깔대며 말했다.

"하하핫, 노엘 따위라는 말이 허풍이 아니었죠?"

타운젠드 21세는 그녀의 말을 인정한다는 듯 고개를 끄덕였다.

"과연 그렇군. 리오라는 자, 아무래도 레프리컨트 왕국에 나타났던 그 회색 괴물 녀석과 관련이 있는 것 같다. 그 괴물과 비슷한 폭발력이 녀석에게 느껴지는군. 이런 녀석이 왜 린스 공주에게 붙었는지 모르지만 계속 같이 있게 된다면 상당한 걸림돌이 될 게 분명하겠지."

라기아는 덤덤한 표정으로 말하는 젊은 왕의 무릎 위에 정면으로 앉았다. 흑색 타이트를 입은 그녀의 모습은 상당히 도발적이었다. 그녀는 왕의 어깨에 손을 걸치며 속삭이듯 말했다.

"후훗, 그럼 어떻게 하실 건가요? 설마 직접 나서진 않겠죠?"

타운젠드 21세는 귀찮은 듯 서큐버스의 팔을 떼어 내며 말했다.

"일단 지켜볼 생각이다. 그건 그렇고 다른 차원의 문명을 흡수하는 일은 잘되어 가나?"

그의 몸에서 내려온 라기아는 가볍게 고개를 끄덕였다.

"당연하지요. 특히 와카루란 이름의 늙은 과학자가 최고의 협조를 하고 있습니다. 게다가 또 한 가지 기쁜 소식이 있답니다."

"기쁜 소식?"

라기아는 자신만만한 미소를 지었다.

"1년 전 멍청하게도 죽어 버린 고위 마족 아슈테리카의 시신을 발굴해 냈습니다. 마족의 육체는 상당히 쓸 만하거든요. 더욱 강한 강철괴물을 만드는 데 도움이 될 겁니다."

젊은 왕은 아무 말 없이 다리를 꼬며 눈을 감았다.

"알겠다. 그럼 지시가 있을 때까지 나가 있도록."

"알겠습니다."

라기아가 나간 뒤, 타운젠드 21세는 옥좌에서 일어나 자기 방으로 향했다. 그의 방은 한 나라 왕의 방치고 그리 화려하지 않았다.

그는 한쪽 벽을 향해 걸어가 벽을 가린 베일을 걷어 냈다. 그 베일 안에는 한 여인의 초상화가 놓여 있었다. 타운젠드 21세는 마치 도착증 환자처럼 그림의 여인에게 키스를 하며 나지막이 말했다.

"라이센, 꼭 당신을 되찾을 거요. 이 세상을 멸망시켜서라도……!"

4

다시 수도를 향하여

모든 짐을 정리한 일행은 노엘과 친하게 지내던 이웃들의 배웅을 받으며 트립톤을 떠났다. 노엘은 그 도시가 굉장히 마음에 들었었는지 멀어지는 도시를 몇 번이고 돌아보았다.

"왕국 수도까지는 얼마나 걸리죠?"

리오가 물었다. 노엘은 피식 웃으며 답했다.

"정상적으로 따지자면 3주 정도? 하지만 당신이란 남자가 3주 후에 우리와 같이 있을지 의문이군요. 후후훗."

악의가 넘치는 답변이었다. 린스와 케톤도 놀랄 정도의 악담이었지만 리오는 가볍게 맞받아쳤다.

"아, 그렇습니까? 3주라면 선생님의 능력이 거덜나기에 충분한 시간이군요. 기대하겠습니다. 하하핫."

둘의 신경전은 계속됐다. 그들을 말리려는 듯 린스가 끼여들었다.

"노엘, 이젠 어디로 갈 거야?"

노엘은 서쪽을 가리키며 말했다.

"우선 크로플렌 지방으로 갈 생각입니다. 그곳에서 이어지는 지름길을 이용하면 수도까지 가는 시간을 더 단축할 수 있을 겁니다."

일행은 노엘이 가는 방향을 따라 발걸음을 옮겼다.

그날 밤은 잘 곳이 마땅치 않아 숲 속에서 노숙을 해야만 했다. 여행객이라면 며칠의 노숙쯤은 기본이었으나 일행에게는 린스라는 골칫거리가 있었다.

왕궁 안에서 보물단지처럼 자라 온 린스에게 하늘을 이불 삼는 노숙이란 힘든 일임에 틀림없었다. 펠튼 고원을 내려올 때 하룻동안 노숙을 한 적이 있었던 리오와 케톤은 그 사실을 뼈저리게 느끼고 있었다. 노숙을 한 날 린스가 잠을 이루지 못해 다음 날 거의 졸면서 길을 걷는 바람에 수차례 돌부리에 걸려 넘어졌기 때문이다.

그러나 그렇다고 해서 린스만을 위해 집을 지을 수는 없었다.

풀을 밑에 받쳐 다른 사람의 자리보다 약간 편하게 만들어 보긴 했지만 환경에 대한 감각이란 그런 것에 좌우되지 않았다.

"공주님, 제 손을 잡고 주무시면 괜찮을 겁니다. 그러니 오늘 저녁만은 그냥 이대로 주무세요."

노엘은 린스 옆에 자리를 깔았다. 하지만 그 말에 린스는 더욱 거부감을 보였다.

"뭐야, 누가 어린애인 줄 알아! 노엘 도움 없이도 난 잘 수 있다고! 다른 데로 가!"

"예, 공주님."

노엘은 길게 한숨을 쉬며 자리를 옮겼다. 그때 그녀의 귀에 낮은 웃음소리가 들려왔다. 밤샘 보초를 자청한 리오였다.

"후훗, 하루도 안 됐는데 당신의 한계가 보이는군요. 노엘 선생님."

"이런 걸로 시비를 걸다니, 수준이 상당히 낮군요, 스나이퍼 씨."

그러나 싸움에서는 웃는 사람이 승자인 법이다. 노엘은 이를 갈며 모포를 머리끝까지 덮어썼다.

리오를 제외한 모두는 잠자리에 들었다.

모두가 깊은 잠에 빠졌을 때, 리오는 꺼지려고 하는 불을 장작 두세 개를 더 넣어 살리며 주위를 둘러보았다. 산길을 오르느라 피곤했는지 일행은 누가 업어 가도 모를 정도로 곤히 잠들었다.

"꺽다리, 안 피곤해?"

그러나 피곤함도 린스의 노숙 기피증을 이길 순 없었다. 리오는 눈을 말똥말똥 뜨고 있는 그녀에게 시선을 돌렸다.

"저는 괜찮습니다만 공주님, 정말 안 주무셔도 괜찮겠습니까?"

린스는 상반신을 일으키며 고개를 저었다. 육체는 자고 있는 듯 후들거렸지만 정신만은 깨어 있었다.

"잠이 안 오는 걸 어떡해. 그러는 리오는 왜 안 자는 거야?"

리오는 특별히 할 말을 찾지 못하고 그냥 어깨만 으쓱거렸다.

"글쎄요, 전 잠이 별로 없어서요."

"치, 그런 게 어디 있어. 그런데 꺽다리는 나이가 스물넷이라고 했지?"

"예, 그렇습니다만."

"음, 그러면……."

린스는 그다음 말을 이으려다가 잠시 주저했다. 약간 곤란한 질문인 모양이었다. 그녀는 볼을 붉힌 채 말을 이었다.

"그럼, 누구를 사랑해 본 적 있겠지?"

"예?"

의외의 질문에 리오는 움찔했지만 린스의 표정은 어느 때보다 진지했다. 리오는 모닥불을 보며 대답했다.

"예, 아주 많이."

"으, 응. 그렇구나."

보통 때 같으면 바람둥이라며 노발대발했을 린스였지만 리오의 표정을 본 그녀는 도저히 그럴 수가 없었다.

"나하고 얘기 좀 해."

린스는 리오 옆에 바짝 붙어 앉았다. 그녀는 평소와는 달리 다리를 모으고 다소곳이 앉으며 말했다.

"난 사실 양녀야. 다섯 살 때 왕가에 입양됐지. 진짜 부모님이 누구인지도 몰라."

"……!"

린스는 보지 못했다. 그 말이 나온 순간 리오의 눈썹이 크게 꿈틀댄 것을. 그녀는 말을 이었다.

"……어마마마랑 얘기를 나눠 본 적이 별로 없어. 왕이라는 중책을 맡고 계시기 때문에 나와 일상적인 얘기를 나눌 시간이 없었지. 하지만 난 한 번도 그런 어마마마를 미워하거나 싫어한 적은 없어."

손으로 얼굴을 덮고 있던 리오는 그 얘기에 관심이 끌린 듯 그녀를 똑바로 응시했다.

"그렇습니까. 어째서죠?"

린스는 별이 반짝이는 밤하늘을 올려다보며 말을 이었다.

"음, 어마마마께서 일부러 나와 대화를 안 하시는 건 아니잖아. 정사로도 충분히 힘드실 텐데 나마저 어마마마를 힘들게 한다면 정말 불행하시겠지. 표현은 안 하시지만 날 누구보다도 사랑하는 분일 텐데 말이야."

리오는 그 말을 듣고 내심 놀랐다. 린스가 생각보다 훨씬 어른스러워서였다. 노엘의 말이 떠올랐다. 그녀는 현 레프리컨트 여왕 이상으로 훌륭한 국왕이 될 것이라는.

"껵다리는 누군가를 사랑해 본 적이 있다면서 아직까지 혼자인 걸 보니 그 사람을 지켜 주지 못했구나? 그렇지?"

"……."

"뭐, 대답 안 해도 괜찮아. 껵다리 정도의 남자를 쉽게 찰 여자도 없을 거고, 껵다리 같은 남자가 사랑하는 여자를 함부로 찰 것 같지도 않아서 넘겨짚은 거니까. 꼭 대답할 필요는 없어."

"아닙니다. 후훗, 공주님 말씀이 맞습니다. 저는 그녀들을 지켜 주지 못했답니다."

리오는 목에 걸린 은십자가를 슬그머니 꺼내 매만지면서 말을 이었다.

"그녀들이 위험할 때, 저는 그녀들 곁에 있지 못했습니다. 그러나 제가 그녀들 곁에 있었다면 더 많은 사람들이 다쳤을지도 모릅니다. 이건 모두 제 힘이 강한 탓이죠."

"어째서? 강하면 좋은 거 아냐?"

리오는 쓸쓸히 고개를 저었다.

"그렇지도 않습니다. 불량배와 나이트는 종이 한 장 차이이기 때문이죠. 불량배는 자신의 강한 힘으로 남을 괴롭히지만, 나이트는 자신의 강한 힘으로 남을 도와야 하죠. 힘이 강하면 강할수록 불량배는 더욱 많은 사람들을 괴롭힐 수 있지만 나이트는 더욱 많은 사람들을 도와야만 합니다."

린스는 불만스런 표정을 지었다.

"음, 그럼 그런 일을 왜 해? 옆 사람이 다치든 말든 자기 자신에게 소중한 사람만 구하면 될 거 아냐. 안 그러면 영원히 상처 입게 되잖아."

그 말에, 리오는 손으로 자신의 두꺼운 가슴을 덮었다. 그리고 린스를 바라보았다.

"양심이란 것 때문이죠. 그것이 기사와 불량배의 근본적인 차이거든요."

"남자들의 그런 비현실적인 감정 때문에 여자들의 상처가 얼마나 깊은지, 당신은 알고 있습니까?"

자는 줄만 알았던 노엘이 벌떡 일어나 소리를 질렀다. 케톤은 물론 가희까지—여행의 위험에 대비해 동방 소녀는 가희로 변해 있었다—그 소리에 놀라 잠에서 깼다. 한껏 소리친 노엘은 아직도 분이 가시지 않는지 계속 씩씩대며 리오를 쏘아봤다.

"노, 노엘……?"

린스는 처음 보는 노엘의 그런 모습에 입을 다물지 못했다. 케톤 역시 잠이 확 깬 듯 침을 꿀꺽 삼켰다.

묵묵히 노엘을 바라보던 리오는 천천히 일어나 그녀에게 다가갔다. 케톤은 그들을 말리려 했지만 가희가 오히려 그런 그를 붙잡았다.

노엘에게 다가간 리오가 입을 열었다.

"당신은 지켜 주지 못한 사람의 상처를 생각해 보신 적 있습니까? 아니, 당신 같은 현실주의자를 지켜 주려 한 사람이라도 있었습니까?"

분노로 일그러졌던 노엘의 얼굴이 점점 펴졌다.

리오는 힘없이 제자리로 돌아오며 말을 맺었다.

"저는 죽은 사람의 감정을 알 수는 없습니다. 그래서 그녀들의 감정은 잘 모르겠군요."

순간, 린스를 비롯한 모두의 얼굴이 굳어졌다.

"……칫!"

노엘은 이를 악물며 모포를 뒤집어썼다. 그녀가 다시 잠자리에 들자 케톤과 가희도 걱정 어린 한숨을 지으며 각기 자리에 누웠다.

"죄송합니다, 공주님."

리오는 린스에게 사과하고 고개를 돌렸다. 그럴수록 린스는 자신이 괜한 질문을 해서 이런 일이 생겼다는 자책감 때문에 견딜 수 없었다.

"미안해, 리오. 설마 그런 일이 있었는 줄은…… 정말 미안해. 이렇게 사과할 테니 뭐든 말해! 다 들어줄게!"

리오의 시선이 다시 그녀에게로 향했다. 뭐든 다 들어준다는 린스의 말에 담요를 덮어쓰고 있던 노엘도 귀를 쫑긋 세웠다. 리오는 피식 웃으며 간단한 부탁을 했다.

"훗, 제발 부탁이니 주무십시오. 지금 일도 공주님이 주무셨다면 일어나지 않았을 테니까요."

"그, 그래? 알았어."

린스는 부모에게 혼나고 잠자리에 드는 아이처럼 즉각 자신의 자리로 향했다.

리오는 모닥불을 나뭇가지로 쑤셨다. 불씨와 함께 까맣게 탄 재가 공중으로 흩날렸다. 오래 살아 있을 수 있는 존재는 많지만 영원한 존재는 없다. 리오는 자신 역시 흩날리는 재처럼 언젠가는 불타 없어지는 게 아닐까 생각했다. 그러나 그런 고민을 즐길 정도의 여유가 그에겐 별로 없었다.

"휴, 지치는군."

고개를 저으며 내뱉은 그 말엔 수백 년의 피로가 함축되어 있었다.

다음 날 아침, 일행은 린스가 늦잠을 자고 있다는 사실에 상당히 놀라워했다. 처음엔 그녀에게 무슨 일이 있는 게 아닐까 싶었지만 노엘의 진단 결과 그녀는 확실히 잠을 자고 있었다. 노엘이 놀라면서 리오 쪽을 바라보았지만 그는 더 이상 그녀와 대화할 생각이 없는 듯 간단히 몸을 풀 뿐이었다.

5

좀비들의 공격

트립톤을 떠난 지 사흘째였다. 일행은 험난한 산길을 걷고 있었다. 펠튼 고원을 넘어섰다고는 하지만 동쪽 대부분이 산지로 이루어진 레프리컨트 왕국의 지형은 그들에게 평탄한 길을 제공해주지 않았다. 일행의 휴식 시간은 점점 잦아졌다.

"자, 조금만 더 가면 작은 마을이 하나 나올 겁니다. 오늘은 노숙하지 않아도 될 것 같군요."

리오가 일행들을 재촉하며 말하자 지칠 대로 지친 일행은 반가운 표정을 지었다. 그러나 그 얼굴은 얼마 못 가 참혹하게 일그러졌다.

개척자들이 모여 살기로 유명한 마을 프로텍스는 완전히 파괴된 상태였다. 몇 안 되는 생존자들은 마을 중앙에 솟아오른 흑색 오벨리크스를 바라보며 한숨만 연거푸 쉴 뿐이었다.

"세, 세상에! 이게 어떻게 된 일입니까?"

노엘은 오벨리스크 주위에 모여 있는 생존자들을 향해 달려갔다. 생존자 중 가장 연장자로 보이는 노인이 힘겨운 목소리로 대답했다.

"좀비들이…… 좀비들이 우리 마을을 공격했소. 은인께서 나타나 우리만 겨우 살아난 거라오. 하, 이제 어디로 가야 할지……."

"좀비……?"

뒤따라온 리오는 이해할 수 없었다. 지형 자체가 좀비가 나타나기엔 무리가 있었다. 게다가 마을을 쑥밭으로 만들 정도의 많은 좀비가 한꺼번에 나타난다는 것은 거의 있을 수 없는 일이었다.

"그런데 당신들은 어디로 가시오?"

예의상 물은 노인의 질문에 노엘은 답답한 가슴을 들며 대답했다.

"예, 저희는 크로플렌으로 갑니다만……."

"거기 가지 마쇼, 안경 언니."

갑자기 들려온 거친 목소리 쪽으로 모두의 시선이 돌아갔다. 리오마저 놀랄 정도로 거대한 석재를 어깨에 짊어진 뻗침 머리의 남자가 불량스러운 자세로 서 있었다.

"예? 어째서요?"

남자는 석재를 바닥에 내려놓았다. 쿵 소리가 일행이 딛고 선 바닥을 울렸다. 리오는 남자의 괴력에 내심 놀라며 속으로 중얼거렸다.

'엄청난 힘이군. 보통 사람 중에 가즈 나이트급의 힘을 지닌 사람이 있었나?'

석재에 기댄 남자는 두툼한 담배를 입에 물며 대답했다.

"크로플렌인가 뭔가 하는 곳은 맨티스 크루저들에게 점령당했소이다. 사람 뱃가죽을 뚫고 맨티스 크루저의 유충이 나올 정도니 말 다한 거지, 뭐. 하여튼 죽을 생각이면 거기로 가고 살 생각이면 목적지를 바꾸쇼."

"그런……!"

노엘은 몸을 떨었다. 크로플렌 정도의 큰 도시가 그리 간단히 파괴될 줄은 예상치 못한 그녀였다. 한편 그 뻗침 머리 남자를 유심히 바라보던 리오가 입을 열었다.

"자네, 이 마을 사람이 아닌 것 같은데 어디서 왔나?"

남자는 리오를 흘끔 바라보았다. 입고 있던 허름한 코트를 벗으며 일어선 그 남자는 팔의 근육을 꿈틀대며 천천히 리오에게 다가왔다.

키도 리오보다 컸고 근육 또한 리오보다 굵직했다. 이마를 묶은 빨간 머리띠에서 풍기는 분위기는 튀다 못해 불량스러웠다. 남자는 일부러 허리를 비스듬하게 꺾고 괴상한 표정으로 리오를 올려다보았다. 이상스럽게도 리오는 남자에게서 지크의 분위기를 느끼고 있었다.

"형씨는 뭐야. 내가 이 마을 사람이건 말건 뭔 상관이냐고. 엉?"

전형적인 시비조였다. 리오는 싱긋 웃으며 말했다.

"잘못하다간 다칠 수도 있어. 시비를 걸려면 사람을 가려 가며 하는 게 좋을걸. 음?"

"……"

뻗침 머리 남자의 표정이 굳어졌다. 그의 다리 쪽에서 흙이 튄 것은 그 직후였다.

"큭!"

남자의 깨끗한 발차기를 가까스로 막은 리오는 자신의 팔이 저려 오는 것을 느꼈다. 조금이라도 기를 뺐다면 뼈가 부러졌을 게 뻔했다. 물론 놀란 것은 뻗침 머리 남자도 마찬가지였다. 자신의 기습적인 발차기를 막아 냈을 뿐만 아니라, 있는 힘껏 팔을 잡아 죄었는데도 소리 한 번 지르지 않고 버티는 존재는 드물었다.

「어, 형씨 가즈 나이트? 머리하고 복장을 보니 무속성의 리오 스나이퍼 같은데……?」

정신감응이 들려왔다. 리오는 설마 하며 같은 방법으로 남자에게 물었다.

「설마 너도 가즈 나이트?」

뻗침 머리 남자는 그제야 미소를 지으며 리오의 팔을 죄고 있던 손을 내렸다. 리오 역시 팔을 주무르며 웃어 보였다.

"내가 월권을 한 모양이군. 사과하지."

"하핫, 아냐 아냐. 천하의 리오 스나이퍼를 몰라본 내가 바보지. 하하핫."

뻗침 머리는 호탕하게 웃으며 고개를 저었다. 이전의 불량스러움은 온데간데없었다. 지금은 어린아이와 다를 바 없이 순수한 표정을 짓고 있었다.

"하여간 크로플렌은 가지 마. 나도 생존자를 찾아보려고 노력했지만 나 하나로는 부족할 것 같더라고. 그런 지경인데 오합지졸을 이끌고 어딜 가겠다는 거야?"

오합지졸이란 말에 린스를 비롯한 일행의 얼굴이 살짝 일그러졌다. 리오는 그들의 시선을 의식하며 대답했다.

"이 왕국의 수도로 가고 있어. 혹시 무슨 정보라도 알고 있나?"

수도라는 말에 남자의 얼굴이 살짝 흐려졌다. 하지만 남자는 이내 웃으며 말했다.

"아, 뭐 별것 없어. 알고 있는 사실은 수도가 무사하다는 거지. 어떤 '미치광이'가 수도를 지켜 냈거든."

"······미치광이? 아아, 그렇군."

그 미치광이가 누구인지 리오는 알 것 같았다. 그가 아는 광인 중에서 수도와 같은 큰 도시를 혼자 지켜 낼 수 있는 사람은 단 한 사람뿐이었다.

"이 마을엔 별일 없으니 가 봐. 사람들은 내가 책임질게. 이래 봬도 난 부하가 많은 사람이니 걱정 없다고."

"부하?"

리오는 그의 말을 얼른 이해할 수 없었다.

뻗침 머리의 웃음소리를 뒤로한 채 일행은 떠밀리다시피 마을을 떠났다.

마을에서 조금 벗어나자마자 린스가 리오를 추궁했다.

"리오, 아까 그 건달, 아는 사람이야? 도대체 누구야?"

리오는 그의 이름을 떠올리며 살짝 미소 지었다.

'······사바신 커텔. 땅의 가즈 나이트라. 후훗······.'

오랜만에 만난 가즈 나이트였다. 하지만 그로 인해 리오에게 즐거운 기분만 남은 건 아니었다.

엣센 마을에 이어 프로텍스 마을 중앙에 솟아오른 흑색 오벨리스크. 그리고 사바신이 겨우 없앴다는 좀비 군단. 그 모든 일이 리오의 정신을 점점 더 압박해 왔다.

3장
바람의 광상곡

1

신계에서 온 서포터

'그 일'이 끝난 지 한 달하고도 보름이 약간 지났다.

지크는 간만의 여름 휴가를 집에서 즐기고 있었다. 휴가라고는 하지만 집에서 잠을 자는 것 외엔 특별히 할 일은 없었다. 직업 특성상 해변까지 나갈 수는 없었다.

그의 어머니가 가져다 놓은 시원한 음료수가 따뜻하게 돼 버렸을 때쯤에야 지크는 잠에 취한 소리를 내며 몸을 일으켰다.

"우씨…… 더워."

머리는 완전히 헝클어졌고 눈도 제대로 뜨지 못한 상태였다. 그는 김빠진 음료수를 한 번에 들이켜고 세면실로 향했다.

"제기랄, 이럴 줄 알았으면 에어컨을 틀고 자는 건데. 땀으로 목욕한 것 같잖아."

간단히 세면을 끝낸 지크는 부엌 냉장고를 살살이 뒤졌다. 빵, 소시지, 그리고 우유. 지크는 그 세 가지만으로도 만족해하는 사람이

407

었다. 그런 탓에 가끔씩 찾아오는 그의 의형제들은 외식을 자주 권하곤 했다.

"……이것도 지겨워지는데."

무슨 바람이 불었는지 그의 입에서도 한탄이 터져 나왔다. 그는 즉시 피자를 주문했고 기다리는 동안 빵을 먹으며 무료함을 달랬다.

길고 긴 빵 한 개가 다 사라질 무렵, 지크는 웃으며 예전 일을 회상하기 시작했다.

생전 처음 가 본 검과 마법의 세계. 죽을 뻔한 적도 있지만 그만큼 그에겐 재미있는 추억이 서린 곳이었다. 마지막에 일이 틀어져 자신의 형제 한 명이 아직도 고생한다는 소식을 신계에 있는 동생에게 전해 듣기도 해서 그의 마음은 편치만은 않았다.

"그래도 그런 곳은 다시 가진 않을 거야. 텔레비전도 없는 그런 곳에 가서 뭘 하겠다고……."

땡동.

그때 기다리던 초인종 소리가 드디어 들려왔다. 지크는 채소와 소시지가 듬뿍 얹힌 쫄깃한 피자를 머릿속에 그리며 현관문으로 뛰어나갔다.

"어서 오세요! 나의 슈퍼 익스트림 콤비네이션 크러스트 피자를 가져오시느라 수고가 많았습니다!"

"또 피자 주문한 거야, 오빠?"

그러나 현관문 밖에서 들려온 낯익은 목소리에 지크의 얼굴이 굳어졌다. 그는 문을 열고 앞에 서 있는 단발머리 소녀를 멍하니 바라보았다.

"넌 신계에서 낮잠이나 자고 있어야 하는 거 아니니?"

"어머, 섭섭한 소리 하지 마, 오빠. 난 피엘 님께 정식 임무를 부여받고 온 오빠들의 서포터란 말이야.”

“그래서?”

무뚝뚝한 지크의 반응에 울컥한 단발머리 소녀가 지크의 정강이를 걷어찼다.

“아악!”

“어여쁜 동생한테 ‘그래서’가 뭐야, 그래서가! 똑바로 얘기 들어, 바람난 너구리야!”

다리를 붙들고 괴로워하던 지크는 눈을 부릅뜨며 소리쳤다.

“니네 동네 어여쁜 동생들은 오라버니 정강이 차고 그러냐! 얘기고 뭐고 필요 없으니 어서 돌아가! 슈렌에게나 부탁해 보라고!”

“슈렌 오빠는 나중에 합류한다고 했단 말야! 나도 좋아서 오빠 찾아온 거 아니니까 착각하지 마!”

“내가 언제 착각했다고 그래!”

한편 둘의 실랑이를 뒤에서 묵묵히 지켜보는 남자가 있었다. 그는 조심스레 손에 든 물건을 내밀며 입을 열었다.

“저, 주문하신 피자 왔는데요……?”

“응?”

지크와 소녀의 말다툼은 그것으로 끝났다.

부엌으로 장소를 옮긴 지크는 피자 치즈를 끊으며 여동생에게 물었다. 자초지종은 이미 그녀에게 들은 후였다.

“그래서 나보고 또 판타지 랜드에 가란 소리야? 다른 녀석들이 이미 파견되었다며……. 꾸역꾸역 먹지만 말고 말 좀 해 봐!”

그의 의형제이자 주신계 천사 소녀 루이체는 불만스러운 얼굴로 먹던 피자를 놓으며 대답했다.

“바이론 아저씨하고 땅, 물의 가즈 나이트 세 사람이 파견되긴 했지만 바이론 아저씨 빼고 다른 둘이 일을 제대로 못하나 봐. 게다가 이번 일은 오빠 세계와도 연관된 일이란 말야."

"이 세계랑? 왜?"

"그건 나도 모르지. 피엘 님의 수수께끼 임무 전달은 알아주잖아. 하여튼 빨리 가자, 오빠."

지크는 다시 피자를 무는 동생을 보며 인상을 구겼다. 자신이 있는 세계와 연관된 일이라면 나서지 않을 수 없었다. 하지만 의문이었다. 다른 세계와 이 세계가 도대체 왜 관련이 있단 말인가.

지크는 어머니가 올 때까지 기다릴 생각을 하며 피자 쪽으로 시선을 돌렸다. 하지만 그의 몫은 이미 여동생의 입속으로 들어간 뒤였다. 지크는 손가락을 빨고 있는 여동생을 보며 멍한 표정을 지었다.

그날 저녁.

여행 준비를 마친 지크는 자신의 가죽 장갑을 세게 조이며 정신을 가다듬었다.

"지크, 어디 가는 거니?"

그의 어머니—실은 양어머니—가 물었다. 지크는 씩 웃으며 고개를 끄덕였다.

"예, 휴가잖아요. 어디 여행 좀 갔다 오려고요."

어머니는 걱정스럽게 고개를 저었다. 그녀가 보기에 지크의 모습이 여행 가는 사람과는 거리가 멀었기 때문이다.

그녀가 지크를 처음 만났던 때부터 지금까지 쭉, 그 아이는 이상하게도 싸움에 집착했다. 그러나 그가 해 왔던 모든 싸움엔 공통점이 하나 있었다. 자기 자신만을 위해 싸운 적이 한 번도 없다는 것이었다.

"무슨 일이 또 있는 거지? 한 달 전에도 여행 간다면서 엿새나 집에 안 들어왔잖니."

지크는 뜨끔했다. 10여 년이 넘게 자신을 길러 준 사람을 속이기 힘든 건 당연했다. 지크가 아무 말도 하지 않자 그녀는 이미 예상했다는 듯 아들의 어깨를 툭툭 치며 부드럽게 말했다.

"괜찮아. 네가 나가서 무슨 일을 하건 이 엄마는 그것이 옳은 일이라 믿고 있단다. 난 네가 어떤 아이라는 것을 잘 알아. 힘내야 한다, 알았지?"

그 말에 지크는 씩 웃어 보였다.

"헤헷, 나이 사십도 안 된 분이 그렇게 말씀하시니 안 어울리잖아요. 그럼 갔다 올게요. 좀 늦으면 처크 할아버지께 잘 좀 말씀해 주세요."

"그래, 걱정 말고 다녀와라."

지크는 무명도가 든 긴 가방을 한쪽 어깨에 둘러메고 언제 돌아올지 모르는 긴 여행의 첫발을 내디뎠다. 그의 어머니는 현관문에 기댄 채 아들의 모습이 사라질 때까지 계속 지켜봤다.

"젠장, 특선 만화라도 보고 왔어야 하는데."

그가 있는 장소는 만화나 텔레비전 같은 매체와는 전혀 상관없는 곳이었다.

지크는 머리를 쥐어뜯으며 화를 냈다. 의문 사항이 한두 가지가 아니었다.

증기기관이 발명된 게 최근의 일인 이 세계와 첨단을 걷는 자신의 세계가 연관되어 있다는 말이 도대체 무슨 뜻인가.

차원계가 다른 세계끼리 연관된다는 것은 굉장한 일이 아닐 수 없었다. 신계의 법칙상 각 차원은 상호불가침일 뿐 아니라 서로의 존재에 대해 알 수 없어야 한다. '연관된다'는 말은 서로에 대해 알 뿐 아니라 서로 간의 침범도 가능하다는 말이었다. 그렇게 되면 이 세계의 문제가 신계 전체로까지 번지는 건 당연했다. 자칫 잘못하다간 오랜 세월 이어져 내려온 선과 악의 균형마저 깨질 수 있었다.

"오빠, 많이 기다렸어?"

그런 그의 고민을 아는지 모르는지, 루이체가 과일을 잔뜩 사 들고 지크를 향해 뛰어왔다. 그녀가 봉투에서 꺼내 던져 준 과일을 받아 한입 깨물어 삼킨 그는 혀를 매혹시키는 달콤함에도 인상을 찡그렸다.

"한 시간 기다렸으면 어떡할래? 젠장, 그 할아범은 붙여 줄 천사가 없어서 얘를 붙여 주냐? 괜히 골치만 더 아프게."

루이체는 큰 눈을 껌벅이더니 이내 지크의 목을 팔로 죄며 협박하듯 소리쳤다.

"그게 오빠란 사람이 동생에게 할 소리야! 어서 다시 말해 봐!"

생각보다 강하게 조이는 바람에 이마에 핏줄마저 솟은 지크는 캑캑거리며 고개를 끄덕였다.

"아, 알았어! 알았으니 어서 풀어, 인마!"

그러나 그녀는 팔에 더욱 힘을 주었다.

"그 상태로 말해!"

"시끄러워! 너 계속 이러면 슈렌한테 이를 거야!"

"응? 그, 그렇게 말하면 또 상황이 달라지지. 호호홋."

그 말을 들은 루이체는 장난기 어린 웃음을 지으며 지크의 목을 풀어 주었다. 지크는 시뻘겋게 변한 목 언저리를 매만지며 투덜댔다.

"너도 금년으로 182세. 사람으로 치자면 열여덟 살이잖아. 제발

철 좀 들어 봐."

루이체는 혀를 비죽 내밀었다.

"흥, 내가 어떻게 행동하든 무슨 상관이야. 그런데 오빠, 주신께서 나까지 지원을 보낼 정도면 꽤 큰일인가 봐. 저번에 고신들 부활 사건 때도 나를 부르지 않았는데 말이야."

과일 하나를 어느새 다 먹어 치우고 다른 하나를 꺼내던 지크는 그 말을 듣고 피식 웃음을 터뜨렸다.

"몰랐어? 우리가 피 터지게 싸우고 있을 때 그 할아방구는 젊은 천사들과 신나게 놀고 있었다는 거 말이야. 하여튼 색한이야, 색한."

루이체는 놀란 표정으로 말했다.

"어머, 너무 심하셨다. 난 그것도 모르고 혼자 방에 틀어박혀 오빠들 욕만 했지, 뭐야. 헤헷……."

지크는 혀를 내밀고 슬며시 웃는 동생의 머리를 이마로 살짝 받으며 마주 웃었다.

현재 지크와 루이체가 있는 장소는 레프리컨트 왕국의 서쪽 끝, 아르센 지방이었다. 사막 지역이어서 그런지 사람들의 복장은 가볍고 펑퍼짐했다. 머리에 터번을 두르고 돌아다니는 주민들의 모습은 지크에게 그리 낯설지 않은 광경이었다.

"그런데 이제 어디로 가는 거야? 나를 데려온 사람은 너니까 빨리 안내해."

그러자 루이체는 눈을 동그랗게 뜨며 말했다.

"무슨 소리? 자신의 앞길은 자신이 개척해야 해, 오빠. 남자는 이리저리 끌려 다니면 안 된다고."

그 '옳은 말'에 지크는 입꼬리를 추켜올리며 투덜댔다.

"오호, 스나이퍼 가문에 인물 나셨군. 알았으니 수도로 가자. 자고로 사람은 나면 서울로 가야 한다는 말이 있으니 거기 가면 어떻게 든 되겠지. 또 알아? 수도를 좋아하는 리오 녀석을 만나게 될지."

"저, 정말? 리오 오빠를 만날 수 있는 거야?"

지크의 인상은 더욱 일그러졌다.

"이 세계에 리오가 와 있다면 그렇다 이거지."

"뭐? 너무해! 여자의 순정을 가지고 놀리다니!"

"넌 '밥' 다음으로 좋아하는 단어가 '리오'잖아. 생각해 봐라. 과민 반응을 보인 네가 너무한 건가, 아니면 말 꺼낸 내가 너무한 건가."

루이체는 거침없이 대답했다.

"당연히 오빠지."

2

암살자의 마지막 수업

"저, 스승님?"

나무 위에 숨어 마지막 수업거리를 찾고 있던 마티는 자기 눈에
들어온 남자와 여자를 보고 스승에게 물었다. 그녀의 스승은 헝겊
으로 가린 자신의 눈이 쓰라린 듯 살짝 매만지며 마티 쪽을 돌아보
았다.

"상대를 찾았으냐?"

"예. 약간 큰 키의 남자와 여자 두 명입니다."

스승은 조용히 고개를 끄덕였다. 그리고 자신이 가지고 있던 얇
은 검을 꺼내며 마티에게 물었다.

"결심은 굳혔느냐?"

마디는 서슴없이 대답했다.

"예, 스승님."

마티의 스승은 곧바로 그 검을 제자에게 건네주었다. 그러고는

제자에게 마지막이 될지도 모를 말을 남겼다.

"암살자란 정에 이끌려서는 안 된다. 어린아이나 여자라 해도 표적이 되면 서슴없이 살해할 수 있어야 한다. 그래야 진정한 암살자가 될 수 있다. 네가 선택한 길이다, 마티. 내 뒤를 잇는 유일한 제자야."

마티는 고개를 끄덕였다. 그리고 자신의 옅은 황색 머리에 터번을 둘렀다. 스승에게 정중히 인사를 올린 그녀는 소리 없이 나무 사이를 뛰며 목표를 향했다.

스승은 한숨을 쉬며 나지막이 말했다.

"정에 이끌리면 나처럼 양 눈과 젊음을 잃게 된단다……."

공원을 거닐던 지크는 갑자기 피식 웃으며 고개를 저었다. 루이체는 의아한 표정을 지으며 그를 돌아보았다.

"무슨 일이야, 오빠?"

지크는 대답 대신 턱을 움직여 계속 앞을 보라는 신호를 보냈다. 그리고 조그만 목소리로 말했다.

"어떤 멍청이가 우리를 마지막 수업거리로 삼으려는 것 같아. 내가 처리할 테니 넌 계속 걸어가기만 해."

"마지막 수업? 무슨 소리야, 그게?"

"암살자들이 그동안 수업을 받은 스승의 곁을 떠나기 직전 스승 앞에서 사람을 암살하는 걸 말해. 한데 어쩌지……?"

루이체는 장난기 어린 미소를 지으며 지크의 마지막 말이 무엇을 뜻하는지 알겠다는 듯 고개를 끄덕였다.

"히힛, 오빠에게 걸려서 운이 없다, 이거지?"

"당연하지! 하하하하핫!"

지크와 루이체는 손바닥을 마주치며 크게 웃었다.

그런 둘의 모습을 본 마티의 눈동자에 잠시 그늘이 드리웠다. 저렇게 행복하고 다정해 보이는 사람들을 꼭 죽여야만 하는가. 하지만 자신이 선택한 살생의 길이었다.

계속 나무 사이를 뛰어다니며 지크와 루이체를 주시하던 마티는 둘이 잠시 떨어지자 눈을 가늘게 뜨며 검을 잡은 손에 힘을 넣었다.

'저 남자만 죽이면 돼. 여자가 알아채기 전에······!'

바람이 불었다. 야자나무 잎사귀가 부딪치며 사각대는 소리가 낮게 울려 퍼졌다. 그 소리를 이용해 마티는 자신에게 등을 돌리고 서 있는 지크를 향해 날아올랐다.

'일격에!'

파앗!

헝겊이 날카로운 검에 잘리는 소리가 났다. 그와 동시에 마티는 공중에서 산산조각이 나고 있는 자신의 두건을 보았다. 순간 누군가의 거대한 손이 그녀를 바닥에 내동댕이쳤다.

"윽!"

쓰러진 그녀의 시야에 지크의 자신만만한 모습이 들어왔다. 그는 특유의 활달한 웃음과 함께 자신을 기습한 견습 암살자의 복부를 밟고 크게 소리쳤다.

"하핫! 감히 풋내기 주제에 이 지크 스나이퍼 님의 목숨을 노린 거냐! 그 재수 없게 생긴 낯짝은 돌려! 난 예쁘게 생긴 남자를 보면 닭살이 돋는단 말이야! 그리고 저 늙은이는 또 뭐야!"

마티는 늙은이라는 소리를 듣고 흠칫 놀라며 위를 올려다보았다. 햇빛이 정면으로 비친 탓에 그녀에겐 잘 보이긴 않았지만 자신의 스승이 손수 검을 든 채 말버릇이 고약한 남자를 향해 뛰어내릴 준비를 하고 있었다.

"스, 스승님! 오지 마세요!"

제자의 외침에도 불구하고 마티의 스승은 그녀를 구하기 위해 지크를 덮쳤다.

"안마해 달라고? 핫!"

지크는 기합과 함께 공중에서 뛰어내린 스승이란 자를 향해 손을 뻗었다. 주먹과 칼의 대결, 상식적으로 대결이라 할 수도 없는 일방적인 승부였지만, 지크의 주먹에서 스파크가 튐과 동시에 결과는 상식에서 벗어났다.

챙!

금속성과 함께 지크의 주먹과 정면충돌한 스승의 칼은 사방으로 흩날렸다. 곧이어 지크의 반대편 손이 뻗쳐 왔다.

난생처음 보는 건달의 손에 얼굴을 잡혀 허공에 들린 스승의 모습에 마티는 치를 떨며 몸을 움직이려 애썼다. 스승을 구하기 위해서였다. 그러나 복부를 누르고 있는 그 힘은 자신이 지금껏 느껴 보지 못했던 엄청난 것이었다. 마치 거대한 바위를 얹어 놓은 듯 그녀는 꼼짝도 할 수 없었다.

암살자 두 명을 한꺼번에 잡은 지크는 크게 웃으며 소리쳤다.

"와하하핫! 이 할아범이 스승인가 보지? 이 할아버지가 너에게 안 가르쳐 준 것이 있었군. 사람 가리는 법 말이야. 건드릴 사람을 건드려야지, 하필 이 지크 님을 건드리다니. 헤헷, 자 꺼져 버려."

마티와 그녀의 스승을 풀어 준 지크는 옆에서 구경하던 루이체와 손바닥을 마주친 후 가던 길을 계속 걸어갔다.

앉아서 숨을 몰아쉬던 마티의 스승은 짧은 신음 소리와 함께 제자에게 말했다.

"음, 저런 사람이 있었다니, 굉장한 반사신경에다 가공할 만한 힘을 갖추고 있구나. 인간의 수준이 아냐. 좋아, 마티. 너에겐 좋은 기회다."

마티는 스승의 말에 깜짝 놀라며 물었다.

"예? 좋은 기회라뇨?"

"저 젊은이를 따라가 보거라. 저 젊은이조차 너의 존재를 느끼지 못하게 된다면 넌 그때 최고의 암살자가 될 수 있을 것이다. 아니면 저 젊은이에게 가르침을 받거라."

마티는 말도 안 된다는 표정을 지으며 스승의 주름진 손을 잡고 소리쳤다.

"아, 아니에요! 스승님이야말로 최고의 암살자예요! 제가 꼭 저 녀석의 머리를 가져다 스승님께 바치겠어요. 그러면 저를 가르치신 스승님이 최고라는 것을 증명할 수 있을 거예요!"

"그러면 너보다 내가 최고라는 소리일 텐데? 나를 능가하지 못해도 괜찮겠느냐?"

마티는 주저 없이 대답했다.

"예, 그래요! 저는 지금 스승님이 저 녀석한테 당하신 게 분할 뿐이에요!"

"……그래. 그럼 뜻대로 하거라."

마티의 스승은 제자의 손을 어루만지며 고개를 끄덕여 보였다. 그 행동에는 천 마디의 말이 담겨 있었다.

머리에 터번을 다시 두른 마티는 지크가 간 방향으로 달리기 시작했다. 마티의 스승은 조용히 돌아서며 중얼거렸다.

"잘 가거라, 마티. 사실 니에게 암살자란 차가운 직업은 어울리지 않을 거야. 넌 너무 상냥하거든. 어쨌든 나를 이렇게 생각해 준 제자는 네가 처음이구나. 허허헛……."

한편, 달려가던 마티는 자신의 눈에서 배어 나오는 눈물을 훔치며 자신과 스승을 무참히 패배시킨 그 정체불명의 남자를 떠올렸다. 그러고는 이를 악물며 눈을 번뜩였다.

'꼭, 그 녀석의 머리를 베고 말겠어! 스승님을 위해서!'

아르센 해변공원을 빠져나가던 지크는 뒤를 슬쩍 돌아보고는 주먹으로 손바닥을 쳤다. 루이체는 움찔하며 지크를 쳐다보았다.

"왜 그래, 오빠?"

"……아무래도 내가 실수한 것 같아. 그 까무잡잡한 암살자 녀석 아무래도 또 만날 것 같은 예감이 들어."

"어째서?"

"내가 녀석의 스승까지 박살 냈잖아. 열 받아서 달려올 게 뻔하다고. 내 목을 스승에게 바친다 어쩐다 하면서 말이야."

루이체의 얼굴에 금세 얼토당토않다는 듯한 어색한 미소가 떠올랐다.

"호호, 잘도 아네."

"당연하지. 뻔한 얘기 아냐. 어쨌든 이 나라 수도가 어디 붙어 있는지 지도부터 구해서 알아보자."

사람들이 북적대는 상가에서 지도를 구한 지크와 루이체는 지도를 펼치고 레프리컨트 왕국을 대충 살펴보았다. 지금 있는 곳이 왕국의 중심 부분이어서 수도로 가는 것은 그리 어렵지 않을 듯했다.

"음, 이쪽으로 이렇게 가는 게 좋을 것 같은데, 오빠? 어떻게 생각해?"

동생이 지도에 그려진 길을 손가락으로 짚으며 묻자 지크는 씩 웃으며 말했다.

"아무래도 상관없어. 빨리 가기만 하면 되니까. 그렇지 않아, 암살자?"

지크는 자신의 뒤쪽을 바라보며 의견을 물었다. 가로수 뒤에 몸을 은신하고 있던 마티는 움찔하며 모습을 드러냈다.

"어, 어떻게 알았지? 사람들이 떠드는 소리 때문에 모를 거라고 생각했는데?"

지크는 자신의 검지손가락을 저으며 말했다.

"헤헷, 살기가 너무 등등해. 암살자의 목표는 배 나온 뚱뚱이 아저씨만이 아냐. 때로는 고수들이 그 목표가 되기도 하지. 하지만 그런 살기를 품은 채 달려들면 살기를 느낀 고수에게 역으로 목이 날아가기 십상이라고. 나를 너무 우습게 보지 말아 줘, 풋내기 씨."

"그, 그렇게 말하지 마! 나중에 두고 보자!"

마티는 인상을 쓰며 뒤로 돌아섰다.

"어, 화난 거야? 참 나, 실력도 없는 게 잘도 삐지는군."

순간 마티는 다시 뒤를 돌아보며 크게 소리쳤다.

"내. 내가 삐지든 말든 네가 뭔데 상관이야!"

지크와 루이체는 마티의 반응에 눈을 동그랗게 떴다. 이 정도로 과민반응을 보일 줄은 몰랐기 때문이다.

"흠, 어쨌든 좋아. 너 레프리컨트 수도까지 가는 지름길 알고 있어?"

마티는 대답하지 않았다. 지크는 약간 인상을 쓰며 다시 한 번 물어보려고 했다.

꼬르륵.

그때 인간의 내장에서 나오는 불가사의한 소리가 들렸다. 지크와 루이체는 서로를 돌아봤지만 그들은 아니었다.

지크는 마티를 향해 슬그머니 시선을 돌렸다. 그녀의 갈색 얼굴
은 어느새 붉게 달아올라 있었다.

"헤헷, 배고프구나?"

"아, 아냐!"

꼬르륵.

무색하게도, 빽 소리를 지른 마티의 배에서 다시금 소리가 들려
왔다. 지크는 그녀의 어깨를 두드리며 빙긋 웃었다.

"괜찮아, 괜찮아. 배고프거나 칼슘이 모자라면 화를 잘 내는 게
사람이라는 동물의 특성이니까. 우리도 슬슬 배가 고파 오는데 같
이 식사나 하자."

"싫어! 내가 왜 너희랑 식사를 해야 하지?"

지크는 마티의 터번을 푹 내리누르며 말했다.

"서로 싸우는 것보다 낫잖아. 나를 암살할 시간은 많으니 걱정
마. 헤헤헷. 자, 가자, 루이체!"

"우아!"

둘은 어린아이처럼 즐거워하며 가까운 식당으로 달려갔다. 팔짱
을 낀 채 서 있던 마티는 의지를 굽히지 않으려는 듯 입술을 깨물
며 중얼댔다.

"흥, 그 식사가 네 마지막 만찬이 될 거다. 나오기를 기다려 주지!"

꼬르륵.

"……."

그녀의 몸은 의지를 따라 주지 않았다. 마티는 머리를 긁적이며
지크 남매가 들어간 식당을 바라보았다.

"그, 그래. 음식에 독을 타는 거야."

그녀는 그 말로 자신에게 변명을 하며 식당으로 들어갔다.

지크 일행은 이 지방 특산 요리인 거대 가재 요리를 뜯고 있었다. 생전 이런 고급 식당에 와 본 일이 없던 마티는 어리둥절한 표정으로 주위를 돌아보았다. 그 모습을 본 지크는 충고하듯 말했다.

"이봐, 풋내기. 자고로 암살자 같은 힘쓰는 사람들은 많이 먹고 힘을 축적해야 해. 혹시 닥칠지도 모르는 위험을 대비하는 거라고."

"정말이야?"

"헤헷, 그럼. 그러니 날 죽이고 싶다면 어서 먹어 둬. 가재 한 마리는 먹어야 사나이라 할 수 있지. 가재는 정력에도 좋다고."

"오빠!"

사람들이 많고 적음을 가리지 않고 마구 해대는 지크의 농담에, 루이체는 얼굴을 붉히며 지크의 옆구리를 찔렀다. 지크는 가재의 앞다리를 뜯으며 씩 웃어 보였다.

마티는 인상을 흐리며 자기 앞에 놓인 가재 요리를 바라보았다. 흐릿하게 남아 있던 어린 시절의 쓰린 기억이 다시 살아나는 듯했다. 한참 먹던 지크는 그녀의 그런 모습에 짙은 눈썹을 찡그렸다.

"왜, 가재가 먹지 말라며 울어?"

마티는 그를 흘끔 보며 나지막이 말했다.

"아니, 떠오르는 게 있어서."

"뭔데?"

"난 암살자가 되기 전에 좀도둑이었어. 9년 전, 그러니까 열 살 때였지. 난 어떤 할머니와 움막 같은 데서 살았는데, 그 할머니가 죽기 전에 꼭 이 가재 요리를 먹고 싶다고 하셔서 가재 요리를 훔쳐다 드리기로 약속했어. 그때만 해도 이 집 가재 요리는 아르센뿐만 아니라 레프리컨트 서쪽에서도 최고였으니 그러실 만도 했지."

"……."

가재 살을 우물대던 지크의 입이 서서히 멈췄다. 루이체 역시 마티의 갑작스러운 옛날 얘기에 귀를 기울였다.

"천신만고 끝에 난 가재 요리를 훔칠 수 있었어. 보다시피 가재 요리는 찜통에서 처음 나왔을 때 엄청 뜨거워. 난 그것도 모르고 요리를 집었다가 손을 데긴 했지만……."

마티는 자신의 왼손을 지크와 루이체에게 보여 주었다. 그녀의 엄지와 검지의 지문이 거의 보이지 않았다. 화상이었다.

"하지만 비명을 지르진 않았어. 소리를 지르면 들킬 게 뻔하잖아. 그렇게 훔친 가재 요리를 가지고 움막에 돌아왔는데…… 할머니는 이미 돌아가신 후였지. 난 내가 가져온 가재 요리를 먹으며 울었어. 다시는 가재 요리를 안 먹겠다고 다짐하며 말이야."

입안에 가재 살을 가득 머금은 채 그녀의 말을 듣던 지크는 그것을 꿀꺽 삼킨 뒤 그녀에게 말했다.

"그게 어쨌다는 거야?"

"뭐?"

"네가 그 할머니를 생각하는 마음은 알겠지만 그건 그 마음만으로 충분해. 그런 옛일 때문에 먹고 싶은 요리를 일부러 안 먹으려고 노력할 필요는 없어. 괜히 다른 사람 소화 안 되게 하지 말고 빨랑 먹어. 지금 네 앞에 놓인 가재는 9년 전 네가 훔친 가재가 아니라 네 배 속에 들어갈 네 몫이야. 삶의 몫이라고. 젠장, 말 많이 하는 것도 에너지 낭비인데."

"……!"

그 말을 들은 마티는 멍한 눈으로 지크를 바라보았다. 루이체도 깜짝 놀라며 자신의 오빠를 바라보았다.

"어머, 오빠가 그런 말도 할 줄 알아? 놀랍네."

"당연하지. 난 잘났잖아."

"배 속의 가재가 뒤집어지는 이유는 뭘까, 오빠?"

다시 티격태격 다투는 남매를 보던 마티는 조용히 터번을 벗고 식기에 손을 가져갔다. 그리고 지크의 말을 조용히 되뇌었다.

"삶의 몫이라……."

"그건 그렇고 너 이름이 뭐야?"

가재 세 마리를 먹어 치운 지크는 턱을 괴고 마티에게 물었다. 마티는 잠시 머뭇거리다 이내 대답했다.

"마티 키드렉."

이름을 들은 지크는 그만 실소를 터뜨리고 말았다. 불쾌감을 느낀 마티는 인상을 찡그리며 화를 냈다.

"이봐! 사람 이름을 듣고서 웃는 건 뭐야! 기분 나쁘잖아!"

지크는 웃음을 억지로 참으며 대답했다.

"아, 웃은 건 미안해. 생긴 것도 여자같이 생겼는데 이름도 약간 여자 같아서 그런 거야. 헤헷, 칭찬이라 생각해."

"흥……."

마티는 더 이상 아무 말 않고 다시 식사에 열중했다. 그녀의 얼굴엔 불만이 가득했다. 도대체 이 남매는 무슨 이유로 자신을 남자라고 생각하는 걸까. 하지만 오히려 잘된 건지도 모른다는 생각에 그녀는 성별에 대한 말을 일절 하지 않기로 마음먹었다.

식사가 다 끝나자 벌써 저녁 무렵이 되어 있었다. 주위가 어둑어둑한 것을 보고 지크는 머리를 긁적이며 말했다.

"이런, 오늘 출빌히는 건 무리겠다. 루이체, 숙소나 찾아보자."

"그래. 그런데 마티 씨는 어떻게 하실 거예요?"

마티는 어떻게 할까 고민했다. 사부에게 작별을 고한 이상 다시 돌아갈 수는 없었다. 그렇다고 오늘 처음 만난 사람들과 여관에서 함께 지낸다는 건 더욱 이상했다.

"난 다른 곳에서 너의…… 너의……."

"지크."

"아, 지크의 목숨을 노릴 거야."

그 말에 근처를 지나가던 행인들의 눈이 휘둥그레졌다. 자신의 이름을 말한 지크는 자신들의 대화가 왠지 한심스럽게 느껴진 듯 입을 비죽 내밀었다. 길 한가운데에서 죽인다는 말을 너무도 당당히 내뱉은 마티의 얼굴은 금세 붉게 달아올랐다.

한참 동안 마티를 바라보고 있던 지크는 피식 웃으며 그녀의 터번을 다시금 내리눌렀다.

"난 잘 때 누가 업어 가도 모르는 사람이니 같은 여관을 써도 너에겐 별 손해 없을 거야. 헤헷, 어때?"

"나쁘진 않군."

"좋아, 낙찰!"

셋은 근처의 여관으로 향했다. 방을 잡은 지크는 열쇠 하나를 루이체에게 던져 줬다. 열쇠를 받기 위해 손을 내밀고 있던 마티는 지크가 자신을 멀뚱멀뚱 바라보자 순간 당황하며 물었다.

"이, 이봐! 나에겐 왜 열쇠를 안 주는 거야?"

지크는 웃기지 말라는 듯 그녀의 터번을 또다시 내리눌렀다.

"얼씨구, 넌 내가 그렇게 부자로 보이냐? 미안하지만 방 셋 잡을 정도로 여유가 있지도 않고, 이 여관은 빈방이 두 개뿐이야. 지금 내가 둘 다 잡았으니 이젠 방이 없는 거지. 나랑 같이 자기 싫으면 루이체하고 같이 자."

"아, 그러면 되겠군."

"……."

잠시 세 사람 사이에는 침묵이 흘렀다. 자신의 현재 역할이 남자란 사실을 뒤늦게 깨달은 마티는 움찔하며 손을 내저었다.

"아, 아냐! 난 그런 뜻이 아니라!"

그러나 지크의 팔은 벌써 그녀의 목을 휘감고 있었다.

"너 설마 루이체에게 흑심을 품고 있는 건 아니겠지? 미안하지만 저 애는 미성년자야. 그리고 난 남자에게 취미 없으니 안심해도 돼."

할 수 없다고 생각한 마티는 긴장한 표정으로 고개를 끄덕였다.

"아, 그, 그렇군. 그럼 어서 방에 들어가자. 피곤해."

마티는 쏜살같이 방으로 향했다. 지크는 턱을 매만지며 한쪽 눈썹을 찡그렸다.

"……미성년자를 좋아하는 녀석인 줄 몰랐어. 그런데 루이체, 너 의외로 인기 좋구나?"

루이체는 당당히 팔짱을 끼며 대답했다.

"당연하지. 난 예쁘잖……."

지크는 그 말을 끝까지 듣지도 않고 슬그머니 자기 방 쪽을 향해 돌아서 버렸다. 그러자 무시당했다는 생각에 루이체는 애꿎은 이만 갈아댔다.

지크는 한숨을 쉬며 방에 들어섰다. 가구가 없어서 그런지 방은 꽤 깔끔했다. 지크는 짓궂게 웃으며 여관 주인에게 들은 말을 미리 들어와 있던 마티에게 해주었다.

"이 방은 원래 신혼부부에게만 주던 방이라는데, 오늘 마침 방이 꽉 차서 특별히 우리에게 준다고 하더군. 헤헷, 남자끼리긴 하지만 기분이 묘하군. 안 그래?"

"으, 응……."

"아, 피곤하다. 오, 침대도 좋은데? 하하핫."

침대에서 붕붕 뛰는 지크의 모습에 마티는 눈을 질끈 감았다.

유감스럽게도 침대는 더블베드 하나뿐이었다.

마티가 아까부터 계속 긴장된 표정을 짓고 있자 지크는 고개를 갸웃거리며 그녀에게 물었다.

"어이, 너 왜 그래? 오후까지만 해도 날 죽인다 살린다 하며 자신만만했잖아. 밤만 되면 성격이 변하는 특이 체질이냐?"

"아, 아냐!"

마티는 침대 구석으로 옮겨 앉으며 절레절레 고개를 저었다. 사람을 별로 의심하지 않는 지크는 그러려니 하며 입고 있던 붉은 재킷과 면티를 벗었다. 청바지만을 걸친 채 방 안을 돌아다니는 지크의 근육질 상체를 본 마티의 얼굴은 점점 더 붉게 물들었다.

"뭐야, 그런 펑퍼짐한 옷 입고 덥지 않아? 남자끼린데 벗고 살자. 암살자는 남에게 몸을 보여선 안 된다는 법칙이라도 있냐?"

마티는 흠칫 놀라며 손을 저었다.

"그, 그럴 리가! 그건 그렇고 나 먼저 씻어도 되겠지?"

"맘대로 해."

지크는 침대에 편히 누웠다. 마티는 도망치듯 방에 딸린 욕실 안으로 들어갔다.

"하, 그냥 솔직히 말해 버릴까? 아, 아냐. 그러면 녀석이 나를 더 깔볼지도 몰라."

문이 잠겼는지 몇 번이나 거듭 확인한 마티는 누렇게 때가 탄 자신의 펑퍼짐한 옷을 하나씩 벗기 시작했다.

암살자란 직업에 걸맞게, 마티의 육체는 근육으로 다져져 있었다. 하지만 우람하지는 않았다. 암살자는 힘보다는 속도가 우선시되는 무술을 사용한다. 두꺼운 근육은 그 무게만큼 방해가 될 뿐이다. 왕(王) 자 모양이 똑똑히 새겨진 복부의 근육은 남자 이상으로 단단해 보였다. 다리 근육 역시 보통 사람의 배 이상이었다. 그녀의 몸은 약간의 피하지방조차 용납하지 않았다.

목욕통에 물을 받으며 마티는 오후의 일을 생각해 보았다. 칼을 주먹으로 부수는 남자, 지크는 그녀가 생각했던 것 이상으로 강한 듯했다.

그리고 그의 동생이 아니랄까 봐 루이체라는 소녀 역시 몸의 중심이 상당했다. 그냥 봐도 상당한 격투 솜씨를 가진 것 같았다.

"과연 저 녀석을 죽일 수 있을까?"

뜨거운 물이 가득한 탕 속에 들어간 마티는 한숨을 쉬며 수건을 머리 위에 얹었다.

"그건 그렇고 오늘은 어떻게 넘기지? 침대를 같이 쓸 텐데……."

이런 곤란은 생전 처음 겪어 보는 그녀였다.

차가운 물로 마무리한 마티는 다시 옷을 단단히 입고 방으로 돌아왔다. 지크는 어느새 곤히 잠들어 있었다.

"음? 이 녀석 벌써 자잖아?"

지크의 자는 모습을 본 마티는 자신도 모르게 미소를 지었다.

하지만 곧바로 표정을 굳혔다. 그녀는 자신의 검을 빼어 들고 지크가 누워 있는 침대로 다가가기 시작했다.

"난 널 죽여야 진정한 암살자가 될 수 있어. 미안하게 됐지만!"

순간 지크의 눈이 번쩍 떠졌다. 마티는 혼비백산하며 뒷걸음질을 쳤다. 인상을 잔뜩 쓴 지크의 모습에 마티는 이젠 끝이구나 생각하고 눈을 질끈 감았다.

"목욕 끝났으면 말로 하면 되잖아. 칼로 사람을 깨우려고 하다니, 무서운 놈."

지크는 투덜대며 욕실로 향했다. 그 모습에 마티는 황당한 눈으로 한참 동안 욕실 쪽을 바라보았다. 그러다 뽑아 든 검을 다시 거두며 침대로 향했다.

"후, 오늘은 봐주지."

그렇게 중얼거린 마티는 보통 때와는 다른 기분으로 잠을 잘 수 있었다. 그렇다. 스승을 처음 만난 날도 이랬다. 앞으로 펼쳐질 또 다른 세계가 그녀를 즐겁게 해 주었다. 그런데 갑자기 지크가 욕탕에서 뛰쳐나왔다.

"이 자식, 목욕물은 버려야 할 거 아냐!"

실오라기 하나 걸치지 않은 그의 모습에 마티는 돌처럼 굳어지고 말았다. 지크는 눈만 동그랗게 뜨고 있는 그녀를 보며 또다시 투덜댔다.

"미안하면 그냥 미안하다고 해. 말도 안 하고 뚱해 있으면 이상한 오해 산다고. 에이, 자식."

지크가 들어간 직후 마티는 베개에 얼굴을 묻은 채 오랫동안 괴로워했다. 또 다른 세계를 경험한 충격 탓이었다.

아침 식사를 간단히 마치고 여관을 나선 일행은 천천히 아르센을 빠져나갔다. 레프리컨트 왕국에서 세 번째로 큰 도시답게 아르센은 나가는 길목도 볼거리가 풍부해 일행은 지루하지 않았다. 그러나 마티는 매일 보는 것들이라 그리 즐겁지만은 않은 듯했다.

계속 걸어가던 지크는 멀리 보이는 무엇인가를 보고 잠시 멈춰 섰다. 지크는 마티의 목과 어깨를 팔로 세게 두르며 멀리 보이는 물체를 가리켰다.

"어이, 저기 저거 보이지? 저 시꺼먼 기둥 말이야. 저거 원래 저기 있었던 거야?"

마티는 지크의 팔에서 슬쩍 빠져나가며 고개를 저었다.

"아니, 저건 한 보름 전에 발생한 지진과 함께 솟아났어. 그 직후 아르센의 최고 현자라는 늙은이가 분노의 여신 이스마일의 정신이 깨어났다고 소리치며 자신과 함께 행동할 전사들을 구하러 돌아다녔어. 하지만 자원하는 사람은 아무도 없었지. 그건 그렇고 저 기둥이 솟아난 다음부터 경찰이나 모험가들이 미쳐 날뛰기 시작했어. 원인은 밝혀지지 않았는데 점점 그 수가 늘고 있어서 다들 고민 꽤나 하고 있지. 함부로 없앨 수도 없고……."

마티의 설명을 들은 지크는 뭔가 감이 오는 듯 간만에 진지한 얼굴로 멀리 보이는 오벨리스크를 가만히 응시했다. 그 옆에서 루이체 역시 뭔가 꺼림칙한 얼굴로 서 있었다.

"뭔지는 나중에 알게 되겠지. 자, 가자고."

그러나 마음속에 뭘 담아 두는 성격이 아닌 지크는 휘파람을 불며 걸음을 옮기기 시작했다.

3

광전사로 변한 용병들

"이봐! 우리가 누군지 알고 이러는 거야? 어서 꺼지지 못해!"

2미터는 가뿐히 넘어 보이는 한 근육질의 용병이 자신의 앞에 서 있는 남자를 향해 호통을 쳤다. 그와 비슷한 몰골의 동료들 역시 주점 테이블에 앉아 인상을 쓴 채 그 남자를 노려봤다.

순백색 가면과 로브로 얼굴과 몸을 가린 남자는 앞에 서 있는 거한들의 위협이 우습다는 듯 차가운 웃음을 흘리며 말했다.

"후후훗, 돈을 줄 테니 잠시 몸을 빌려 달라는 것뿐인데 왜 그러는 거지? 너희 용병들은 돈이 전부 아니던가? 돈이면 사람도 눈 하나 깜짝 않고 죽이는 너희잖아?"

그러자 호통을 쳤던 용병은 코웃음을 치며 남자의 가면 앞에 자신의 투박한 얼굴을 들이밀었다.

"이봐, 돈을 줄 테니 목숨을 바치라고 하면 누가 돈을 받겠나? 남의 몸을 빌리겠다니 무슨 뚱딴지 같은 말이야! 아무리 우리가 해결사 노릇을 하는 망나니지만 우리도 사람이라고! 더 이상 지껄이면 가만두지 않겠어!"

거절이었다. 말을 마친 용병은 술을 마시고 있는 자신의 동료들에게 돌아갔다. 가면의 남자는 빙긋 미소를 지으며 자신의 로브 속에 손을 집어넣었다.

"어리석은 것들. 그럼 한바탕 땀을 흘리게 해주지. 후후후후훗……."

그의 손에는 은색 긴 피리가 들려 있었다. 그의 부탁을 거절한 용병들은 흘끔 그를 돌아보았다. 그가 천천히 피리를 불기 시작했다.

"뭐, 뭘 하는 거야? 이봐!"

갑자기 기분이 이상해지는 것을 느낀 용병들은 일어서서 그의 연주를 막으려 했으나 이미 때는 늦었다. 용병들의 눈에서 차츰 광채가 사라졌고, 결국 그들은 눈이 뒤집힌 채 멍하니 서 있었다.

연주를 마친 가면의 남자는 다시 피리를 품에 넣으며 중얼댔다.

"후훗, 이 조커 나이트 님의 연주 솜씨가 어떤가? 이 '달의 피리' 소리는 너희를 강하게 만들어 주지. 몸이 박살 날 때까지 싸우게 될 거야. 후훗, 자, 어서 가거라, 쓰레기들. 너희의 광기를 마음껏 부리는 거다. 후후후후훗."

낮은 웃음소리와 함께 슬그머니 사라진 그의 뒤로, 눈동자의 초점을 잃은 일곱 명의 용병들은 각자의 무기를 들고 거리로 뛰쳐나가기 시작했다.

"크아악!"

갑작스러운 괴성에 놀라 나와 본 시민들은 눈이 하얗게 뒤집힌 용병들을 보고 뿔뿔이 달아나기 시작했다. 벌써 그렇게 눈이 풀려 돌아다니는 경찰이나 모험가들에 의해 당한 게 한두 번이 아니었다. 근처를 순찰하던 군인들이 곤봉을 휘두르며 막으려 했지만 자기 몸을 돌보지 않을뿐더러 괴력을 발하는 그들을 막을 방도가 없었다.

용병들은, 군인들은 물론이고 미처 대피하지 못한 무고한 사람들을 무차별 학살하기 시작했다. 그들의 눈엔 젊은이, 중년, 노인, 어린아이 할 것 없이 모두 죽여야 하는 대상으로밖에 보이지 않았다.

"사, 사람 살려!"

사람들은 자신들이 왜 공격을 받는지 이유도 알지 못한 채 도망쳐야만 했다. 도시에 흑색 오벨리스크가 떠오른 후부터 도시 주민들은 계속 이런 미친 살인마들의 공격을 받았다.

사람들의 비명 소리가 점점 더 높아만 갔다.

도망쳐 온 군인에게서 용병들이 미쳐 날뛰고 있다는 보고를 들은 아르센 치안담당관은 또다시 일어난 광란의 살인에 치를 떨며 출동을 외쳤다.

솔직히 치안담당관도 자신이 없었다. 며칠 전에 일어난 제15소대의 집단 광란. 그때도 그들을 막느라 경찰 17명이 사망했고 56명이 중경상을 입었다. 물론 미쳐 버린 제15소대 전원은 같은 군인들의 손에 의해 사망 처리돼야 했다. 하지만 그 사건으로 유일한 단서는 잡은 셈이었다. 근처를 지나가던 청각장애자가 제15소대 앞에서 피리를 부는 가면의 남자를 목격한 것이었다.

치안담당관은 이번에도 설마 하며 경관들과 함께 사건 현장으로 향했다.

용병이 광란을 일으키고 있다면 그동안의 집단 광란과는 차원이 다를 게 분명했다. 용병은 모험가나 군인들보다 훨씬 더 전투에 있어서 전문가들이기 때문이었다.

"사람 살려!"

사람들의 비명 소리가 뒤에서 들려오자 지크 일행은 흠칫 놀라며 소리가 난 쪽을 바라보았다.

"어라? 뭐야?"

겁에 질린 주민들이 그들 곁을 빠르게 지나치며 뿔뿔이 흩어졌다. 도망치다가 다친 듯, 몇 명의 노인들과 아이들은 무릎 등에 심한 타박상을 입고 있었다. 그러나 그들은 고통도 잊은 채 도망치느라 여념이 없었다. 마치 야수에게 쫓기는 짐승처럼.

"젠장, 무슨 일이야?"

지크는 사람들이 달려온 방향으로 뛰기 시작했다. 마티와 루이체도 뒤따라 쫓아갔다.

거리는 온통 검붉은 혈흔으로 도장되어 있었다.

셋은 멀지 않은 곳에서 온몸에 피를 뒤집어쓰고 있는 용병들을 목격할 수 있었다. 그들은 눈이 하얗게 뒤집힌 채 한쪽 손에는 떨어져 나온 팔이나 옷가지들을 들고 광소하며 살아남은 생명체를 찾아 사방을 두리번거리기 시작했다.

"저, 저 자식들 미친 거야? 이게 어떻게 된 거야!"

지크는 크게 소리치며 자신의 앞에 엎어진 채 쓰러져 있는 한 부인의 몸을 돌려 보았다. 그 부인의 얼굴은 반이 없어져 있었다.

곤봉이나 철퇴의 일격에 당한 것 같았다.

"우욱!"

마티는 구토감을 가까스로 억제하며 몸을 돌렸다. 지크는 부인의 사체를 반듯하게 눕혀 놓은 뒤 다른 사람들을 살펴보았다. 살아서 꿈틀대는 사람들이 몇 있긴 했지만 부상 정도로 보아 실 가망성이 희박해 보였다. 아니, 이미 시체라고 해도 과언이 아니었다.

일곱 용병의 시선이 일행에게 돌려졌다. 그들의 눈빛을 본 루이체는 두 주먹을 불끈 쥐며 말했다.

"오빠, 버서커야."

"버서커? 그게 뭐지?"

마티가 칼을 뽑으며 물었다. 루이체는 호흡을 조절하며 대답했다.

"인간의 파괴 본능을 마법이나 정령의 힘으로 극대화하는 존재를 통상적으로 버서커라고 해요. 혼자 힘으로 그렇게 되는 일은 거의 없고 주로 사마법에 의해 만들어지죠. 저들은 지금 마법에 의해 정신이 무너진 상태여서 우리로서는 풀 수가 없어요. 저들을 도와주는 방법은 편히 죽게 하는 것뿐이에요."

지크는 자신을 향해 다가오는 버서커들을 천천히 쏘아보며 허리춤에 매달린 무명도에 손을 가져갔다. 눈에 푸른색 광채를 머금은 지크는 조용히 입을 열었다.

"헤헷. 편하게 해 주는 건 내 전문이지."

가면의 남자 조커 나이트는 그늘에 몸을 숨긴 채 자신이 만든 버서커들의 학살을 지켜보고 있었다. 그들의 우람한 팔들이 호선을 그릴 때마다 피의 분수가 여기저기 솟구쳤다. 그 광경은 조커 나이트를 즐겁게 만들어 주었다.

"후후훗. 자제력을 잃은 인간의 모습이란 어떨 땐 몸서리가 쳐진다니까……. 저런 인간들이 있는가 하면 나에게 정면 도전을 해오는 강한 인간도 있으니 인간이란 정말 재미있는 존재야. 1천 년 전이나 지금이나 변한 게 별로 없군. 후후후훗……."

그러나 몇 분간 계속된 살육의 지옥은 정체불명의 삼인조가 나타나면서 잠시 소강상태에 빠졌다. 조커 나이트는 호기심 어린 표정을 지으며 시선을 집중했다.

"오호, 저 셋은 뭐지? 여자 하나는 몸이 빠른 것 빼고는 볼 것이 없고, 다른 여자는 상당한 성력이 느껴지는군. 내가 제일 싫어하는 타입이야. 그리고 남자는…… 음?"

조커 나이트는 이상하다는 듯 고개를 갸웃거리며 붉은색 윗옷에 청색 바지를 입고 있는 사내를 뚫어지게 쳐다보았다.

붉은 옷의 사내는 주민들의 시체를 확인해 나갈수록 몸에서 뿜어지는 투기가 점점 더 강해지고 있었다. 이윽고 그 사내는 허리춤에 찬 검을 뽑아 들었다. 처음 보는 그 검 역시 예사롭지 않았다.

"명계의 칼이군, 그것도 최고급의. 좋아, 한번 지켜보기로 할까?"

지크의 눈은 푸른 빛을 점점 강하게 뿜어 댔다. 그의 무명도 역시 천천히 움직였다.

"지옥에서 편히 지내라, 자식들……!"

한편 마티는 지크의 몸에서 뿜어지는 굉장한 기운에 몸 전체가 이상할 정도로 저렸다. 그와 동시에 지크를 암살하겠다는 목표를 뒤로 미뤄야 할 것 같다는 생각이 그녀의 머릿속을 지배했다.

'쳇, 오늘 밤에 죽이려 했는데 어쩔 수 없지. 싸우는 것을 지켜본 후에 다시 생각해 보자.'

버서커들은 앞뒤 분간 없이 날뛰던 광기를 가라앉히고 자세를 낮춘 채 지크를 향해 조금씩 다가갔다. 그들의 몸에 밴 전투 본능에서 나온 행동이었다.

지크에게 가까이 다가간 용병들은 섣불리 덤비지 않고 대치 상태를 유지하며 빈틈을 노렸다. 그들이 느끼기에도 지크가 만만치 않은 상대였던 모양이다.

잠시 후 지크가 한 발을 살짝 뒤로 움직이자 그 틈을 타 버서커들은 자신들의 거대한 무기를 휘둘렀다. 한 번 휘두를 때마다 날카로운 바람 소리가 고요한 아르센의 상가를 울렸다.

개조한 철퇴, 양손 대검 등의 살벌한 무기들이 동시에 자신을 향해 날아오자 지크는 뒤쪽으로 몸을 날린 뒤 공중으로 뛰어올랐다.

"핫!"

짧은 기합 소리와 함께 지크는 어느새 철퇴를 들고 있는 용병의 등골을 무명도로 내리긋고 있었다.

"큭!"

척추가 갈린 용병은 그대로 움직임을 멈추었다. 지크는 다른 용병을 향해 돌아섰다. 하지만 그는 중요한 것을 잊고 있었다. 자신의 상대가 버서커라는 것을.

"우워어!"

공격을 받아 척추가 두 동강 났음에도 철퇴를 든 용병은 다시 지크에게 반격을 가해 왔다.

"에잇, 귀찮게시리."

뒤돌아서 있던 지크는 공격을 피하며 그 버서커의 다리를 힘껏 걸어 넘어뜨렸다. 척추가 동강 난 이상 일어서기는 힘들 것이라고 판단했다.

"오빠! 버서커들은 목을 자르는 것 외엔 완전히 제거하기 힘들어! 몸이 산산조각 나지 않는 한 그들은 계속 움직인다고!"

"오, 그래?"

그 말을 들은 지크는 고개를 끄덕였다. 단지 사마법에 걸려 있는 것이라 목숨만은 살려 두려 했지만 이젠 더 이상 배려의 여지가 없어진 셈이었다. 지크는 다시 일어서려는 버서커를 향해 돌진했다.

"아예 갈아엎어 주마!"

수십의 검광이 교차했다.

뼈와 살이 잘리는 소리가 난 다음 철퇴를 든 버서커는 무기만을 남기고 단백질 덩어리가 되어 땅에 뿌려졌다.

"우욱!"

비위가 약한 마티는 다시금 몸을 돌렸다.

동료의 죽음을 보고도 정신이 나간 버서커들은 또다시 그를 향해 덤벼들었다. 지크는 높이 뛰어올라, 양손에 검을 들고 돌진해 들어온 광전사의 어깨 위에 올라탔다. 그리고 두 다리를 이용해 그의 머리를 비틀어 버리고 달려드는 또 한 명의 버서커의 목도 무명도를 휘둘러 날려 버렸다.

목이 잘린 버서커는 곧 움직임을 멈추었고 머리만이 이를 딱딱거리며 땅 위에서 움찔거렸다.

거기까지 본 마티는 정신이 몽롱해진 듯 비틀거리다 결국 혼절하고 말았다. 쓰러지는 마티를 안은 루이체 역시 비위가 상하는 건 마찬가지였다.

그사이 또 다른 용병의 머리를 손에 움켜쥔 지크는 손에 기를 모아 폭발시켰다. 용병의 머리가 수박처럼 터져 나갔다. 남은 네 명역시 별반 힘을 쓰지 못한 채 머리가 잘려 나갔다.

"휘익! 컨디션 좋은데!"

루이체는 무명도를 거두는 지크를 향해 박수를 보냈다. 하지만 그는 축하를 받을 기분이 아니었다.

"휴, 재수 없군. 도대체 누가 이런 괴물을 만든 거지?"

"나도 몰라. 확실한 건 강력한 마법으로 만들어졌다는 것뿐."

지크는 씁쓸한 표정을 지으며 주위를 둘러보았다. 멀리 마티가 쓰러져 있었다. 지크는 고개를 갸웃거리며 물었다.

"어, 저 녀석 왜 저러고 있는 거야? 싸운 건 난데."

"비위가 약한가 봐. 버서커들이 죽는 걸 보다 갑자기 기절해 버리더라고."

루이체가 입을 실룩거리며 무심히 대답했다.

그때 멀리서 호각 소리가 들려왔다. 지크와 루이체는 그쪽으로 시선을 돌렸다.

"엉? 군인 아저씨들인가?"

"그런 것 같아, 오빠. 그런데…… 표정들이 안 좋은걸?"

루이체의 말처럼 군인들의 얼굴은 주위에 널브러진 시체들만큼이나 심하게 일그러져 있었다. 유일하게 살아 있는 그들을 보고 군인들이 의심을 품는 건 당연한 일. 앞장서서 달려오던 치안담당관이 그들에게 배지를 내보이며 외쳤다.

"이봐! 너희를 체포하겠다!"

4

감옥에 갇힌 지크 일행

"당신들이 할 일을 대신 해준 것뿐이잖아! 이거 안 놔!"

지크는 화를 벌컥 내며 자신과 일행을 연행해 온 치안담당관에게 큰소리를 쳤다.

"그들이 당신들에게 먼저 덤벼든 것을 본 증인도 있고 하니 좀 쉰다 생각하고 보호 감호를 받으시오. 정당방위이긴 하지만 일단 사람이 죽었으니 정식 재판이 있을 때까지 기다려야만 하오."

"뭐라고? 젠장, 버서커인지 크래커인지 안 믿는다는 소리야!"

치안담당관은 곤란한 표정을 지으며 차근차근 설명했다.

"버서커도 믿고 마법도 믿소. 하지만 버서커가 됐다는 증거가 확실히 없지 않소. 이름 모를 유행병일 수도 있으니……."

순간 지크가 목에 핏대를 세우며 더 큰 소리로 외쳤다.

"이봐! 우리가 여기서 재판이나 기다릴 정도로 한가한 줄 알아! 증인도 있고 정황 파악도 됐으면 풀어 줘야 할 거 아냐! 젠장, 이

나라 법은 왜 이리 개똥 같은 거야!"

치안담당관은 한숨을 내쉬며 무게 있게 말했다.

"어떻게 됐건, 법에 따라 여러분 무기를 압수하겠습니다. 불편하시겠지만 당분간 협조를 해 주십시오."

"이런 빌어먹을!"

결국 화를 참지 못한 지크는 주먹으로 두꺼운 사무용 책상을 두 동강 내고 말았다. 그의 거친 행동을 보다 못한 군인들이 달려와 충돌할 뻔했지만 루이체가 적극적으로 말린 덕에 간신히 더 큰 싸움으로 번지지는 않았다.

결국 지크는 무명도를 풀어 바닥에 툭 내던졌다. 마티도 불만 섞인 눈으로 군인들을 보며 자신의 검을 툭 던졌다. 특별히 무기가 없던 루이체는 그대로 통과되기는 했지만 그렇다고 혐의까지 풀린 건 아니었다. 결국 세 사람은 구치소에 수감됐다.

조커 나이트는 주점 안에서 조용히 칵테일을 즐기며 생각에 잠겼다. 엄청난 살기와 속도를 펼친 그 청년은 지금까지 봐 왔던 다른 용사들과는 차원이 달랐다. 버서커로 변한 용병을 능가하는 힘, 그리고 상상을 초월하는 속도. 한마디로 무시무시했다.

"음…… 살려 두면 골칫거리가 될 것 같군."

청년과 그 일행이 군인들에게 끌려가는 것을 목격한 그는 이곳 군인들을 더 괴롭힐 겸, 의문의 괴청년도 없앨 겸해서 감춰 뒀던 비장의 무기를 꺼내기로 결정했다.

"소환술을 쓰는 것도 오랜만인걸? 후훗."

그의 품에서 나온 비장의 무기는 다름 아닌 허름한 양피지 뭉치였다.

주점 주인은 가면과 로브로 모습을 깔끔히 가린 그 남자가 왜 지저분한 양피지를 꺼내 주절거리는지 이해할 수 없었다. 하지만 그가 너무나도 진지하게 그 양피지를 바라보았기에 주인도 아무 말 않고 유리잔을 닦았다.

"음, 뭐가 좋을까? 섀도우 비스트? 아냐, 그가 더 빨라. 그럼…… 그래, 와리온이 있었지. 좋아."

조커 나이트가 결정한 양피지에는 칠흑의 몸을 지닌 인간형 괴물의 모습이 그려져 있었다. 그 양피지를 따로 분류한 그는 카운터에 돈을 올려놓은 뒤 슬그머니 밖으로 나갔다.

"쳇, 이 녀석은 감옥 안에서 잘도 자네? 난 속이 끓어 죽겠는데."

마티는 온 세상의 번뇌를 다 짊어진 듯한 얼굴로 지크를 보며 투덜댔다. 전직이 도둑이긴 했지만 감옥에 들어온 적이 없는 그녀였기에 불안감은 더욱 컸다.

루이체는 등에 메고 있던 작은 배낭에서 두툼한 책을 꺼냈다. 마티는 소설이나 기타 다른 책이겠거니 생각했지만 사실 그 책은 『신명사전』이었다. 그 책엔 신계혁명 이후의 신이나 악마왕들의 이름과 간단한 프로필이 적혀 있었다.

루이체가 찾는 신은 마티가 말한 적이 있던 '이스마일'이었다.

이스마일. 분노를 관장하는 여신. 고대(古代)를 관장하는 여신 요이르, 망자(亡者)를 관장하는 여신 마그엘과 함께 다니는 주신 계열의 여신. 수하이 분노의 정령 퓨리는 인간을 버서커로 바꾼다.

이것이 이스마일에 대한 내용의 전부였다. 그리고 그 내용 옆엔

'현재 처벌 중'이라는 글이 붉은색으로 쓰여 있었다. 그 문구는 루이체의 마음을 불안하게 만들기에 충분했다.

"……음?"

한참 잠을 자던 지크가 갑자기 움찔하며 자리에서 벌떡 일어섰다. 마티와 루이체는 놀란 눈으로 그를 바라보았다.

"이런 빌어먹을!"

지크는 인상을 일그러뜨린 채 철창 쪽으로 다가가 소리치기 시작했다.

"이봐! 범인은 사람 취급도 안 하는 거야! 점심은 줘야 할 거 아냐!"

철창 밖의 군인은 어이가 없다는 듯 그를 쳐다보았다. 마티와 루이체 역시 고개를 설레설레 저으며 지크를 외면해 버렸다.

빵 다섯 조각과 우유를 순식간에 먹어 치운 지크는 다시 바닥에 드러누웠다. 보다 못한 루이체는 결국 불만을 털어놓기 시작했다.

"오빠! 이게 뭐야, 이게! 지원한다며 와 놓고는 고작 이런 감방에 들어앉아 있고 말야! 책임감 좀 있어 봐! 이 바보 너구리야!"

마티의 불만도 이어졌다.

"네가 무슨 이유로 여행을 하는지는 모르겠지만 데리고 다니는 사람들은 책임져야 할 거 아냐! 네가 그러고도 남자야!"

귀를 틀어막고 계속 잠을 자려고 했던 지크는 마티마저 자신에게 소리를 지르자 슬쩍 몸을 일으키며 그녀를 바라보았다. 마티는 지지 않겠다는 듯 더욱 인상을 찡그리며 그를 정면으로 쏘아봤다.

"왜 한번 붙어 보자는 거야!"

"……핏."

지크는 피식 웃으며 마티의 터번을 내리눌렀다. 터번에 눈이 가려진 마티는 이를 악문 채 팔을 휘저었지만 그 모습은 루이체의 눈에도 귀엽게 느껴질 정도로 부질없었다.

지크는 머리로 그녀의 머리를 살짝 받으며 말했다.

"너, 나 좋아하냐?"

"뭐, 뭐?"

마티는 순간 얼굴을 붉히며 몸을 뒤로 뺐다. 그러나 지크의 완력에 의해 붙잡힌 머리만은 뺄 수 없었다. 지크는 고개를 저으며 다시 말했다.

"네가 여자라서 날 좋아한 나머지 책임지라고 하면 조금이나마 이해하겠는데, 같은 남자끼리 무슨 책임을 따지냐. 가려면 가고, 말려면 말아. 말리지 않을 테니까."

지크는 마티의 머리를 놓아 주고는 다시 바닥에 누웠다. 마티는 분한 듯 씩씩거리며 그늘진 감방 구석으로 옮겼다. 루이체는 지크의 옆구리를 쿡쿡 찌르며 잔소리를 해 댔다.

"어쩜 그럴 수 있어, 오빠!"

"안 들려."

남매는 또다시 말싸움을 시작했고, 마티는 헝클어진 터번을 정돈했다. 침울해진 그녀의 눈엔 눈물방울이 맺혔다. 그녀는 소매로 눈물을 훔치고 얼굴을 무릎 사이에 파묻었다.

며칠 전 대살육이 있었던 옆 상가 주민들은 몸서리를 치며 일찍 문을 닫고 집으로 돌아가기 시작했다. 아직까지 비릿하게 풍겨 오는 피 냄새 때문에 손님이 끊긴 지 오래였다.

"아, 제기랄. 왜 갑자기 미쳐서 사람들을 죽이고 다니는 거야? 보름이 넘게 장사가 안 되잖아!"

채소 가게 주인은 옆에서 푸줏간을 하는 이웃에게 푸념을 늘어

놓았다. 풍만하게 생긴 푸줏간 주인은 고개를 끄덕이며 불만에 동참했다.

"그러게 말일세. 저기 저 기둥이 솟아난 뒤로 사람들이 자주 미친단 말이야. 군인까지 그러고 다니니, 원. 안심하고 살겠나."

두 사람이 각자의 상점을 정리하고 문을 닫을 무렵, 한 건물 뒤에서 거대한 빛의 기둥이 솟아올랐다 사라졌다. 갑자기 일어난 일이어서 본 사람도 거의 없었다. 있었어도 그냥 착각이겠거니 하고 사람들은 넘어갔다.

그 건물 뒤에서는 칠흑색 구체를 만지작거리는 조커 나이트의 웃음소리가 작게 들려왔다.

"후훗, 잘 왔다, 와리온. 1천 년 만인가, 너도? 어쨌든 내가 말한 그대로만 하려무나, 귀염둥이야. 후후후훗."

검은색의 구체는 그의 말을 알아들은 듯 이상하게 꿈틀거렸다. 그 구체는 마치 껍질이 단단하지 못한 생물의 알 같았다.

5

바람의 광상곡

"어떻게 그런 심한 말을 할 수가 있어, 오빠! 마티 씨의 말이 틀린 건 아니잖아?"

"남자한테까지 친절할 이유가 어디 있어? 그리고 자고로 남자는 자기 앞길은 자기가 헤쳐 나가야 한다고. 책임을 져 달라니, 그게 남자가 할 소리야? 게다가 저 녀석은 날 죽이겠다며 따라다니는 인간이야."

"그래도! 그래도!"

둘의 말싸움은 계속되었다. 마티는 여전히 고개를 숙인 채 말없이 앉아 있었다.

감방 안이 지나치게 시끄럽자 군인 하나가 인상을 굳힌 채 걸어왔다.

"이봐! 좀 조용히 못 해!"

루이체와 말싸움을 심각하게 하던 지크는 귀찮은 듯 손을 휘휘 저으며 저리 가라는 시늉을 했다. 지크가 왜 감방에 들어왔는지 모르고 있던 군인은 곤봉으로 철창을 탕탕 치며 더 세게 경고했다.

"이봐, 범죄자 주제에 군인 말이 말 같지 않아!"

군인이 다시 철창을 때린 찰나 곤봉이 그의 손에서 갑자기 사라졌다. 군인은 깜짝 놀라 앞을 바라봤다.

어느새 곤봉을 낚아챈 지크가 곤봉의 중간 부분을 엄지손가락으로 지긋이 누르며 말했다.

"말 같지 않다면 어쩔 건데?"

지크는 서서히 엄지손가락에 힘을 주었다. 기름을 여러 차례 먹여 강철에 비할 만큼 단단한 흑색 곤봉이 너무나도 나약하게 부러졌다.

"시끄럽게 하지 말고 꺼져."

"……."

지크의 말을 들은 군인은 멍하니 자리로 돌아갔다.

"쳇, 멍청이 같은 녀석……. 좋아, 알았어. 내가 잘못했다, 루이체. 내가 어떻게 해 줄까? 저 녀석 목말이라도 태워 주랴?"

지크와 루이체 사이에는 계약이 있었다. 둘이 말싸움을 하다가 진 쪽이 이긴 쪽의 부탁을 들어주는 것. 중요한 건 지크가 루이체에게 말싸움으로 이긴 적이 한 번도 없다는 사실이었다.

루이체는 그제야 표정을 풀며 조건을 말했다.

"자, 어서 마티 씨에게 사과해, 오빠! 그러면 끝이야."

그러나 지크는 순간 인상을 찡그리며 고개를 저었다. 이런 식으로 사과한다는 것은 그의 자존심이 허락지 않는 일이었다. 한편 마티는 깜짝 놀라며 지크와 루이체를 바라보았다. 루이체는 괜찮다는 듯 한쪽 눈을 찡긋했다.

"저, 저런 기생오라비에게 무슨 사과야! 그리고 맞는 말이잖아! 내가 왜 저런 남자까지 책임져야 해! 녀석이 바이칼이냐?"

"바이칼 님도 남자잖아!"

"녀석은 중⋯⋯ 하, 하여튼!"

"오빠!"

루이체는 팔짱을 낀 채 나지막이 말했다. 마지막 경고가 담긴 자세라는 사실을 누구보다 잘 아는 지크는 머뭇거리다가 결국 눈을 질끈 감고 마티에게 다가섰다. 그리고 작은 목소리로 사과했다.

"쳇, 미안하다, 됐지?"

마티는 대답 대신 고개만 끄덕였다. 루이체는 부족하다고 생각했으나 당사자가 아무 말이 없기에 그냥 넘어가기로 했다.

구치소 안에서 지크 일행이 말다툼을 하고 있을 무렵, 아르센 치안청에 한 군인이 혼비백산한 표정으로 뛰어 들어왔다.

"치안담당관님! 사건입니다, 이번에도 정말 큰 사건입니다!"

"사건? 또 그 버서커인가 뭔가가 나타난 건가?"

치안담당관이 얘기도 듣기 전에 경악스러운 표정을 지으며 묻자, 군인은 침을 꿀꺽 삼킨 뒤 자신이 본 광경을 차근차근 설명했다.

"그런 일보다 더합니다. 거대한 공 같은 물체가 거리 중앙에 나타나더니, 시커먼 거인으로 변해 사람들을 무차별로 살해하고 있습니다! 게다가 덩치에 걸맞지 않게 엄청나게 빨라서 도저히 우리 힘으로 막을 수 없을 것 같습니다! 시장님께 보고하는 것이 좋을 듯싶습니다!"

치안담당관은 근심 어린 표정을 지으며 사리에서 일어섰다.

"연이은 출동 명령이라 너무 피곤하겠지만 조금만 참아 주게. 어차피 우리가 해야 할 일 아닌가. 그리고 시장님께 연락을 취하도록. 자, 나가세."

군인은 치안담당관에게 경례를 붙인 후 밖으로 급히 뛰어나갔고, 동료들에게 출동 명령을 전달했다.

치안담당관은 자신의 장비를 점검하며 책상 위에 놓인 가족의 초상을 잠시 바라보았다.

"여보……."

이번 출동은 이상하게도 불안감을 지울 수 없었다.

치안담당관은 젊은 군인들을 따라잡기 위해 힘차게 사무실 문을 박차고 나갔다.

"준비됐나?"

"예!"

"좋아, 출동!"

집결한 군인들은 일제히 경례를 붙인 후 치안청 밖으로 뛰어나갔다. 치안담당관 역시 막 뛰어나가려는 찰나, 감방 쪽에서 한 사나이의 목소리가 들려왔다.

"어이, 아저씨! 무슨 일 있는 거요? 헤헷, 도와줄 테니 풀어 주지 않겠어요?"

치안담당관은 힐끔 지크를 쳐다보고는 고개를 저으며 제의를 사양했다.

"당신이 강하다는 것은 알지만 그럴 순 없소. 법이란 조건에 좌우되는 것이 아니기 때문이오. 일이 끝나면 다시 얘기합시다."

정중히 제의를 거절당한 지크는 다시 인상을 구기고 감방 바닥에 드러누웠다. 루이체와 마티도 피곤에 지친 듯 살며시 눈을 감았다.

군인들은 이 정도로 자신들이 나약했나 하는 의문에 휩싸였다. 벌써 수십 명에 달하는 군인들이 괴물의 공격에 쓰러져 죽거나 중경상을 입었다. 지원군이 도착하면 상황이 달라지리라 기대했으나 달라진 것은 하나도 없었다. 오히려 사상자만 늘어날 뿐이었다.

군인들에게는 미안한 말이지만 그것은 당연한 일이었다. 그 괴물의 키는 2층 건물에 필적할 정도로 컸고 괴물이 휘두르는 검은색 대검은 군인용 곤봉과는 차원이 틀렸다. 게다가 괴물의 속도도 엄청났다. 눈 깜짝할 사이에 두세 명의 새로운 사상자가 속속 생겨났다.

근육질의 거대한 육체, 팔에 휘감긴 두꺼운 쇠사슬, 그리고 악마의 머리. 괴물의 형상에서부터 군인들은 질리고 말았다.

"쿠워어어."

한참 난동을 부린 괴물은 갑자기 어딘가를 향해 돌진하기 시작했다. 그곳은 다름 아닌 치안청 쪽이었다.

"뭐, 뭐야! 저 녀석, 치안청으로 가고 있다. 어서 막아!"

치안담당관은 급한 마음에 소리만 질러 댔다.

치안청 방향의 길을 막아선 군인들은 온 정신을 집중해 증기 대포를 조절했다. 바로 레프리컨트의 유명한 과학자가 만들었다는 무기였다. 괴물의 검은 몸이 조준점 안에 들어오자, 군인들은 이를 악물며 실전에서는 처음 사용해 보는 증기 대포를 발포했다.

증기를 뿜으며 날아간 포탄은 그대로 괴물의 몸에 박혔고 그 모습을 본 군인들은 뛸 듯이 기뻐하며 환호성을 질렀다.

"좋았어!"

"쿠워어어억!"

그러나 괴물의 몸에 박힌 포탄은, 괴물이 온몸을 흔들며 괴성을 지름과 동시에 모조리 다시 몸 밖으로 다시 튕겨 나갔다. 오히려 튀어 날아간 포탄이 떨어져 근처에 있던 가옥들이 폭발했다. 그야말로 아비규환이었다.

"오, 신이시여!"

치안담당관은 머리를 감싸 쥐며 절규했다. 그 절규를 무시하듯 괴물은 다시 치안청을 향해 돌진했다.

콰아앙!

괴물의 대검 공격에 의해 경찰서 한쪽 벽이 날아갔다. 그 안에서 대기하고 있던 군인들은 비명을 지르며 도망치기 시작했다. 괴물은 계속해서 경찰서를 무차별로 파괴했다.

"이런! 뭐야, 이거!"

잠깐 눈을 붙이고 있던 지크 일행은 건물이 무너지는 듯한 엄청난 진동과 소리에 깨어났다. 거대 괴물이 건물 한쪽을 깨부수고 있는 모습이 눈에 들어왔다.

"이, 이봐! 우리를 꺼내 주고 도망쳐야 할 거 아냐!"

마티가 철창을 붙들고 도망치는 군인들을 향해 외쳤다. 하지만 군인들은 자기들 도망치기에 여념이 없어 마티의 외침이 들리지도 않았다. 결국 마티는 군인들의 도움을 포기하고 애꿎은 감방 자물쇠만 흔들어 댔다.

루이체는 겁에 질린 듯 지크 옆에 찰싹 붙어 서서 외쳤다.

"오빠, 저까짓 괴물 죽여 버려!"

"……?"

지크는 자신의 팔을 붙들고 있는 루이체의 모습을 어이가 없다는 듯 바라보았다.

"……말과 행동을 일치할 생각은 없니?"

452

"상관 마, 오빠."

그때였다.

"이봐! 다들 괜찮나?"

치안담당관을 비롯한 몇 명의 용감한 군인들이 뛰어 들어와 부상당한 동료들과 수감된 범죄자들을 끌어냈다.

치안담당관은 급히 지크 일행이 갇혀 있는 감방으로 뛰어가 문을 열어 주며 나오라고 손짓했다.

"자! 어서 나오시오!"

루이체와 마티는 안도의 한숨을 내쉬며 감방 밖으로 뛰어나왔다. 그러나 지크는 팔짱을 낀 채 그대로 있었다. 치안담당관은 흠칫 놀라며 소리쳤다.

"뭘 하는 거요? 어서 나오지 않고!"

지크는 씩 웃으며 말했다.

"어차피 감방에 또 처넣을 것 아니오? 그러느니 아예 안 나가는 게 좋겠죠. 그건 그렇고 저 껌둥이를 당신들이 가진 곤봉으로 물리치긴 힘들 것 같은데, 나하고 협상하는 게 어떻겠소?"

치안담당관은 아까 지크가 자신에게 했던 말을 상기해 보았다. 도와줄 테니 풀어 달라는 조건이었다. 풀어 주는 건 어렵지 않았으나 과연 그가 저 거대한 거인 괴물을 이길 수 있을지 의심스러웠다. 군인들보다 전투 경험이 많아 보이는 건 사실이어도 결과는 예측하기 힘들었다.

그러나 지금의 상황은 최악이었다. 증기 대포도 통하지 않는 시전에서 더 이상의 공격이란 무의미했다. 치안담당관은 결국 눈을 꼭 감고 고개를 끄덕였다. 불의와 타협하는 느낌이었다.

"도망치지 않을 거라고 어떻게 믿죠?"

지크는 피식 웃으며 치안담당관 옆에 서 있는 루이체와 마티를 가리켰다.

"저 녀석들을 인질로 잡아 두면 될 거 아뇨. 걱정 마십쇼. 헤헤헷……."

장갑을 죄며 감방 밖으로 나선 지크는 인질로 내준 루이체와 마티의 따가운 시선을 받으며 무기고로 향했다. 무기고 한쪽에 그의 무명도가 무사히 놓여 있었다. 그것을 집어 들고 기세 좋게 지크는 치안청 밖으로 뛰어나왔다.

"으하핫! 천하무적! 신속 정확! 바람의 지크 스나이퍼 님께서 나가신다! 애들은 가라!"

알 수 없는 말을 읊으며 나간 지크. 그 건들거리는 모습을 본 치안담당관과 루이체, 마티의 얼굴은 흐릴 대로 흐려졌다.

"저 남자, 괜찮을까?"

치안담당관은 걱정이 되는 듯 중얼거리며 흔들리는 치안청을 급히 빠져나왔다.

지크는 곧바로 치안청 옥상으로 몸을 날려 건물을 부수고 있는 괴물 앞에 섰다. 그가 시야에 들어오자 괴물 역시 움직임을 멈춘 채 지크를 마주 보았다.

"목표 확인! 너를…… 죽이겠다!"

그 괴물은 더듬더듬 입을 벌리며 서툴게 말했다. 지크는 멍하니 괴물을 바라보다 양팔을 펼치며 활짝 웃어 보였다. 의외의 도전자를 맞이한 챔피언처럼.

"하핫? 나 말이냐? 하하하핫! 가소로운 녀석! 어디 한번 해봐!"

지크는 양팔을 살짝 구부리며 힘을 최대한 끌어 올렸다. 그의 몸에서 푸른색 스파크가 맹렬히 일기 시작했다.

가까운 거리에서 그 모습을 지켜보던 조커 나이트는 지크의 몸에서 뿜어지는 스파크를 보고 놀라지 않을 수 없었다.

"저, 저런? 저런 능력이 인간에게 있다는 건 처음 알았는데? 생각처럼 쉬운 녀석은 아닌 듯하군."

놀란 것은 마티 역시 마찬가지였다.

"저 녀석 괜찮은 거야?"

약간 질린 표정으로 묻는 그녀에게 루이체는 자신의 단발머리를 살짝 쓸어 넘기며 고개를 끄덕였다.

"특이체질이라 그래요. 힘만 주면 전기가 일죠. 앞으로도 자주 보게 될 테니 너무 이상하게 생각하지 말아요."

"그, 그래?"

마티는 너무도 태연한 루이체를 보며 자신이 경험이 없어서 그런 걸까 생각하며 지크와 괴물을 지켜보았다.

"쿠워!"

괴물의 거대한 대검이 공기를 가르며 날아들었다. 지크는 여유 있게 대검을 피해 높이 뛰어올랐다. 그리고 어느새 상대의 두상을 정확히 잡은 지크는 무명도로 괴물의 두상을 강하게 내리쳤다.

"꺼져 버려!"

그러나 승리에 대한 확신은 아직 일렀다. 괴물의 몸이 지크의 공격이 닿기도 전에 사라져 버린 것이다. 다시 옥상 바닥에 착지한 지크는 아차 하며 신경을 집중했다.

'빌어먹을, 빠르다!'

잠시 동안 괴물의 모습이 나타나지 않았다. 아니 잠시도 아니었다. 지크가 숨을 두 번 들이쉴 시간이었으니까.

지크의 초감각은 거짓 없이 반응했다. 그의 생각보다 육체가 먼저 적이 어디 있는지 알고 있었다.

"두더지 같은 녀석!"

"쿠워어!"

거대 괴물은 갑자기 치안청 안쪽에서 건물을 부수고 솟아 올랐다. 지크는 가볍게 옆 건물로 몸을 날렸다. 치안청 주위에 있던 군인들은 떨어지는 건물 파편을 피해 이리저리 달아났다.

검은색의 우람한 육체를 과시하듯 괴물이 온몸에 힘을 주며 크게 포효했다.

"쿠워어어어!"

"시끄러워, 자식아!"

지크의 이마에 푸른 힘줄이 불끈 솟았다. 지금까지 빠르기로 자신을 능가한 괴물은 없었는데 이 괴물은 덩치가 큰데도 그가 의식하기도 전에 건물 안으로 사라졌다. 지크는 이를 부드득 갈며 괴물을 향해 뛰어올랐다.

"박살 내 버리겠다! 타아앗!"

잔상을 남기며 괴물의 머리 위까지 뛰어오른 지크는 자신의 기를 무명도에 극한으로 주입했다. 무명도의 날에서 푸른색 기가 길게 뻗어 나왔다. 괴물의 몸을 단번에 두 동강 낼 심산이었다. 그러나 이번에도 괴물의 몸은 안개처럼 흐려지더니 지크의 공격을 깨끗이 피했다.

"모르고 있어. 역시 모르고 있어, 오빠는!"

"음? 뭐가?"

마티는 손에 땀을 쥐고 지크와 괴물의 싸움을 구경하고 있는 루이체를 힐끔 바라보았다. 그녀는 걱정 가득한 얼굴로 말했다.

"저 괴물은 와리온. 1천 년 전 사라진 고대 괴물이 왜 다시 나타났는지 모르겠지만 오빠는 저 괴물과 싸우는 방법을 모르고 있어요. 오빠! 지크 오빠!"

굉장히 흥분한 상태에서 주위를 두리번거리던 지크는 동생의 목소리를 듣고 그녀를 돌아봤다.

"왜 불러!"

지크가 자신을 돌아보자 루이체는 와리온에 대해 말해 주었다.

"그 괴물은 직접 공격의 스피드가 음속 이상이 아니면 공격하기 힘들어. 반 암흑 생물이라 몸이 중력의 영향을 받지 않아. 힘으로 공격하지 마, 오빠!"

루이체의 말을 들은 지크는 무명도에 불어넣었던 기를 다시 몸으로 돌린 후 심호흡으로 자신을 진정시켰다. 그리고 미소와 함께 무명도를 칼집 속에 넣었다.

"좋아. 이에는 이, 벼룩에는 벼룩이다! 네가 얼마나 빠른지 몰라도 속도로 없애 주지!"

지크는 칼자루에 손을 가져간 채 꿈쩍도 하지 않았다. 속도로 없애겠다는 자신의 말과는 달리 마치 뭔가를 기다리는 사람 같았다.

"저게 뭐 하는 짓이야. 저러다 공격받으면 어쩌려고?"

마티는 약간 실망한 듯 인상을 구기며 눈을 내리깔았다. 루이체는 빙긋 웃으며 지크의 자세에 대해 설명해 주었다.

"마티 씨, 저건 발도술(發刀術)이라고 하는데 지크 오빠가 가진 칼의 특성을 최대한 이용하는 기술이에요. 지크 오빠를 계속 지켜봐요. 다음에 이어질 공격을 확실히 볼 수 있다면 당신은 소원대로 최고의 암살자가 될 수 있을 거예요."

"……진짜?"

마티는 움찔하며 루이체를 바라보았다. 검은 편인 자신의 얼굴과 대조적인 루이체의 하얀 얼굴이 자신을 향해 밝게 미소 짓고 있었다. 마티는 지크에게 시선을 돌렸다.

지크의 금발이 흔들렸다. 그는 지금 몸 전체로 바람의 흐름을 읽고 있었다. 주위를 움직이는 작은 곤충 하나의 움직임조차 읽고 있었다.

"……."

군인, 치안담당관, 시민 등 모두가 숨을 죽였다. 조금이라도 움직이면 목이 달아날 듯한 분위기였다. 단 몇 초가 이렇게 길게 느껴질 수 있을까.

"쿠워엇!"

사라졌던 괴물 와리온이 괴성과 함께 지크의 뒤에서 거대한 모습을 다시 드러냈다. 그 순간 두 개의 거대한 섬광이 시공을 베었다.

피잉!

지크의 몸은 어느새 와리온의 머리 위에 떠올라 있었다.

"우워어어억!"

이윽고 상체에 브이(V) 자 형 검흔이 그려진 와리온의 몸에서 푸른색 기체가 뿜어지기 시작했다. 착지한 지크는 씩 웃으며 무명도를 칼집에 집어넣었다.

"스나이퍼식 이단 발도술, 쌍섬(雙閃)이다!"

자신의 이동 속도보다 더 빠른 지크의 공격에 치명타를 입은 와리온은 결국 몸을 떨며 건물 위로 쓰러졌다.

"저럴 수가? 말도 안 돼!"

조커 나이트는 자신의 눈을 도저히 믿을 수 없었다. 인간의 육체로 음속 이상의 움직임을 낸다는 것은 상식적으로 불가능했다. 고수들이 무기로 충격파를 내기 위해 팔과 흉근 등을 빠르게 움직이는 것과 방금 전 지크의 움직임은 천지 차이였다.

승리감에 도취된 지크는 크게 웃으며 와리온의 육체 위에서 발을 구르기 시작했다.

"하하핫, 날 죽이겠다고? 가소로운 녀석, 분하면 일어서 봐! 다시 사라져 보라니까!"

와리온의 몸은 순간 꿈틀거렸으나 사라지지는 못했다. 지크는 피식 웃으며 말을 이었다.

"여기까지다. 넌 지크란 이름을 들은 순간부터 재수가 없는 거였어. 헤헷, 마무리!"

지크는 스파크가 흐르는 오른손을 높이 들어 올렸다. 결정타를 먹이려는 심산이었다.

"먹어라! 피어싱!"

지크의 주먹이 와리온의 명치를 강타했다. 주먹에서 전해진 충격은 괴물의 몸을 뚫고 지면까지 깊숙이 파고들었다. 급소를 관통당한 와리온의 몸은 크게 부푼다 싶더니 검은색 빛을 뿜으며 이내 폭발해 버렸다.

"우아! 오빠 만세!"

루이체는 팔을 들어 올리며 기뻐했다. 그러나 마티는 질렸다는 표정으로 지크를 바라보며 중얼댔다.

"아까 녀석의 움직임…… 보이지 않았어."

터벅터벅 걸어 돌아온 지크는 웃고 있는 루이체의 머리를 살짝 쓰다듬으며 치안담당관을 바라보았다.

"헤헷, 아저씨, 이제 우리를 풀어 줄 거죠?"

옆의 군인이 툭 쳐 준 덕분에 정신을 차린 치안담당관은 쓴웃음을 지으며 고개를 끄덕였다.

"불의와 타협하는 것 같지만 약속이니 지키겠소. 가시오, 모두들. 시장님도 허락하실 거요."

"하하핫, 고마워요, 아저씨. 자, 가자, 얘들아!"

치안담당관을 향해 짧게 경례를 붙인 지크는 루이체와 마티의 등을 두드리며 길을 재촉했다.

수도로 향하는 셋의 여행은 이제 시작일 뿐이었다.

4장

솟아오르는 첨탑의 징조

1

노엘의 반감

리오는 여관 밖에 놓인 나무 의자에 앉아 이런저런 생각을 하고 있었다. 직업이나 겉모습과는 어울리지 않게 그는 석양을 바라보며 혼자 사색하는 것을 즐겼다. 옛날 일을 생각하는 것인지, 자신의 힘에 상응하는 '업보'를 떠올리는 것인지 알 수 없었다. 그것은 그 자신을 말곤 아무도 모를 것이다.

"휴."

리오는 눈을 감으며 조용히 한숨을 내쉬었다. 감기 몸살에 걸려 일행의 발목을 붙잡고 있는 린스 공주의 말이 떠올라서였다.

'사람이 도대체 재미가 없어! 어떻게든 좀 웃겨 봐!'

리오는 쓸쓸히 웃으며 고개를 뒤로 젖혔다.

"……기분 맞춰 주려고 고민하는 내가 바보지. 후훗."

"그래도 공주님 기분은 맞춰 드리는 게 좋을걸요?"

리오는 흠칫 놀라며 눈을 떴다. 노엘이 뒤에 서 있었다.

"경기하겠습니다. 기척은 내주십시오."

"당신 같은 남자가 내 기척조차 느끼지 못한다는 게 말이 됩니까?"

"후, 그만하죠. 무슨 일이십니까?"

힘없이 웃으며 자세를 바로 한 리오 앞에 노엘은 아무 말 없이 섰다. 이상할 정도로 어색함을 느낀 리오는 슬쩍 그녀에게 물었다.

"하실 말씀이라도 있으십니까?"

노엘은 고개를 저었다. 리오는 항상 냉철하던 노엘의 분위기가 보통 때와 다른 것을 어렴풋이 느낄 수 있었다. 의자에서 일어난 리오는 노엘에게 앉으라는 듯 손을 내밀었다.

"선생님께서 서 계시니 뭔가 이상하군요. 앉으십시오."

노엘은 묵묵히 의자에 앉았다. 리오가 앉았던 자리에서 그의 체온이 느껴졌지만 그 정도로 감상에 젖을 그녀가 아니었다.

"한 가지만 물어도 될까요?"

"예, 원하신다면."

리오는 팔짱을 낀 채 여관 벽에 기댔다. 노엘은 자신의 다리를 겹쳐 앉으며 낮은 목소리로 물었다.

"스나이퍼 씨는 린스 공주님을 어떻게 생각하시죠?"

그 질문에 리오는 한쪽 눈썹을 추켜올렸다. 의외의 질문이었다.

"예?"

"린스 공주님을 어떻게 생각하시는지 물었습니다."

리오는 알고 있었다. 자신의 앞에 앉아 있는 천재 여성이 '공주님이라고 생각하죠'라는 말장난에 웃고 넘어갈 여자가 아니라는 것을. 하지만 솔직히 그렇게 대답하고 싶었다.

"그냥 레프리컨트 왕국의 왕녀……시죠."

"……"

조금 다르게 돌려서 한 말이었지만 그 말이 그 말이었다. 노엘은 어이없다는 듯 붉은 머리카락의 남자를 차갑게 쏘아봤다.

감기 몸살 탓에 종일 누워 있던 린스는 눈을 비비며 침대에서 일어났다. 여관에 업혀 들어올 때에 비해 상당히 좋아졌지만 여전히 기운은 없어 보였다.

"······답답해."

바람이라도 쐴 겸 창밖을 내다보던 린스는 리오와 노엘이 대화하고 있는 모습을 보았다.

"뭐야, 저 바람둥이. 몰래 노엘이랑 사귀는 건가?"

이상한 질투심을 느낀 린스는 작게 들리는 둘의 대화에 귀를 기울였다.

"그 이상의 마음은 없나요?"

노엘의 표정은 이상할 정도로 진지했다. 리오는 눈을 가늘게 뜨고 고개를 끄덕였다.

"공주님께서 저를 어떻게 생각하시는지는 잘 모르겠지만 저는 그분을 왕국까지 모셔다만 드릴 생각입니다. 그 이상의 감정을 가질 필요는 없겠죠."

그 말에 노엘은 씁쓸히 웃으며 중얼댔다.

"후, 역시 남자란 여자의 마음을 전혀 알아주지 않는 동물이군요."

"······무슨 뜻이죠?"

노엘은 천천히 대답했다.

"잠시 동안이라도 당신에게 린스 공주님을 맡길 수 있겠다고 생각한 제가 어리석었군요. 여기서 당장 당신과 헤어지고 싶지만 지금은 당신의 힘이 필요하니 아무 말 않겠습니다. 단, 공주님과는 대화를 하지 말아 주세요. 순수한 그분께 당신 몸에 묻은 피가 튈 것 같으니까요."

이 여자는 다른 방면보다 사람 속을 긁는 데 천재가 아닐까. 리오는 그렇게 생각하며 시선을 다른 곳으로 돌렸다.

"후, 이전까지는 당신 반응이 귀여워서라도 말싸움에 동참해 줬지만 이젠 정말 신물이 나는군요. 당신이야말로 나에게 어떤 감정을 가지고 계십니까? 들어 볼 수 있을까요?"

"당신이란 남자 자체가 싫습니다. 영웅주의에 빠진 플레이보이가 싫다면 이유가 되겠죠?"

"……."

"당신은 너무 완벽해요. 준수한 용모에 누구에게도 지지 않을 힘과 기술. 게다가 여성들을 녹이는 달콤한 언변까지 고루 갖추고 있어요. 그 정도라면 순진한 공주님 한 명 애태우는 건 쉬운 일이겠죠. 최근 레프리컨트 왕국은 이기기 힘든 강철괴물이 등장하면서부터 용병들의 수입이 현저히 줄었습니다. 그래서 형편이 나빠진 당신은 우연히 만난 린스 공주님을 유혹해 장군 자리라도 맡아 보겠다고 생각했겠죠. 내 생각이 틀리다면 뭐라고 말해 보세요."

묵묵히 그녀의 얘기를 듣고 있던 리오는 가볍게 한숨을 쉬었다.

노엘의 미간에 힘이 들어갔다. 자신의 생각이 맞다고 생각한 모양이었다.

그러나 리오는 부드러운 미소를 지은 채 그녀의 눈을 정면으로 마주 응시했다. 의외의 반응에 노엘은 인상을 쓰며 말했다.

"그, 그런 표정을 짓는다고 해서 달라질 건 없습니다. 지금이라도 늦지 않았으니 공주님께 사죄를……."

"그런 사람에게 상처를 받으셨나요."

"......!"

그녀는 흠칫 놀랐다. 플레이보이가 가진 기술로 마음을 읽은 것일까? 어쨌든 리오의 말은 계속됐다.

"무엇을 잃으셨는지, 어떤 상처를 받으셨는지는 잘 모르겠지만 내가 보기에 당신은 예전의 실수를 반복하지 않겠다는 강박관념에 빠진 듯하군요."

"가, 강박관념이라뇨!"

노엘은 안경이 떨어질 정도로 세차게 고개를 저었다. 리오는 그녀의 모습을 측은하게 바라보았다.

"당신 자신이 그런 식으로 상처를 받았기 때문에 린스 공주님만큼은 그런 사람으로부터 지키고 싶으신 거겠죠. 제 모습이 정 부담스러우시면 부담스럽다고 말씀하십시오. 단, 제 진심만은 마음대로 생각지 말아 주십시오. 나는 위기에 빠진 레프리컨트 왕국의 린스 공주님을 지켜 드리고, 또 수도까지 모셔다 드리고 싶을 뿐입니다."

"거짓말 마세요! 내가 당신 같은 사람에게 또 속을 것 같습니까!"

"예."

리오는 슬며시 웃으며 고개를 끄덕였다. 할 말을 잃고 멍한 표정을 짓는 노엘에게 그가 다시 말했다.

"상처 입은 새일수록 따뜻이 감싸 줄 곳을 더욱 애타게 찾는 법입니다. 분명 당신은 같은 방법에는 속지 않겠죠. 그러나 다른 방법에는 속을 겁니다. 상처가 큰 만큼 말이죠."

노엘은 혼란스러웠다. 자신이 지금까지 오해한 것일까, 아니면 고수에게 속고 있는 것인가. 그런 그녀를 깨우듯 리오의 양손이 그녀의 볼을 살짝 토닥거렸다.

"정신 차리세요. 당신이 신경 써야 할 사람은 내가 아니라 린스 공주님입니다."

말을 마친 리오는 슬그머니 여관 안으로 들어갔다. 저물어 가는 태양을 멍하니 바라보던 노엘은 팔걸이를 주먹으로 내리치며 분개했다.

"젠장⋯⋯!"

이유를 알 수 없는 패배감이 그녀를 괴롭혔다. 하지만 자신이 왜 패배감과 분노에 휩싸여 있는지 그녀는 알지 못했다.

여관 안으로 들어온 리오는 여관 주인이 보는 앞에서 길게 한숨을 내쉬었다.

"말실수한 건 아닌지 모르겠군. 괜히 적을 하나 더 만든 건 아닐까."

그 말을 들은 여관 주인은 붉은 머리 청년에게 시선을 돌렸다. 어떻게 오해한 것인지는 몰라도 주인은 슬쩍 웃으며 말을 던졌다.

"젊은이, 그래서 사랑은 진하게 하면 안 된다니까."

"예?"

얼굴의 주름만큼이나 연륜이 있어 보이는 주인은 담배 파이프의 연기를 흠뻑 빨며 말을 이었다.

"너무 진하게 하면 지우기가 힘들어. 말로 끝낼 수 있는 상황이 아니게 되는 거지. 여자들이 한을 품으면 무서운 일이 생기니 조심하게."

주인은 그런 말을 한 자신이 자랑스러운 듯 미소 지으며 담배 연기를 내뿜었다.

"예, 명심하죠."

리오는 웃으며 고개를 끄덕였다.

"리오 님, 실례해도 되겠습니까?"

문득 동방의 언어가 계단 쪽에서 들려왔다. 리오는 그 차분한 목소리의 주인공에게 시선을 돌렸다. 여관에 머물면서 다시 련희로 변한 동방 소녀가 서 있었다.

　"아, 련희 양, 물론이죠."

　련희와 리오는 1층 창가에 놓인 테이블에 마주 앉았다. 리오는 조용하기만 하던 그녀가 웬일로 자신을 불렀을까 생각하며 물었다.

　"무슨 일이시죠?"

　"이후에 대해 여쭙고 싶습니다. 가르쳐 주실 수 있으십니까?"

　언제나 예의 바른 그녀였다. 리오는 어젯밤 케톤과 상의한 일정을 머리에 떠올렸다.

　"예. 이대로 아탄티스 숲 지대를 따라 국경도시 렌톨로 들어설 생각입니다. 왕국 상황에 대한 정보도 확실히 얻어 볼 겸해서 그곳을 거친다고 하더군요. 레프리컨트 왕국 제2의 도시니만큼 많은 정보를 얻을 수 있겠죠. 련희 양의 견학에도 상당한 도움이 될 겁니다. 달리 또 궁금하신 것은 없으십니까?"

　"없습니다. 아니, 있습니다."

　"⋯⋯?"

　갑작스러운 번복에 리오는 의아한 표정을 지었다. 무안함을 느꼈는지 련희의 얼굴이 금세 붉게 변했다. 그러나 그녀는 차분함을 잃지 않았다.

　"사실은 하고 싶은 일이 있습니다. 이것입니다."

　련희는 펑퍼짐한 소매에서 작은 카드들을 꺼냈다. 동방식 그림이 각 장마다 다양하게 그려진 그 카드는 그녀의 흰 손에 이끌려 테이블 위에 올려졌다. 리오는 고개를 갸웃거리며 물었다.

　"무엇을 하시려고요?"

"예. 점을 치려고요. 부적들을 왼손에 잡아 주십시오."

리오는 그녀의 말에 따라 카드를 왼손에 잡았다. 그녀가 이어서 말했다.

"리오 님의 나이만큼 부적을 섞어 주십시오."

리오는 순간 멈칫했다. 스물네 번을 섞어야 한단 말인가. 아니면 7백여 회를 섞어야 한단 말인가. 그는 할 수 없이 스물네 번을 섞고 카드를 런희에게 내밀었다. 카드를 건네받은 런희는 눈을 감고 정신을 집중한 채 카드를 한 장 한 장 테이블에 깔았다.

잠시 후 눈을 뜬 런희는 흠칫 놀라며 리오를 바라보았다.

"리, 리오 님……?"

"뭐, 잘못된 것이라도 있습니까?"

리오는 별것 아니겠지 하며 물었다. 런희는 놀란 표정으로 고개를 끄덕였다.

"부적의 배열로 보아, 리오 님은 나이를 속이고 계십니다. 게다가, 리오 님의 원래 나이는 7백…… 흡!"

다급한 나머지 그녀의 입을 손으로 막은 리오는 일순간 등에 식은땀이 흐르는 것을 느꼈다. 지금까지 신을 제외한 어떤 사람도 런희만큼 그의 나이를 정확히 맞히지 못했다. 이렇게 일찍 정체가 드러날 줄 몰랐던 리오는 어찌할까 고민하며 그녀의 입에서 손을 떼었다.

"죄, 죄송합니다, 런희 양. 이 일은 다른 분들에게 말하지 말아 주십시오. 이유 역시 묻지 말아 주십시오. 부탁드립니다."

런희는 침착함을 유지했지만 속으론 상당히 놀라고 있었다. 점괘에서 리오의 나이가 7백 세 이상으로 나온 것은 둘째치고 어지간한 일에도 놀라거나 당황하지 않던 그가 허둥지둥하고 있다는 사실이 그녀를 더욱 놀라게 했다.

정말 무슨 사정이 있는 듯했다. 련희는 고개를 끄덕였다.

"걱정 마십시오, 리오 님. 이 일은 저와 제 언니만 알고 있을 것입니다. 이유 역시 여쭙지 않겠습니다. 약속드립니다."

"휴, 감사합니다. 반드시 보답하죠."

리오는 그제야 안도의 한숨을 쉬었다.

이 세계엔 가즈 나이트의 전설이 존재하지 않았다. 그 비슷한 전설도 없었다. 7백 살 이상 먹은 사람이 거리를 활보하고 다닌다는 사실은 련희에게 충격이 아닐 수 없었다.

어쨌거나 겨우 위기를 벗어난 그였다.

벨로크 왕국과 레프리컨트 왕국의 접경 지역은 거대한 숲으로 이루어져 있었다. 중간에 국경 무역도시인 렌톨을 비롯한 많은 마을이 있기 때문에 정상적인 길을 간다면 노숙하는 일은 없었을 것이다.

그러나 그것도 이제 옛날이야기가 되었다. 타운젠드 21세의 레프리컨트 전격 침공작전이 이루어진 후 그 숲은 각종 강철괴물들이 설치는 죽음의 숲이 되어 버렸다.

일행은 낮이면 낮마다, 밤이면 밤마다 습격해 오는 강철괴물들의 공포에 시달리며 가까스로 숲을 돌파했다.

"아이고."

나흘간의 강행군을 버텨 낸 린스는 여관 침대에 쓰러져 정신을 잃듯 잠에 빠져들었다. 그것은 다른 사람들도 마찬가지였다.

노엘 대신 뒤처리를 모두 끝낸 리오는 몸을 이리저리 풀며 자기 방으로 들어섰다. 습격해 오는 강철괴물의 대다수를 처리한 그였다. 아무리 자체 회복 능력을 가졌다 해도 피로가 쌓이는 건 당연했다.

제일 힘들게 싸운 사람은 숨소리도 내지 않고 자고 있는 케톤이었다. 체력이나 힘, 기술 모든 것이 가희로 변한 련희에게까지 밀리는 그였다. 힘들게 싸우고 또 싸워서 그가 얻은 실적은 강철괴물 단 두 마리였다.

왕국에서 세 번째로 강한 검사가 이 정도라면 강철괴물의 대군이 쳐들어왔을 때 수도는 어땠을까. 불 보듯 뻔한 광경이었겠지만 리오는 절대 케톤을 무시하지 않았다. 적이 강철괴물이 아니라 고블린이나 오크였다면 정말 케톤을 우습게 봤을 것이다. 그만큼 강철괴물들은 비정상적으로 강한 존재였다.

강철괴물들이 언제부터 나타났는지, 생태는 어떤지 아는 사람이 없었다. 리오는 낮 동안 싸우며 일부러 강철괴물의 표피를 조금 뜯어 호주머니에 넣어 가지고 왔다. 강철괴물의 껍질엔 현재 아탄티스에서 쓰는 문자와 비슷한 문자가 새겨져 있었다.

여태까지 어떤 학자도 그 이계(異界) 문자를 해석해 내지 못했지만 리오는 달랐다. 침대에 누운 그는 껍질에 적힌 문자를 나지막이 읽어 내려갔다.

"Made in USA. 모델 넘버 03528A-BX03. 코드 네임 '스톤헤드'. 위 제품의 AI 시스템 안정성을 NASA에서 확인함. 2036년 3월……이라."

리오의 눈썹이 의문의 호선을 그렸다. 그는 강철괴물의 껍질을 다시 주머니 속에 넣으며 중얼댔다.

"도대체 무슨 힘으로 다른 차원의 병기를 가져온 거지? 게다가 공교롭게도 지크의 차원인데……."

리오는 알 수 없는 말을 계속하다 자신도 모르게 잠들었다.

"뭐가 그렇게 피곤하다고 야단이지? 그렇지 않아요. 리오?"

다음 날 아침. 리오를 제외하고 아직도 일어나지 못한 일행을 한심한 듯 바라보며 가희는 혀를 찼다. 리오가 웃으며 물었다.

"가희 양은 괜찮으십니까?"

"당연하죠. 저는 네 살부터 우리 나라의 최고 고수에게 훈련을 받았답니다. 그리고 전투의 대부분은 리오 님이 처리하셨잖아요."

"아……."

리오는 멋쩍은 듯 머리를 긁적였다. 그의 옆으로 다가온 가희는 옆구리를 쿡쿡 찌르며 애교 섞인 목소리로 말했다.

"시내 구경을 하고 싶은데, 같이 나가지 않으시겠어요? 견학도 시켜 주실 겸, 통역도 해 주실 겸 리오 님께서 같이 가 주시면 더 신날 것 같아요."

"후훗, 저에겐 영광이죠."

동생과는 상당히 다른 그녀였다. 리오는 현재 레프리컨트 왕국의 정보도 얻을 겸 그녀의 제의를 선뜻 허락했다.

2

강한 자를 찾는 대현자

렌톨의 한쪽 거리엔 네 명으로 이루어진 모험가 일행이 사람들의 시선을 받으며 길을 걷고 있었다. 백발의 청년과 녹색 머리카락의 청년, 20세가량의 처녀, 그리고 로브를 입고 있는 노인이었다.

노인은 이상한 형태의 안경을 쓰고 주위 사람들을 유심히 관찰했다. 백발의 청년은 노인에게 넌지시 물었다.

"강한 사람이 보여요? 아르셴에서부터 강자를 찾아왔지만 소득이 없잖아요. 그 디텍터, 정말 효과 있는 거 맞아요?"

"뭐라고? 그럼 써 봐!"

청년의 말에 자존심이 상한 노인은 버럭 소리를 지르며 안경을 벗어 청년에게 씌워 주었다.

디텍터. 아르셴의 최고 현자라 불리는 로드 덕이 발명한 마법 안경이었다. 특수한 기능을 가지고 있어서 그것을 통해 상대방을 보면 상대방의 전투 수준이나 마법 수준을 탐지할 수 있었다. 그래서 강한 사람을 찾을 때 아주 유용한 물건이었다.

그러나 다섯 개의 도시를 돌아다니며 젊은이들의 수준을 탐지한 현자 로드 덕은 실망을 감출 수 없었다. 지금 자신과 같이 다니고 있는 세 명의 젊은이만이 그럭저럭 쓸 만한 수준이었다.

청년은 안경에 떠오른 노인의 마법 수준을 보고 감탄을 하며 고개를 끄덕였다.

"이야, 역시 높으신데요? 눈금이 거의 100이에요."

로드 덕은 껄껄 웃으며 다른 사람도 보라는 손짓을 했다. 일행 중 유일한 여성인 리마의 전투 수준은 눈금이 중간 정도였다. 녹색 머리카락의 청년 아슈탈의 수준은 눈금이 80 정도 올라갔다.

"오호, 아슈탈. 너도 생각보다 강한데그래?"

아슈탈은 싸늘한 미소를 지었다.

"후, 너 같은 쓰레기와 같은 줄 알아!"

"뭐라고! 자식, 너 거기 가만히 못 있어!"

백발의 청년 테크는 안경을 로드 덕에게 돌려주며 그에게 자신의 수준이 어느 정도인지 물었다. 결과는 곧바로 나왔다.

"자네와 아슈탈의 수준이 거의 같아. 누가 더 강하고 약하고를 잴 수가 없어."

"예? 그럴 리가 없어요! 이 전설의 헌터킬러 테크 님이 이런 가짜 용사 따위와 같을 리 없다고요!"

테크는 노발대발하며 소리쳤다. 아슈탈은 여전히 비웃을 뿐이었다. 로드 덕은 테크를 진정시키며 말했다.

"어쨌든 둘 다 강한 수준이야. 하지만 아직 사람이 모자라네. 여신들은 자네들보다 훨씬 강할 테니 말일세."

"흥, 알았으니 저도 좀 보여 줘요. 심심하다고요."

리마는 로드 덕이 들고 있는 디텍터가 재미있어 보였는지 슬쩍 가로채 주위 사람들을 돌아봤다.

상점 주인의 전투 수준은 눈금이 거의 보이지 않을 정도였고 이 지역 군인들의 전투 수준은 5 정도였다. 그녀는 재미있다는 듯 로드 덕의 어깨를 퍽퍽 두드렸다.

"헤헷, 이거 정말 재밌는데요, 할아버지? 어디 보자…… 저 사람은 어떨까?"

리마는 멀찌감치 걸어가고 있는 두 남녀에게 시선을 돌렸다. 먼저 진홍색 머리카락의 여자를 살펴본 리마는 움찔하며 디텍터를 살짝 두드려 보았다.

"어라? 이거 왜 이래?

"왜 그래, 리마? 그거 만들기 힘든 거니까, 소중히 다뤄!"

영문을 모르는 로드 덕은 어린아이처럼 그녀에게 매달렸다. 한편 리마는 이 안경이 제발 고장이기를 바랐다. 진홍색 머리카락 여성의 전투 수준이 자신은 물론이고 테크나 아슈탈의 수준을 훨씬 넘어선 99를 나타내고 있었던 것이다. 마법 수준 역시 중간까지 올라가 있었다. 리마는 고개를 갸웃거리며 이번에는 그녀의 옆에 있는 붉은 머리카락의 남자를 바라보았다.

칙!

"으악!"

순간 디텍터에 금이 가면서 불꽃이 튀었다. 깜짝 놀란 로드 덕은 인상을 찡그리며 디텍터를 빼앗았다.

"이런! 소중한 거라고 말한 지가 언젠데 벌써 깨먹는 거야! 도대체 뭘 봤기에 그래?"

리마는 눈을 비비며 말했다.

"저기 저 남자랑 여자 보이죠? 여자는 그렇다 쳐도 남자는 조사하려고 하는 순간 디텍터 전체가 벌겋게 변하더라고요. 고장 난 거 아니에요?"

"……뭐?"

그 말에 로드 덕은 기겁을 하며 다른 디텍터를 꺼내 리마가 보았던 두 남녀를 바라봤다. 그러나 새로운 디텍터 역시 금이 가면서 터져 버렸고 로드 덕은 바닥에 떨어지는 디텍터의 잔해를 보며 몸을 부르르 떨었다.

"이봐! 여자는 내가 지금껏 보아 왔던 여자 중 최강이고 남자는 전투에 관해선 입신의 경지에 이른 사나이야! 어서 붙잡아! 저들의 힘이 꼭 필요하다고!"

"……입신의 경지?"

입신의 경지란 말에 약간 지존심이 상한 테크는 코웃음을 치며 아슈탈을 바라봤다.

"야, 가자, 풀잎 머리. 우리보다 세다니 한번 시험해 보자고."

"후, 너보다 센 거다, 멍청아."

둘은 목표가 된 두 남녀를 향해 뛰기 시작했다.

1년 전, 마왕 아슈테리카를 물리쳐 세계를 구한 용사라고 불리는 아슈탈. 그리고 그와 막상막하의 대결을 펼친 적이 있는 테크였다.

둘의 자존심과 투쟁 본능이 끓어오르는 건 당연했다.

그들이 본 여자는 큰 키에, 보통의 여전사들과는 다른 펑퍼짐한 복장을 입고 있었다. 이곳저곳을 많이 돌아다닌 아슈탈은 그 복장에 대해 잘 알고 있었다.

"동방의 복장이군. 하긴 동방은 이 아탄티스보다 무술이 발달돼 있으니 강한 여자가 있다고 해서 이상할 건 없지."

"쳇, 잘난 척 떠들지 마라, 풀잎 머리. 난 여자 따위엔 관심 없어. 옆에 있는 빨간 머리는 내 거니까 건드리지 마!"

"……후, 네 시체는 양지바른 곳에 묻어 주마."

그 동방 여자의 옆에 있는 남자의 모습은 가히 압권이었다. 타오르는 듯한 붉은색 장발과 회색 망토, 그리고 어지간한 중량급 전사들에 뒤지지 않을 신장 등. 척 봐도 강한 느낌이 전해져 왔다.

"자, 한번 시비를 걸어 볼까……. 이봐, 빨강 머리!"

"음? 무슨 볼일이라도 있나?"

리오는 자신과 가희를 부른 두 괴한에게 물었다. 테크는 씩 웃으며 자신보다 머리 하나는 더 큰 리오의 어깨에 손을 얹었다.

"우리 일행의 할아범이 말하기를 당신 실력이 입신의 경지라나? 입신의 경지에 이른 실력은 어느 정도인지 알고 싶어서 그러는데, 어때, 한판 붙어 보겠어? 그쪽도 둘이고 이쪽도 둘이니, 별 문제는 없을 것 같은데?"

"음…… 글쎄. 어제 이 도시에 도착한 탓에 좀 피곤하니 다음에 만나서 얘기하지. 그럼 난 이만……."

"잠깐."

순간 리오의 목에 푸르스름한 검이 다가왔다. 리오는 인상을 찌푸리며 자신의 목에 검을 갖다 댄 아슈탈을 쳐다보았다.

"무슨 짓인가?"

"우리 얘기는 아직 끝나지 않았다, 빨강 머리. 옆에 있는 백발 얼간이를 무시하는 건 용서해도 나를 무시하는 것은 용서 못해. 검을 뽑아라."

주위는 삽시간에 조용해졌다. 다만 기회를 빼앗긴 테크만이 분통을 터뜨릴 뿐이었다.

리오는 머리를 긁적이며 힘겹게 미소 지었다.

"……흠, 할 수 없군. 잠깐 기다려 주시겠습니까, 가희 양?"

"아, 예."

가희는 다음 장면을 보고 싶지 않은 듯 눈을 가린 채 뒤로 물러섰다.

아슈탈은 이제 시작된다는 기대감에 차디찬 미소를 지으며 자세를 잡았다. 디바이너를 뽑은 리오는 손가락 두 개를 까딱이며 테크와 아슈탈에게 말했다.

"시간 낭비하고 싶지 않군. 둘 다 덤벼."

테크는 기다렸다는 듯 소리 없이 검을 빼며 리오에게 달려들었다. 멀찍이 구경하고 있던 로드 덕과 리마의 눈이 동시에 크게 벌어진 것은 바로 직후였다.

리오는 눈 깜짝할 사이에 한 명은 멀리 날려 버리고, 나머지 한 명은 쓰러뜨린 후 갑옷 입은 그의 가슴을 발로 내리눌렀던 것이다. 그의 발밑에 깔린 사람은 아슈탈이었다. 힘이 빠진 아슈탈은 일어나지도 못한 채 팔과 다리를 꿈틀댈 뿐이었다.

3

네 여신의 신벌이 풀릴 때

세상을 조각했던 여신들은 신 중의 신에 의해 처벌을 받아 육체 따로, 정신 따로 각기 분리되어 수천 년의 고통을 받게 되었다.

세상을 조각내는 일에 앞장선 망자의 여신 마그엘, 그녀의 정신이 풀어질 때 이 땅의 모든 시체들이 자신의 의지를 가지고 일어선다.

분노의 여신 이스마일, 그녀의 육체나 정신이 풀어질 때 이 땅의 사람들은 광전사로 변하게 된다.

고대의 여신 요이르, 이스마일과 마찬가지로 그녀의 육체나 정신이 풀어질 때 그녀의 수하로 있던 고대 마물이나 괴수들이 같이 깨어난다.

새벽의 여신 이오스, 그녀가 깨어날 때의 일은 어디에도 적혀 있지 않았고 말로도 전해지지 않았다.

이들 네 여신의 신벌이 풀릴 때, 그녀들이 갈라놓았던 세계는 다시 하나가 된다.

그것이 좋은 일이 될지, 나쁜 일이 될지 알 수 없지만…….

이런 얘기를 로드 덕에게 전해 들은 일행의 얼굴은 순식간에 굳어졌다. 동방 대륙이 발견되었을 때도 경악을 금치 못했던 서방 사람들인데, 하물며 또 다른 세계가 있다는 말을 듣고 놀라는 것은 당연한 일이었다.

"세계가 다시 합쳐지면 이 대륙 위에 살고 있는 생물들이 피해를 입지 않는다는 보장이 없습니다. 그래서 그걸 막아 보려고 하는 겁니다. 상대가 여신들이니 만큼 강한 동료들을 모아야겠죠. 제가 이렇게 아르센을 떠나 여행을 하고 있는 이유랍니다."

리오는 묵묵히 로드 덕의 얘기를 듣고 있다가 그의 얘기가 끝나자 이어서 입을 열었다.

"……아무리 강한 사람을 모은다 해도 상대가 '신'인 만큼 이길 확률이 적을 텐데요. 자신 있으십니까?"

로드 덕은 길게 말하느라 마른 목을 물로 축이고 리오의 질문에 대답했다.

"가능성이 적긴 하지만 알면서도 손놓고 있을 수는 없잖습니까? 나라도 그런 일을 해야 하지 않겠소? 허허헛…… 그런데 공주님은 어딜 가시는 겁니까? 혹시 여행이라도 하시는 겁니까?"

린스는 한숨을 폭 쉬며 간단히 말했다.

"집에 돌아가는 길이에요."

"집이라뇨? 설마 왕국 수도를 말씀하시는 겁니까?"

로드 덕은 의외란 듯 고개를 갸웃거리며 물었고, 린스는 고개를 끄덕였다. 자세한 대답은 케톤이 했다.

"왕국의 수도가 벨로크 왕국에게 습격당했을 때, 여왕님께서 손

481

수 공주님과 저를 왕국 변방으로 피신시키셨지요. 도중에 리오 님과 가희 양을 만났고, 수도가 무사하다기에 지금은 서둘러 돌아가는 길입니다."

"아, 그랬군요. 그럼…… 젊은이들은 수도까지 가서 어떻게 하실 생각이오?"

로드 덕의 물음에 가희가 방긋 웃으며 대답했다.

"저는 이 아탄티스 대륙을 더 여행할 거예요. 제 동생도 같은 생각이지요."

"저는…….."

리오가 이어서 대답하려는 찰나, 리오에게 향한 린스의 눈빛이 이상하다 싶을 정도로 번뜩였다. 리오는 헛기침을 한 번 한 후 말을 이었다.

"수도까지 가면 제 일은 끝납니다. 저도 가희 양처럼 여행이나 해 보렵니다."

"그럴 순 없어!"

린스가 갑자기 소리치는 바람에, 여관 로비에 있던 모든 사람이 린스와 일행을 바라보았다. 케톤과 가희는 다급하게 일어서서 주위 사람들에게 사과했다. 노엘은 자신의 얼굴을 손으로 감싸며 후의 일을 생각하지 않으려 무진 애썼다. 린스는 리오 앞에 성큼성큼 다가가 그의 망토 자락을 잡고 또다시 소리쳤다.

"기사의 의지가 어떻다는 말을 당당히 해놓고서 이제 와서 떠나 겠다고? 웃기지 마! 그런 법이 어디 있어!"

리오는 한숨을 푹 쉬며 조용히 말했다.

"수도에는 공주님을 지켜 줄 사람들이 많습니다. 굳이 제가 지켜 드리지 않아도 괜찮을 겁니다. 케톤도 있고…… 너무 걱정 마십시오, 공주님."

리오의 냉정한 말을 들은 린스는 그를 쏘아보며 이를 부드득 갈
더니 자기 방으로 뛰어 올라갔다. 리오는 다시 한숨을 내쉬며 손으
로 자신의 머리카락을 쓸어 올렸다. 주위 사람들은 갑작스러운 일
에 아무 말도 꺼내지 못했다.

"……할 말 없으십니까, 로드 덕 님?"

리오의 그 말은 격양되었던 분위기를 약간 누그러뜨렸고 로드
덕은 다시 얘기를 시작했다. 하지만 리오와 가희를 끌어들이고 싶
다는 그의 본심이 최대한 절제된 얘기였다.

날이 저물 무렵 로드 덕은 돌아갔고, 여관 1층 식당엔 리오와 노
엘만이 남았다.

"너무해요, 스나이퍼 씨! 공주님의 마음이 여리다고 그렇게 말씀
드렸는데 그런 말을 하시다니, 공주님의 기분은 생각 안 하시나요?"

리오는 아무 대답도 하지 않았다. 노엘은 다시 말을 이었다.

"공주님께서 스나이퍼 씨를 좋아한다고 말씀드렸잖아요. 공주
님을 위하는 마음이 조금이라도 있다면 말만이라도 냉정하게 하
진 말아 주세요."

손으로 얼굴을 감싸고 있던 리오는 손가락 사이로 노엘을 바라
보며 나지막이 말했다.

"제 기분은 기분도 아닙니까?"

"예……?"

노엘은 리오에게서 풍기는 이상한 분위기에 눌린 듯, 입을 제대
로 열지 못했다.

"린스 공주님께서 나를 좋아하는 건 공주님 마음이지 내 마음이
아닙니다. 저는 어차피 공주님을 수도로 데려다 드리면 떠날 몸,

이 이상 린스 공주님의 마음에 미련을 남겨서는 안 된다고 생각합니다. 이것도 공주님을 위한 제 마음이니 이해해 주십시오, 노엘 선생님. 그럼 이만 먼저 들어가 보겠습니다."

조용히 몸을 일으켜 위층으로 올라가는 리오의 뒷모습을 지켜보던 노엘은 자신의 머리를 감싸며 인상을 살짝 찡그렸다.

"아…… 골칫덩이 남자야, 정말. 질렸어, 이젠."

리오는 천천히 위층으로 향하는 계단을 오르며 이런저런 생각을 해보았다.

자신이 린스라는 19세의 소녀에게 그렇게 중요한 존재가 되었는지 그 자신도 눈치채지 못했다. 더욱 냉정해지지 못한 자신을 책망할 뿐이었다.

'……사과는 해야 할 것 같은데…….'

그런 생각을 하며 가던 리오는 어느새 자신의 방 앞에 다다랐다. 그는 방문을 연 후 망토를 벗고 침대 위에 누운 뒤 천장을 바라보며 다시 린스에게 사과할 말을 이리저리 떠올려 보았다.

'……나도 참 마음이 약한 녀석이란 말이야……. 젠장, 사과고 뭐고 관두자.'

리오는 몸을 일으켜 아직 들어오지 않은 케톤의 침대를 돌아보았다. 케톤은 로드 덕에게 물어볼 것이 있다며 그와 함께 나갔다. 방 안에 사람이 아무도 없자 쓸쓸함을 느낀 리오는 침대에 다시 누워 잠을 청하기로 했다.

"요즘 들어 정말 많이도 자는구나. 팔자 좋다, 리오 스나이퍼."

자기 자신에게 비아냥대며 리오는 쓴웃음을 지었다.

똑똑똑.

그때 누군가 방문을 두드렸고 리오는 잠시 긴장한 채 그 노크 소리를 되새겨 보았다. 소리를 들어보니 남자가 아닌 여자였다. 다시 노크 소리가 들려왔고 이번에는 목소리까지 같이 들렸다. 리오의 표정은 불의의 일격을 맞은 사람처럼 변했다. 전혀 예상치 못한 일이었다.

"······격다리, 안에 있어?"

'큰일이군······.'

리오는 린스가 자신의 방에 들어와 무슨 일을 벌일지 짐작할 수 없었다. 하지만 표면적인 계급이 거역할 수 없는 위치였으므로 리오는 어쩔 수 없이 대답했다.

"예, 있습니다."

문밖은 잠시 조용했다. 그 점이 리오를 더욱 불안하게 했다.

"······들어가도 괜찮아?"

린스답지 않은 작고 조심스러운 말투였다. 상황의 심각함을 느낀 리오는 그녀를 보내야겠다고 생각하며 입을 열었다.

"문은 열렸습니다. 들어오세요."

리오가 대경실색하며 자신의 입을 막았을 때 상황은 이미 늦어 버렸다. 무슨 마법에 걸린 것처럼 리오의 입은 전혀 다른 말을 내뱉어 버리고 말았다. 린스는 곧 슬며시 방 안으로 들어왔다.

"어, 어서 들어오세······ 어엇?"

리오는 방에 들어온 린스를 멍하니 바라보았고, 린스는 부끄러운 듯 어쩔 줄 몰라 했다.

어디서 화장품을 구했는지 거의 화장을 하지 않고 다니던 린스가 마치 미인 선발 대회에 나가는 여자들처럼 짙은 화장을 하고, 몸에 착 달라붙는 옷까지 입고 있었다. 리오는 당혹스러움을 감출 수 없었다. 이색한 둘의 침묵이 계속되었다.

"……하핫, 아하하하하하핫!"

황당함에서 벗어난 리오는 곧 호탕하게 웃기 시작했고, 린스는 얼굴을 더더욱 붉히며 인상을 찡그렸다.

"왜 그래! 남의 기분도 몰라 주는 멍청이 주제에!"

리오는 자신의 머리를 감싸 쥔 채 계속 웃어댔다. 항상 보아 오던 린스의 모습에 비해 화장한 그녀의 모습은 어린아이가 어머니의 화장품을 가지고 화장한 것처럼 너무나도 어색했기 때문이다. 리오는 웃음을 겨우 참고 린스를 바라보았다. 다시 터져 나오려는 웃음을 애써 참으며 그는 린스에게 물었다.

"화장을 왜 하셨는지 여쭤 봐도 될까요?"

린스는 고개를 푹 숙인 채 기어드는 목소리로 조용히 대답했다.

"……꺽다리가 나를 너무 애 취급하는 것 같아서…… 화장도 하고 이런 야한 옷도 입어 봤어……. 근데 그렇게 안 어울려?"

리오는 가벼운 미소를 지으며 린스의 작은 어깨에 손을 가져갔다. 그녀가 나름대로 애써서 화장한 흔적이 보였다.

"너무 어색해요, 후훗……."

리오의 대답에 악의가 없다는 걸 알면서도 린스는 결국 울음을 터뜨렸고 리오는 난처한 듯 머리를 긁적였다.

"흐흑! 그럼 이렇게 화장 안 할 테니 제발 떠나지 마! 꺽다리라고도 안 하고 멍청이라고도 안 할게, 제발, 아아앙……!"

양손을 눈가에 대고 울고 있는 린스를 바라보는 리오의 얼굴엔 쓸쓸한 미소가 흘렀다. 리오는 케톤이 쓰려고 빨아 두었던 손수건을 가져와 린스의 얼굴을 손수 닦아 주며 부드럽게 말했다.

"이런 일로 눈물을 보이시니까 저에겐 어린 공주님으로 보이는 거예요. 울지 마세요, 공주님."

린스는 훌쩍거리며 리오의 손에 들려 있던 손수건을 받아서 자신이 직접 얼굴을 닦았다. 눈물 덕분에 그녀의 화장은 립스틱을 제외하곤 거의 지워졌다. 입가에 번진 립스틱 자국을 본 리오는 그만 웃음을 참지 못하고 말았다.

"하하하핫, 그냥 세수하세요, 공주님. 그 후에 다시 얘기하죠."

린스는 머리를 긁적이며 세면실로 가서 세수를 간단히 하고 다시 리오의 곁에 돌아왔다. 리오는 한숨을 휴 내쉰 뒤에 입을 열었다.

"저는 지금 공주님을 도와드리고 있습니다. 약속했으니 꼭 지켜야겠지요. 공주님께서 아시는 정도…… 아니, 그 이상으로 저는 강합니다. 그만큼 제 힘은 여러 사람들을 도와주는 데 써야 합니다. 제 도움을 기다리는 많은 사람들을 저버릴 수 없습니다, 공주님."

린스는 그 말에 고개를 푹 숙였다. 역시 한다면 하는 성격이라 꺾을 순 없을 거라고 생각했다.

"하지만 확실하게 말씀드릴 수 있습니다. 항상 옆에 있지는 못하지만 꼭 공주님을 지켜 드릴 겁니다. 어디에 계시든지 말입니다."

린스는 인상을 찌푸리며 리오를 바라보았다.

"칫, 그걸 어떻게 믿어! 자기가 뭐 신인 줄 아나 보지? 언제 어디서건 지켜 준다니……."

리오는 빙긋 웃을 뿐이었다.

"음…… 그럼, 그 징표를 드리겠습니다. 친구가 준 물건인데…… 잠시 공주님께 빌려 드릴게요."

리오는 자신의 목에 걸려 있던 조그만 은십자가를 린스에게 걸어 주며 말을 이었다.

"공주님께서 진정으로 위험에 처했을 때, 이걸 손에 꼭 쥐고 마음속으로 저를 부르세요. 그럼 어디든지 달려가 도와드리겠습니다."

린스는 자신의 목에 걸린 십자가가 마음에 든 듯, 활짝 웃으며 고개를 끄덕였다.

"좋아, 그럼 믿어 보겠어, 껑다리."

"앗, 저를 그렇게 부르지 않겠다고 하셨잖아요."

리오가 검지손가락을 들며 린스에게 말하자 린스는 언제 그랬냐는 듯 안색을 바꾸며 인상을 썼다.

"흥, 웃기지 마! 내 맘이야!"

린스는 살짝 혀를 내밀곤 리오의 방에서 뛰어나갔다. 리오는 피식 웃으며 나지막이 중얼거렸다.

"훗…… 확실히 아이라니까. 자, 일 하나는 끝난 듯하니 잠이나 자 볼까?"

리오는 그대로 잠에 빠져들었다. 린스를 설득하느라 온 신경을 쏟은 탓에 피곤했는지도 모른다.

"련희 양! 당신마저 설마 리오 씨를……?"

노엘은 자신의 앞에 다소곳이 앉아 얼굴을 붉히고 있는 련희를 바라보며 믿을 수 없다는 표정과 함께 불안감을 나타냈다.

련희가 리오를 향한 자신의 감정을 노엘에게 털어놓은 것이 발단이었다. 련희의 얘기를 다 들은 노엘은 머리를 감싸며 옆에 놓인 컵에 냉수를 따라 연거푸 들이켜고 긴장감을 애써 누르려 했다.

"련희 양은…… 린스 공주님도 련희 양과 같은 상황에 있다는 걸 알고 있나요?"

련희는 말없이 고개를 끄덕였다. 리오와 린스가 대화를 나누는 모습을 많이 보아 온 터라 그럴 것이라는 추측은 할 수 있었다. 노엘은 한숨을 쉬며 고개를 가로저었다.

"리오 씨의 어디가 그렇게 좋나요, 련희 양?"

그 질문에 련희의 얼굴은 거의 홍당무가 되었고, 가슴이 두근거리는 것을 겨우 누그러뜨리고 대답했다.

"그, 그건…… 리오 스나이퍼 씨는 친절하시고, 저같이 목석 같은 여자의 마음도 잘 이해해 주십니다. 물론 그게 다는 아닙니다. 그분에겐 사람을 끌어들이는 신비한 힘이 있는 것 같습니다. 무엇을 생각하시는지 잘 알 수는 없지만 언제나 자신과 함께 행동하는 사람들의 신변을 걱정하고 계시는 것은 확실합니다. 그분께서 저를 어떻게 생각하시건, 린스 공주님을 더 좋아하시건 저는 상관하지 않습니다. 저 같은 여자가 사모할 수 있는 사람이 있다는 것만으로 만족합니다."

노엘은 한숨을 쉬며 괴로운 표정으로 련희에게 다시 물었다

"……진짜 그럴 수 있을 것 같아요, 련희 양?"

"예?"

련희는 노엘이 잔뜩 고심하는 표정으로 말하자 눈을 동그랗게 뜨며 되물었다. 노엘은 손과 고개를 동시에 저으며 눈을 질끈 감았다.

"아니에요. 맘에 두지 마요, 련희 양. 잠을 편히 자 보도록 해 봐요."

련희는 고개를 끄덕이고 간단한 옷으로 갈아입은 후 자신의 침대에 누워 잠을 청했다. 그 모습을 지켜보던 노엘 역시 자리에 누우며 이런저런 생각을 해 보았다.

"성격만 곧지 않았다면 그 남자 천하의 바람둥이가 될 뻔했잖아? 하여튼 대단한 사람이야……."

노엘과 련희의 방 불이 꺼진 지 얼마 되지 않아 리오 방의 불도 꺼졌다.

4

꿈을 지배하는 마귀 삼인중

　일행이 곤히 잠들어 있는 여관의 지붕 위에선, 한 여인의 늘씬한 그림자가 달빛을 뒤로한 채 서 있었다. 인간이라고 할 수 있는 요사스러운 아름다움을 풍기는 마녀, 라기아였다.

　"호호호홋…… 겨우 찾았군, 린스 공주. 그리고 미남 걸림돌…… 근데 어쩌지? 전부 자고 있으니 말이야. 음…… 마귀 삼인중, 무슨 방법 없겠니?"

　그녀의 말과 동시에, 라기아의 그림자에서 세 개의 또 다른 그림자가 번개같이 튀어나왔다.

　셋은 하나같이 큰 낫을 들고 있었다. 각자의 얼굴엔 흰색, 회색, 은색 가면이 씌어 있어 얼굴을 알아볼 수 없었고, 또 모두 검은 옷을 입고 있어 달빛이라도 없었다면 마치 가면이 허공에 둥둥 떠다니는 착각을 일으킬 것 같은 모습이었다. 그들이 바로 마녀 라기아의 친위대, 마귀 삼인중이었다.

회색 가면을 쓰고 있는 마귀는 무슨 생각이 있는 듯, 라기아에게 다가가 그녀의 귀에 대고 뭔가를 속삭였다. 라기아는 빙긋 웃으며 고개를 끄덕였다.

"오호…… 나이트메어를 쓰자는 말이지? 하지만 적당한 대상이 없잖아. 린스 공주는 마동왕께서 후에 이용할 가치가 있다며 털끝 하나 건드리지 말라 하셨고, 리오란 녀석은 뭘 생각하는지조차 모를 정도로 정신 무장이 단단한 녀석이야. 남은 건 노엘, 케톤, 그리고 그 이상한 옷을 입은 동방 계집, 이렇게 셋인데, 그 셋은 나이트메어를 걸어 봤자 효용가치가 없다고. 다른 방법은 없는 거야?"

라기아가 반대하자 의견을 낸 마귀는 손가락을 좌우로 저으며 다시 라기아에게 속삭였다.

"노엘? 그 여자는 리오 녀석에 비하면 아무것도 아니라 조종해도 소용없을 텐데?"

마귀는 계속 의견을 말했다. 잠시 후 라기아의 얼굴에 회심의 미소가 떠올랐고, 그녀는 그 마귀의 가면을 부드럽게 쓰다듬으며 고개를 끄덕였다.

"그래…… 한번 해 본다고 나쁠 건 없겠지. 좋아, 나이트메어 사용을 허가한다. 마귀 삼인중! 목표는 노엘 메이브랜드!"

마귀 삼인중은 몸을 숙여 라기아에게 인사한 후 여관 안에 빨려 들어가듯 사라졌다. 라기아는 요염한 미소를 띠며 여관을 내려다보았다.

"나이트메어…… 내가 걸렸어도 자살하고 그만둘 정도의 괴로운 마법이지. 노엘 메이브랜드, 과연 어디까지 버틸 수 있을까? 후후훗…… 호호호호호훗!"

라기아의 광소와 함께 리오 일행의 고비는 시작되었다.

로드 덕과 얘기를 마친 케톤은 쓸쓸히 밤거리를 걸어갔다. 로드 덕에게 들은 이야기가 너무나도 놀라운 것이어서 그는 멍한 상태로 터벅터벅 걷고 있었다.

'……내가 예측한 마동왕의 생각은 이런 것이라네. 이 일만은 무슨 일이 있어도 막아야 하네. 그쪽 세계도 그렇고 이 세계도 그렇고 너무나 오랜 세월 동안 떨어져 있었기에 서로의 문화적 충격은 대단할 걸세. 서로가 살아남을 수나 있을지도 의문이지만 말이야. 아, 내가 고대 문헌을 뒤적거리다가 찾은 문구가 또 하나 있다네. 신이 만들었다는 일곱 명의 전사 내지는 기사들의 내용이었지. 강대한 힘을 가지고 신의 일을 대신 처리하는 젊은이들이라는데, 나도 한 번도 본 적 없고, 나타났다는 문헌도 없으니까 그건 별로 맘에 두지는 말게나. 그리고……'

등등이었다.

케톤은 한숨을 쉬며 중얼거렸다.

"휴, 로드 덕 님이 말씀하신 일이 거의 맞아떨어졌으니 정말 큰일이군. 진짜 여신들이 나타난다면 내 실력으론 어림도 없을 텐데…… 그분이 말씀하신 가즈 나이트란 사람들이 나타난다면 모를까……. 숙소에나 들어가자. 너무 늦어서 리오 님에게 말 좀 들을지 모르겠는데?"

여관 로비엔 아직 불이 꺼지지 않았다. 피곤한 듯 흐느적거리며 여관문에 손을 가져가던 케톤은 문득 이상한 느낌이 들어 여관 위를 바라보았다.

"……아앗! 너, 너는!"

케톤은 경악을 금치 못하며 지붕 위에 올라서 있는 여자를 향해 소리쳤다. 지붕 위의 여자, 라기아 역시 흠칫 놀라며 케톤을 내려다보았다.

"음? 케톤 프라밍? 음…… 호호호호홋, 들켰으니 어쩔 수 없지. 하지만 일은 다 끝났어. 자, 나오너라, 마귀 삼인중!"

그녀의 명에 따라 여관 안에 침투했던 마귀 삼인중은 지붕 위로 불쑥 솟아오르며 라기아의 주위를 보호하듯 둘러쌌다. 갑자기 나타난 마귀 삼인중을 본 케톤은 살짝 뒷걸음질을 치며 레드노드를 뽑아 들고 전투 태세를 취했다.

"무, 무슨 짓을 한 거냐, 라기아! 설마 공주님께……?"

라기아는 입을 가리고 케톤을 비웃기 시작했다.

"호호호호홋…… 린스 공주를 노렸다면 공주의 목숨은 너희가 이 레프리컨트 왕국 수도를 떠나기 훨씬 전에 끊어졌을 거다. 너희가 도망친 걸 안 후에 목숨을 노려 볼까 하다가 리오란 녀석이 등장하면서부터 일이 틀어졌지. 지금은 다른 사람을 노리고 있다. 아, 그렇게 된다면 네가 좀 서운할 것 같은데? 왕국 서열 제3의 실력을 가진 기사 케톤 프라밍을 무시하면 안 돼지. 호호호…… 마귀 삼인중, 천천히 데리고 놀아라. 호호호호호홋……!"

그녀의 말이 끝나기가 무섭게 마귀 삼인중은 공중으로 치솟아 곧바로 케톤의 주변에 착지하더니 각자 가지고 있는 거대 낫을 휘둘러대기 시작했다. 세 명의 연속 공격에 케톤은 방어하기 급급했고 점점 구석으로 몰렸다.

"이런!"

마귀 삼인중과 일대일 대결을 해도 케톤은 자신 없을 것 같았다. 라기아의 직속 부하라 그런지 그들 셋은 엄청난 실력과 마력을 겸비하고 있었다.

마귀 삼인중의 거대 낫이 동시에 케톤의 심장을 노리고 들어오

자, 케톤은 온 신경을 집중해 낫들의 틈 사이로 겨우 몸을 굴려 **빠**
져나왔다. 삼인중의 낫은 지면에 박혔고 케톤은 자세를 바로 하기
도 전에 레드노드로 삼인중 중 하나의 다리를 후려쳤다.

"……!"

하지만 그 공격은 아쉽게도 칼등으로 마귀의 다리를 후려친 것
일 뿐이었다. 레드노드의 칼등에 다리를 맞은 마귀는 약간 몸을 비
틀거렸다.

자세를 바로한 케톤은 레드노드를 잡은 손에 자신의 힘을 몽땅 불
어넣었다. 레드노드의 날은 곧 선홍색의 검광을 내뿜기 시작했다.

"타아아앗!"

케톤이 빠르게 휘두른 레드노드가 중심을 잃은 마귀의 몸을 대
각선으로 갈랐다. 공격을 받은 마귀는 소리도 없이 쓰러졌다. 케톤
은 강렬한 눈빛으로 나머지 두 명의 마귀를 쏘아보았다.

"자! 어서 덤벼라!"

동료가 케톤의 공격에 쓰러졌는데도, 마귀들은 미동도 하지 않
았다. 아니, 할 필요가 없었다. 케톤에 의해 쓰러진 마귀는 거짓말
같이 몸을 일으키며 다시 자신의 낫을 잡는 것이었다. 케톤은 입을
다물 수가 없었다.

"이, 이럴 수가!"

마귀 삼인중은 케톤을 향해 천천히 다가오기 시작했다. 장소가
좁은 여관 골목길이어서 피하기가 쉽지 않았다. 케톤의 성격상 피
하지도 않겠지만.

"저, 정통으로 잘렸는데 다시 살아나다니……!"

그때 주위 여관들의 창문에 하나둘 불이 켜지기 시작했다. 케톤과
마귀 삼인중이 싸우는 소리에 사람들이 깨어난 것이었다. 성격이 급

한 사람 몇은 창문을 열고 케톤과 마귀 삼인중을 향해 소리쳤다.

"이봐! 싸우려면 대낮에 넓은 곳에서 싸워!"

여러 사람들이 깨어나자, 라기아는 마음속으로 마귀 삼인중에게 명하여 모습을 숨기라고 하였다. 마귀 삼인중은 곧 바람 소리를 내며 여관 건물의 그림자 속으로 사라졌다. 언뜻 그 모습을 본 사람들의 얼굴이 돌처럼 굳어졌다.

케톤은 마귀 삼인중이 사라진 걸 확인한 후 서서히 레드노드를 거두며 여관 안으로 뛰어 들어갔다.

"다른 사람을 노린다……, 그게 누구지?"

여관 주인이 뭐라고 하는데도 케톤의 귀엔 들리지 않았다. 물론 짐 싸고 나가라는 소리는 아니었다.

2층으로 올라간 케톤은 리오가 있는 방문을 열어젖히며 불을 켰다. 방 안의 불이 켜지자 리오는 눈을 비비며 몸을 일으켜 숨을 헐떡이고 있는 케톤을 바라보았다.

"음…… 돌아왔군. 케톤…… 어, 무슨 일이 있었나?"

"당연히 있어요. 우리 일행 중 누군가 위험해요! 라기아가 나타났다고요!"

라기아가 나타났다는 말에 잠이 번쩍 깬 리오는 곧바로 풀어 헤친 머리를 묶고 방을 나섰다.

"젠장! 하필 이런 때 나타나다니!"

예의를 가릴 상황이 아니었다. 리오는 일행이 있는 방문을 벌컥벌컥 열어젖히며 상황을 확인했다.

"꺄아아아악! 뭐하는 거야, 이 치한 같은!"

목욕실에서 바로 나와 몸에 감고 있던 타월을 막 풀려던 린스는 리오가 방 안에 뛰어들자 다시 욕실로 뛰어 들어가며 고함을 질렀다.

리오는 얼굴을 붉히며 노엘과 가희(또는 련희)의 방으로 향했다.

"가희 양! 련희 양! 노엘 선생님! 모두 괜찮아요?"

리오가 갑자기 문을 열고 들어오자 아직 잠이 덜 들었던 련희가 이불로 몸을 가리며 리오를 황당한 표정으로 바라보았다. 련희가 무사한 것을 확인한 리오는 눈을 부릅뜨며 노엘을 바라보았다.

잠옷 차림의 노엘은 식은땀을 줄줄 흘리며 고통에 신음 소리를 내뱉고 있었다.

"젠장! 노엘이었군!"

리오는 급한 듯 노엘의 이름을 막 부르며 그녀의 맥을 짚어 보았다. 그러나 노엘은 리오의 손이 닿자마자 심하게 몸을 꿈틀거리며 소리쳤다.

"싫어! 내 몸에 손대지 마! 싫어!"

리오는 깜짝 놀라며 그녀에게서 손을 뗐다. 그는 이러지도 저러지도 못하고 이를 악물고 노엘을 바라볼 뿐이었다. 곁에서 지켜보던 련희가 다급한 목소리로 리오에게 소리쳤다.

"리오 스나이퍼 씨! 노엘 선생님은 꿈을 꾸고 계세요!"

'꿈'이란 말을 들은 리오는 주먹을 불끈 쥐며 나지막이 중얼거렸다.

"그렇군! 나이트메어야! 이 더러운!"

리오는 곧바로 창문을 열고 지붕 위로 몸을 날렸다. 지붕 위엔 여전히 라기아가 버티고 있었다. 맨손인 리오는 아차 싶었으나 마법을 사용할 각오를 하고 라기아에게 소리쳤다.

"이 더러운 마녀! 왜 노엘에게 나이트메어를 걸었나! 말하지 않으면 네 몸을 날려 버리겠다!"

리오가 이렇듯 흥분하자 라기아는 재미있다는 듯 광소를 터뜨리며 대답했다.

"호호호호홋! 내가 저번에 말하지 않았나? 노엘 메이브랜드는 미인이야. 나만큼 말이지. 그건 농담이고, 후훗…… 그녀만 없어진다면 우리 일을 방해할 사람은 너 하나로 줄어든다. 설마 우리가 너 하나쯤 상대 못하진 않겠지. 물론 지금 상황도 그리 어렵진 않지만, 호호홋……. 나이트메어를 아는 걸 보니 저주를 푸는 방법도 알겠지? 모를수록 좋지만 말이야…… 호호호호홋! 난 그럼 이만……. 천천히 지켜봐 주겠다, 리오 스나이퍼!"

조롱이 섞인 웃음소리와 함께, 라기아는 마법을 이용해 어디론가 사라져 버렸다. 리오의 눈에선 분노로 인한 푸른빛이 폭사되고 있었다.

"……이럴 때가 아니지. 노엘을 살리고 보자!"

리오는 다시 창문을 통해 방 안으로 몸을 날렸다. 모든 일행이 노엘의 주위를 지키듯 서 있었다. 련희조차 노엘의 몸을 만질 수가 없어서 모두 서 있기만 했다.

리오가 들어오자 린스는 눈시울을 붉히며 리오의 팔에 매달려 소리쳤다.

"노엘을 살려줘, 리오! 제발 아까의 일은 용서해 줄 테니 제발 살려 줘!"

보통 때 같으면 리오는 린스의 어깨를 감싸며 여유 있는 웃음을 지었을 것이다. 그러나 이번만은 상황이 달랐다. 간단한 저주가 아닌, 잘못하면 드래곤조차 죽을 수 있다는 공포의 흑마법 나이트메어였기 때문이다. 리오는 아무 말 없이 련희에게 다가가 말했다.

"련희 양, 아는 술법 중에서 꿈과 관련된 술법이 있습니까? 아무거라도."

런희는 곰곰이 생각해 보았다. 그사이 노엘은 몇 번씩이나 몸을 요동쳤고 그 바람에 잠옷 사이로 노엘의 속살이 훤히 드러났다. 린스는 급히 노엘의 잠옷을 끌어 내리고 멍한 표정을 짓고 있는 케톤을 쏘아보았다.

"뭘 봐, 멍청이! 어서 가서 로드 덕이나 불러와!"

린스의 호통에 정신을 차린 케톤은 곧바로 방에서 뛰어나가 로드 덕이 있는 여관으로 달려갔다. 그사이 런희는 술법을 생각해 낸 듯 리오를 바라보았다.

"한 가지 있긴 해요, 리오 스나이퍼 씨. 하지만 이 술법을 쓰는 사이에 노엘 선생님께서 깨어나시면 당신은 영원히 현실 세계로 돌아올 수 없게 됩니다. 그래도 좋으시다면……."

그 말을 들은 리오는 웃으며 런희의 양 어깨에 손을 가져갔다.

"좋아요! 그럼 전 무장을 하고 올 테니 준비해 주세요."

리오는 재빠르게 자신의 방으로 뛰어가 디바이너와 망토를 챙긴 후, 다시 일행이 있는 방으로 돌아왔다.

런희는 고개를 끄덕인 후 리오에게 말했다.

"……노엘 선생님께선 예전에 당하신 아픈 기억들 사이에서 괴로워하시는 것 같습니다. 리오 스나이퍼 씨께서는 선생님의 꿈속에서 무엇을 보더라도 절대 비밀로 해 주십시오."

리오는 고개를 끄덕였다. 그리고 그는 런희가 하라는 대로 노엘이 누워 있는 침대에 손을 가져갔다. 그와 동시에 런희는 손을 모으고 술법을 전개했다. 형형색색의 빛이 리오의 몸을 감쌌고 곧 리오의 모습은 어디론가 사라졌다. 그가 사라지자 린스는 깜짝 놀라며 런희에게 소리쳤다.

"어, 어떻게 한 거야! 껑다리는 어디로 간 거지?"

련희는 손을 풀며 린스에게 말했다.

"꿈의 세계…… 노엘 선생님의 내면 세계로 갔습니다."

전류가 온몸을 휘감는 것 같은 통증이 리오에게 느껴졌다. 리오
는 이를 악물고 그 통증을 참으며 어디론가 계속 빨려들어 갔다.

"크윽…… 아, 저기인가?"

한 줄기 빛이 보였다. 좀 전의 통증으로 정신을 바짝 차린 리오
는 빛 속으로 몸을 날렸다.

그 안에 펼쳐진 것은 어떤 도시의 거리였다.

"여기가…… 노엘 선생의 내면 세계인가?"

꽤 번화한 도시였다. 게다가 도시의 저편에는 거대한 성도 보였
다. 그러나 한 가지 이상한 것은 이 도시에 리오를 제외하고 어떤
사람도 걸어다니지 않는다는 것이었다.

계속 걷던 리오는 희미하게 보이는 간판을 보고 눈을 껌벅였다.

"레프리컨트 왕국의…… 수도? 그럼 노엘 선생의 과거 기억인가?"

그때였다. 어디선가 한 여인의 비명 소리가 들려왔다.

〈3권에 계속〉

용어 해설

◆ 종족

다크엘프(Dark-Elf)
하이엘프가 보통 엘프의 밝은 점을 갖고 있다면 다크엘프는 보통 엘프의 어두운 점을 갖고 있다. 능력은 하이엘프와 비슷하지만 피부색이 검고 용모가 수려하지 못하며 성격 역시 나쁘다.

사이클롭스
고대의 외눈박이 거인족. 눈이 하나 달렸으며 지능이 그리 뛰어나진 않지만 거대한 신체와 강대한 힘이 두려움을 주는 존재다.

정령
각 원소, 즉 불이나 물, 땅 등의 의지가 실체화한 존재. 보통 사람의 눈엔 보이지 않지만 정신 능력이 높은 사람들의 눈엔 보인다.

하이엘프(High-Elf)
숲의 요정 엘프의 상위 종족. 능력 면에서 보통의 엘프보다 월등하다. 수명도 길고 미모도 뛰어나다.

◆ 직업

바운티 헌터
말 그대로 현상금 사냥꾼.

BSP
Biobug Sweep Police의 약자. UN 산하의 대 바이오 버그 무력 기관이다.
지크의 세계에서는 최고 임금의 직업.

◆ 신

환수신(幻獸神)
환수(幻獸)를 맡은 신의 호칭. 차원의 힘을 약간이나마 조절할 수 있는 능
력을 지녔지만 신으로서의 위치는 상당히 낮다. 주신 계열.

이스마일
분노를 관장하는 여신. 고대(古代)를 관장하는 여신 요이르, 망자(亡者)를
관장하는 여신 마그엘과 함께 다니는 주신 계열의 여신. 수하인 분노의 정
령 퓨리는 인간을 버서커로 바꾼다.

◆ 생물

그리핀(Griffin)
그리폰이라고도 한다. 독수리의 상체와 날개에 사자의 하반신을 가진 동
물. 순백색의 그리핀은 로얄 그리핀이라 하여 고급 종으로 여겨진다. 로얄
그리핀은 용기나 당당함을 상징해 왕가나 귀족의 문양에 자주 쓰인다. 길
들이기 쉽지만 온순하진 않다.

오크(Orc)

돼지의 얼굴을 가진 아인종. 힘은 세지만 지능은 높지 않다. 인간들에게 상당한 적개심을 가지고 있다.

코카트리스(Cocatrise)

입에서 석화 브레스를 뿜는 마수. 전체적으로 닭과 비슷하지만 날개는 달려 있지 않다. 지능은 상당히 나쁜 편.

트롤(Trol)

인간보다 약간 더 큰 키를 지닌 종족. 피부색은 밝은 회색이 대부분이다. 생활 방식은 상당히 미개하지만 몸 자체가 가진 강력한 재생 능력 때문에 결코 무시할 순 없다.

고대 마물

고대의 여신 요이르가 주신에게 신벌을 받기 전까지 활동한 마수들을 일 컫는다. 요이르가 봉인된 이후 모든 마수들은 사라지게 된다.

고블린

영악한 아인종. 인간에 대한 적개심이 이상할 정도로 강하다. 간단한 도구 등을 만들 정도로 머리가 좋긴 하지만 인간에 비할 바는 아니다. 가끔씩 저급 마법을 사용하는 고블린이 나타나기도 한다.

섀도우 비스트

그림자 괴물. 실체가 그림자이며, 그림자가 실체다. 일정한 형태가 없는 암흑 생물의 일종이다.

서큐버스

몽마. 남성의 꿈에 들어가 정을 빨아 먹는 마족의 일종. 상당히 강한 마족 에 속한다.

와리온

반 암흑 생물. 중력을 무시하는 특성 탓에 거대한 몸을 가졌음에도 불구하고 엄청난 속도를 자랑한다. 몸무게가 가벼운데도 파괴력이 뛰어난 이유는 불가사의다.

와이번

드래곤과 외양이 비슷하지만 앞다리가 없고 날개와 다리만이 있다. 입에서 간단한 브레스를 뿜긴 해도 드래곤의 그것과 위력을 비교할 바는 못 된다. 지능이 낮고 성격은 흉폭한 편이다.

좀비

마법에 의해 되살아난 시체. 그러나 살아 있을 때의 의식을 가지고 있지는 않다. 살아 있는 모든 생물들에게 적개심을 가지며, 힘이 뛰어나다.

크라켄

고대 괴물이라고는 하지만 보통의 거대한 문어일 뿐이다. 정상적인 문어와 비교해 특별히 다른 능력은 없다.

◆ 마법

라이트 스플래시(Light splash)

광속성에 속하는 마법 주문. 수십 개의 광탄(光彈)으로 상대를 공격하는 마법이다. 광탄 하나하나가 유도성을 가지고 있지만 정확도는 떨어진다.

멜튼(Melten)

고대 신이 사용하던 마법. 신만이 사용할 수 있으며, 불의 속성을 지닌다.

배리어

마력으로 만들어 낸 방어막. 마력이 강할수록 두께와 강도가 좋아진다. 강한 마법사의 경우 배리어를 친 상태의 육탄 돌격만으로 상대에게 큰 피해를 입힐 수 있다.

소닉 바이브레이션(Sonic Vibration)
초진동 공격으로 목표를 부수는 마법. 액체든 고체든 이 마법의 진동 앞에서는 보호되지 못한다. 단, 진공상태에서는 무의미하다.

스타 티어즈(Star Tears)
거대한 빛 에너지를 작은 점으로 응축해 일순간 폭발시키는 마법이다. 성능이 뛰어나다.

워프(Warp)
마법을 이용한 순간이동. 워프서클을 떠올린 다음 원하는 곳으로 이동한다. 그러나 이동을 원하는 곳에도 워프서클이 생성되어야 한다. 공간을 뒤틀기 때문에 웬만한 1급 마법보다 마력 소모가 크다.

퓨어(Pure)
레호아스교에 전해지는 절대 방어 마법. 1급 마법보다 더 큰 마력 소모가 있으며, 폭발이나 압력 등 직접적 타격이 전해지지 않는 마법은 1백 퍼센트 방어해 낸다.

프로스티(Frosty)
3급의 냉동계 주문. 범위 내의 모든 물체를 급속 냉각시킨다.

프로즌(Frozen)
고대 신이 사용하던 마법. 신만이 사용할 수 있으며, 얼음의 속성을 지닌다. 냉기 계열 마법.

나이트메어(Nightmare)
말 뜻 그대로 마법을 이용해 상대방을 악몽에 빠뜨리는 마법. 이 마법의 피해자는 자신도 모르게 정신이 붕괴된다.

마법진
원소를 움직이기 위해 만들어지는 특별한 도형이나 글자의 통칭. 마법마다 마법진의 형태와 크기가 다르다. 초대형 마법의 경우 평면이 아닌 입체적 마법진이 사용되기도 한다.

버서커(Berserker)
분노의 정령 '퓨리'에게 혼을 지배당하는 광(狂)전사. 자연적으로 버서커가 되는 경우는 거의 없고 대부분 사마법에 의해 만들어진다. 상대를 모두죽일 때까지 움직이며, 몸이 망가지는 것을 개의치 않는다. 디스펠로 사마법을 해제하거나 목을 자르지 않는 한 버서커를 멈추게 할 방법은 없다.

소환술
환수계에 사는 환수를 현 세계로 불러내는 기술. 마법과 같이 정신력을 소모하지만 그 소모량은 차원을 초월할 만큼 막대하다.

썬더
공기 중의 전기입자를 정신력으로 이동시켜 인공적인 번개를 일순간 생성시키는 마법. 자연적인 번개가 생성되기 쉬운 날일수록 위력이 배가된다.

정신술
정신력으로 주위의 원소들을 조종하는 마법과 달리 인간의 정신력만으로 이뤄지는 술법을 말한다.

◆ 무기

수라도(修羅刀)
그룬가르드 안에 봉인된 무기. 그룬가르드의 몸체는 수라도의 칼집일 뿐이다. 사용자의 아드레날린을 기하급수적으로 증가시켜 사용자의 육체와 정신을 붕괴시킨다. 하지만 그로 인한 전투 능력은 경이적으로 증가한다. 날에 화염을 머금고 있다.

레드노드
에인션트 소드급의 장검. 누가 언제 만들었는지 전해지지는 않았지만 아탄티스 대륙에서 전해 오는 검 중에 최강이다. 최초 발견 당시 블루노드라 불리는 검과 한 쌍을 이루고 있었다. 사용자의 기가 높아질수록 검의 반사광이 더 강렬해진다.

맨이터
여러 개의 날이 강철 선에 이어져 검의 형태를 이루는 흉기. 철저히 살인 전용으로 만들어졌으며, 강철 선을 잘 조정하면 날이 달린 채찍과도 같은 효과를 볼 수 있다. 요철식의 날은 살을 찢고 뼈를 깎는다.

발리스타(Ballista)
공성전과 농성전에 사용하는 대형 기계 활. 거대한 화살을 성벽 위로 넘기기 위해 만들어졌지만, 여기서는 대형 마수와 대결할 때도 사용된다.

블루노드
레드노드와 함께 발견된 에인션트 소드. 레드노드와 색만 다를 뿐 모든 것이 같다.

◆ 공격술

광황포(光皇砲)
휀의 간판 기술 중 하나. 사용자의 에너지를 빛으로 바꿔 내뿜는 단순한 기술이지만 파괴력은 1급 마법을 상회한다.

극뢰(極雷)

지크의 최종기. 사용자의 움직임을 초속 단위로 증폭시킨다. 전 가즈 나이트들의 최종기 중 유일하게 공격성을 가지지 못한다. 그러나 극뢰의 가속력으로 인한 위력의 증가는 사소한 기술도 필살급으로 만들어 준다.

뇌천살(雷千殺)

중력과 가속에 따른 저항을 무시한 상태에서 천 번의 자르기를 일순간 퍼붓는 기술. 대인 기술로는 최상급의 위력을 지니고 있다.

더블 스펠(Double spell)

양손에 각각 주문을 외워 두 가지 주문을 동시에 사용하는 기술. 보통의 마법사들은 6급 이상의 주문을 더블 스펠에 적용하는 것이 불가능하다.

데스티니(Destiny)

바이론의 최종기. 초중력으로 목표를 휘감는다. 범위는 사용자 마음대로 조절이 가능하다.

레퀴엠(Requiem)

휀의 최종기. '살신기'라는 별칭이 있다. 빛의 에너지를 압축해 상대를 공격한다. 신을 소멸시킬 자격이 주어진 유일한 기술이다. 범위는 작지만 위력은 확실하다.

마그나 소드(Magna Sword)

휀이 사용하는 검술의 유파(流派)명.

마인 크래시(Mine Crash)

리오의 기술. 검으로 땅을 쳐서 일정 범위의 지면에 초진동을 일으킨다. 보통의 생물체의 경우 다리뼈가 부서진다.

아수라염파진(阿修羅炎波陳)

슈렌의 최종기. 축적된 화염의 에너지를 방출하여 만물을 태우는 기술. 광범위한 파괴력을 지니고 있다.

지하드(Jihard)

성전(聖戰)이라는 이름의 파괴 검술. 지하드가 발동되는 순간부터 걸리는 무한정의 압력은 신검 디바이너조차 견뎌 내지 못한다. 전신(戰神) 오딘이 사용했으며 리오가 그 뒤를 잇고 있다. 녹색의 빛은 지하드만의 독특한 색이며, 그 파괴력은 가공할 만하다.

헤븐즈 크로스(Heavens Cross)

리오의 기술. 기가 최대한 실린 십자형 충격파를 상대에게 날리는 강력한 검기(劍技)다. 이름의 유래는, 선신의 사자 중 한 명에 의해 어떤 종교의 상징이 된 물건에서 비롯됐다.

굉염초래(宏炎超來)

동방에서 전해지는 정신술. 정신의 힘으로 상대방의 몸에 불을 지른다. 정신에서 비롯된 화염은 절대 끌 수 없다.

피어싱(Piercing)

지크의 기본 기술. 주먹에 기를 모아 상대방을 관통한다. 일점 집중의 파괴력은 상당한 편이다.

쌍섬(雙閃)

한 번의 발도로만 끝나지 않고 재차 공격을 날리는 이단 발도술. 지크의 기술.

썬더 크레이브

마법검 전용 마법. 사용 시 검 자체에 뇌력이 서린다.

일렉트로 건
강철괴물 중 몇 종이 사용하는 기술. 전극에서 발생된 강력한 스파크를 쏘는 기술이다.

◆ 과학 병기

강철괴물
벨로크 왕국에서 퍼뜨렸다고 전해지는 강철 육체의 괴물. 다양하면서도 강력한 그들의 힘은 이전까지 나타났던 어떤 마수보다 두렵다. 지능도 높지만 무엇보다 무서운 점은 두려움이란 감정이 전혀 없다는 것이다.

증기 쾌속선
노엘이 만든 증기 기관을 이용해 바다를 달리는 배. 속도가 풍력이나 인력을 이용한 이전의 배보다 훨씬 빠르다.

증기 대포
증기의 힘을 이용해 탄을 날리는 신무기. 발사 거리가 길고 훨씬 정확하다.

◆ 그 밖의 용어

악마왕
악신 아래의 최고위 악마를 칭한다. 사탄, 루시퍼, 벨제브브, 디아블로, 아스타로트, 베리알, 아스모데 등으로 이루어져 있다. 서열은 정해져 있지 않지만 악마왕들은 서로의 세력을 상당히 견제하고 있다. 그러나 그들은 악신 아롤의 명만 있으면 수하의 악마 7군단을 이끌고 언제든지 선신계와 전쟁을 할 준비를 갖추고 있다. 단, 현재의 권력체계는 아마겟돈 이후에 성립된 것이다. 악마왕들이 신계에 올라오는 일은 드물며 그들은 대부분의 시간을 지옥의 궁전에서 보낸다.

동방 대륙

아탄티스 대륙 서쪽에 위치한 대륙. 마우이 대륙이라 불리기도 한다. 아탄티스 대륙과는 전혀 다른 문화와 언어를 사용하지만 양 대륙의 교류는 시간이 갈수록 점점 활발해지고 있다.

드래군(Dragoon)

드래곤 기병. 드래곤을 다루는 사람.

로브

몸에 가볍게 걸치는 전신 옷. 모자가 달린 것도 있다. 마법사 등이 주로 입는다.

스톤헤드

지크의 세계 중 USA라는 나라의 한 기업에서 만든 인공지능 보행 전차를 말한다. 두 개의 120밀리미터 머신 건과 대인용 적외선 추적 미사일을 탑재하고 있으며 장갑이 두껍다. 지크의 세계에 보급이 가장 많이 된 기종. 정식 명칭은 BX-03.

신계혁명

고대 주신인 오딘이 현 주신인 하이볼크에게 신의 자리를 넘겨준 사건을 신계혁명이라 한다. 그 이후 새로운 신들이 등장했고 오딘을 비롯한 신들은 고신으로 분류된다.

에인션트 소드

아탄티스에서 개발된 검이 아닌 고대 유적에서 발견된 검의 통칭. 레드노드와 블루노드가 에인션트 소드에 속한다.

오벨리스크

뾰족한 첨탑. 여기서는 여신들의 전설과 관련 있다.

EOM

Empire Of Messiah라는 거국적 단체의 줄임말. 강력한 기계화 부대를 앞세워 전 세계의 자원을 약탈하고 있다.

※〈참고〉 신계혁명 이후 선신계 천사 위계의 변화

신계혁명을 거친 후 주신계에선 초대 가즈 나이트인 휀 라디언트가 등장했다. 그러나 공교롭게도 그 직후 대천사장 미카엘이 실종됐고 그런 혼란을 틈타 악신계가 도발하기 직전에 새로운 대천사장이 부임했다. 벨제뷰트라 불리는 신임 대천사장은 고대의 최고위 천사 메타트론의 시대를 동경한 나머지 메타트론이 이끈 특수부대 디바인 크루세이더와 같은 성격, 같은 이름의 특수부대를 창설했다. 가브리엘, 라파엘, 우리엘 같은 장로급 천사들에게 도움을 받아 상당한 세력 확장을 하지만 종종 악마왕 벨제브브와 이름이 혼동되어 곤란을 겪기도 한다. 세력 확장에 성공한 벨제뷰트는 무력으로 주신계의 가즈 나이트와 맞먹으려 하지만 휀에게 단 1합에 쓰러진 후 현재까지 자기 수련에 힘쓰고 있다.

가즈 나이트 오리진 2

© 이경영, 2016

초판 1쇄 인쇄일   2016년 3월 31일
초판 1쇄 발행일   2016년 4월 7일

지은이   이경영
펴낸이   정은영
편집국장   사태희
책임편집   이지웅

펴낸곳   (주)자음과모음
출판등록   2001년 11월 28일 제2001-000259호
주소   (04083) 서울시 마포구 성지길 54
전화   편집부 (02)324-2347, 경영지원부 (02)325-6047
팩스   편집부 (02)324-2348, 경영지원부 (02)2648-1311
이메일   neofiction@jamobook.com

ISBN 978-89-544-3563-5 (04810)
       978-89-544-3561-1 (set)